ひとりぼっちの異世界攻略
life.8
青嵐の
辺境ホリデ
JN105122
五示正司
author Shoji Goji
イラスト 榎丸さく
illustrator Saku Enomaru

魔の森の
レジャープール
アンジェリカ
Angelica
ネフェルティリ
Nefertiri

委員長
Iincyo
副委員長B
FukuiincyoB

「隣良いかな？」

ひとりぼっちの異世界攻略

life.8 青嵐の辺境ホリデイ

Lonely Attack
on the Different World
life.8 A Summer Breeze on Frontier Holidays

五示正司
author — Shoji Goji
イラスト — 榎丸さく
illustrator — Saku Enomaru

CHARACTER

アンジェリカ
Angelica

「最果ての迷宮」の元迷宮皇。遥のスキルで『使役』された。別名・甲冑委員長。

遥
Haruka

異世界召喚された高校生。クラスで唯一、神様に“チートスキル”を貰えなかった。

ネフェルティリ
Nefertiri

元迷宮皇。教国に操られ殺戮兵器と化していたが遥の魔道具で解放。別名・踊りっ娘。

委員長
Iincyo

遥のクラスの学級委員長。集団を率いる才能がある。遥とは小学校からの知り合い。

副委員長B
FukuiincyoB

クラスメイト。校内の「良い人ランキング」1位のほんわか系女子。職業は『大賢者』。

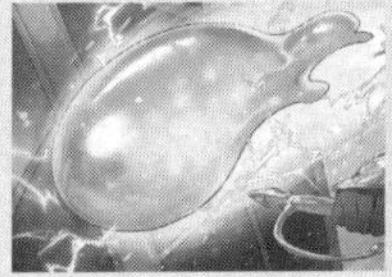

スライム・エンペラー
Slime Emperor

元迷宮王。『捕食』した敵のスキルを習得できる。遥のスキルで『使役』された。

STORY

辺境に迫る「辺境地平定軍」にたったひとりで相対する遥。数万の軍勢を前に遥がとった行動は御土産屋偽迷宮本店の開店。平定軍は偽迷宮攻略に苦戦しており、御土産屋として物資を支援することで協力者を装ったのだ。

これにより遥は平定軍の内部情報を入手。教国の侵攻作戦が〝天罰〟——すなわち迷宮の魔物を外界へ人為的に氾濫させる人工スタンピード——で辺境を壊滅させることであると判明した。

遥はアンジェリカやクラスメイトに応援を要請。彼らに〝天罰〟を抑え込んでもらう一方で、さらなる脅威と対峙していた。それは教国の術者が操る不死のミイラ——迷宮皇ネフェルティリ。死闘の末、ネフェルティリを教国の支配から解放した遥は彼女の助力も得て〝天罰〟を鎮圧。ついに王国と辺境に平和を取り戻した——。

副委員長A
FukuiincyoA

クラスメイト。馬鹿な事をする男子たちに睨みをきかせるクールビューティー。

副委員長C
FukuiincyoC

クラスメイト。大人の女性に憧れる元気なちびっこ。クラスのマスコット的存在。

ビッチリーダー
Bitch Leader

クラスメイト。ギャル5人組のリーダー。元読者モデルでファッション通。

図書委員
Toshoiin

クラスメイト。文化部組に所属するクールな策略家。遥とは小学校からの知り合い。

裸族っ娘
Razokukko

クラスメイト。元水泳の五輪強化選手。水泳部だったギョギョっ娘と仲良し。

ギョギョっ娘
Gyogyokko

クラスメイト。異世界で男子に追い掛け回されて男性不信気味。遥のことは平気。

イレイリーア
Erailia

ヴィズムレグゼロの妹でエルフ。重い病に侵されていたが辺境産の茸による治療で快復。

シャリセレス
Shariceres

ディオレール王国王女。偽迷宮の罠による"半裸ワッショイ"がトラウマになる。別名・王女っ娘。

セレス
Ceres

シャリセレス王女の専属メイド。幼い頃から王女の影武者として修練を積んできた。

尾行っ娘
Bikokko

調査や偵察を家業とするシノー族の長の娘。「絶対不可視」と称される一流の密偵。

メロトーサム
Merotosam

辺境オムイの領主。「辺境王」「軍神」などの異名を持つ英雄にして無敗の剣士。

メリエール
Meriel

辺境オムイの領主の娘。遥に名前を覚えてもらえず「メリメリ」という渾名が定着。

琥珀色の肌を晒した肩口にかかる長く艶やかな髪と、エキゾチックな瞳を揺らしキョロキョロと街を見回す。

「あっち……あっ、こっち……あっち？」「って、どっち！」

細く長い指先が虚空を彷徨う。長い手脚に小さな顔、そして均整の取れた姿態美は大人びてるのに、美味しい匂いに艶やかな唇を濡らして……涎が垂れる？　子供か！

「もぐもぐ♪」「もはや会話ですらなかった！」

指を指しては店から店へ。異国情緒を漂わせる踊りっ娘さんには何もかもが珍しいのか、賑わう街を探索し商品を見回して探検する。それは物珍しいのか、ただ人混みや賑わいが懐かしいのか。

「まあ、日用品は揃えちゃって良いし、欲しい物があったら内職するからね？」

「ありがとう……ござい、ます」

人混みを掻き分け屋台で買い食いして、片っ端からお店を覗いて商品を見て回る。それでも嬉しそうな顔で、楽しそうに幸せそうに買い物を……うん、ある意味物凄く恩人さんでは有るんだけど、支払いが滅茶ヤバそうだな！

飛べないスチュワーデスさんは、ただの客室乗務員さんらしい？

79日目　夜　宿屋　白い変人

お金を使い果たした女子さん達と孤児っ子達に加えて、看板娘に尾行っ娘まで勢揃い。まあ、一応オタ莫迦達も居るには居るけど、女子さん達が宿屋に戻った開放感からか楽と言うかラフと言うか露出度を超えた裸婦間近に裸出度が高い！　そう、久々の肌色成分の多さにオタ莫迦も圧倒され、無言のまま壁に溶け込み空気になっている！

　そう、なんと妹エルフっ娘までデニムの半パン装備で孤児っ子達と遊んでいて、オタ莫迦達はこの世に未練も無く満足して成仏しそうな勢いだ？　うん、あいつらって怨霊だったのだろうか。とりま塩でも撒いてみよう？

「「「お兄ちゃん、お腹空いたー」」」

　孤児っ子達は一日中走り回ってお腹ペコペコみたいだ。だが、発言の大半はお兄ちゃんって言えば良いかと思ってる偽幼児ＪＫ達。そう、なんと孤児っ子護身用対辺境型の超防衛装備内蔵な組背帯書包を作っていたら女子全員が注文して来たんだけど、一体女子高生が組背帯書包を背負って何を目指そうとしているの！

「お兄ちゃん、ピザが良い！」「だが敢えてラザニアも!!」「「「おおー、つまりグラタンは別腹なんだね！」」」

まあ晩ご飯は用意しておいた新作。ただ材料不足で1回こっきりで在庫が無くなるけど、これこそが王都でやっと見つけた至宝！

「ピザさんだけどチーズ不足で一人3枚までで、プレーンピザとマルゲリータとピッツァマリナーラにチーズとケチャップに干し肉と干し茸(きのこ)トッピングと茸尽くしのボスカイオラから3枚選んでねー？　みたいな？」「「「ピ、ピ、ピザだー！　ピザ様だっ！」」」

あー……なんか静かで良いな。うん、貴重なチーズだったけどモグモグしか聴こえない無言のお食事。みんな涙目でホクホクとチーズを伸ばしては齧(かじ)り付く。

どうやら孤児っ子達も気に入ったみたいだし、スライムさんも踊りっ娘さんも歓喜で踊りだしそうな勢いだ。うん、甲冑(かっちゅう)委員長さんも気に入ったようでパクついているけど、垂れたチーズを舌で絡め捕るのがエロい！　なんとしてもまた作ろう!!

「美味しい！」「「「うん、懐かしいね（泣）」」」「チーズ最高♪」

さて、内職と言うか追加の組背帯書包(ランドセル)製作。実は収納性や実用性だけでなく機能性も追求された意匠(デザイン)で、頭が重くて首が弱い子供が転倒時に後頭部を打たないような設計にもなっている。尚且(なおか)つ逃走時には盾になる優れものな装備品(アイテム)だから子供達には普及させるべきだ。うん、でも女子高生は違うと思うんだよ？　なんか妖しいな！

「「「ランドセルはいるけど、そう思うなら孤児っ子ちゃんのランドセルを重武装化するの止めてあげて！」」」

だけど辺境は危険だ。いつだって魔物に襲われたり、魔物を襲ってる奥様たちと遭遇する恐れがある。うん、この前もスタンピードを殲滅(ヘソクリに)してたらしいんだよ！

「だって機能的だし、戦闘の邪魔にもなり難(にく)く防備にもなり得るんだよ？　うん、寧(むし)ろ問題はランドセルを背負った女子高生の存在なんだけど……何故(なぜ)オタ莫迦まで欲しがるの！　あとビームサーベルなんて異世界でも開発されてないから標準装備も何も無いんだよ！」

「「「だって標準装備(オヤクソク)ですよ!!」」」「オタはオタらしくポスターでも刺しとけ！　あとご希望の噴射推進(ジェット)は付けてやるけど、ノズルは後頭部に向かって火炎放射がバッチリで緊急時と言わず常時噴射なんだよ!!」「「「思ってたランドセルと違う！」」」

　うん、こいつらはランドセルをなんだと思っていたんだろう？　そして莫迦達は未(いま)だ莫迦のままで、「俺のは狼(おおかみ)マークで」とか「俺のは手形の奴(やつ)」だの「コカトリスな！」だとか、やっぱりずっと莫迦だった。

「ピューマさんだって言ってるだろうが！　豹(ひょう)どころか狼って犬化してるよ、もうカテゴリーすら間違って掠(かす)ってもないよ!!　そして手形って、あれは三つ葉なんだよ！　そしてお前は元の世界でコカトリス飼ってたの！　いないよ、雄鶏(おんどり)だって言ってるだろうが！　コカトリスさんは雄鶏までは合ってるんだけど蛇入っちゃってるんだよ！って言うか、なんでお前は鶏さん知らないでコカトリスさんだけ覚えてるの！」

　もう嫌だ……孤児っ子達とは別に、幼児っ子用のスモックとチューリップハットも作製しているが秘密にしておこう。うん、いくら何でも黄色のチューリップハットと水色のスモックな女子高生って犯罪的な感じがするんだよ？　うん、何かが危険だ！

「私ピンク！」「赤こそ定番だから鉄板で鉄板入りで！」「白でお願いします」「絶対、黄色に赤のハート柄！」「オレンジ色、ヴィヴィッドで！」「キラキラ系にデコって!!」「あっ、クレイジーカラーは有り？」「水玉さん希望！」「和柄も良いかな〜」「ベージュが欲しいです！　滑革でお願い!!」「アーガイルも作って！」「ラベンダーで蝶柄を透かしでお願い」「黒にスタッズ付き！」「花柄を北欧調で!!」（ポヨポヨ）

何故そこまでランドセルにこだわりが……これ、異世界で流行ったらどうしよう？

「「「みんなも好きなの選んでね」」」「「「は——い♪」」」

明日から孤児っ子達は昼間は雑貨屋さんや武器屋でお手伝いらしい。ちゃんと御土産屋さんで鍛えてあるから即戦力だし、街に馴染んだら孤児院に移る予定だから顔見世興行？まあ、確かに学校には行った方が良いし、昼間が仕事ばかりは良くない。

辺境の孤児院は建物も豪華だし、食事だって充実している。うん、ムリムリさんが管理しているから間違いは無い。そして俺達と一緒にいると異世界の常識が崩れてしまうし、狙われる危険だってある。確かに正論なんだけど副委員長Cさんは大丈夫なの？

「うん、寧ろ一緒に預けられてそうだな！」

だから沢山遊ばせよう。明日は俺は踊りっ娘さんのＬｖ上げがあるし、女子さん達も妹エルフっ娘のＬｖ上げを手伝うそうだ。それに人工氾濫が可能な以上、迷宮は常に最大限潰しておきたい。まあ、ただあれは踊りっ娘さんがいないとできない気がする。だけど可能性がある以上は潰しておきたいし、俺は装備レベルを上げる必要がある。

逆に教国を潰すなら、その時は長旅でいつ戻れるかも分からない。俺達が戦争とスタンピードを潰しに行っていた間も、孤児っ子達はずっと心配そうに待っていたらしい。だから辺境に居場所を作った方が良い、俺達はいつまでここに居られるかも分からないのだから。うん、俺なんか森の洞窟にすら戻れていないんだよ。草刈りに行かないと!

「「「お風呂いくよー」」」「「「は――い♪」」」

こっちの棟の男風呂は狭いので、男子孤児っ子達は看板娘の両親達が本館のお風呂に連れて行ってくれた。孤児っ娘達は女子さん達と一緒だ。

「はーっ、この宿屋の木のお風呂も久しぶりだねー?　まあ、俺が作ったんだし、実はムリムリ城にも有ったけどさー?」(ポヨポヨ)

相変わらず雑貨屋のお姉さんは分厚い注文書を送り付けて来た。だけど、智慧さんの高速精密制御なら内職に時間は大して掛からないだろう。明日の迷宮は1Fから潜り直しとはいえ装備も急がないと。だけど、今日はゆっくりとしよう……うん、するんだよ?　それはもう、超ゆっくりとじっくりとしっぽりなんだよ!

でも女子会が長そうだ。どうも踊りっ娘さんが加わってから女子会が更に延びている気がする?　内容は勿論乙女の秘密らしい?

「このまま平和になれば一番なのにねー?　辺境さえ何とかすればこの大陸は大丈夫なはずなのに、何で厄介事を起こしたいんだろうねー?」(プルプル)

そう、この状態こそが最も平和的なはずだ。普通に考えればこれで終わり。だけど、それでも戦争は起きた。まあ、一切戦争なんてしてやらなかったけど仕掛けられた。

有り得ないと思っていたのに……図書委員は「愚かさ」だと言った、いくら考えたって「愚かさ」は止められないと。だとしても商国は商会レベルで分裂して抗争中、国家予算も奪われ尽くして輸送船団も壊滅で崩壊中。愚かでも何でも動けないはず。

そして教国は最大の切り札「踊りっ娘」さんを失い、制御する術だってもう持っていない。だって踊りっ娘さんに着けられていた『従属の首輪』は俺が拾ったんだから俺のなんだよ？　うん、何故か外道なアイテムってみんな俺の所に大集合しちゃうんだよ？

そして恐らく、あの人工氾濫は踊りっ娘さんの能力を利用していた。魔力が『黄泉返り』に近いものだったから教国は最強の手札の踊りっ娘さんを失い最後の手段の人工氾濫も出来なくなった。そして魔石の供給が途絶え、魔石加工技術の独占も失敗した。これでまだ諦めないとか有り得るのだろうか？　未だ奥の手が有るんだろうか？

「う――ん？」（ポヨポヨ？）

それなら踊りっ娘さんを奪い返そうと画策している可能性だって無くはない。

「だけど、既に解放された踊りっ娘さんって、どうやって捕まえられるのかも甚だ疑問は尽きないんだよ？」（プルプル）

だけど「愚か」ならやるのだろう。魔石は辺境にあり、技術は俺が持っている。踊りっ娘さんも『従属の首輪』も全部ここにある。全てを奪い返そうとするなら、ここ……だから孤児院のほうが安全なんだろう。

「ふ――――ん？」（ポヨポヨ？）

だが、もし仮に万が一踊りっ娘さん級の隠し玉を持っていたとしよう。それが踊りっ娘さんと互角なら勝負はつかない……けど、こっちには甲冑委員長さんとスライムさんもいるからボコって終わりだ。通常戦力だって委員長さん達に辺境軍がいるこの地で戦って勝ち目が在るはずが無い。そして、もう王国に搦め手は効かないのに、愚かだからってこれで手を出せるの？　勝算を妄想すらできないよね？

「結局は備えるしかないんだよねー、それこそが一番の正攻法なんだから。まったく何もしなければ平和で幸せに暮らせるのに」（ポムポム）

部屋に戻って一面の魔手さんによる、高速連動制御式分業内職流れ作業を始める。瞬く間に内職が進み、注文に合わせて様々な商品が……茸弁当の注文多いな！　どうやら工房の大量生産ではない特注品の注文が多くて、留守の間に溜まっていた様だ。そうして、ようやく終わりと言う頃に、触手だらけのお部屋にミニスカスチュワーデスさんが入って来た……と、同時に魔手さん達に捕まっている？

「な、な、なにをする、です！」「いや、今の速度って絶対奇襲攻撃だったよね！」

そして『淫技』と『性王』に『感度上昇』まで纏った魔手さんの海に沈んでいく。

「うん、タイミングが悪かったんだよ？　あと、せめてミニスカ水兵さんだったら溺れずに済んだかもしれなかったんだけど？」

まあ、愉しく飛んでいるみたいだから良いのだろう……良さそうだし？　色々と？　でも、成層圏を突破したらどうしよう？

やはり朝からホットドッグを咥えてモグモグが拙かったのか朝から空気で存在が感じられない。

80日目　朝　宿屋　白い変人

奇襲は不可抗力な偶発事故に遭遇で絶賛稼働中の内職工業地帯への突入で、その因果な偶然による触手巻き込まれ事故だったのに……オコだ？　そう、お説教がWモードで発動中だけど愉しそうだったよね？　うん、滅茶良い笑顔だったし……ある意味で？

「あれは……死んじゃう！」「不死者でも、死ぬかと思った、です！」

オコだ？　うん、とても愉しそうだったのに駄目だったらしい？　最高潮のノリノリにしか見えなかったのだけど、朝から激オコ土砂降りのジトジトだった？

「快感が狂乱　興奮極致で　究極危険領域連続突破！」

なんでお説教だけ饒舌になっていくんだろう？　そして気怠げな疲労感を漂わせながら、艶やかなあられもない姿態で淫靡にシーツを纏ってお説教中。うん、エロいな！

「いや、不死属性さんだったから死なないんじゃないかなー？　それに踊りっ娘さん長文で喋れるようになって来てるのに、3文節に区切るから怪しい中華な人みたいなんだけどチャイナドレスの新作も有るんだよ？　うん、作ってみた？」

初めて出会った時は、二人共が絶望した瞳で死にたがっていた。だって初めての言葉は「殺して」だった。それが死ぬかと思ったたって毎朝ジト目で生き生きと怒ってるんだから、今の方がずっと良い。昨日もとっても逝き逝きしてたし？　うん、逃げよう！

「「「おはよー」」」（ポヨポヨ）

そして朝食会議。どうもみんなホットドッグが食べ足りなかったらしく、朝からホットドッグだけど孤児っ子達（たち）はチリソースもマスタードも抜きのケチャップなんだよ？

「「「もぐもぐ？」」」「「「もぐもぐ」」」（プ……プルプル！）「いや、これ全然会議じゃないし、そのスライムさんのリアクションは何だったの！」

もぐもぐと各自が予定を述べ合い調整して行く。うん、どうやってるんだろう？

「俺達は途中だった深い迷宮を入り口からぐりぐりって入り直して、それはもう深く深くぐんぐんと潜り込んで迷宮の中をがんがん蹂躙（じゅうりん）しちゃって侵略しながら奥へ奥へと深くどっぷりと侵攻な予定なんだけど？」「「「もっと普通に予定を説明して！」」」

顔が赤いな？　まあ、朝から赤顔の美少女達のジト集中砲火って辺境はいい所だ。しかし、予定を聞かれて答えたら怒られるって今日も朝から凄（すさ）まじい冤罪（えんざい）率だな？

最後に潜っていたあの迷宮には94階層より下が有った。なのに思わぬ宿木（ミスティルテイン）の発現でMPが枯渇して帰ってしまって……あれから半月以上はほったらかしだった！　うん、辺境で人工氾濫（スタンピード）なんてされたらマジヤバだよ！

「だって、冗談で『隠れてたりして』って、ちょっぴり中2な夏を思い出しながら『穿てミスティルテイ――――――ン!』とかポーズを付けて言ってみたら……穿っちゃったんだよ? うん、あれは吃驚だったな?」(ポヨポヨ)

うん、吃驚した。そして、そのせいで魔力が尽きて中途半端に終わってた。3週間も間が空くと魔物も復活しているだろうし、踊りっ娘さんのLv上げにちょうど良い。あそこは出物も魔石も良かった……そして、あの深さは急いで潰しておかないと危険だ。

30階層程度の人工氾濫だったからどうとでもなったけど、あれが50階層を超えていれば辺境軍や近衛では無理だった。うん、新ムリムリ城でも危なかっただろう。そして100層に近いとか委員長さん達でも無理だ、迷宮の中で一層ずつなら戦えても氾濫状態で迷宮王や階層主が大量の魔物を従えて一斉に出てくるとか止められるはずが無い。

みんな、まだ情勢が気になってるみたいだけど考えても無意味。だって異世界情勢とか異世界転移とか熱い爺だとか考えたところで何も分からない。そう、爺が熱いなら焼けば良いだけで、結局のところ俺達に大陸の趨勢とかって何の意味も無いんだよ……だって名前も知らないし?

そう、知らない国のある、知らない大陸とかどう考えても関係の無い話に決まっている。それなのに、どの問題も結局は同じ場所に行きつく。それが辺境。

「だから辺境さえどうにかなってれば、基本あとはどうでも良いんだよ。辺境が平和なのに外で争いや問題が起こるのって、無意味どころか無駄で世界の命運とか魔との戦いとかに関係ないただの戦争(あそび)や侵略(サボり)なんだよ？　うん、滅びの始まる場所をほっといて、無駄に戦争や侵略してる奴(やつ)らなんてほっとけば良いんだよ？」「でも結構怒ってなかったっけ？」

「まあ、揉(も)めないで済むならそれが一番なんだけど」

　商国や教国が王国に絡み辺境にちょっかいを掛けてるから潰しただけだ。王国や獣人国が辺境の防波堤になってくれるなら手も貸すけど、現状は基本無関係と言って良い。

「いや、揉むのはとっても手が足りなくって魔手さんが大活躍なくらいに好きだけど、揉めるのなんて好きじゃないし別段怒ってた訳じゃなくって、ちょっとムカつくからちょびっと壊滅くらいはするかもしれないけど、あれって辺境に関わらなければ別段ちょっとだけ焼き払えば良いだけのどうでも良い某国だから亡国にでもしとけば良いんだよ？　みたいな？」「「「どうでも良いのに滅ぼす気満々だった！」」」「って言うか何処(どこ)にも生き残る可能性が示されてないですよね！」

　要は辺境に対して悪さをせずに、ただ黙って勝手に滅びてくれたらそれで良い。こちらから何かするのは面倒なだけで、利益(メリット)が無い。まあ、爺愛好会(じじいフェチ)を滅ぼしても何一つ解決する事は無いんだけど、スッキリはしそうだな？

「だから迷宮最優先なんだよ？」「ですね、強くなれば備えられる。そして迷宮と言う危機を遠ざけられるのですから」「「「だね」」」

　だから迷宮攻略こそが、利益(メリット)で不利益(デメリット)が無いお得で経済的な家計に優しい対策だ。うん、お金がないんだよ？

逆に考えれば教国や商国がこちらに悪さをしなければ魔石や茸を超高額で売りつける良いぼったくり相手になる。そして滅ぼしても一時的には儲けられるが長期的な得が無い。うん、勝手にぼったくられて勝手に滅びてくれるのが一番だ。

「「「結局滅ぼす気しか無いじゃないのよ！」」」「口では色々と意味不明な供述をしても、教会が嫌いですから」「ああ、あの教義」

ただ、王国に手が出せないから獣人国に皺寄せがいく可能性はある。王国と商国と教国の3国の間で地理的に緩衝地帯なのが獣人国で、そして王国に味方する唯一の国家であり同盟国に当たるらしい。まあ、今一気に入らないけど無くなれば王国の不利益だし……獣人国に何かあるとケモミミ大好きなオタ達が出て行きかねない。

「うん、どうやらあのお手紙はケモミミ美少女ハニートラップだった様なんだよ？」「「「あれ感謝の手紙でしたよね！」」」「いや、美少女が何か言ってきたら大体罠か、お腹空かしてるんだよ？」「情報が滅茶偏ってる！」「「「こっち見て言わないで！」」」

あれで獣人国に何かあれば、オタ達は駆け付けようとするに違いない。うん、俺もずっとハニートラップを待ちわびて居ると言うのに許しがたい奴らだ。だから、もうちょっとケモミミ美少女について説明って……ジトの風が吹きすさび、ジトの雨が降り積もる。嗚呼、今日も良いジトだ？　うん、怒られた。

「あっ、この迷宮貰い！」「私もそこが良い!!」「あーん、どっちが儲かるの？」「踏破金額が書いて有れば良いのにね？」

ようやく方針が決まり、迷宮最優先で強化と訓練で有事に備える事になった。当たり前の事で、女子さん達が強くなるのが最優先。異世界なんて本来何の関係も無いし、借りも無ければ恩も無い。うん、優先は自分達の命と安全なんだよ。

「装備ドロップが出れば、装備払いで借金清算が」「でも、この『アイアン・ウッドペッカー』って魔物が嫌だよ。突かれたら痛そう！」

だから、迷宮選び大じゃんけん大会が始まったが、勝った順に阿弥陀籤を選んで決まった記号の紐引き籤で行き先が決まるんだそうだ？　って長いよ！

「よし、行こうか」「「「おお――っ！」」」

先に軽く訓練をしたかったけど、過去の経験から言って訓練が実戦よりも軽かった事が一度もない。まあ、能く能く考えれば迷宮王を倒す訓練で、迷宮皇さんに挑んでボコられるって言うのが間違っている気はするんだよ？　うん、絶対迷宮の方が安全だった！

ダンジョンは最大でも100層までしか無いのだから101回目のポーズは出来ないらしい。

80日目　昼　迷宮前

そして迷宮に入る。おひさ？

「そう、ここからは実戦が実践される10連戦の覚悟を以って、それはもう朝もむちむちなお肌のむっちりと膨らんだ桃尻の素敵な丸みがもっちもちで武陵桃源でもにゅもにゅと桃花色の……って、もう終わったの？　うん、お疲れ？」

　つまり誰も俺のお話は聞いていなかったようだ。まあ何時もの事だけど、1Fで「グールLv1」が大集団でお出迎えとか踊りっ娘さんの鎖の一振りで瞬殺だった。

「同じLv1なのに凄い違いだな？」

　差別問題で魔物さんが騒がないか心配だけど、あっちは腐乱死体でこっちは超美少女。

「うん、差別しまくろう！　この艶めかしさにグール如きが文句を言うとか、１００不可思議年は早いんだよ！」

　全く、文句が言いたいなら、せめて美少女魔物っ娘に進化してから出直して貰おう。でも、グールっ娘は有りなのだろうか？　何か傷んでそうだな？

　そして、ようやく2Fで思い出した。ぴょんぴょんと跳ねて来る「スパイク・ラビットLv2」。これが可愛いんだよ……まあ、食べられてるんだけど？　うん、ポヨポヨ跳ねてるけど『跳躍』スキルでも食べたのだろうか？

「踊りっ娘さんのLv上げ優先だから、全部食べないで残してあげるんだよ。あと、俺もちょっと出番が欲しいんだよ？」（ポヨポヨ）（ウンウン）（コクコク）

　いつものイイお返事だ、つまり絶対言う事聞かないパターン！　まあ、甲冑委員長さんも楽しそうだから良いか？

ちゃんと踊りっ娘さんには魔物を譲ってあげてるし協力的なのに、俺が格好良いポーズで戦闘に入ろうとすると瞬く間に魔物さん達が殲滅される……ずっと素敵な構えで、木の棒を握りしめたまま27Ｆ？

「うん、まだ1匹も倒してないどころか、叩いてすらいないまま26回目のポーズ中なんだよ？」（プルプル）

だが、この階層でやっと迷路で4叉路が出た。これなら一本は俺の分だ！

「いや、スライムさん分裂しないでね？　それやられると迷宮の魔物さんが全滅で、一生俺って格好良いポーズのままの可哀想な男子高校生で終わっちゃうんだよ！」

うん、マジ勘弁して下さいと拝んでみたら、魔物さんが成仏された！

「まあ、27階なら魔物さんはＬｖ27だし、試すにはちょうど良いのかな？」

隅っこでお着替え。だって男子高校生のお着替えシーンって需要は無いんだよ？

「俺も脱がすのは好きだけど脱ぐのは別にどうでも良いんだよ？　うん、そっちの扉は閉めておこうね」（ポヨポヨ）

ただの革の軽鎧に革のグローブとブーツ、そして鉄の先端部が付いた木の長棒。全部に効果は一切無し、これがＬｖ20台で装備できる通常の一般装備だ。性能的には凄まじいグレードダウンなのに見た目は大差ないな！

「ふっ！」

一息に『魔纏』して「クロー・エイプ　Ｌｖ27」の群れに躍り込む。『智慧』の

19　ダンジョンは最大でも100層までしか無いのだから101回目のポーズは出来ないらしい。

高速思考が発動し、時間が滑りを帯びながら流体化していく。一薙ぎに2匹を斬り裂き、反転からの斬り落としで3匹を瞬殺。残りの2匹、隙間に割り込み身を翻して左のエイプを斬った勢いのままに回転して右のエイプも両断する。うん、いける。

鉤爪付きのゴリラっぽい「クロー・エイプ　Lv27」は尻尾が無いから類人猿で間違いない様だ。きっと莫迦達よりは賢いのだろう、だって尻尾が有る猿だって莫迦達よりは賢い、何故ならば尾鰭の付いたお魚さんだって莫迦達よりは賢いのだから。うん、演繹的な判断による完璧な三段論法で莫迦達の莫迦さ加減が証明されてしまった様だ。

「でも、類人猿なのに道具を使わず鉤爪で戦うあたり、あまり賢くは無さそうだけど……その爪切ったら武器持てるんだよ？　うん、なんなら爪切り売るよ？」

実は名もなき街の隠れたヒット商品なんだよ？

「まあ、賢い……賢しいから」

次は3匹。まあ、賢くなって野獣の感性を失くしたエイプなんて莫迦にも成れない。

一歩踏み出す。懐かしの毎度お馴染み『虚実』で一直線に3匹を斬り払う。自壊は直ぐに再生される、連撃は無理だけど被害は軽微？

「やっぱ装備分の効果が過剰なのかな？」（ウンウン）（コクコク）

でも、これだとLv50相手が限界。装備無しなら案外自前の効果だけでも行けるけど、これでは弱体化しただけで動きも遅いし感覚も鈍い。

「身体が重い、って太ってはないんだよ。うん、ワンモアセットしなくてもこの間の舞踏会だけで有りっ丈の脂肪(エネルギー)は燃え尽きてるよ！　寧(むし)ろ要カロリーなお疲れの男子高校生さんなのに毎晩毎晩糖質(カロリー)も男子高校生的な宇宙(コスモ)も燃やし尽くして燃料切れ(エンプティー)な日常で、非日常的な目眩(めくるめ)く夜をお過ごしの事とお伺いしているって言うか、窺(うかが)い知れない神秘な目挑心招(もくちょうしんしょう)な挑発行為に毎夜挑戦中の頑張り屋さんな男子高校生さんだから、そっちは全然大丈夫なんだよ。うん、魂の一滴すら残さずに搾り取られて軽量化されてるんだよ！」

　結局『魔纏』は装備の効果(スキル)まで纏(まと)うから、身体能力(ステータス)の許容量(キャパ)を超えてしまう。それが自壊の要因。つまり装備を外せば制御できるけど、装備が無いと弱い。相手がＬｖ27でも速度的に余裕がなくて、そして結局一発貰えば即死で危険(リスク)が高い。

「うん、やっぱり調整するなら装備込みだよ」

　いそいそとお着替えする。ちょっとだけよとか言いながら着替えても猿(エイプ)は現れない。

「いや、来たら殺すんだよ？　うん、雌でも殺す！　その扉(ジャンル)はお断りなんだよ!!」

　あれこれ試しながら進んで行く。実験も済んだし、あとは3人に任せてどんどん迷宮を下りていくだけの迷宮踏破。

「指輪よりやっぱり杖(つえ)だよね」

　やはり最大の負荷の原因は『世界樹(ユグドラシル)の杖』。現在これ一本に『宿木の蔦(つた)：【木の棒、杖の強化】魔技吸収　？　？　？』と『連理の樹(き)　七支刀　？　？　？……』が付いた状態で『エルダー・トレントの魔杖(まじょう)　魔法力70％アップ　属性増加（極大）　魔力制御（特大）』、『次空の杖　ＩｎＴ30％アップ　次元空間魔法効果（特大）』、『絶界の聖杖(せいじょう)　ＡＬＬ50％

アップ　絶界　封印　魔術制御（特大）ＭＰ増加（特大）』の杖系が3つ。そして『次元刀：【魔力で切断力、切断距離が変えられる刀　要Ｌｖ100】次元斬』、『天叢雲　剣（草薙の剣）：【神剣　魔を断ち、滅する】ＰｏＷ・ＳｐＥ・ＤｅＸ・ＬｕＫ30％アップ　？　？』の剣系が2つと装備効果が集中している。これを纏うから危険なのに、この装備効果でＩｎＴや制御系を上げているから持っていないと制御に問題が出る。

「まだ空きが16って、入れたら纏った瞬間に死ぬよね！」（ポヨポヨ）

となると効果の多い当たり装備より、単体強化系の『タフ・ブーツ　ＶｉＴ10％アップ』とかな装備の方が良いのかもしれない。ＶｉＴやＩｎＴだけ上げるか、制御系上昇の装備で無理矢理にバランスを取るしかない。

ギリギリの綱渡り。身体能力のＬｖより先にスキルＬｖが上がると、転がり落ちるように制御不能になるに決まっている。現状は今の能力を安定させて誤魔化す。これ以上強い力の制御は出来ない。

つまり成長限界。元々最初からとっくに成長限界だった、それを装備とスキルを混ぜ合わせて誤魔化してここまで来た。だけど遂にそれすら限界を迎えてしまったんだろう。莫大な魔力バッテリーによるＭＰ量で誤魔化していたけど、ムリムリ城の一戦で限界が露呈してしまった。そう、ＭＰが切れると自滅する。

「今は手が無くて魔手さんは有るんだけど、そっちは夜頑張って貰うとして……打てる手が無い以上地道にコツコツ迷宮攻略でＬｖアップして身体能力を上げるしかないのに……

問題の根源はLvアップが遅いんだよ！」（プルプル）

既に『使役』スキルの『経験値分配』は逆転現象を起こし、俺が経験値を貰っている状態になっているはずだ。それでもLvが上がらなくなっている、このままではLv30どころかLv25ですら相当に難しそうだ。

「まずはLv24だけど、その程度では上がったところで今と大差はない気もするんだよ……詰んでるな？」

気分を変えて魔法で援護攻撃で参戦してみる。魔物を『掌握』で捕まえて動きを阻害し、後方からファイヤーバレットを撃ち込む後方支援の魔法職だ。おそらく『使役』の意味は本来こっちなんだけど、Lv23の魔法では簡単に無効化（レジスト）されて効いていない。

直接攻撃なら無効化を無効化してみたりと色々できるけど、遠距離ではLv負けしてる上に距離で効果が減衰している。つまりは接近戦でしか活路が見いだせない。

「うん、ステータスとスキルが意味不明なんだよ……高速機動型の隠密（おんみつ）な魔法使いで近接特化の無職って、それどうやって戦うの？　うん、まず無職が問題なんだよ！」

そして、それを無理矢理に纏めて纏うから自滅する。袋小路の堂々巡り。

「うん、going around in circles って言うと格好良い歌詞みたいなのに、堂々巡りって言うとお遍路な八十八箇所巡りみたいで台無し感があるんだよ？」（ポヨポヨ）

男子高校生の煩悩が描く、目眩（めくるめ）く官能の螺旋（スパイラル）は日々超高速な縦横無尽の往復運動で鍛えられているんだけど他が上がらない？　そう、『性王』はLv3になって、『再生』もLv

8だった……うん、そっちだけは日々ちゃんとガンガン成長中なんだよ？

恐らく弱体化は免れないが粘体化は不味いし、女体化は絶対お断りだ！

80日目　昼過ぎ　迷宮　地下40階層

制御と手加減。それができるなら最初から苦労はないけど、出来ないままだと過剰な力の反動で自壊が痛い。装備で制御能力を誤魔化すのにも限りが有り、最終的には感覚として操作できるかに懸かっている。

そう、『智慧』で制御力は格段に上がったのに、その『智慧』のせいで『魔纏』が強化され過ぎて身体が破壊されている。うん、『再生』で保たれているだけなんだよ？

「休む事無く『再生』の限界を超え続けて『限界突破』まで会得し、それはもう毎晩毎晩挑み続けてきた意味は有ったのだ！　よし、今晩も挑み続けて突破しまくろ――!!」

まあ、頑張るんだけど、本来なら体力回復系のスキルは『超速回復』や『瞬間回復』と上がって行くはずなのに……『再生』？

「確かに『超速再生』や『瞬間再生』になればViTやHPの不足も補えるかもだけど、それはそれで人として間違っている気もするんだよ？」（ポヨポヨ？）「まあ、強くなるなら何でもいいけど……でも、『再生』って魔物のスキルだよね？」（プルプル）

人聞きが悪いから、出来ればもっと人族らしい範囲で上位化して欲しいものだ。まあ、自分でも捥げた腕を引っ付けた時は、ちょっとドン引きだったんだよ？

そうして40Ｆの「ギガント・マンティス　Ｌｖ40」と斬り結ぶ。足元へと一歩で踏み込み、反転しながら『世界樹の杖』で脚部を薙ぎ払い……加速のまま一回転して、遠心力を乗せ首を斬り落とす。だって速度しかない俺が、身体に効果の負荷を掛けずに戦うには回転と遠心力。今はまだ踊りっ娘さんの円舞の模倣だけど、真似できればスキル化するかもしれない。

「遠心力で加速させた斬撃の重さに、『重力』魔法も乗せたいんだよ？」（ポヨポヨ）

ただ、未だに制御できずに自壊が酷い。でも、一回成功すれば『掌握』で再現は可能なはず。そう、『掌握』だけは日々の内職で磨き抜かれ、ご飯作りにも大活躍で制御も上手くなってるんだよ！

踊りっ娘さんの剣技は体の内と外に無数の回転軸を作り出して、複雑に連携させる究極の円運動。あれはまだ出来ない、そして出来ないのに真似をした負担こそが自壊！

だけど踊りっ娘さんはもっと複雑に複数の円運動を操作している。だから速度や破壊力も上がるし、読まれ難く変化させ易い。

「踊りっ娘さんの独自な舞踏の動きは究極すぎて流石に真似できないから、とりま良いとこ取りして繋ぎ合わせて混ぜ合わせるしかないよね？」（プルプル）

身体中の関節を円心点にし、より複雑に速く無駄の無い効率的な円運動の動きを作り出す。身体に覚え込ませる……技術と体術を上げ、スキルによる強化を減らし効率的に運用する。そうすれば自壊も減るし、『再生』に必要なMPも抑えられる。しかも最高のお手本が二人もいるのだから。

(ポヨポヨ!)「いや、3人だけどスライムさんをお手本にすると色々と人族辞めないと無理な問題が多いんだよ!」

うん、人族って変形したり、魔物を丸呑みにすると色々と不味いんだよ?

「手首は最後。肩から腕、です」「そう脚が最初　腰が回る　腿と腹に、お尻に背中」

指導が行き交う。腕で捏ねくるな、身体で斬れと。その後の技術が肩から先の腕なんだと。うん、確かに腿とお尻は大好きなんだけど、自分のはあまり意識できていなかった様だ？　うん、意識してたら危ない人だ！

もう1匹蟷螂さんをくるくると斬ってみる。目は廻っていないけど、スキル『グルグル』とか付きそうで……魔法だったら大変だ！

「振っては駄目、です。すっと刃が、滑る」

先生達が厳しい採点を下す。よし、今晩はミニスカ女教師さん達と授業に励もう！

でもそれって、この間のミニスカ秘書さんと何が違うんだろう？　まあ、衣装はスーツでも一応二人には伊達眼鏡も用意してある。それでも素敵な美人秘書さんと見分けがつかないなら、出席簿でも作れば良いのだろう？

「いや、みんな異世界にいるんだから担任も気を利かせて出席とりに来ないのかな？

まったく生徒に対する思いやりも感じられない学校なんだよ？」

甲冑委員長さんの模範演技。それは何でもないただの一振りで、それこそが全て。

「刃先は最後　身体、腕の後ついて来る　斬るのは身体」

全ての動きを1つに纏めるのが一閃。だけど全部突っ込む虚実は、『魔纏』した『転移』の瞬間移動で加速の同期がズレている。同時発動して一点へと最速で向かうから、そのズレが負荷になる。だから溜めのある身体的に正しい斬り方に修正するしか無い。

足裏から腿、腰から腹と背中。足と上半身が連動して回し捻る身体の円運動に胸から肩、そして最後に腕へと伝わり刃先が走る。つまり基本を飛ばしているから、初心からやり直しが必要なのだろう？

「ひゃっはあーっ？」「「その初心、要らないです！」」

要らないらしい、棘付き肩パッドも外しておこう。うん、これ何故か売れないんだよ？

甲冑委員長先生の動きは一見すると虚実に近い。でも原理が全く違う。だってあれはスキルですらないただの技。それにスキルが追随しているだけで、スキルで加速して同時に当たるよう撃ち放つ虚実とは全くの別物。そして円運動を使う踊りっ娘先生の方も、高度な足運びと身体操作から生まれる遠心力の連動制御が難しい。

だから初心者コースで真似るのはギョギョっ娘。ギョギョ先生だ。実は女子の中でずば抜けて剣閃が綺麗なのはギョギョっ娘で、その動きは単純かつ合理的で研ぎ澄まされている。全身の力を無駄無く素早く的確に使い切り、合理的に動きと結果を重ね合わせ1つにしている。あれが正しい動き、それこそが身体の負担を減らす論理。

　要は今迄、身体無視で最速攻撃だけを追求し続けた結果が自壊。身体で斬るのではなく、斬る為だけにスキルで身体を使っていた無理が出た結果。だけど、今なら『操身』だってLv9。基礎部分くらいは技で行けるはず。

「つっ」

　息が漏れる。力み過ぎだ、力が流れになっていないから斬撃にならずに剣に振られる。さっきから41Fの「メタル・ビートル　Lv41」を斬り払っているんだけど、超高速で飛来する鉄の塊だから刃筋を立てるのが滅茶難しい！

「うん、これって絶対バットで殴った方が打ちやすい気がするんだよ？　しかも微妙に変化球だから合わせるのが大変なんだって！」（プルプル）

　でもバットでひゃっはーは、それはそれで好感度的に不味い気がするのは何故だろう？

「って、一度に色んな方向から5球も6球も同時に死球を投げて来る投手とか、バット持って追い掛け回して殴り殺すのが絶対に正しい気も!?　うん、それ乱闘確実だよね!!」

「練習ある、のみ。身体が、覚えます」（ポヨポヨ！）「いや、ぽよぽよって、それは流体生物にしか出来ない極意で、それが出来ちゃうと人族として終わってるんだよ！」

　うん、無茶ぶりだ！　今のぽよぽよは「身体が付いて来ないなら、身体を変形させればいいじゃないの」と言う事だろうか？　確かにスライムさんは動いてないようで、体の中で回転を作っている。うん、魔力で出来ないかな？　だって体液でやると人族じゃなくなっちゃうし、健康にとっても悪そうなんだよ？

「意識する　身体　動き」（プルプル!!）

体で覚える前に『智慧』さんが理解した様で、最適な動きが無意識下で理解でき始めている。何せ『羅神眼』でずっとお手本の二人を見続けて来たから、情報だけは大量に持っている！　うん、だってあの二人の女体型甲冑ってかなりエロいんだよ……それはもう、ずっとガン見なんだよ？

そして『剣豪』の補正なのか正しい斬り方が身に付いて来た。後は実戦で練習して、正しい男子高校生的生活は毎晩実践しているし今晩も実戦だ。そう、あれこそが戦場で、こんなのただの辻斬りの練習場だ！

「くっ、最後でメタル・ビートルのムービングファストボールってズルいよ！」「まだまだだね、です」」（ポヨポヨ）

うん、フォークボールだと思って空振ったんだよ！　だけど、下の階層は剣を持って斬り掛かって来てくれてやり易い「スケルトン・ナイト　Lv42」さん。剣戟の相手に最適だし、鎧も着て盾も持っているからお小遣いにもなる。一歩踏み込み身体が止まる、その一瞬の溜めの後に剣閃が奔る。剣速は速く威力もあり、そして身体への負担が殆ど無い。だけど一瞬身体が、移動が止まる。それこそが致命的。

「これだとボコられるよね？　一瞬動き停まってるし、加速が途絶えて次の動作も遅くなるし？」（ポムポム）（ウンウン）（コクコク）

当たれば死ぬから、常に移動し続けなくてはならない。踊りっ娘さんの様に舞う動きを組み合わせないと、ただ踏み込むと身体が停止ってしまう。次の行動への慣性も消えてしまい、攻撃までは良くても後が危機的状況。そう、ボコられるらしい！

「ちょ、何で嬉しそうにボコる気満々な同意なの！」（ポムポム、ウンウン、コクコク）

うん、帰りにギルドの練習場でも借りて練習しよう。戦い方を変えざるを得ないなら、先ずは訓練が必要だ。戦い方を変える事はデメリットが大きい、恐らく弱体化は免れない。でも先の事はどうでも良い、取り敢えず今戦える力さえ有れば良いのだから……とにもかくにも殴る方法を持つ事だ。うん、あとは殴りながら考えれば良いし、大体世の中の大抵のものはずっと殴っていれば解決するものなんだよ？

◆ＭｋⅡの後をＭｋⅢにするかＺにするかは至上の命題だ。

80日目　夕方　冒険者ギルド　訓練場

遥君達は早めに切り上げて来たらしい、早めに切り上げて50階層まで行って帰って来たらしい。みんな頑張って30階層前後だったのに……。そして冒険者ギルドの訓練場は観客で大賑わい、そこは舞い荒れる吹雪の様に銀閃が舞う……虐めなのかな？

「ちょ、これ訓練って書いてボコって読む以前に普通に暴行！」

　アンジェリカさんが剣撃を飛ばし、ネフェルティリさんが鎖を飛ばす。それを躱しながら逃げ惑う遥君。

「また怒られてるの？」「違うみたいだね」「うん、これは駄目出しっぽい？」

　そう、アンジェリカさんと斬り結びながら、悪い部分をネフェルティリさんに鎖で撃たれている。それは指導と言うには余りにも壮絶な攻撃で、虐めにしか見えないけど……しかも、なんだかアンジェリカさんとネフェルティリさんは楽しそうだし？　うん、スライムさんも参加したさそうだけど、最強3人が回避できたら練習の必要って無いよね？

「ちょ、待ってって言ってるのに一回も待った無しだけど、偶には待ってみようよ？って言うかこれ無理、ムリムリ城より無理だって……（ボコッ！）ぐはああっ!!」

　遥君の動きが普通になっている、霞む様に速く瞬間的な移動――なのに目で追える。溜めやリズムといった当たり前の動きが加わり、あの予測不能な神速が無くなっている。

「でも、これって……」「「うん、弱くなってる？」」

　連続する加速は目で追えない、その変速を加えた可変は想像もし得ない。だけど、それは幻惑の動きだけど予測範囲、速く瞬間的な動作でも……それはただの剣技。だから予測できて動きが追えてしまう、途轍もなく高い技術で超高速な動きでも……SpE自体が低いから、予想できれば目で捉えられてしまう。

「あれって……弱くなってる？」「うん、あれなら勝てちゃうかも」「少なくとも戦えるし、戦えさえすれば身体能力差で勝てそうだね」「う〜ん、あれだと当てられるから〜……遥君、死んじゃうね～？」

正しい動き。それは人体の合理だから正しく、だからこそ理解できてしまう。

「怪我して具合が悪いとか？」「でも、あれだってLv23って言うのが信じられないくらいには強いよ」「でも、あれなら……勝てちゃうよ……勝てちゃうよね」

速いし強いけど私達にとっては普通。Lv100を超えると身体能力が一気に上がる、だから見えて追い付ければ……身体能力差で押しきれる。きっと勝ててしまう、私達にあの遥君が……負けてしまう。

足を踏み出して、身体を残す。その一歩で距離を無効にし、瞬く間に間合いを詰めるけど――見えている。その残した身体を戻す、それは捩じりの動き。一歩踏み出す一瞬で溜めを作り上げる極められた合理的な動きだけど――だから読める。

その一瞬の後を剣閃が流れる、それは超高速の斬撃。でも、それはただの剣技。信じられないくらい技術が高くても……それは身体能力で補える程度の速さ。

「簡単ですね、斬らせてから斬れば良い。きちんと受け止めれば、遥君は……もう、動けませんから」

そう、その瞬間に斬れる。斬れてしまう。あれなら打ち合ったまま体当たりで私達が勝てる。初見でもあの一瞬だけ移動が止まる踏み込みの瞬間に――確実に斬れる。

倒せてしまう、あの強かった遥君に……もう目で見えた時には手遅れって言うくらいに速くって、その動きすら訳が分からなくって、何も出来ないままに打ちのめしてずっとずっとみんなを守ってくれた遥君は…………こんなにも弱かった。

「なんで……なんでなのよ」「そんなの、そんなのって……」

分かっていたはずなのに……やっとＬｖ23。それは冒険者の見習い程度の強さ。まだダンジョンなんてとんでもない、冒険者のパーティーについて回って勉強しながら守って貰う見習いになれる程度の力。凄まじいスキルを使いこなし、高速の思考と驚異的技術を以てしても……これがＬｖ23の身体能力なんだ。

「あの身体で戦ってたんだ……全然強くなんてなってなかったんだ……」

誰にも真似できない高い技術と判断力、それを裏打ちする深く速い思考からの鋭い読み。だからあんな低い身体能力で『剣豪』の称号まで持ち得た、だけど遅くて弱い。それがＬｖ23の身体能力だから。この動きですらＬｖ30どころかＬｖ40にだって負けていない、でもＬｖ50だと……もう、技術で上回っても、速度ではついて行けない。

「だから守るって決めたのに！　守るって決めてたのに……」「あんな……あんなに脆い身体で独りで戦わせていたんだ……私は！」「強いんだって思っちゃってた……あんな数字なんて嘘なんだって」「遥君には関係ないんだって、そんな……そんな訳ないのに」

柿崎君達も小田君達も居なくなっている。すっごく怒っていた。

「身体に限界が来ちゃったんだ、もう能力に身体が付いていけないんだ……」「だって、だって今迄は……今迄のは……なんでなのよ！」「誰より頑張ってたのに……どうして、何でそんなに遥君にだけ酷い事するのよぉ」

自分自身に怒り狂っていた。私達の無力さがあそこまで追い詰めた。だから……あんなに弱いままにずっと……ずっと……。

「もう良い……もう良いよ……」「うん、もういっぱい守ってもらったもん、もう強くならなくて良いよ！」「私が強くなるから、だからもう……」

だから終わらせよう。もう、これ以上戦わなくって良い。もう、こんなに頑張って無茶をして……身体が壊れ果てるまで全部守って来たんだから。

「うん、もう終わらせよう――取り返しがつかなくなる前に」

アンジェリカさんに頼んで代わってもらう。遥君に模擬戦を挑む、勿論武器は木の棒。だけど本気でやる、もう良いんだよってちゃんと伝える為に。

「行くよー、って言うか一人ずつで良いの？　えっと……って迷宮皇さん達は並ばなくて良いよね！　今まで散々ボコってたじゃん!!　うん、どんだけボコりたいの！　あっ、妹エルフっ娘も初参戦、ポロリは有るんだろうか……って鎧じゃん！　ポロリが零れないで男子高校生達の夢と希望が零れ落ちたんだよ……見たいな？」

だから私が最初に行く。全員総当たりだけど……みんなが伝えたいんだから。もう良いんだよって、今までありがとうって――そして、今度こそ私達が絶対に守るって！

「うん……いくよ、遥君……」

だから……だから終わるまでは泣かない。本気だから――加速からの縮地で逃げられない内に一気に間合いを消す。遥君に守られてちゃんと強くなったんだよって伝える為に。

もう大丈夫だよって、だから……あれっ？

「「「……あれれっ？」」」

遅い、絶望的に遅い。その驚異的な高度技術と反射神経を以てしても、身体の動き自体が致命的なまでに遅い……なのに当たらない？

「「「何で！」」」

当たっていない。後ちょっとなのに……届いていない。体当たりで相打ち覚悟で詰めても掠ってすらいない？　見えてるし遅いのに当たらない、まるでスローモーション。

その反撃だって遅い。見え見えの攻撃に遅い斬撃。見えているし、何より予備動作が有る事でその動きが読み切れている。だから躱して打ち払っているのに……気が付けば追い詰められてボコボコ叩かれてる？

「あれっ？」「「「委員長、真面目にやってる!?」」」

でも交代してもみんな全滅して、二人掛かりでも三人掛かりでも……当たらない。結局、全員で当たってもボコられちゃったの？

「「「あれれっ？」」」

だけど弱かった。遅くてキレも無い見え見えの攻防だった。欠片も負ける要素が無いまま、みんなで訳も分からずボコられた。それでも間違いなく弱くなっている……だけど勝てなかった。見えて反応できて速度で上回っているのに……一方的にボコられた。

「「「あれ――っ？」」」「お疲れー。うん、良い訓練になったんだよ？　だって甲冑委員長

さんと踊りっ娘さんって容赦なさ過ぎなんだよ！　うん、練習の前に生き延びることが最優先って、それって訓練越えて死線まで越えそうな悲しみの視線もガン無視な稽古って言う、支線どころか本線からも外れたボコ方面行まっしぐらな超特急でボコ過ぎて稽古感が皆無だったんだよ？　うん、だからボコってみた？」

　ボコられちゃったの。みんな決意していた、だから「ありがとう」って言う為に本気だった。でも泣いちゃってる、勝てなくて良かったって。だけど強くならなきゃいけない、勝てなかったけど……間違いなく致命的な迄に弱かった。

「「「今のは何なの！」」」

　きっとまた何か誰も考え付かない訳の分からない事をして誤魔化してみただけで、実は異世界に来てからずっとずっと弱いままだった。あの森に居た頃からずっと弱いまま戦っていた、だから私達が強くならなきゃいけない。

　きっと今頃は柿崎君達も小田君達も必死で訓練をしているんだろう。私達だって……泣き止んだら訓練しよう。だから今はちょっと……ちょっとだけ……ね。

「「「結局あれは何だったの！」」」

　宿に戻るとさっそく遥君はご飯を作っている。そっちが気になって仕方がないけど……あれはＢＢＱと見せ掛けて焼肉さんだ！　だってタレが用意されている!!

「先読みか演算系の何かだと思うんだけど……」「でも、全員でも詰め切れないって！」

　既にお肉をタレに漬け込んで手揉み……って言うか魔手揉みを始めている。

「少なくとも幻術は無効化しましたよ、あれは体術か技術の筈です」

油を塗りながら金網に焼きを入れて準備は万全。ゆっくりと煙も上がり……ちゃんと煙は『掌握』さんで運び出されて換気までされている！

「何だか……動きを誘導されてなかった？」「うん、妙に動き難かった気がした！」

そう、お野菜も茸も大事だよね。あの雑に見えるぶつ切り感こそが重要なところなの。

「ですが状態異常系も全て無効化しました」「はい、魔法もスキルも通されていなかったはずです」「うん、何か当たると思ったのに、逃げていったよね？」

あああああっ、じゅうううって！　じゅじゅじゅうううって焼けてるのっ。もうお肉が、お肉が！　肉汁がじゅううぅぅ――って！

「「「委員長――！」」」

怒られた。でも、もうみんな無理だった。だって、みんなは背を向けてたけど、私はずっと見えてて……泣きそうだった。だって磨り下ろし林檎と大蒜、あれはいつだったか何でも無い時に何となく遥君にお話した……我が家の秘伝のタレの作り方。それを覚えていてくれた、そして作ってくれた。また無くした物を取り返してもらった。

「ああー、匂いがヤバい！」「「「音まで美味しそう！」」」

もう、子供達も唾を飲み込みながら、無言で焼けていくお肉を眺め続ける。匂いに釣られていつの間にか帰ってきてた柿崎君達は、もうバケツを差し出して待っている。

きっと考えたって分からないし、聞いてもはぐらかされる。だって遥君は辛い時は平気な顔して何も言わないから。あと普通な時も碌な事を言わないから？

「焼けたから各自奪い合って良いけど、こっちのは孤児っ子専用だから奪わないようにねー……って子狸はあっち！　ご飯は御櫃から盛り放題だけど、お肉は２００kgしかないから……奪い合え？　みたいな？」

もし聞き出したければ遥君に勝つしかない。いつか遥君に勝って、もう私達は強くなったから大丈夫だよって言えるその日まで。でも、その時が来るまで遥君は諦めない、だから絶対教えてもらえない。

「「「いただきま――――す！」」」

きゃああああああっ……………モグモグ……………ガツガツ……………モグモグ、ゴクリ……………モグモグ（泣）

美味し泣きの号泣だった、もう誰もお喋りなんて出来なかった。そして満腹のまままみんなでお風呂に浮かぶ、子供達もお腹満腹。そして私達は……後で何とかしよう！

「美味しかったねー」「「焼肉さんは兵器だった！」」「白ご飯と焼肉さんとお野菜の連携連続攻撃にやられちゃったよ」「よく考えたら１人１kgで全然足りないって……」「奪い合ってて気づかなかった……わんもあせっと？」「「ワンモアセット！　ワンモアセット！」」「「わんもあせっとぉ♪　わんもあせっとっ？」」

でも孤児っ子ちゃんはしなくって良いからね？　それは子供にはまだ早いの。

「「うわああああああああ――――……」」

更にお風呂あがりに驚愕な歓喜が沸き起こる。脱衣所でアンジェリカさんとネフェルティリさんが配ってくれる。

「デザインもちゃんと変えてあるし、フリルが細かくて凄く可愛くなってる！」「このレース編みは現代技術の枠を超えてます、これは芸術品ですよ」「「「可愛い!!」」」

それは遥君から下着（改）の上下がみんなに贈られていて、これを試用して改善案を出すと第二回ブラジャー測定会も考慮してもらえるらしい。既に究極の着け心地で、ブラをしている事を忘れるのを通り越して戦闘中ですら胸の存在を忘れてしまう程なのに。

その更に改良版で、これに更なる改善点を要望すれば更なる上位進化したブラを作製してもらえる！　それはもう着けただけで幸せに包まれる至福のブラだろう。

「凄いよ、これ！」「これって生地の伸縮度が全部変えてあって、貼り合わせにも可動域が」「「「ストラップまで総レースって……勝負下着だね!!」」」

まあ……勝負の相手が魔物さんだけど、ある意味毎日が勝負と言えば勝負？

そう、アンジェリカさん達が新作改良型ブラＭｋⅡ緊急用魔法障壁効果付きのブラとショーツを配ってくれたけど、すごい出来だった。見た目の可愛さとゴージャス感と綺麗なリッチ感、そして究極を超えた着け心地！　もう三千世界をぶっちぎりの技術革新で、魔法技術と裁縫技術に物理学が結集されたこれは至宝！

「でも、これ多分……ビキニアーマーの技術移転がされてない？」「結界能力を落とす代わりに、下着は限界まで無事なんだそうです」「装備や服が破れると発動するんだ？」

甲冑や衣服が壊れるって、それは命が懸かった限界の状態。そんな状況でも下着は残って護ってくれる……って、その状況がもう駄目だよね？

「甲冑が壊れ、鎧下が破れ、防御力が尽きた際に発動で……普段は強化付与だけのようですね」「「「それ、ヤバくなると迷宮で下着でバトル!?」」」

だけど可愛くて素敵で替えまで用意されていて、上2枚に下は5枚。柄を合わせた同一企画だけど種類違いのランジェリー。しかも不満が有ればMkⅡ改も考えられているらしくて、既に智慧さんの革命的な技術革新で作られたアンジェリカさん達のMkⅢは軽くこのMkⅡを超えちゃっているらしい。だけど……採寸も革命的に革新され、魔手さんで天獄の向こう側の痴獄の先まで飛んじゃうらしいの？　うん、体験者談なの。

「「「可愛いぃ♪」」」「素敵です」

でも今は嬉しさでいっぱいで見せっこが始まってる。だって、要望をずっと出し続けていたネグリジェ付き。だってアンジェリカさん達ばっかりズルいよね！

そっか、これが辺境の日々。これが帰って来たよって言う毎日。美味しいご飯に、お風呂女子会で下着の話で盛り上がって、また明日も迷宮攻略って言う辺境の毎日に戻って来た。ちゃんとみんなで辺境に帰って来た。

「うわぁー、ショーツもお尻に吸い付くみたいにフィットして、きゅっと上がっちゃうのにキツさを全然感じない！」「「「異世界魔法よりこっちが魔法だよ！」」」

異世界転移してきた魔法使いさんは、優しい魔法で美味しいご飯と可愛い服と下着に温かい寝床を用意してくれる。それは、みんなを幸せにするための魔法。うん、デザインはやらしいけどね？

だから「もう戦わなくって良いよ」って言えるようになりたい。戦いなんて下らない事の為に、こんなに素敵な優しい魔法を使わせるなんて勿体ないんだから。だって、これ以上戦わせちゃいけないから。だって……もう限界が来てしまっていた。

だから限界を超えた遥君が安心できるくらいに私達が強くなる。それだけで良い、最初からそれこそが女子会の目標。遥君は元々楽隠居が希望なんだから……まあ、あれを隠居させたらさせたで諸国漫遊して、大殺戮とか繰り広げちゃいそうだけどね？

どうやら面倒で危険なスキルを持った相手は俺だと見做されたようだ。

80日目　深夜　宿屋　白い変人

王宮の宝物庫にあった『知識の頭冠　InT・MiN30%アップ　制御（大）魔導（大）3つ入る』をミスリル化すると、『英知の頭冠　InT・MiN40%アップ　制御（特大）魔導（特大）　5つ入る』とかなり都合の良い所だけ上がってくれた。そこで実戦で使ってみた結果、実感は大してなかったのに委員長さん達との手合わせでは思いの外に制御が上手くいった……なにより時間遅延効果が増大していた。

そして極僅かな距離を、直線的に進む以外の『転移』を意識して止められた。そのせいで動きが単純になり、速度も落ちたけど……逆に極僅かな転移に委員長さん達は間合いとリズムを狂わされて崩された。うん、甲冑委員長さん達にはボコられた！

「まあ、発動を絞れただけで、制御はかなり楽になったかな」

完全制御は不可能。だって完全な『転移』が可能なら、それだけで無敵なチート。そんなスキルがあったなら世界なんてとっくに終わっているはずなんだよ？

「もともと空間魔法は極レアスキルだから、阻害される可能性は極めて低いはずなのに……気軽にボコらないで欲しいものだな？」

そう、制御しようと集中するから、余計に転移直前に動きが止まる。って言うか止めないと慣性が加速されて発動後に身体が壊される。だから奥の手、読ませないための使い方が大切で……必死に喰らい付いてきていた委員長さん達は、なぜ負けたのかも分かっていないだろう。うん、必死に喰らいつくからズレたら崩れるんだよ？　まあ、晩ご飯は焼肉に喰らい付くのに忙しそうだったから解明する暇もなかっただろう？

「でも、甲冑委員長さんは『転移』に合わせてたし、踊りっ娘さんまで読んで詰めてたけど何で『転移』に合わせられるの？　あれって弱点か何かあるの？　まあ、燃費は凄く悪かったし、連続使用も厳しかったし、今一自分で距離感が摑めないって問題は有ったんだけど……あれ使えないスキルなの？」

そう、委員長さん達は翻弄されていたけど、甲冑委員長さんはすぐに合わせて来た。そして踊りっ娘さんも読み切っていた節が有る。ならば過信すれば罠に嵌められて狙い撃ちにされる。弱点が理解できていない技なんて恐ろしくて実戦では使えない。

「魔力で、先が視切れる、ます。動き単純、です」「足先、膝　方向　隠せてない」

魔力視で『転移』の瞬間を見切って、タイミングをズラして攻撃していたらしい。距離も消滅も一瞬だけだから、たったそれだけで捉えられる。そして無意識に移動方向に足先が向いていた、癖を読まれればせっかくの奇策も無意味で、極度の集中と複雑すぎる操作で意識が読まれていた。

「踊りっ娘さんの自在に方向を変えられる円運動をものにしないと、直線運動からの転移は危険っぽいな？」（プルプル）

初見の女子さん達くらいは騙せても、見切られれば致命的な技は危険過ぎる。うん、待ち構えられて滅茶ボコられるんだよ！　それでも時間遅延の緩慢な世界の中で、先を『未来視』と『慧眼』で読み切れば『智慧』で相手の行動を高速演算出来る。それだけではSpEの差を超えられないけど、そこに『転移』がちょっぴりでも意識的に使えれば一気に大どんでん返しで身体性能なんて言う大前提ごと引っ繰り返せる。

だって如何様。相手のカードを視て演算予測して、こっちはそれに合わせて消えたりズレたりできるんだから。うん、今度は称号に『如何様師』とか付けられそうだけど、勝てるなら、それで戦えるなら、ボコられないんならそれでも良い！

「訓練と実戦で調整しながら、何か良い装備を探してちょこちょこ誤魔化して強化するしかないんだろうねー？　でも、委員長さん達は騙されてくれたのかな？　まあ、勝てない内は何も言って来ないと思うんだけど、焦られても危ないから見ててあげてね？」「はい。でも装備は駄目、です」「分かり、ました。　でも装備は禁止!!」（プルプル!!）

　女子会は早く終わったみたいだし、これと言って急ぐ内職も残っていない。　みんなお風呂も済んでホカホカの湯上がりで、ゆっくり寛(くつろ)ぐはずが……動けない。うん、拘束中？

「隙有り　好き者？　まあ、スケベ、です！」「ちょ、好色な好き者さんが好き兵衛(べえ)さんで、助兵衛さんとか助平さんとかお仕置きだ兵衛さんは人違いなんだよ！」

　『知識の頭冠』をミスリル化する時に思いついて、封印されしアンチ好感度装備の1つ『プロメテウスの鎖　束縛　全能力無効化』もミスリル化した。何故(なぜ)ならこの鎖で踊りっ娘さんを拘束した。ずっと教会に拘束されて自由になれなかったのに、俺がこの鎖で拘束した。その後解放したけど無理矢理に服従させた。だから拘束できる装備を俺が所持したままでは、本当に心の底から自由になれた気がしないだろう。

　それに踊りっ娘さんなら鎖装備だから使えるだろうと思ってミスリル化したら、『プロメテウスの神鎖　ALL30％アップ　変形伸長　束縛　拘束　全能力強制無効化　+ATT』と高レベル装備になったんだよ？　うん、そう思って渡した……ら、俺が縛られた！

「うん、これは良い装備だ……って『魔手』さんも発動不能で『転移』も出来ない！」

「面倒で危険なスキルを持った相手を無力化するのに覿面(てきめん)な武器、です（ニコッ）」「振動魔法　使えない　そう、御奉仕(あとはわかるな)です（ニヤリッ）」

でも『再生』は効いてる気がするし、『性王』も無効化されていない感じだ。つまり体外への魔法やスキルが無効化されている？　既に鎖に括られたままベッドに押し倒され、『世界樹の杖』と『マント』は最優先で武装解除され次々に装備が解除されていく。後は『布の服』だけで、エロ同人みたいな事されちゃう寸前な状態なんだよ！

上からは白のセクシーランジェリーに包まれ、はみ出した琥珀色の肉に覆い被られ、その短い純白のネグリジェの裾から素肌が現れてお臍まで見えている。そして下からは黒いセクシーランジェリーの淫靡な白い肉体が、俺の脚の上でムニュムニュと素敵ボディーを押し付けながら這い上ってくる。男子高校生さんへの上下からの挟撃作戦だと！

「ちょ、ぐはあああっ！って、せめて話は聞こうよ！」（イヤイヤ、ブンブン）

魔纏が分解されてるけど体内への効果は消されていない。ただ、もう装備が無い！

「だから……」（クチュクチュ♥）「もう、お返事ですらなかった！」

再生能力は効いている。だって、この永劫の復活が男子高校生的標準だとしたら……世の男子高校生達はもう高校に行く暇も無いよ！　そして切なげな震え、これは『性王』も効いているはず。だとすると『プロメテウスの神鎖』は身体の内部には効果を及ぼしていない。外部に効果が放出できなくても、持久戦なら可能。だけど今も柔らかくも危険な波状攻撃が上下から男子高校生さんへ包囲戦で集中攻撃を被弾中、このままでは陥落も近いだろう。再生はできているけどMPが削られている！

「ちょ」（はむぅ♥）「だから話を」（れろれろ♥）

ズボンには『布袋』が装着されたまま。だから上下から蠢く魅惑の肉感に押し潰されながら、ゆっくりと腕を伸ばして指先を袋に掛ける。そう、そこには内職作業中に外していた『グローブ』が入っている！

「いや、だから」（ぬりゅっ♥）「って、」（ぬぅぽおっ♥）

お腹の上で蠢く2つの丸い弾力が揺れ、腿の上ではぷるぷると2つの丸い果肉が震える。

その『羅神眼』に映る天上の光景がヤバい、男子高校生さんの全滅の危機だ！

むにゅと顔を挟む太腿さんの魅惑効果を強い心で無効化して、ちょっとだけ舐め回したりしながら布袋へと手を伸ばす。気取らせないよう慎重に指先に掛かった袋を、ゆっくりとたくし上げて引き寄せる。

「はっ！　何を……んひぃいぃっ！」

一気に袋に手を突っ込む。先に動きに気付いて手を押さえようとした踊りっ娘さんの素敵なローライズショーツ目掛け、素敵な行為への幸せな復讐の劫火を指先に乗せて一気呵成に一点突破で送り込む。それこそが逆転の『感度上昇』からの『淫技』発動での究極の『振動』魔法、右手のガントレット『矛盾のガントレット［右］物理魔法防御無効化』なら無効化すら無効できるんだよ！

「きゃあっ、きゃっ、きゃうっっん。……（ポテッ♥）」

そう、形勢は完全に逆転したのだ！

（イヤイヤ）

甲冑委員長さんは涙目で身を竦めて震え、怯えた瞳でイヤイヤしている？

「触手さん、魔手さん。やってやってやっておしまいなさ――いっ！　みたいな――っ？」

「むりっ、むりむり、いや、あぁぁ――っ……あっ♥（パタン♥）」

今日も戦いは無情だった。だが情けはエロの為ならず、為らずんばエロを得ずとも云うからエロろう！　そう、言っておいて聞いた事ないけどエロるんだ！

「だって男子高校生なんだもん!!」「「きゃあああぁ……あぁぁ♥」」

復活した腰砕けの踊りっ娘さんを報復でお休みさせ、這い上がってきた不屈の甲冑委員長さんも続けざまの返報で屈服させる。そして更なる復活を遂げた踊りっ娘さんには意趣返しな男子高校生的な連打を降らして倒し、それでも不滅の甲冑委員長さんを復活と同時に引き続き復讐で昇天な継続性意趣晴らしな連続的返礼な仕返しで、引き続き繰り返される男子高校生的な復讐を復習しながらの複合スキルによる幸福の絶頂無限連鎖な連鎖反応で負の連鎖。

復讐とは虚しいものな筈なのに、楽しいから止められない止まらない？　うん、明日も良いジトが見られそうだ。今は白目って言うか黒目が消え、痙攣しながらお口も開きっ放し？　うん、涎を拭いてあげて……まあ、お疲れみたいだし茸でも咥えさせておこう？

永遠の17才問題に続き当分の16才問題まで勃発して異世界も大変だ。

81日目　朝　宿屋　白い変人

只々、述べよう。ただ在りのままの真実を。それこそが円環に囚われし負の連鎖を解き放つ真実、故に我無実冤罪証明？

「武器がズルいって、最初に『プロメテウスの神鎖』で男子高校生緊縛監禁事件で複数の凌辱虐待行為を仕掛けたのそっちだよね！って……ま、まさかのWテヘペロだと――っ！」（（テヘペロ♪））「いや、仕掛けられて仕返しただけの罪のない連続虐撃の終わりのない連鎖反応で、ちょっと男子高校生さんが過敏反応しちゃって過激に素敵で淫らな生体反応に思わず条件反応でパブロフさん家のお犬さん虐待問題は置いといて、拘禁反応からの反動も加わって逐次反応と連続反応な男子高校生反応な反抗期な暴れん坊が中間反応で最終的には警告反応的に素晴らしき接触反応で接触し捲くって行くと言う必然的な高純度濃縮男子高校生的な欲望の化学反応なんだから……分かり易く科学的アプローチを除外して純文学的に述べるなら俺は悪くないんだよ？　みたいな？」

あれ、無反応ジト目だ？　俺の分かり易く論理的に組み立てられて変形して進化し究極合体しちゃうとまで言われた理論と論理が受け入れられていないようだ？

「気が狂う、ます！　天獄が、地獄!!　意識、真っ白、です!!」「死んじゃう！　不死でも死んじゃう！　死ぬかと思った!!」（プルプル）「あっ、おはようスライムさん。今日もぽよぽよだね？」（ポヨポヨ！）「「ちゃんと聞いて――――っ！」」

あれっ、無実の説明を証明して明らかに明示したと言うのにオコだ？　不思議だ、俺の無実は詳らかに解き明かされて目明かし編も究明されたのに不可思議だな？

さて、朝ご飯はホットケーキがリクエストだった。どうして孤児っ子達へのリクエストに女子さん達が真っ先に答えるのかが現在解明中の疑問点だけど、女子さん達だって広義な解釈では異世界孤児状態と言えなくもない。まあ、未成年だし？

「しかし、最近台詞にお兄ちゃんって付ければ良いと思っている気がするんだよ？」（ポヨポヨ）（ウンウン）（コクコク）

でも、もう異世界に来てから2箇月超えてるし何人かは年上なはずなんだよ？

実はお誕生日会も考えたんだけど、この世界って暦がややこしかった。どうやら太陽の位置で新年が決まるらしくて前以て分からないらしい。なんと後日になってから「あ、新年3日目だ」とか発表されるらしくて、1年が何日かも大体でやっているらしい。だから月という概念が無いって言うか、月が無い。うん、衛星ないんだよこの世界？

「もう、お月見は出来ないのに……何故だかお団子だけは催促されそうだな！」

きっと、お月様が無くって女子さん達も寂しいだろう……あれ？　お団子食べさせておいたら文句言わない気がする！

そして、ややこしいことに遠くに別の太陽があるみたいで、それを月だと思っていた。

道理でずっと満月だと思ったんだよ？　そう、夜も月明かりで明るいと思っていたら、ある意味ずっと日中だった様だ。うん、何て紛らわしい異世界だ！

「まあ、遠い太陽でも月でも、お団子さえあれば団子が足りない以外の文句はきっと出ない気がするんだよ？」（ポヨポヨ）（ウンウン）（コクコク）

恐らくは二重太陽のせいで一年間の日数にばらつきが出るのだろう。お空に思いを馳せ、天文学的見地から異世界の学術レベルの考察をして……お団子のタレも考えているんだけど未だお説教は終わらない？　うん、死んじゃうって生命の危機について語ってるけど、二人共不死属性だよね？　前職から考えて？

まあ、永遠の生なんて別ればかりで悲しいものかも知れない。だけど二人なら全然違う、一人っきりとは絶対に違うはずだ。それにスライムさんだって寿命不明な不定不形態不思議属性だし、長生きしそう……なんだか、ずっと生きてそうだから3人いれば寂しさだってずっと和らぐはずなんだよ。

そして委員長さん達だって相当に長生きするはず。Lvが上がれば老化は遅れ寿命は伸びる。つまりお誕生日会どころか殆ど皆17才が当分来ないのかも？

「永遠の17才問題に引き続いて、当分の16才問題まで勃発って異世界さんも大変そうだな？」（ポヨポヨ！）

うん、あの問題って絶対に解決の見込みがないんだよ。そうしてお説教されながら粉を溶いて混ぜて練り終わったから、未だ超貴重なバターでホットケーキを焼いて行くと……

お説教に勢いが無くなって行き、目はホットケーキに釘付けで、お口の端からは涎が垂れている。まあ、夜も垂れてたんだよ？　色々と？

「あっ、シーツ洗濯しておこう、ぐしょ濡れの生乾きのままだ！」「「……!!」」

いきなり殴られた！

「「「いただきまーす♪」」」「わーい、ほっとけーき、だいすき――♪」

元気にガツガツとホットケーキを貪る欠食児童たちの群衆劇。

「ちょ、昨日の夜はもう食べられないって言いながら倒れてたよね？　スキル『消化』ゲットだぜ？　でも、それ吸収もセットだと思うからわんもあせっとだぜ？」「昨日の限界を超えるために、今日はあるの！」「「「おおー、名言だ!!」」」「いや、限界を肥える……いえ、何でも有りません！」「「「美味しいー♪」」」

スライムさんと莫迦達は、おかわりが面倒なので天井まで積み上げて置いた。ただ、積み過ぎてホットケーキの自重に耐えきれずにお皿が割れて勿体なかったな？

「全くスライムさんは能力『浮遊』で浮かんでお行儀良く食べているのに……莫迦だな？」

「「「早く食わねえと女子に食われるんだよ！」」」

まあ莫迦達は莫迦達なりに必死に考えたのだろう。食堂の有りっ丈の椅子を積み上げ、その上に登って天井からぶら下がってホットケーキを貪っている……脳筋莫迦雑技団？

「やっぱり脚立とか梯子とかの文明の利器は無理みたいで、さりげなく置いて置いたのに……やはり無理だったな？」

だが、てっきりジャンプして天井にしがみ付くと思っていた莫迦達が、なんと道具を使ってみせた！　そう、もしかするとあと1万年くらいすれば進化して、食器と武器の違いを覚えられるかもしれない。まあ、ブーメランでホットケーキを切り分け短剣を突き刺して食べている内は文明化は無理だろう。うん、やっぱり森に放してこようかな？

「それでケモミミっ娘は何処！　吐け、吐くんだ、吐かないと儚く焼くんだよ、ホットケーキよりこんがりとー！」「「「食事中に吐け吐け言わないでよ！」」」「何にもないですよ、ただありがとうだけでしたよ！」「そう、モフモフについては何も無かった……」「「「ケモミミすら一切触れませんでした（泣）」」」

どうやら俺達は前の世界の誤った情報に洗脳されていたようだ。そう、ケモミミっ娘を助けるとモフモフさせてくれると言う法則は虚偽の伝説だった様だ！

「でもケモミミ美少女だったんだよな？　ああー、俺がおっさんに追い掛けられて加齢臭避難訓練してた時にケモミミ美少女達との出会いってマジムカつく！　やっぱり焼けようよ？」「焼かないでって、って言うか美少女踊り娘さんで一体なんの文句が有るんですか！」「しかも僕達はケモミミっ娘達とお話も出来なかったのに……使役って」「この世で遥君にだけは妬かれる筋合いが無いと思うんですけど！」「うん、焼くんだよ？」

「「「全然解決しない！」」」

だってケモミミだもの？

「ウサミミっ娘ナイスバディー、丸シッポ有りでした」「「「マジで！って言うかいつ見たの！　GJ!!」」」「草食系な兎(うさぎ)さんなのに身体(からだ)は……肉食系！」「「「おお――っ！」」」

まあ、何と言う事でしょう。なんと兎さんの獣人がいたらしい、しかもグラマラスなボンキュッボンをハンドサインで伝えている。そして、その兎ケモミミっ娘は丸シッポまで装備した究極の美獣人さんだったそうだ！

「確かにあの揺れはただものじゃなかった……耳も揺れてたし」「でも、あの括(くび)れこそが獣人さんの野生の魅力が！」「うん、こうお尻がきゅっと持ち上がってて、丸シッポがちょこんって」「ぐはあああっ！　俺ちょっと獣人国に忘れ物したみたいだから、ちょっと飛んで来るよ？　アディオス、オターゴ？」「「「忘れるも何も行ってませんよね！」」」

「あと、オターゴって誰っ!!」

そう言えば獣人国がどこに在るのかも知らない。いや、地図では見たんだけど、この世界の地図っていまいち当てにならない。そして何よりウサミミポイントなんて書き記されてはいなかった。なんて役に立たない地図だ、最重要情報が抜け落ちてるんだよ!!

「手紙で充分です……凄(すご)く怖がってたから」「人族に家族が殺されて、それでもありがとうって……それだけで充分ですよ」「「「うん、あの状況でラブコメ展開は無理」」」

まあ、フラグが立っても、こいつ等(ら)なら速射(クイック&ドロー)で折りそうだ？　まあ、そんな状況なら話しかけず、近寄らない事こそが優しさだったんだろう……こいつらコミュ力ないし！

「だけど世の中には絶望的な見た目の超痛い厨二(ちゅうに)な眼帯装備で精神を侵略し、悪逆な鎖で拘束して束縛した状態で自由を奪う下劣極まる首飾りで強制的に服従させる超最低最悪な状況下の滅亡的な好感度から……なんとクレープ1つで奇跡のリカバリーショットでホールインワンなエロコメ展開まで辿り着いた、千辛万苦な男子高校生だっているのだから心堅石穿の志を見習って欲しいものだな？」「「「それ、どうやったの！」」」

まあ、でも昨日は、その張本人に鎖で縛られて襲われたんだよ？ 割とマジで？

実は獣人国への援助の提案もあった。獣人国が強ければ王国はより安全になるし、獣人奴隷が得られなければ商国も教国も衰退して良い事尽くめ。だけど獣人国は気に入らないから見送ったんだけど……行ってみるのは有りなのかも知れない？

「うん、何事も見聞は必要だ、主に丸シッポとか！って、美少女ウサミミっ娘の丸シッポをどうやって見たの？ やはり焼いておこう、汚物は消毒だと昔の偉い人も言っていたと言う話だし？」「「「あのモヒカンの人は偉くはなさそうでしたよ！」」」

でも、こいつ等って異世界人なら大丈夫かと思ってたけど、看板娘にもお菓子あげたりお土産をあげてるけど……それを食べてるのを離れてニコニコ見てるだけなんだよ？ うん、なんかファンクラブなノリで会話が皆無って……異世界でも駄目そうだな？

だが、この世は辛さに満ち溢れている。うん、だってお腹いっぱいで倒れていた女子さん達がお説教体勢で包囲展開中。そう、あのボンキュッボンのハンドサインを見られたんだよ！ うん、逃げよう!!

まったくNTR1900版解説のおかげで格好良い戦闘が台無しだ。

81日目　昼　迷宮　地下52階層

嗚呼やはり此処こそが我が憩いの場所、心静かに安らげる憩いの迷宮を進む。うん、相も変わらず異世界は迷宮の中が一番平穏で安穏とした癒しの空間なんだよ？　まあ、同級生のお説教から逃げて来たのだから、実は異世界は無罪な気もしなくはないでもない？

「そう言えば冒険者も増えて装備も良くなったから、迷宮も冒険者達でいっぱいかと思ったら……誰もいない？」

一応深くてヤバいとは報告したけど、迷宮で冒険者に会った事が一度もない。うん、出会いは無さそうって言うか、毎回出会って連れて帰ってるのも魔物さんだったりする？

「美人女冒険者さんと出会えるのが定番なはず……まあ、未だ冒険者になってないんだけど、ちゃんと毎日ギルドには行ってるんだよ？　うん、変わってなかったな？」

そう、今日も良い受付委員長さんのジトだった。将来はジト目ギルド長への昇進も有りそうだ……だってギルド長って、おっさんなんだよ？

湿度も高くはない。空気に淀みも感じられず、壁も床も不自然な迄に滑らかで部屋や通路が整理された感すらある。これが深い迷宮。深い迷宮は洞窟感が失われて迷宮に近づいて行く……改築中なの？　うん、俺もしたいな？

そして、やはり下りて行っても美人女冒険者さんはいない。魔物にやられそうになっていたら助けに来てくれるんじゃないかとの期待も有るんだけど、相変わらず魔物さん達が此処まで辿り着いて来てくれない？　そう、念の為にずっと格好いいポーズで待っていたんだけど、魔物さんも美人女冒険者さんも現れない……うん、先に進もう。

「分かり易く現状を解釈すると、また使役者さんだけ置いて行かれてるんだよ！」

まあ、魔物さんは全滅しているかも？　踊りっ娘さんはLv20を超えたあたりから化物染みた強さを現し始め、訓練でも確実にボコられる。そして夜の戦いが更に危険な領域へと深まって深まって、それはもう深い一番奥まで探求心旺盛な男子高校生の大冒険が出たり入ったりを高速で繰り広げる夜の迷宮踏破が大変なんだよ！

（ポヨポヨ）「おかえりー、美味しかった？って言うかこの階層の魔物なんだったんだろうね。うん、見てもないんだよ？」

魔石貰っても魔物は分からないし、前回の記憶も無いから前回も見てない可能性が高い。つまり毎回階段を下りるだけの健康的で安全な迷宮踏破なんだよ？　スライムさんを撫でながら歩き、スライムさんを愛でながら進む。するとスッキリとした顔で甲冑委員長さんと踊りっ娘さんも戻って来た。

「うん、もう魔物さんとの出会いもないようだけど、昨晩も満足の向こう側まで過剰に満足で続々と倒れてたのに未だ欲求不満だったの？　うん、今晩はもっと頑張ってみよう？　まあ、魔物への八つ当たりな可能性も高いんだけど頑張ろう！」

そして53Ｆは訓練に程よい感じの「レッサー・サラマンダー　Ｌｖ53」を、頼み込み拝み倒して分けてもらった。そう、これが使役者の威厳と言うものなのだろう。違うんじゃないかと言う説も有るけど聞きたくない。聞こえないったら聞こえない！

「結局50階層の階層主も復活していなくて、あそこって『お疲れマンモス　Ｌｖ50』とかいうデカくって珍しい名前の魔物がいた記憶が有るのにお留守だったね？」

そして、こっちは「レッサー・サラマンダー　Ｌｖ53」って、レッサーて付くと可愛い気がするが劣化版。多分、「レッサー」なのだから小型種の意味なのかも？

「まあ、チビ・サラマンダーだと可愛い感じがして魔物的にも嫌がりそうだし、なのに火蜥蜴って書くと怒られそう？　うん、なんかボールを投げたらゲット出来て７つ集めるとパンツが貰えそうだけど、ギャルのパンツも自分で作ってるから要らないんだよ？　うん、また追加注文だったんだよ……紐パンが？」（プルプル）

炎を纏った蜥蜴男。何か直立歩行してるんだけど上位種なのだろうか？　床を叩いて音を立て、蜥蜴男を広い部屋に呼び寄せる。集団戦の方が切れ間無く戦う為の練習には良いし、手分けされると俺の分が残らないんだよ！

「そう、未だ異世界の魔物不足問題は解決に至ってなくって、迷宮でずっと歩きながら紐パン作ってたんだよ？」（プルプル！）

まあ、主要原因の３名は横にいるんだよ？

輪舞。橋が落ちそうで縁起の悪い名前だけど、迷宮で落ちるのは経験者だから気にしない。それに落ちるのはロンドン橋で輪舞(ロンド)橋さんは未だ八王子でご健在だったはずだ。

　だから輪舞(ロンド)……でも輪舞って言うと、なぜか優雅で美しい踊りなイメージだ？

「戯曲の輪舞(りんぶ)って情事(エロ)前の男女二人の会話劇の10景で、最初は娼婦(しょうふ)と兵士、次が兵士と女中、その次に女中と若旦那って続いて最後の伯爵が最初に出てきた娼婦に戻るって言う恐ろしいNTR戯曲で、それ踊ってる場合なのか甚だ疑問が欺瞞(ぎまん)に満ち溢れた戯曲なんだよ？　うん、作ったシュニッツラーさんは1900年に発表したのに、当時の性道徳や階級理念に露骨に反した内容だからって上演も出版も諦めて自費出版本を200部知人に配っただけだったりするんだよ？」（プルプル）

　剣閃(けんせん)を煌(きら)めかせて舞い踊る斬撃。

「うん、戦後に検閲がなくなって、ようやく1920年に上演が可能になっても結局法廷論争を引き起こしちゃった超問題作で……踊るどころか大騒ぎ？」（ポヨポヨ！）

　いや、だから輪舞(ロンド)なんだよ？

「うん、説明してたら『レッサー・サラマンダー』さん達(たち)みんな全滅しちゃったよ！　せっかく格好良く、『輪舞(ロンド)。それは異なる旋律を挟みながら同じ旋律(ロンド主題)を何度も繰り返す形式の楽曲で、旋律がA↓B↓A↓C↓A↓B↓Aとか繰り返されながら主題に戻る事から……』って、蘊蓄(かた)る予定だったのに戯曲が問題すぎて辿り着けなかったんだよ！　うん、解説しながら倒そうと思ってたのに！」（プルプル）

　どうやら四方山話(よもやまばなし)より「レッサー・サラマンダー」さんは少ないらしい？

「お疲れー、って言うにはいまいち復活(リスポーン)が少ないのかな？　まあ、輪舞(ロンド)までは完成？」

「動く、変わる、出来てました」「良かった　合ってます　でも単調」（ポムポム）

第一段階は合格。動きに変則を入れて緩急があるように見せて、動きの大きさで変化させているだけの偽物(フェイク)で根本の拍子(テンポ)自体は変えられない。委員長さん達は偽りの変則に戸惑い連携のタイミングを狂わされて手玉に取れたけど、一目で見抜き見抜けなくてもボコる甲冑委員長さん達にはボコボコだった動作変化(モーションチェンジ)。

「これからが変拍子の習得かな？」「変速(チェンジ)の幅、大事です」

今まで無拍子を目指していただけで、戦いに律動(リズム)は付けられても拍子(テンポ)が単調だった。人は無意識だと同じ拍子(テンポ)で動いてしまう、だから読まれてしまう。それを外す為には変拍子。その先が混合拍子から無限拍子へと、無限の拍子を自由自在変幻自在に千変万化させるのが踊りっ娘さんの究極絶技な絶対妙技だ。でも、あれは無理。だって甲冑委員長さんですらダンス教室講義を受けながらムリムリってしていたんだよ？　でも、それに少しでも近づけば、それは真似(まね)でも最強の武器になる。

「最初は広く　大きい動きで　動きにわざと遅延(おく)れ　作りだし、ます」

その拍子を抜いて速める変拍子部分こそが『転移』。今は半拍抜くことしか出来ないけど、そこから無限変則に拍子を変えられればその技は単純であっても決して読めない。

そう、技は鋭く高度になるほどタイミングを外(ずら)されると無意味になるんだよ？　『転移』の瞬間だけは当たらないし？

「これで『転移』を身体に同調させられたら、制御(コントロール)された『乱撃』が撃てるのかも？」

でもズレると自壊する。さっきは脚が折れたけど、今度は肩が砕けている。

「何でも纏めて混ぜない！」

まあ、日々って言うか毎晩鍛え抜かれ磨き上げられ、Lv8まで上昇した『再生』さんが治してくれるだろう。うん、捥(も)げてないしセーフ？

身体が治るまでは甲冑委員長さん達が無双し、再生して治ると訓練を繰り返して下へ下へと進み続ける。そして最大の難関にして、俺達では倒せない究極の敵60階層の階層主。その名も「蟲(むし)汁ぶっかけ巨大蠅(ばえ)」も復活(リスポーン)していなかった。うん、あれは無理！

「雑貨屋さんで殺虫草を大量に仕入れてたけど、使わずに済んだんだよ……あれキモいもんね？」（ウンウン）（コクコク）（ポヨポヨ！）

結構お高いし、入荷量が少ないから温存できるに越した事は無い。そしてお久な「アサシン・ゴースト　Lv66」は、今日も健気(けなげ)に「アサシン・ゴースト」だった。

「そうそう、こいつら消えて近づいて来るけど……俺達って全員見えてるんだよ？」

こっそりと近づいて来て、斬られる。実体化していないと攻撃出来ないのに、ずっとずっと姿を消して忍び寄って来るから斬り放題。なのに健気に消えて近づいてくると言う、アサシンとしての職業倫理とゴーストとしての矜持(きょうじ)を兼ね備えた立派な「アサシン・ゴースト」さん達だった。まあ、斬るんだけど？

そうして67階層は御誂(おあつら)え向きな「ソード・ウィーズル　Lv67」。全身が刃物な鼬(イタチ)さんで、『魔法無効』持ちだけど……風魔法(カマイタチ)は持ってないんだよ？

鼬の大群が広大無辺の塊となって降り注ぐ。剣筋はギョギョっ娘(こ)の無駄の無い合理的な動きを、そして体捌(たいさば)きと歩法こそが命題にして難題な問題。想像(イメージ)は踊りっ娘さんの舞踏。『智慧(ちえ)』に記憶された動きをなぞる。そう、想像(イメージ)までで妄想(ドリーミング)まで行かない様に繊細な注意が必要で、記憶された踊りも身体(からだ)も滅茶(めっちゃ)エロいから男子高校生的に困難を極める戦いなんだよ！　うん、やはり体の動きをよく見ようと透け透けレオタードで演舞してもらったのが不味(まず)かったのだろう。だが、あれこそが男子高校生の永久保存版だ！

「っ――――！」

鼬の刃(やいば)の雨を潜(くぐ)り抜け、舞い廻(まわ)るまま斬り裂き貫き斬撃の舞踏をなぞる。現実(リアル)と理想(イメージ)を重ね合わせて妄想(ドリーミング)をチラ見する。だってあの腰の括(くび)れからの曲線(ライン)美が男子高校生を妄想(ドリーミング)に誘惑する魅惑のボディーで大変なんだよ？

斬る度に『転移』で抜けた拍子を合わせ、『転移』の勢い(モーメント)を殺さず次の動作(モーション)に繋(つな)げて纏める。それこそが剣舞、これこそが剣術！　こっそり間に合わない鼬さんを『魔手』さんで突き殺したりもしてるけど剣術だ！　間に合わなかったりタイミングがズレたら『掌握』さんで押さえてから斬ったりもするけど剣術なのだ！　ちょっと間に合わなくて『重力』さんで叩き落としたり、面倒になってきて『乱撃』を飛ばして大混乱なんだけど剣術ったら剣術!!　うん、ジトられてるけど、いきなりは無理なんだよ？

あのジト目のヤレヤレは帰ってからの訓練がヤバそうだ。だって異世界で最も辛く厳しい戦いは訓練(ボコ)なのだから！　だって最近では殺し合っていても、魔物さんの方が優しさを感じられるんだよ？　うりゃ？

蛇も宝箱も着替え美少女も居ないのならば隠すなよ。

81日目　昼過ぎ　迷宮　地下68階層

ここが思案の為所(しどころ)だろう。試案はいつものように殺虫草を焚(た)いて害虫駆除、時間は掛かっても楽だ。しかし現状を考えると、稽古した方が良いと言う私案も無いではない。うん、シアン化合物での毒殺も考察されるべきなのかも知れないけど、こんな所で化学兵器製造実験を始めるくらいならさっさと絞殺した方が早い気もする。

「スライムさんも食べないよね……だって68階層は虫だし？」（ポヨポヨ！）

まあ飛蝗(ばった)さんをバッタバッタと斬り倒すのが正しい解答。だけど槍(やり)形状で飛んで来る、槍の偽物(ばったもん)な「スピア・ホッパー　Lv68」は相も変わらず気配探知で数えられない程うじゃうじゃとうじゃってる。

前回は殺虫草を焚いて煙を飛蝗ごと『掌握』して、燻(いぶ)した煙と閉じ込めた。だけど乱戦こそが訓練になる、だって案外と剣に良い相手って居ないんだよ？　うん、居ても殲滅(せんめつ)されてる場合が多いとも云(い)うんだよ？

「なのに蝗害が口蓋で噛むな！って、だからって刺すな!!」

飛蝗を罵倒するバトルで、自壊が起きる手前の極限まで『智慧』を発動し集中する。時間の流れと飛蝗の動きが遅く緩やかになる超高速思考による時間遅延……でも、ゆっくりになった上に『羅神眼』で飛蝗の顔がはっきりと見えてグロキモい！　子供の頃は再放送の怪人飛蝗男が好きだったんだけど……うん、飛蝗に改造はされたくないな!!

「勢いではなく、柔らかく、です」

縦横無尽に剣斬を疾走らせ、斬り払いながら進む。もう、飛蝗だらけのばったばたの大乱戦。訓練には最適で、『転移』し損ねると刺されるから動きを切れずに必死で剣舞の陣を構築する。だって刺入すのは大好きで、大得意で大好物と言っても差し支えないどころか毎晩果敢に刺し突いちゃってるけど刺されるのは嫌なんだよ？　うん、ＢＬも嫌だけど飛蝗に刺されるとか、もはや腐った腐乱系女子にも需要は無いよ！

「うん、流石に飛蝗に刺される薄い本は無いと思うんだよ……あったら怖いな！」

遠心力を多用する事で反動も無く、身体への負荷も殆ど無いけど忙しいやら気忙しいやら多忙に忙殺で繁忙に目が回る忙しさで回転する斬り斬り舞い。

「自動な『旋風剣』とか『全自動扇風機』とか欲しいんだよ！　チートならスキル発動した後は全自動なのに、こっちは前時代的な全手動の自己対応の自己責任で無事故で切り抜けないと飛蝗が刺さるって言う謎の罰ゲームなんだよ！」

実はアイテム袋に投網とか入ってるんだけど、投げちゃ駄目なんだろうか？　いや、訓練なんだけど、もうこの飛蝗面がウザくて飽きてきたんだよ！

「ぜーぜーっ、ウザかった。あの尖った顔がアップで突っ込んで来るのを『羅神眼』で捉えちゃってウザかったよ！　ああー、虫はもう嫌だ。もう、次からは殺虫処分で焼却処理だよ！　ぜーっ、ぜーっ……」

背中をポンポンされている、流石に『智慧』を全開で使うと頭が痛い。なんだか脳細胞とか破壊されてそうな気がするけど、それって『再生』とかされても記憶とか大丈夫なのだろうか？　ちょ、無事なの、俺の記憶って！

「えっと、この国は……知らないけど、辺境が確かオモ……オメ？　まあ、何とかで領主なメリお父さんが夫婦喧嘩無勝のおっさん？　うん、大丈夫そうだな？」（プルプル）

でも、あそこまで追い詰められると研ぎ澄まされる。今までで一番イメージ通り動けていた。つまり追い詰められないとやる気は出ないけど、ヤバくなったら本気出す？

「武器屋のおっちゃんや雑貨屋のお姉さんにもＶｉＴやＩｎＴや制御系単体効果の装備を探してもらってるから、近日中に基礎能力の底上げは出来るはずなんだよ？」「ちゃんと練習、です！」「あと、すぐに飽きない!!」（ポヨポヨ）

Ｌｖと一緒に効果Ｌｖも上がって上位化していくのだから、結局は身体が付いて行けなくなる。技術だけが正道で正当な正攻法、正しい答えだ。

「うん、何か楽で良い裏技って無いのかな？　ほら、受けた自壊ダメージをオタに渡すとか、序でに燃やすとか、とどめに埋めるとか、そういう者に私はなりたい？　いや、『木

偶の坊』はもう持ってるからなれなくて良いんだよ?」(プルプル)

そして次は「ソルジャー・パペット　Lv69」。対人戦にも集団戦にも稽古にも最適で、装備もいっぱいで儲かる人形。何より単体の効果装備が出てくる可能性大だ。前回は戦争対策の練習相手にちょうど良かったけど、今回は訓練の相手に最適で大儲けの可能性もある素敵な敵さんなお人形さんなんだよ。

「ひゃっはー!」(ポヨポヨ!!)「お人形と戯れる幻想的な男子高校生だから、きっと好感度上昇の期待も高いんだよ。まあ、お人形さん斬り殺すんだけど、期待くらいはしたって良いよね?　この際お人形さんと殺し合って上がるような好感度さんでも妥協する虚心坦懐の所存で挑むんだよ!」(プルプル!!)

右からの剣に杖を合わせ、左脇を剣尖が通り抜ける。そのまま旋回して、纏めて撫で斬って歩を進める。剣の壁を『転移』で潜り、槍衾を『空歩』で抜けて斬り廻る。飛蝗と違い上の空間は空いている、だから空も舞踏の場だ。止められる事の無い立体機動で加速する斬線の舞に巻き込まれて、斬り刻まれた人形達の軀がはじけ飛ぶ。

『七支刀』の巨大さで大剣の様に振り、鉾の様に薙ぎ散らす殺戮の舞踏。しかし本物の『七支刀』って柄を付けても1メートルも無かった筈だけど、今は軽く3メートルは有る……まあ、『世界樹の杖』自体が伸縮自在で変形可能なのだから、内蔵された『七支刀』だって高枝切り鋏より伸びても驚く事でも無いんだろう?

杖の方が使いやすいけど破壊力だけなら『七支刀』が圧倒的。そして全く違和感が無いから『杖理』で補正されている。多分だが「突けば槍、払えば薙刀、持たば太刀」なんだから剣だって補正すれば良いじゃないのとかMさんに言われてしょうがなく補正してくれているのだろう？　うん、異世界でもMさん無双は止まる所を知らないな。

「ぷは――」

残骸の山が魔石に変わる。「ソルジャー・パペット」は多かった気がするけど、復活に種族差があるのかな？　お人形遊び優先とか？

「大振り、過ぎ。隙だらけ、です」「雑！　足運びが　大きいです」（プルプル）

厳しかった！

「いや、『七支刀』の破壊力に任せて振り回しちゃったけど、あの数は一気に破壊しないとキツいんだよ。それに空中機動まで入れると足運びがどうしても大きくなっちゃうけど、あんまりちょこちょこと『空歩』とか絵面的にもおかしくない？」

そして何よりも面倒だった。端的に言うと途中から飽きた！　そのせいで破壊力重視に大振りになって、深く踏み込み過ぎていたんだろう。だから身体制御が乱れてリズムが狂い大回転に突入してしまった。やはり余裕があり過ぎても駄目らしい。きっと俺は逆境に強いタイプと言うか、限界までヤル気が出ないと言うか、死にそうになったら頑張れるタイプなんだよ……うん、なんか駄目人間っぽい！

怒られながら下を目指す。決してお説教から逃げてるわけじゃないんだからね？

「おっ、これってＶｉＴ単体だし、こっちも制御単体？　これなんてＩｎＴ30％単体だよ。

今までしょぼいから売り払ってたけど結構助かるよ、これって？」

拾った装備の在庫整理。この調子だと間に合わせの『タフ・ブーツ ViT10%アップ』は処分できそうだ。でも、何となくこのブーツだけは間に合わせの為とはいえ、お金を出して買ったから勿体ない気もするけど使い道がもう無い？

「いっぱい有るけど微妙だな？」

物足りないけど繋ぎの装備にミスリルは勿体ない。多分、甲冑委員長さんや踊りっ娘さんの装備をミスリル化するとなると、相当な量のミスリルが減る。装備の効果の高さとミスリルの必要量は比例しているきらいがある。無駄遣いは控えるべきだ、この間お皿をミスリル化したのに三又鉾で穴だらけにされたし吝嗇って行こう。そして70階層の、スライムさんの大好物な霜の巨人「ヨートゥン Lv70」は復活していない。

「階層主さんは出物が良いのに全滅か――……階層主って儲かるのにねえ？」（プルプル）

そう、ビッチリーダーの凶器『永久氷槍』だって「ヨートゥン」のドロップをミスリル化したものだ。つまり、「ヨートゥン」が40匹くらい復活してドロップしてくれたら、今はパーティーリーダーにしか配備されていない強力兵器が全員に分配できる。だけど、そう簡単にはいかないようだ？　うん、歓迎旗を立てても出てこない？

「まあ、ギルドの資料室にあった本にも復活した階層主のドロップはしょぼくなるって記述もあったし？」（ポヨポヨ）

そう、冒険者しか読んじゃ駄目とか受付委員長さんに怒られながら読んだのだから間違いはない。

「うん、復活に期待するより、踏破して回った方が良いみたいだよ。迷宮も湧くの結構速いみたいだし？」（プルプル）

そんなこんなで71階層は「フレア・スネーク　Lv71」。これは冷やしても冬眠しないし、前回も訓練がてらに斬り回った覚えがある。地を這いうねり、宙を跳ねて押し寄せる炎蛇の群れ。隙間も無い密集状態の蛇達を斬り飛ばして舞い回る。隙間無く押し寄せて来るから間合いに入ってきた端から、ただ斬り散らして躍り込む。足場の確保すらままならないけど、時間遅延の世界の中では只の邪魔なにょろにょろだ。

念のために前回「フレア・キングスネーク　Lv71」が居た隠し部屋も覗いてみたけど、蛇も居なかったし着替え中の美少女も居なかった……覗き損だ。

「確か『フレア・キングスネーク』さんからは『明鏡の大盾』がドロップだったのに、蛇も宝箱も着替え中のラミアな美少女さんも復活も無しなんだよ？」

まあ、着替え美少女は最初から居なかったから復活も何も無いけど？　でも、居たらこの部屋の前に新居を作って、滞在準備が始まるだろう！　見たいな!!

まあ、甲冑委員長さん達もウンウンしているから、さっきのは合格点だったようだ。足捌きと体捌きによる回避重視の移動優先が高評価だったのだろう。でも、もうそわそわしてる。きっと、我慢の限界で……抜け駆けする気満々だ！

「そう言えばこの先の魔物の記憶が殆ど無いな？」

そう、つまり前回もこの辺りで我慢できなくなって暴走していたのだろう。うん、全く成長していなかった！

労使抗争の末の再雇用契約による改善条件はみんなと一緒だった。

81日目　夕方　迷宮　地下80階層

80Fまで下りて来ても80階層の階層主だった雲の「グラウンド・クラウド Lv80」さんも復活(リスポーン)無し。そして、それなりに良い時間だろう。魔法や効果を節約して身体(からだ)への負担を減らしたせいか、あまりお腹(なか)もすいていないけど粘った所であと数階なら80Fが切りが良いかな？

「帰ってご飯にしようか。今晩は孤児っ子リクエストのハンバーグ＆ナポリタンなケチャップ尽くしな赤い晩ご飯で、通常の3倍は用意しとかないと女子さん達に孤児っ子達の分まで食べられそうなんだよ……うん、やっぱりあの三又鉾(フォーク)は没収するべきだよね？あれパスタ食べてるだけで呂布さんだって赤兎馬(せきとば)担いで逃げ出す大騒ぎで、孤児っ子達への食育以前の影響が心配なんだよ？」（ウンウン、コクコク、ポヨポヨ）

70階層から80階層までは3人で速攻からの蹂躙(じゅうりん)戦で、あまりの速さにまた魔物がなんだったかも分からなかった？　うん、ちらっと岩っぽいのが見えたけど鑑定する間も無く砕け散った。まあ、あれだけ暴れたら満足したしお腹もすいただろう。最近一人三人前くらいでは全然足りないけど……あれって食材費をみんなで割り勘で払うから、食べなきゃ損だと思っている節が有るんだよ……会計制度の見直しも急務だな？

「まあ、孤児っ子達は礼儀作法なんか放っぽり出して元気いっぱいにお腹いっぱいに食べれば良いんだけど、女子さん達は……あれって莫迦(ばか)達の悪影響なのかな？　なんか、そろそろバケツで食べだしそうだな？」（プルプル？）

扉(ゲート)で一気に地上に戻ると、外はまだ明るいが夕暮れ時だ。少し魔の森も回りながら帰ろう、様子も知りたいし伐採依頼も出ているし？

「スライムさん通訳を頼めるかい？」

現在は「デモン・サイズ」さん達との労使交渉中。そう、「デモン・サイズ」達は他の使役と違い、無理矢理に『デモン・リング：【悪魔を使役する（3体）】』で使役した。

だから悪かったかなと解放を持ちかけたけど嫌がられた？　でも、このままって言うのも不満っぽく感じられて、意見がわからないまま交渉が難航していたらスライムさんが仲裁に入ってくれたんだよ？

（ポヨポヨ）

この「デモン・サイズ」達はお菓子が好きだから、今迄(まで)はお菓子で伐採依頼はしていた。でも不満があるみたいなので、報酬をご飯とかミスリルとかお金とか魔石とかで交渉してみたんだけど……違うらしい？　だけど解放でもないらしい。でも、お菓子は食べている。

スライムさんも食べている？　それ本当に交渉してる？

（ポムポム？）「「「……」」」

解放した後の雇用契約も各種用意しているけど、お願いは聞いてくれるが何かに不満があると言う微妙な状態でなかなか改善に向かわない。うん、使役とは難しいものだ？

（プヨプヨ）「……！」（ポヨポヨ）「……？」（プルプル）「……!!」（プルプル！）

それは雇用条件について話し合われているのか、お菓子を語り合いながら食べているのかは分からないが……雰囲気から見てスイートポテトさんは正義らしい。うん、どうやらフライドポテトさんもいい感じらしい？　しかし「デモン・サイズ」達は使役条件の違いかLｖの上りが良い。既にLｖは77って運が良さそうなLｖなんだけど、それって悪魔的にはどうなんだろう？

ただ――無条件で解き放つには強過ぎる。いつか戦わなきゃいけなくなることは避けたいんだけど……話し合いが難航しているのか、将又条件が合わないのか、それとももしかしてお菓子を食べているだけなのか？　うん、謎だ？

（プルプル）「「「……」」」

でも今まで「デモン・サイズ」達は、お願いしたらなんでも引き受けてくれた。お菓子をあげると喜んでいるのが伝わって来てたし、てっきり上手くやれていると思っていた。だけど無理矢理な使役をしたままは良くないと交渉してみたらご不満だったようだ。だから条件さえ出してくれれば飲もう、この件は全面的に俺が悪いのだから。

交渉しながらのんびりと歩いて帰る。もうハンバーグは捏ね終わり、後は焼くだけだし急ぐ事は無い。取り留めもなく甲冑委員長さんと踊りっ娘さんにモーニングスターで追いかけられながら宿を目指す、生きて辿り着けるだろうか？

「世の男子高校生なんて、思いも想いも念いに意すら、大体全部エロい事なんだよ？」

そう、きっと世の男子高校生からエロい部分を抜いてしまうと、記憶喪失で名前も思い出せない事だろう。何故ならば今時の男子高校生ならあらゆるものを擬人化して美少女にして記憶している、もう徳川家の歴代将軍なんてそれはもうあられもないくらいの歴々なハーレム状態で記憶されている事だろう！

「うん、家継っ娘萌えの奴はヤバそうだな、居たら通報しよう！」

今日の出物で装備の底上げも進むし、調整訓練は明日で良い。明日からはLv80以上の魔物になるし、万が一の即死攻撃や属性への危険なスキルが有り得る以上は甲冑委員長さん達だけの行動も減らすべきだろう。俺が最も脆いけど最も死ににくい、最も弱いが特殊な敵でも確実に殺せるんだから。

（ポヨポヨポヨポヨ、プルプル！）「ああ―、ゴネてたり不満じゃなくって仲間外れって感じてたの？」（（（……！）））

迂闊だった。迂遠に迂曲に勘繰って、迂愚に迂拙にも理解してやれていなかったなんて迂鈍極まりない。うん、使役主失格だ。だって、ただみんなと同じように自分達の意思で使役されたかったんだ。ずっと一緒だったのに、それに気付きもしなかったんだから。

「ごめん、悪かったよ。全然気づいてなかったんだよ。『解除』……これでもう自由だけど、今迄ごめん。そして今までありがとう。それから……これからも一緒にいてくれるかな？　うん、みんなと一緒に？　そっか……ありがとう。『使役』、これからもよろしくね？　みたいな？」（（（……♪）））

よし、お菓子の大盤振る舞いだ。今迄の謝罪も込めて慰謝料代わりにお菓子大量投入だ！　きっと『デモン・リング』の中が寂しかった訳じゃなくて、ちゃんと自らの意思で使役されたかった。だって、食べ終わったらまた『デモン・リング』に戻って行ったし……って、実は出入り自由なの！　まあ、住み慣れてそうだけど『デモン・リング：【悪魔を使役する（3体）】』は空きになったんだけど、次の悪魔さんは入れるのかな？

そんなこんなで宿に着き、晩ご飯を並べると群雄割拠に沸き立つ三国の鼎立どころか各自でナポリタンの覇を争い、宿屋の大地で死闘が繰り広げられる万夫不当の天下無双なお食事だ！　やっぱり大皿で出すのは止めようかな！

「「「いただきます&美味しいよー……おかわり！」」」

各パーティーに一皿なら仲良く食べるかと思ったら、壮絶なパスタの巻き込み合戦と吸い込み合いが多発している。うん、でもボンゴレビアンコが食べたいなー？

スライムさんはバケツで食べてるし、甲冑委員長さんと踊りっ娘さんは仲がいい。先輩だからなのか甲冑委員長さんに踊りっ娘さんが懐いている感じだ。仲良き事は美しき事で素敵に淫靡で妖艶だから、きっと今晩も大忙しだ。うん、他のテーブルでは孤児っ子達が仲良く分け合って食べている……見習おうよ！

そして、戦乱は終わりを告げてスライムさんとお風呂に入り、ポヨポヨと戯れてから部屋へと戻る。明日からは下層域に入るし、今日の内に装備を纏めてしまいたい。

「よく考えるとＶｉＴ上げたいのに、鎧や盾が無いのが致命的なのかも？」（ポムポム）

確かに７つ入る盾とか有れば、ＶｉＴ上げ放題な気もする。だけど戦うにせよ避けるにせよ、盾って邪魔なんだよ？　打ち合えるＶｉＴもＨＰも無いから、盾を持っていても使えない。きっと盾ごと殴り殺されるのが落ちだろう。結局、避けるか流すしか無いから盾は邪魔になる。そして甲冑も装備レベルが足りないし、あれも邪魔と言えば邪魔。まあ、鎧は『布の服』に複合すれば良いけど、盾は集めてもしょうがないかな？

「えっと？　30％が最高だったはずだからっと」

69階層の「ソルジャー・パペット　Ｌｖ69」は百体以上は居たから、ドロップ装備も数百は有る。帰りに寄った武器屋と雑貨屋にも注文していたものが何点か入荷していたから目ぼしいものだけ選り分けて買ってきた。そして王宮の宝物庫のアイテムが３００は有るから、鑑定して分別しながらＶｉＴとＩｎＴと制御が優先で、ＰｏＷやＳｐＥは除外の方向で選んでいく。

「うーん、『鬼の革鎧　ＰｏＷ・ＶｉＴ・20％アップ　回復（大）　筋力増強（大）』って一番当たりっぽいけど、『筋力増大』ってどっちだろう？」

筋力増大がＶｉＴ的意味合いなら当たりだ。でもＰｏＷ的だったら自壊の原因が増えてしまう。両方だと+−0？　まあ、比較検討な取捨選択で複合候補に残しておこう。

「複合できる装備の空きが服が3にマントが5だけど、魔手さんが入ってるから4？　グローブ4にブーツ3で、ブーツは『タフ・ブーツ　ViT10％アップ』が入れ替え候補だから実質4。それに指輪が4に、冠って言うかカチューシャは丸々空いてて問題の杖が……刀剣が5に杖が4に槍も空っぽで7って……盾入るかな……入るんだ！」

既に天叢雲剣にミストルテインの槍、それに七支刀がセットになった価格破壊が常識崩壊で自己破壊して俺が絶賛崩壊中。でもロンギヌスの槍や本物のトライデントやエクスカリバーとかだって出て来るかも知れない。

そして反動が強過ぎて味方の装備にするのも憚られるから、俺が使うか封印するかになる。実際の神剣は甲冑委員長さんでさえ嫌がっていた、それは神聖効果を嫌ったのではなく暴走の危険性を危惧していたのだろう。こと制御能力に関して特化しているのは実は俺だけだ。伊達に制御能力を内職で磨き、夜の戦いで極めた訳では無いのだ！　うん、儲かったし愉しんでいるけど、訓練と言い張れば訓練で虚仮の一念岩をも通す！

（プルプル）「慰められている！」

結局は様子見と言う事で布の服には『鬼の革鎧　PoW・ViT20％アップ　回復（大）筋力増強（大）』と『魔法陣の帷子　物理魔法耐性（大）魔術制御（大）』に、『魔革の服　ViT20％アップ　剛力』の3つでコンプ。マントは『死線の外套　斬撃打撃耐性増大（大）　+DEF』と『鋼糸のマント　ViT20％アップ　斬撃刺突耐性（大）　徹甲化』

の2つで空きが2残った。

グローブは1個だけで『攻殻の手甲　ViT20%アップ　物理魔法攻撃耐性（大）』を複合して空きは3つに。ブーツには『鉄の脛甲　ViT20%アップ　物理防御効果（大）』と『鋼殻の足甲　ViT20%アップ　魔力硬化』に『メタルチップ・ブーツ　ViT20%アップ』と『徹甲のグリーブ　ViT30%アップ　身体防御　物理耐性（大）』の4つを入れたから『タフ・ブーツ　ViT10%アップ』が無用になった。うん、せっかくお金を出して買ったのに損した気分だ。

「冠って言うかカチューシャは、枠が5つ丸々空いてるのに、『鋼鉄の兜　ViT20%アップ　+DEF』だけなんだよ？」（ポヨポヨ）

問題の杖は盾が入るみたいなので『飛燕の回避盾　ViT・PoW20%アップ　回避防御補正（大）　回避（大）　回復（大）』を入れてみる。そう、これが高かった。そしてドロップだった『銀鉄の盾　ViT20%アップ　物理耐性（小）　物理魔法補助（小）』も入れておいた。

「まだ10%アップや効果（小）なら残っているけど、自分で作った方が効果が高そうだよね？」（プルプル）

一応予備と言うか繋ぎ候補だけ取っておいて、後は売り捌こう。指輪は出物もドロップも無かったし、売り物に良いものは無かった。

「まだ空きが4つあるし、親指は無理でもあと7本指が残っているから11個は付けられる

はずだけど……なんか全部の指につけると成金みたいで嫌なんだけど、大尽様だから我慢しようかな？」（ポヨポヨ）

まあ、お大尽様なのにお金がまた無くなって宿代ツケてもらっているのは内緒だったりする。うん、踊りっ娘さんが増えた分料金が上がってたんだったよ？

ご飯の材料費も多めに貰ってるはずなのに残っていない。実は在庫の食糧が山程あるから買う必要は無いのだけれど、使い込みがバレるとまたお説教だ。

「次にツケにしたらお小遣いの5万エレから宿代を払うとまで言われているから、ばれるとお小遣いが実質3万5千エレの貧しいお大尽様になってしまうんだよ……それはもう寒い雪の日にマッチを売って教会でスライムさんを抱きしめながら神様の絵ごと放火して暖を取りつつ、教会も教会のおっさんも焼き払うと言う一挙両得一石二鳥二兎追う者は両手にバニーさんな楽しく可哀想なお大尽様に成ってしまうけど、両手にバニーさんはいい考えだな！」（プルプル）

うん、ウサ耳はありだな！　まあ、お風呂上りに汗をかくのは嫌だけど、軽く調子も見たいし訓練場に行こう。うん、ちゃんとスライム教官も頭の上で待機中なんだよ？

81日目　夜　宿屋　白い変人　訓練場

纏う、もう息をするのと同じ感覚で『魔纏』が出来る、うん、毎晩頑張ったから！　だけど仕組みも理解できないまま、未解明なまま、ただ死なない為に『魔力纏』だった頃から纏い続けて来た……それ無しでは魔の森の魔力にすら耐えられなかったのだから。でも、把握して分解し理解しながら組み立て、意識下で制御して纏わなければ真価も分からず進化させる事も出来ない。まだ先が在る、だってまだ使えてすらいない。

瞬間、重い空気が身体に纏わり付く。空気は突如として気体では無く液体に変じ、重くなり粘り付き纏わり付き始める。そんな粘りつく世界を引き摺りながら、重たい空気を掻きわけ泳ぐように進む。

「ぐうっ……つっ！」

たった、それだけで苦鳴が漏れる。ViTとは体力、体持久力、体強度を表す数値のはず。それを引き上げた分だけ負荷に耐えられているけど、痛い。壊れたら『再生』で治るけど、痛いものは痛い！　『魔纏』で被物理攻撃が軽減されていても、その『魔纏』自体が痛い……最後に『虚実』にまで持って行ったら、ちょっぴりあちこちの筋肉が裂けて、ちょこっと全身の骨が軋む。罅が入っただけで済んだから、すぐ治ったけど痛いんだよ!!

でも、痛いけど使えた。ただ……連撃は無理だな。

「装備で底上げしただけだと、このくらいが限度みたいだね？」

やっぱり制御能力の上昇系が欲しい。ＶｉＴを上げても壊れにくくなるだけだから痛い。すぐ治るんだけど、結局またすぐ壊れるからずっと痛い！

（ポヨポヨ！）「おおっ、含蓄のあるお言葉だ。成る程、積羽沈舟とは軽い羽毛でも山の様に積めば船だって沈む。つまり俺は沈む？　駄目じゃん！」（プルプル!!）「違ったらしい？　そうか、群軽折軸で、いかに軽い物でも多く積めば車の軸だって折れるよねと？　つまり俺は折れる？　駄目駄目じゃん！」（ポムポムポム～!!）「ああー、そっか？　うん、粉骨砕身で頑張れと？　いや本当に粉骨で砕身で、あと肉裂と流血な状態なんだから全然比喩になってないんだよ？」「「何でスライムさんと漫才してるの！」」「しかも二人でお揃いの蝶ネクタイまで！」「いや、この蝶ネクタイは舞踏会で使ったやつなんだけど、スライムさんにも作ってあげてたのに、孤児っ子達のボディーガードでお披露目できなかったんだよ？　ちなみに真ん丸の球体ドレスも有ったんだけど出番が無かったし、変形の邪魔だったみたいでお蔵入りしてるんだよ……勿体ないな？」

お風呂から上がったらしい。お風呂上がりの孤児っ子達と、湯上がり美女さん達23人に囲まれる。まだ体からは湯気が立ち昇り、肌もほんのりと桜色に上気していて、薄着で肌色面積が圧倒的に領域を占領中で下の半パンやミニワンピからはにょきにょきと健康的な長い脚が伸び出しているし、上の無防備な深いＶネックのＴシャツやタンクトップから肩も胸元も鎖骨さんまで剝き出しのまま近づいて来るって……近いな？

「「「わあああ――――いっ、お兄ちゃーん遊ぶのー？」」」

そして例の如く飛びついて来る孤児っ子の弾幕を躱しながら突破口を窺う。だが布陣に隙が無い。孤児っ子の弾幕の裏で、完全な連携で囲み込まれている！

「お兄ちゃん注文が……」「お兄！　新作キボンヌ」「お兄ちゃん栗饅頭」「お兄ちゃん生クリームのケーキ食べたいんだけど？」「お兄様浴衣が欲しいですわ」「「「おにいちゃん追加注文……」」」

罠だ、これは湯上がりの罠だ！　嘗てこのパターンで起こる展開は唯1つな鉄板!!

「って、この展開は絶対に要望か要請か嘆願かお強請りって言いながら、ウンと言わない限り起こる事はただ1つな女子高生押し競饅頭だよね!!」

またの名を「言う事聞くまで生むぎゅむぎゅ圧殺地獄」なんだけど、むちむちと押し寄せぽよんぽよんと揉み潰される天獄とも言うんだよ！　ViTは底上げされ、物理耐性と回復も補強されている。だが、このむにむにと柔らかい感触に騙されてはならない！　このぷりんぷりんな弾力はLv100を超えた超越者達のむちむち感。そう、『智慧』による演算ですら回避不能な柔肉の城塞に囲まれて、肌色の渦に翻弄され脱出もままならないんだよ！

訓練も済んで、『世界樹の杖』や『マント』や『グローブ』を解除していたのが致命的だった。何気に一瞬の隙を見出しても、甲冑委員長さんや踊りっ娘さんが塞いで出口の無いぷるんぷるんに押し潰され、柔肉に弾かれながらJKだらけの濁流に呑み込まれる。一瞬の『転移』で擦り抜けようにも、その意識を集中した瞬間が狙われている！

「左前です！」「反転はフェイク、下です!!」

　俺の意識の集中を、妹エルフっ娘が感情探知で読み取り合図を送ってる！　そして委員長の指示のままに包囲され、揉みくちゃに女体に揉まれて肉体に挟まれ肢体に絡み付かれて僅かな隙も隙間もない。勿論『魔手』と『淫技』と『振動魔法』に『性王』を重ねて纏えば、普く肌色の肉体の有象無象とて倒れ伏して戦慄くだろう。でも、それって非常に好感度的に宜しくない気がするし、折角のお風呂上がりなのにまたお風呂に入らなきゃいけなくなるから可哀想だ。そう、あれって全開で食らうと色々とあれで、もう1回お風呂が必要なあれになるんだよ？　うん、最近ではお布団の乾燥も得意になったんだよ？

「ちょっ、ふつう要望を出してから押し競饅頭で、何でいきなり押し競饅頭で弱らせてから要望しようとしてるの？　それもう要望じゃない別の何かで、男子高校生には危険な交渉で要望聞く前に欲望が暴走しちゃったら大惨事確定な危機管理が掛かりっ切りなむにゅむにゅだから要望書を提出の上で交渉をしてから実力行使に移ろうよ！　うん、なんで行き成り肉弾戦から始まるのー！」

　もう駄目ぽ！　だが装備の効果は充分に有った。ＨＰの減衰は微弱で、ＭＰも吸収超過で全く消費されていない。それでも男子高校生的な意味で無効化不可能で、これは専用の『ぷりんぷりん耐性』とか『むにゅんむにゅん無効化』等の特殊装備じゃないと対抗できないよ！　多分有っても対抗できないけど、これは如何なる男子高校生にも無理だろう。だって、これが平気だったらＢＬかＬＯだよ！

　それでも物理攻撃は無効化出来たのだから装備面は問題ない、精神面は俺が男子高校生だからしょうがない。いや、これ絶対無理だから！

「「「「お兄ちゃん宜しく！」」」」

　迷宮で稼げたようで、注文票に勢いが戻り内職が復活でって……えっ？

「ひーふーみーって……21枚。つまり全員バニーガールのバニースーツを注文って……着るの！　何処でバニーガールする気なの！」

　ついに異世界でバニーガールＪＫのお店が開店されてしまうのか、それともカジノでも作ったんだろうか？　うん、儲かるかも？

「それは決して嫌いでは無いどころか、兎さんは大好きな心優しい男子高校生って言う設定で好感度アップを狙おうかと企てるくらいに兎さんは大好きなんだよ？　うん、甲冑委員長さんの黒バニーと踊りっ娘さんの白バニーに挟まれて癒されてキャッキャウフフな幸せな馬車の旅は素敵に気持ち良かったから大好きだけど、ＪＫバニーガールのいるお宿はとっても危険なお宿過ぎて営業許可が取れないんじゃないかと思わなくもないんだけど……出すのはメリ父さんだからどうにでもなりそうだな？」

　だが、バニーさんは世間体的にも倫理的にも道徳的にも危険だけど、それ以上に男子高校生的に危険なんだよ！

（よし、注文票は受け取らせたね！）（ばっちり）（アンジェリカさん達の話ではバニーガールさんに弱いって言ってたし……）（うん、小田君達の兎族の美少女獣人さんにも喰い付いてたよ）（兎が好きなのかな？）（（……ある意味ではね！））

そう、あの網タイツバニーさんは危険すぎる破壊力を秘めている。あれが23人いたら男子高校生はもう物理的問題で立ち上がれないだろう！　あれは男子高校生に前屈み必須な行動阻害効果が付いているけど、あれって標準装備させて良い物なんだろうか？

「後は浴衣の提案書か……浴衣自体は出来るんだけど、柄が有るからマルチカラー化が未だ進んでいないんだよ？」

これはビッチ達の浴衣柄の原版待ちだな？

「こっちはミュールの新作希望って、もう靴20足ずつは持ってるよね？　百足さんなの、脚何本あるの！」

うん、あんまり生脚さんが増えると男子高校生の限界値を超えてしまうんだよ？　後はいつもの水着と新作下着と部屋着なパジャマシリーズにスリッパに……えっ！

「だっ、だだ、男子高校生に女の子の日用品注文するなよ――っ！　でも、これって要望書が連名でマジらしい？　まあ要は吸収する何かを作れば良いんだろうけど、この妙に細かい設計図と注意ポイントがリアルに生生しいのが……漏らさず、かぶれや痒みも駄目なの？　こ、これが本命だったんだ！」

見本な手本に未使用品を貰ったけど、女子高生から未使用のナプキンを貰う男子高校生の好感度が甚く心配なんだけど……一体どこに行ったんだろうね、俺の好感度さん？

言い難かったらしいけど前から要望は有った。だが向こうも言い難いけど、こっちだってとっても困る。うん、だから無理矢理に押し競饅頭に持ち込み押し付けたらしい。

「つまり切実なのか……ブラと言いナプキンと言い女子って大変そうだけど、その大変さって男子高校生が解決すると……変態なんだよ！」

しかし、またややこしくてハイテクさんだ。複層構造の表面材は肌触りが重視されており、メインの吸収体は防漏材で染み出さないように一方通行にされていて、それにズレ止めが付けられた構成になっていって……奥が深いけど、その奥をどうして毎回毎回男子高校生が探求しなければならないかが不思議だし、詳しくなっていく自分がちょっと悲しいけど必要なものらしい？　残りが僅かなのだそうだ。

「ああー、CMでギャザーとか羽根とか言ってたのって、この構造の事か！って、あれCMの度に何とも言えない気分になるからもう少し男子高校生に配慮してもらいたい物なんだよ？　成る程、隙間から漏れるのを防ぐ為にこの部分が広くフィットして……フィットするんだー、形状がー（遠い目で思想中！）」

特殊繊維の開発か、魔法で対処するしかない。どうして男子高校生が対処するのかは置いといて、技術的に対処しないと先に進まない。うん、何故男子高校生が考えるのかは考えちゃ駄目だ！

「ケミカル素材なしな異世界で対応するには、魔法に頼りたいけど『吸収』とか『乾燥』

なんかを糸に付与してから織り込んで、布状にしていくならやっぱり布ナプキンかな？」

繰り返し使えるものなのだから、マルチカラーで『防汚』効果を付けて置けば長持ちしそうだ。果たしてこれは男子高校生が悩むべき問題なのかが問題なんじゃないかと問題提起されてる気もするが、この複雑な仕組みは確かに対応が難しい。既に『智慧』による分析(アナライズ)が進み設計の演算(シミュレート)が始まっている。きっと『智慧』さんも吃驚(びっくり)している事だろう、だって俺も吃驚だ。まさか異世界に来てブラを作って俺って何してるんだろうって悩んでいたら……ナプキンだ。うん、異世界転移って何だっけ？

「やっぱりこのゲル素材って石油系だよ……しかもこれ冷えてピタっとなアレと同じ成分じゃん！」

そう、俺だけが変態扱いされる心配は無くなったようだ。だって、どうやらみんなおでこに貼っていたらしい。うん変態だ！

「過去の読書の知識の中にもナプキンの構造は無かったよなあ？」

まあ、あったら何を読んでたか大問題だけど。

「でも異世界転移で生産カテゴリーは人気も有ったし、よく読んでたけど……ブラとかナプキンとか作ってたっけ？　読んだ覚えが全く無いよ！　大抵ヒロインもいたけど誰一人としてブラを作らせていなかった気がするんだよ？　うん、どうしてたんだろう？」

だがやはり紙は蒸れやすい、湿気で繊維が膨らめば蒸れるし、吸収しても戻らないようにするには通気孔も付けられない。とすると布一択だが漏れない為には形状こそが重要になり、完全にフィットしていなければ動きによって漏れ出す恐れがある。ピッタリな形状……形状って。（故障中、暫く（しばら）お待ち下さい）

「あっ、これこれ、スポーツブラ作る時に研究した『魔力形成』だ。これなら……俺がフィッティングしなくて済む！　だって絶対どう考えても女子高生の布ナプキンを形状をぴったり合わせながらフィッティングしている男子高校生って、もう駄目だよ！」

おそらくケミカルより魔法素材の方が有利だ。ただコスト面では使い捨てだと高価になってしまうし、新たな異世界素材が見つからない限り予備としてが限界だろう。うん、ナプキンの吸収素材の探求の為（ため）に異世界を冒険するのって、何か嫌なんだよ？

「ホックでショーツに引っ掛ければズレないいんだから……ギャザー部分を『魔力形成』にして、羽部分の形状域を別個に設計しながら布1枚1枚に『吸収』と『乾燥』を交互に……これを染み出し対策で片方向限定で『防水』すれば……ああ、なんだかとても良く出来たのが逆に悲しい気持ちで憂鬱（メランコリック）な男子高校生なんだけど、やっぱりこれって男子高校生が完全に理解して極めてはいけない物だったんじゃないのかな？　マジで！」

そして最大の問題が残った。

「まず、これを試用（テスト）してもらって、その後に改良する為には使用……済み（思想中？）」

更に布ナプキンは洗濯が必要だが、『防汚』効果と魔力繊維で耐久性は抜群だろう。

「ただ……特殊な魔法素材を洗濯できるのって俺だけなんだよなー……」（悲哀中？）

その夜、遠い夜空の太陽を見遣（みや）り物思いに耽（ふけ）る一人の男子高校生が、悲しい眼差（まなざ）しでナプキンをずっと眺めていたと言う。本人談？　みたいな？

最近孤児っ子ランチャーの乱れ撃ちの速度から鑑みるに『加速』覚えちゃったの？

81日目　夜　宿屋　白い変人　女子会

情報収集を続け、集まった情報を集積し編集し直し、解析を重ねて遂に『性王』の弱点が見つかった！

「「「まさかの兎属性！」」」

そう、王都からの帰り道の馬車の中でのバニーガールさん達との戦いの際にも「見惚れて、隙、できてました」との情報に、「兎コス　脱がしたがりません　その間がチャンス！」との情報まで出て来たの。そして今日のウサミミ美獣人さんへの喰い付きで確信に変わった、弱点は兎さん！

「でも、実はチャイナドレスにも弱いらしいよ」「でもでも、チャイナは防御力が弱く着たまま襲われてしまうって」

そう、ああ見えてバニーガールさんは守りが強固だったらしいの。

「でも、秘書さんも弱点だったたって？」「ミニスカはすぐ性王に襲われちゃうよ！」「でもレオタードと防御力は変わらないしあれも弱点だって？」「レオタード　ずらせる　バニーは脱がされるまで攻められます！」」「「なるほど！」」

そう、攻撃を受けると駄目。一方的に攻めて攻め切れないと逆撃で殺られちゃう、恐ろしい破壊力なの！

「だけれど、スク水も弱点だったと」「あれ、も……ずらされて終わり。ブルマも、駄目でした」「って言うか何も着て無くっても弱点って」「「何も着てなかったら一瞬で殺られちゃうから！」」

うん、実は大体全部弱点らしいの。ただバニースーツはストレッチ性の低いサテンっぽい光沢のある生地で伸びない。そして脱がし難く脱がしたがらないから、脱がされるまでが勝負らしい！　でも鎖で縛っても駄目だったって……縛ったんだ！

異世界では女性側からの献身や奉仕が重要な意味を持っていて、特に昔ほどその感覚が強いみたいでアンジェリカさんやネフェルティリさんの御奉仕する気満々なあれは愛情と忠誠の表れなの。なのに、もっと凄い御奉仕で仕返しされるから、もっともっと御奉仕しないといけないと更なる御奉仕が始まって……結果、強制御奉仕合戦で乱闘が始まっちゃうの？　うん、何故か負けが込んでるって、日々いかに圧倒的に御奉仕するかが目標に変わちゃってるの？

「愛情と忠誠と献身の為に鎖で縛って御奉仕で蹂躙って……」「「うん、何か違う戦いになってないかな？」」

古い異世界の感覚では強く立派な男性は奥さんやお妾さんを沢山持ち、みんなが感謝を捧げて懸命に御奉仕するものらしい。そしてそれに応じて男性は美しい服や宝石を贈り、美味しい食事やお菓子を振る舞う。

つまりアンジェリカさんとネフェルティリさんからすると、助けられてずっと返せないくらいの恩を受け、ずっとずっと信じられないくらい優しくされて、挙句に綺麗な服も宝石も美味しい食事やお菓子だって毎日のように贈られ続け、なのに御返しをしようにも……逆に御奉仕されて喜ばされて、恩返しが全然できていない気持ちらしい？

「いや、出来てるからね？　あれ滅茶喜んでるから」「そうだよ、服も宝石もご飯もお菓子も喜んで欲しくって振舞ってるんだから、ちゃんと喜んでありがとうだけで良いのよ」「それに戦闘面だって、護衛の面でだって大活躍だし」「それに遥君は一緒にいてくれることこそを喜んでるんですよ。それだけで嬉しいから沢山の贈り物なんです」

そう、それはハイパー賢者の贈り物インフレーションなVer無限間違った方向性。

「あっちは髪留めを贈ろうと銀時計を売ったら、銀時計の鎖を贈る為に髪を売っていて、それは一見無意味だからこそお互いを思いやる心が賢者の贈り物という話なのですが」「うん、こっちはお互いがお互いに強制的に実力行使で徹底的に歓喜を贈り合う究極のプレゼントバトルに発展し、毎夜性王と迷宮皇二人が死力を尽くし御奉仕がインフレーションし合う、受け取るといっぱい死んじゃう兇悪な淫者の贈り物だもんね？」「「「うん、書籍化は難しそうだね」」」「発禁間違い無しだね！」

お互いが感謝し合い慈しみ合って贈り物をするまでは一緒の筈なのに、一体何処で何がどうなるとあの性技の極みを二人掛かりで仕掛ける絶世の美女を、触手を以て性王が迎え撃つ謎のバトルが始まっちゃうんだろう？　うん、今日も目が離せない熱戦だね！

何も持たないアンジェリカさんとネフェルティリさんはその身も心も全てを捧げようとし、何も持たない二人に全てを取り返そうとする強欲の強奪者さんは今晩も激烈な争いを繰り広げるのだろう。お互いがお互いに全力で幸せを押し付け合う賢者の大戦争に終わりは無いらしいの。

そして……アンジェリカさんとネフェルティリさんは、女性として最も尊い事は敬愛する男性の子を産む事だと言う古典的な考えの持ち主だった。だから……魔物になった二人は人との間に子供は出来ない……うん、女の子の日も来ないらしい。だからせめてって、何も返せないからって、その心と身体しか持っていないからって……今日も襲う気満々でお洋服選びに余念がないの！　今晩は体操服とブルマで行く気みたいだけれど、この二人ってあまりにスタイルが良過ぎて何か全く別の物に見えちゃうよね？

「あーっ、私もブルマ頼もう」「うん、こうして見ると有りだね」「案外スポーティだ」

「「「うん、追加注文だ！」」」

やっと迷宮通いで借金が減って来たのに、追加注文しちゃったら又増えちゃうよ？

だけど、楽しそう。辺境で私達は幸せを手に入れた、ずっとずっと絶望してた私達が。

この宿と洞窟こそが幸せな思い出で、それこそがみんな失くした私達の宝物。

だから、幸せそう。ただこの場所と周りのみんなを守りたかった、助けたかった。

だから貴族になりたい娘なんて誰も居なかった、だって絶対に離れたくないって。

だって、幸せにされちゃったから。この日々こそが宝物、何もかも失くしたけれど沢山の幸せを貰った。だからみんな辺境に帰りたがった——今、私達が持っている、幸せな思い出は辺境だけだから。

そうして子供達をお風呂に入れながら、女子会は注文問題に移る。

「あれがそろそろ……」「でも、あれ頼んじゃうの？」「他に手が無いんですよ」「恥ずかしがって逃げそう？」「一応、前から頼んでるよ～？」「無理かなー？」「でも作ってもらった綺麗な下着を汚したら嫌だよ」「「「それだよね！」」」

アンジェリカさんとネフェルティリさんはあくまで妾で、私達に正妻になれと言う理由の1つがこれ。敬愛する男性の子を産めない事を何よりも罪悪に感じている二人。そして私達は大丈夫……だから女の子の日問題がある。

高Lvだから身体は何ともない。身体は大丈夫だしお休みも要らないんだけど、無理を言って遥君に作ってもらったあの綺麗な下着は絶対に汚したくない。服だって下着だって、何もかも失くした私達が貰った宝物。それも全部が大切な思い出。

「でも頼み辛いね」「でもいるよ？」「「「押しきっちゃう？」」」

多分、真剣に説明して、本気で頼めば作ってくれる。嫌だ嫌だって言いながら、恥ずかしがってても本当に困っていれば作ってくれる。だけど真剣に説明して本気で頼むのが恥ずかしい、きっと遥君も恥ずかしいだろうけどこっちだってすっごく恥ずかしいよ。

悩みながらお風呂から上がると……みんなで何て言おうかって一生懸命悩んでるのに、遥君は私達の気も知らずにスライムさんと漫才をしていた。うん……潰そう。

「「「何でスライムさんと漫才してるの！」」」「しかも二人でお揃いの蝶ネクタイまで！」

気配をいち早く察知したスライムさんはハリセンを収納して逃げた。今は遥君が孤児っ子ランチャーの乱れ撃ちから逃げ回っていて、隙も無駄も無く絶え間ない変幻な歩術に子供たちは翻弄されて迎撃されて行く。そう、完全に隙間を無くした包囲で、尚且つ近接戦で密集しなければ逃げられる。あれは一瞬だけど『転移』で消失して擦り抜けている。いないものは捕らえられない、だって存在しないから。

でも包囲は完成され、こっちにはエルフの巫女イレイリーアさんがいるの。その能力は『感情探知』と『思考察知』、遥君の『転移』の瞬間と方向が分かりさえすれば二重包囲で圧殺できるはず。そう、私達だって強くなっているんだから！

「お兄ちゃん注文が……」「お兄！　新作キボンヌ」「お兄ちゃん栗饅頭」

遥君は装備を全解除していない、だけどこっちはお風呂上がりのホカホカの女子高生達が、ツルツルお肌でスベスベ生足の湿って張り付いた薄着に肉感たっぷりのお色気ＪＫ包囲網。押さえさえすれば堕ちる、堕としきる！

「お兄ちゃん生クリームのケーキ食べたいんだけど？」「お兄様浴衣が欲しいですわ」

「「おにいちゃん追加注文……」」

流石に女の子の日のあれとは言えないから、色々と追加注文を付けながら押し競饅頭に持ち込み圧殺していく。何か喚いてるけどもう顔が嬉しそうだから集中力は欠いているだろう。そう、あれだけ毎晩過激な事してる割には、お色気に弱い照れ屋な性王さんなの？　うん、困りながら揉みくちゃにされて……沈んだ、撃沈確認！

「「「お兄ちゃん宜しく！」」」

でも、ちゃんとみんな性王の弱点である兎装備も注文したみたい。マルチカラーなら赤でも白でも黒だって自由に変えられるから、タキシードベストと襟ネックに袖ブレスも頼んだからきっと可愛いよね。うん、問題は出番があるかどうかだけど？

そして、逃げるように子供達を連れ帰る。ちらっと振り返ると、困った顔をして頭を掻きながらぼやいてる。もう作ってくれる気みたいで最初の難関は越えたけど……その後こそが最悪最凶最難関だよね？

「試着あるのかな？」「ないでしょ！」「布なら～有り得るね～？」「確かにぴったりとフィットさせないと……ね？」「「「ぴったりって！　フィットって！」」」

そう、最も危険な攻撃力を誇る性王様に、最も危険な弱い部分にぴったりとフィットに採寸で調整で補正されちゃうって……乙女は全滅の危機？

「誰から……って、委員長か？」「「「うんうん」」」

そうそう私なら『再生』も有るから何度だって……って、ちょっと待ってええええっ！

「えっ、何で私なの？　何で決定してるの、みんな一緒だよね？　せめて籤引きで……」

絶対一人でなんて無理！って言うか最初も無理！　だっ、だ、だ、だだ、だっ、だ、だって測られちゃう！　しっかりとぴったりに密着な密接に遥君が測っちゃって、合わせちゃって、だってそこってあそこって……（ぽてん）

「「「医療班（メディーック）ー、いつものやつ」」」「了解（らじゃー）、えいっ（あむぅ♪）」

うん、乙女に必要だけど乙女には危険すぎで……製作者が性王って無理だよね（泣）

桃を2つ召し上がったらメロンが4つ出てきたようだ、もれなくさくらんぼも付いて来るらしい。

81日目　深夜　宿屋　白い変人

まあ、ナプキンは完成と言って良いだろう。それは男子高校生が完成を断言して良い物なのかどうかは凄（すさ）まじく疑問だが、完成だ。そして使用されるまで改善のしようもないけど、甲冑（かっちゅう）委員長さんや踊りっ娘（こ）さんは女の子の日が来た事が無いはず。うん、試着を頼むのは良くないだろう。

まあ、女子に渡してレポートしてもらうしかなくて、一応『防汚』特化型の大き目でちょっと野暮ったいショーツも作って人数分置いたから試験は可能だろう。

装備を外してテーブルの上に並べていく。未（いま）だ自分の分のアンクレットや首飾りは装備していないのだから、まだ枠があると言えばある。

「でも、あんまりアクセサリーじゃらじゃらな男子高校生って微妙感が漂うんだけど、装備枠としては重要なんだよ？」（ポヨポヨ）

そして今日の戦利品の微妙な装備を並べてみる。王宮の宝物庫の物と街で買った物は装備したけど、「ソルジャー・パペット」の装備はほぼ手付かずのままだ。

「えっと。こっちがViT20とInT20、向こうが制御系で……こっちも微妙？」

きっと効果だけなら、この『反射の盾　反射』や『瞬転のマント　瞬転』なんかも使える装備だ。でも、この効果も纏ってしまうと制御がまた煩雑になり自壊の原因にもなり兼ねない。だが惜しいな？

「うん、スキル装備って浪漫なんだよー……それが自壊の原因だけど？」（プルプル！）

特に『瞬転』なんて歩法にも即効果が有りそうで、きっと纏えば動き全体に補正も掛かり体技全般の底上げ効果が得られる。ならば単効果装備でも価値は高いけど、相応の反動を受け負荷になり得る？　うん、装備は後回し……でも浪漫だな？

今は複合している装備を減らしていくことも考えるべきだ。使い熟すことを優先して整理すべきなんだけど、今まで有った能力が急に失われるのがなんとなく怖い。実戦中に感覚が狂ったり、今まで出来た事が出来ないとか怖すぎる。だから装備の入れ替えはバランスを考えながらやる必要がある。

「この『反射の盾　反射』を杖に複合して、もともとマントに入れてある『魔法反射のマント　魔法を反射する』に入れ替えればバランスは取れるのかな？」

そして魔法反射に限定されずに、全反射で物理反射効果も得られるはず。ただ実際の能力は検証しないと比較はできないし、実は装備の真価はミスリル化するまで分からない事が多い。だけど傾向がある……良い装備ほど体積に係わらずミスリルの要求量が多い。だからミスリル化しようとしただけで善し悪しの判断基準になる。

「どっちも当たりっぽいけど、ミスリル化したらまた制御が難しくなること請け合いだし？　先ずは底上げ優先で、やっぱ制御系が最優先かー？」

うん、『虚実』で自壊して痛いのはいつもの事で、ひとまず戦えるところまでは戻っている。ViTは増やせるなら増やしたいけど、制御系こそを優先すべきだ。補助系は『再生』が上がるのは助かるけど、他の効果も補助されるから結局自壊の原因になる。

本来、装備は自分の戦闘スタイルに合わせ組み上げるもの。それを現状の装備と調整しながら選ぶべきだろう。でも身体が壊れててそんな場合じゃないし、もともと戦闘スタイルどころか何職なのかも不明なままだ。うん、無職なままなのは確認済みだ！

「こっそり魔物をボコる魔力特化で、あらゆる魔法を纏って高速移動でこっそり突撃……って。そんなスタイルは無いよ！　コソコソ特攻する魔法職なんてジャンルは未だ且つて存在が確認されていないんだよ!!」

そう、スタイルに最適な装備って、まずスタイルに最適化されて欲しいんだよ？

「ミスリルも掘りに行かないとなー……そろそろ甲冑委員長さんや踊りっ娘さんの装備にも手を入れてあげたいし、いくら有っても足りないし？」

素材が揃えば『レェッツ　ゴォゥ　魔道具！』に載ってた装備品も作れる。まだ手を付けていない技術は多いし、恐らく教えても同級生達は生産は上手くならない。

「諦めずに女子さん達は料理部っ娘を中心にお料理を特訓しているんだよ、無駄なのに？」

だって手料理は出来ていても、少しでも魔法やスキルが交じると爆発するか燃え上がる。あれはきっと職種の縛りだ。

「うん、たとえ料理が下手でも、あんまり爆発ってしないと思うんだよ？」（ポヨポヨ）

俺以外の全員が戦闘職。戦闘技術は上がり易く補正も得られるけど、それ以外にはペナルティーが課せられている気がする。オタ達の場合は呪われている様な気がする。うん、投げ槍を作ってみたら長椅子が出来て、食堂で孤児っ子達のお気に入りだった？

「やっぱり生産職なのかな？って言うか無職なんだけど、何にも成れないけどペナルティーが無い……から全部やれって事！」（プルプル）

普通、『村人』とかから始まり職種を得ていくらしい。俺だけが『無職』、何をしても職種が付かず、触手だけがにょろにょろと付いている？って触業なの！

「この『魔槍　InT上昇』入れとこう、後は『魔身の杖　魔法で身体を強化』も地味に効きそうだし『魔力の護剣　魔力で防御防衛効果』も有りかな？」

混ぜるな危険と言われると、混ぜたくなるのが哀しい男子高校生の運命なんだよ。

「ViT系って鎧とブーツに多いからもう満杯だな？　まあ、どれも入れ替える程の物も無いし？」（ポヨポヨ）「えっ、指輪？　ああっ、『デモン・リング』をミスリル化しろっ

て事なの？」（プルプル！）（（……♪））

まあ、待遇改善になるならミスリル化くらいお安い御用なんだけど……念のためデモン・サイズ達を外に出して、スライムさんとお菓子を食べさせておく。その間にミスリル化してみると『魔神の指輪：【魔神・悪魔を召喚使役する（魔力量に応じる）】InT・MiN50％アップ　魔術制御（特大）』と一気にヤバく痛くなってしまった。

「InTが50％に魔術制御特大の大当たりだけど、他は……見なかった事にしよう？」

何か魔神とか召喚とかヤバい文字が見えた気もしたけど、きっと気のせいだ。うん、男子高校生が魔神召喚とか絶対痛いよ!!

流石にもう一回訓練に行くのも面倒だし、指輪は明日試せばいいだろう。

「後は宝物庫からの出物だけミスリル化して、御一人様3個まで無料のバーゲンで良いかな？　元々ご褒美の一環だし、それほどの出物でもないし？」（プルプル）

そこそこだけど底上げには充分。妹エルフっ娘の装備も整えなきゃいけないし、とにかく数がいる。あれこれと装備品を作り、ついつい改造にまで手を出して……『智慧』からの出力が急上昇で頭が痛いけど、装備効果で耐えられている。ちゃんと制御下で複雑な分析と計算に基づく予測を組み立て実証しながらひたすら再演算を繰り返す。

（にょきっ♥）（にょきにょきっ♥）

生脚さんがお帰りだ。ドアからすらりと長く、それでいて素敵な肉付きの御御脚が純白と琥珀色のコンビネーションでにょきにょきと生えて来ている。

「ただいま、戻り、ました」「ただいま　戻る　ました？」

敬語とか使わなくて良いって言ってるのに、甲冑委員長さんが踊りっ娘さんにまで丁寧な言葉遣いを教えようとしている様だ。うん、お説教まで指導中だったらどうしよう？

　そして、もう『智慧』さんは作業能力を失い、製作中の装備はバタバタと床に落ちて行く。今は『智慧』と『羅神眼』コンビさんは録画と保存で忙しいらしい！　だって琥珀色の脚に白いハイソックスと上履きで太腿さんまで覗かせながら顔を出す踊りっ娘さんと、純白の脚に紺のローソックスで太腿さんまで脚と顔を出す甲冑委員長さんでドアから綺麗な顔と綺麗な脚がこんにちは？　うん、罠だよ！

「だが、男子高校生にはそれが罠だと分かっていても行かなければならない時がある、って言うか気付いたら行ってた？　的な！」

　瞬間に武装を展開しようと試みるも、扉から現れた紺ブルマの甲冑委員長さんと赤ブルマの踊りっ娘さんの我儘ボディの傲慢な豊満さと細さと括れのコントラストに目を白黒させてるうちに……捕まった？　うん『プロメテウスの神鎖』で縛り上げられて、装備も服も全部奪われ男子高校生さんは担がれてベッドに放り投げられて飛び掛かられて馬乗りで襲われ中？

「はっ、美人局っぽいけど押し込み強盗の手口だった！」

　既に男子高校生の男子高校生さんは男子高校生的に高度な高硬性で頑張っているけど、持久戦だけで戦いにすら持ち込めない。装備は部屋の端に投げられて遠い。せめて顔の前でムチムチしている紺ブルマさんに一矢報いようと首を伸ばしてもギリギリ届かない位置でむっちりしながら見下ろしているんだよ。いや、ブルマに目は無いんだよ？

「ちょ、嬲られ状態だと字面的には逆な嬲られ中で、再生さんもLv8なのに再生しきれない口撃だとおおおおおっ！」

うん、ソフトクリームなら数秒で舐め取られてしまう事だろう。今度作ってみよう！

そんなこんなで圧倒され、倒されては再生し、又崩れ落ちる男子高校生の輪廻転生が七転八倒で起き上がる。いつの間にか体操着は捲れ上がりお臍もお腹も見えて生体操服でもにゅもにゅと押し包まれる密着攻撃。悪戯な4本の手と20本の指が小悪魔で、2つの舌はまさに迷宮皇！　だけど……意識は男子高校生に向かいきった。

そう、こんな事もあろうかと杖に複合していた新たなる装備は『開放の杖　拘束開放　スキル魔法解除』。ViTもInTも制御力も上がらなくて使えないけど、これは対『プロメテウスの神鎖』には最適な装備なんだよ！

「解放！　解除！　俺のターン、発動『男子高校生』！って言うか男子高校生だからずっと発動で発情なんだよ？　つまりずっと男子高校生のターン！　みたいなー!!」

杖の新装備だけでも『飛燕の回避盾　ViT・PoW20%アップ　回避防御補正（大）　回避（大）　回復（大）』で回復が強化され、『銀鉄の盾　ViT20%アップ　物理魔法耐性（小）　物理魔法補助（小）』の物理魔法耐性であのねっとりと柔らかな口撃を耐えて補助し、『魔槍　InT上昇』だって『再生』や『性王』を底上げしていた。そして『魔身の杖：【魔法で身体を強化】』の身体強化で男子高校生さんもより強化され、『魔力の護剣：【魔力で防御防衛効果】』で防御防衛されて反撃まで耐え抜いた。そう、最後に『開放の杖　拘束開放　スキル魔法解除』で逆転だ！

（イヤイヤ）（ブンブン）

二人で抱き合って震えている？　うん、俺も抱き合いたいけど、先にする事があるんだよ？　うん、仕返しタイムだ！　そう、装備効果で底上げされたものはＶｉＴやＩｎＴだけではない、制御力も上がっていて『魔手』も『触手』も『振動魔法』も、そして……『性王』の力も開放されるのだ――！　行け魔手チュウ、千万振動だ――!!

「「きゃああ～～～～っ（ポテッ、パタン）」」

仕返しは済んだ、永い永い絶叫と嬌声の後に身悶え喘ぎ狂いながら堕ちた。もう禍根は無い。無いんだけどベッドの上に乱れた体操服姿の美少女が二人で乱れた格好で荒い息で喘ぎ倒れている。そう、男子高校生の真実はいつも一つ！

「「ひぃゃあぁう～～～～っ。（ドタッ、バッタン）」」

もう二人共、体操着が開けて剝き出されちゃって露わになって、滅茶はしたない格好だ。うん、男子高校生の名に懸けて！

「「ぴぃゃあぁぁ～～～～っ。（グタッ、ドテッ）」」

思いの外体操服は危険アイテムだったが、でも俺は短パン派なんだよ？　いや、ブルマって……いつの時代？　いやスパッツも有りだし、決してブルマは嫌いではないんだよ？　でも短パンは作ろう！　疲れ果てて寝ている二人に毛布を掛けて置く。うん、だって色々見えてると終わらないんだよ？

「丸くてぽよんって魅惑攻撃が誘惑的に蠱惑な姿態で、煽惑的に見惑しちゃって狂惑の溺惑に溺れて惶惑するほど恐ろしい誑惑されるから隠しておこう！　うん、見ちゃうと眩惑されて昏惑してる間に惑乱されて、男子高校生的に無効化不可能で男子高校生がワクワクしちゃうんだよ！」

新装備の感じも摑めたし、効果も確認できた。これでしばらくは誤魔化せるはずだ。

「だいたい生産職って……ナプさん製造者とか絶対に嫌だよ！」

だから、まだ戦う術が必要だ。きっと委員長さん達に負けた時に、俺は戦う事を止められる。もう限界を超えているのがバレバレだ。だから装備で誤魔化すしかない。つまり迷宮に潜るしかないんだよ？　結局、経験値も装備も安らぎもみんなそこにある。うん、異世界ではお部屋が一番大冒険なんだよ？

ピンクのリボンでプレゼントとは女子力は侮れないけれど物は選ぼうよ？

82日目　朝　宿屋　白い変人

朝からヘアアイロンを発売すると、怒濤の如く押し寄せた女子さん達が速攻で買い占めて部屋へと戻り、ようやく戻って来たと思ったら緩ふわはともかく……ドリルさんが居る！　うん、貴族令嬢さんには居なかったのに、まさかの同級生がドリル化だった！

まあ、ビッチさん達なんだけど……今から兜被るんだよね？　うん、見えないから無意味だし、見えたとしても相手は魔物さんだよ？　兜外す頃には巻きも解けてるよ？

そして、まだ特化した剣を持たないメンバーには、昨晩の手作り品で最高作な『断絶の剣　PoW・SpE・DeX40％アップ　剣技補正（大）　物理防御無効　断絶　+ATT』をぼったくり価格で販売した。これで剣装備の水準は上がったはず、次は槍と盾にハンマーかな？　うん、モーニングスターは作らない。鎖鎌もだ！

「「「いただきまーす」」」

今朝はカツサンド、どうも最近女子さん達まで肉食系だ。揚げ物ってカロリー高いんだけど、魔物さん相手にエクササイズで燃焼して来るんだろう。きっと朝ご飯を食べ過ぎたからって言う理由で狩られる魔物さんも良い迷惑だな！

マグカップにはコンソメスープ、まあ鶏がらスープだ。このマグカップも新作で昨日作ったんだけど、みんなカツサンドに必死で気付きもしない。ちなみに、お皿も新作だけど誰も見ていない。うん、やはり大皿で出すのは止めよう、もうスキルまで発動で副委員長Aさんなんて『魔手』発動で同時に6個のカツサンドを摑み齧っているけど、その内の1つに子狸が噛り付く熾烈な争い!!　うん、それ迷宮でやろうよ！

「「「ごちそうさまー」」」

みんなが洗い物をしてるから先に宿を出る。洗い物も俺の方が早いのに何故（なぜ）かやりたがる？　まあ、孤児っ子達の教育には良いし、ちゃっかり毎日一緒に食べてる看板娘と尾行っ娘（こ）も洗い物中だ。そして男子は逃げやがった！　まあ、居ても邪魔だけど？

今日も今日とて朝から雑貨屋さんと武器屋さんで納品を済ませ、買い付けもして冒険者ギルドで掲示板問題でジトられてと朝から大忙し。どうやら俺には穏やかな朝チュンは来ないようだ……うん、朝からお説教だったんだよ。だって朝からブルマさんがおいでおいで（ムチムチ♥）って呼んでたんだよ？　うん、お呼ばれしたんだよ？

迷宮は続きからだから扉（ゲート）で入り直して80F。ここからは魔物も化け物揃（ぞろ）いで、そのステータスも800超え。なのに、迷宮皇さんがお揃いでお邪魔して、化け物如きは無残に惨殺されて行く……うん、朝の爽やかな格好良いポーズのまま出番がないな？

「下りようか、魔物さんも俺の出番も何も残ってないみたいだし？」

81Fのイグアナさんも、瞬く間に踊りっ娘さんのLvへと変換されて行く。2本の鈎曲剣（クノペシュ）と8本の鎖を操り、感電もせずに瞬く間に狩り尽くす――やはり『プロメテウスの神鎖』がヤバい、Lv80超えの魔物が一振りで引き千切られてる！

「うん、俺ってあれで縛られてたんだよ……うん、ちゃんと洗ってるの！」

更新した装備の調整に「サンダー・イグアナ　Lv81」を3匹貰（もら）い、魔纏（まてん）からの軽い戦闘では違和感はなく自壊も殆（ほとん）ど感じない。やはり円舞の動きなら負担が少ないし、変拍子（チェンジアップ）の緩急は覚束（おぼつか）ないけど徐々に出来始めている。あとは『虚実』まで持って行けるかどうかだ、自壊はするだろうけど慣れてるから戦闘不能にならなければ良い。

そうして前を歩く魅惑のボディーラインな甲冑姿の二人を眺めながら下層に向かう。スライムさんもぽよぽよとやる気満々だ。デモン・サイズ達も連れてこようかと思ったら、森の方が楽しいらしく魔の森の伐採に行ってしまった。うん、俺も森の方が好きなんだけど、この迷宮は早く潰しておきたい……これって多分１００階層間近なんだよ？

赤い輝きは橙色へと変わり、さらに青みを増す――芯は熔解しきった鉄鉱石。宙で無数に輝く灼熱の弾丸が高速回転し、次々と発射され階層中を舞い荒れ降り注いで穿ち尽くして殲滅していく。懐かしのファイアー・バレットが『智慧』により再設計され、魔法能力や制御力の上昇に伴い破壊力を増し、以前は足止め用だった雑魚専用大量虐殺魔法がＬv80を超えた魔物を焼き貫き殲滅していく。でも、滅茶燃費は悪いな！

そうして全滅した82階層の「アーマー・ビートル　Lv82」、その大量の魔石をみんなで拾い集めて行く。うん、巨大黄金虫達だったが、お金は落とさないから大金持ちでは無いらしい。黄金虫も巨大と気持ち悪いし蟲汁も心配だから焼いてみた？

「ＭＰ消費が酷いな――鉄も勿体ないし？」（ウンウン、コクコク、ポヨポヨ）

それでもＬv82の装甲持ちを貫通して焼き払えた。鉄鉱石の芯で貫通力と破壊力を高め、内部でひしゃげながら焼き尽くすダムダム弾と粘着榴弾の相乗効果はエグい。単発でも一瞬で撃てれば武器になる、だからちゃんと弾は作り溜めしておこう。

ちなみに真似してみたオタ達でも、バレットの練習の成果は未だに現われていなかった。

魔力の弾頭形成や高速回転と言った制御が出来ないらしくて、丸いファイアーボールのままだった。俺よりステータス値が高いから威力こそ有ったが、MP消費も多く速射性も無い……やはり職業縛りが存在するのかも知れないが、あのオタ達だから当てにならない。うん、あいつ等ならファイアー・バレット出来なくて、花火が出来ましたって言っても驚かない！　うん、やりそうだし楽しそうだな！　オタ屋？

「制御系とInTが上がって魔法職でも行けそうって言うか、無職だから適性がないし職業補正もない代わりに……やっぱり逆補正も無いって、何でも屋さんになっちゃうのかな？　うん、内職屋さんにはもうなってるんだよ。朝から儲かったし？」（ポヨポヨ）

　戦争と言うか内乱も終わり、早くも辺境は魔石や茸を買い付けに来た商人たちで大賑わいだった。そして商人なら当然、空荷ではやって来ないのだから街中に商品が増えていた。つまり、儲かったが大人買いとかしてたらお金が無くなった！

「うん、金は天下の回り物って、高速回転し過ぎて摑む暇すら無いんだよ？　速すぎて遠心分離されちゃったのかな？」（プルプル）

　そしてギルドは勿論、街中でも冒険者が増えていた。辺境の新人さんも増えていたし、辺境外からの冒険者が入ってきていた。これで魔の森や浅い迷宮は一気に潰して行ける、辺境軍も迷宮に入って順調らしいし……だけど50階層からは無理だろう。

　もう既にトップクラスの冒険者よりも、委員長さん達の方が強い。あれは既に英雄や勇者のレベルに到達している。そのパーティーでも中層までで、50階層からは安全マージンをとって2パーティーのレギオンを編成している。下層に入るには6パーティーの全員参加になるだろう。それでも……もう下層で戦える、もう冒険者達や軍でも不可能な階層を踏破できるほど強い。焦る必要なんてないのに必死で戦い続けている。きっと今も……お金が無いのだろう。うん、買い過ぎだって!!

「敢えて高らかに『俺、この迷宮終わったら森の洞窟の草毟りに行くんだ！』ってフラグを立ててみても……魔物さんは来ない？　踊りっ娘さんのＬｖ上げと、俺の練習で出番が無かった御2人が暴走って草毟りだとフラグが弱かったの？　うん、次は庭いじりにしてみよう、お風呂弄りも捨てがたい！　もう、弄って弄んでやるぜって言うやる気なフラグでフライングも辞さない、絶対だ！」

そんなこんなで88階層——ここで『連理の樹』が顕現して、『樹の杖？』さんが世界樹さんになって、さり気なく引っ付いてる『宿木』さんにブラフかましたら大騒ぎになった。一応覗いてみるが何もない、勿論美人女冒険者さんも着替えていない、もうこの際美人女魔物っ娘さんでも気を利かして着替えてて欲しいものだが誰もいない。うん、フラグは立たなかった様だ。

「ここからは下層だから気を引き締めてキュッと……えっ？　前にやった？　マジで？　でも踊りっ娘さんは初めての訓示で、それはもう初めての経験をあんな事やこんな事を薫ず解れちゃって……いえ、何でもありません。って言うか踊りっ娘さんまで鎖鎌もってたの？　ああー、女子さんから贈物って、普通の女子高生って仲良くなっても鎖鎌とかモーニングスターを贈り合わない気が……えっ、ちゃんとリボンが付いてたの！　鎖鎌にピンクのリボンとは侮れない女子力だけど、それ絵面的にどうなの！　可愛かった？　うん、可愛かったなら良いんだけど、せっかくのプレゼントで俺を刺そうとするの止めようよ。前にも言ったと思うんだけど普通は鎌の方は飛んでこない気がするんだけど、何でみんな遠距離斬撃を極めちゃってるの？　はい、すいません。黙ってます！」

　迷宮の通路は薄灯りに照らされ、俺はジトに晒されている。そう、これこそが迷宮攻略の醍醐味。だってジトは異世界を照らす希望の灯なんだよ！

　そして89階層では各自ばらけて魔物を追い掛け回して殲滅したが、殆ど横取りされて練習は微妙。「キラー・ハウンド　Lv89」はお酢を掛ける間もなく殺戮され、脅えた目でクンクンと泣きながら惨殺されて行った。

「って、殺人者なんだからクンクン鳴くな！　殴り辛いんだよ!!」

　舞う様に『転移』と舞踏を織り交ぜ、緩急を付けて斬り込む。回転と舞踏の勢力を繋ぎ、動作を切り替え多様に紡ぐ。俺よりSpEの高い魔物相手でも行けている、これで好感度さえ発掘されれば俺もイケてるんだけど未だに好感度はドロップされないようだ？

　何となくちょっとだけ強くなったような期待感は有るけど、それより自壊ダメージが皆無なのが大きい。これなら『虚実』は奥の手として温存できるし、剣舞の精度が上がれば『虚実』を今より負担なく実行できるはず。やはり『転移』と『重力』の制御で身体の負荷が軽減でき始めている。しかし『掌握』魔法こそが制御系の隠れチートの筈なのに、

『掌握』で纏った『魔纏』で制御できなくなってるって何なんだよ！

「やっぱり武装解除して継戦能力を上げるべきなのかな？　うん、神剣あたりを外すと一気に楽になりそうだけど、無いとそれはそれで不安なんだよ？　でも既に神剣級の七支刀と宿木付いてるのに『天叢雲剣』が過剰な気もするけど、それはそれで魔を断ち滅するって言う効果が実は効いてる気もするんだよ？」（ポヨポヨ）

在りと汎ゆる効果を綯い交ぜにし続けた物を分解し、『智慧』で解析し分析して制御する。だから時間は掛かるけど、数をこなし情報を集積し実験と実践を繰り返して実戦を重ねて……何処かでパズルのようにピタリと嵌る場所があるはず。とにかく情報が足りないのか装備が多過ぎるのか、Ｗピースは浪漫って言うか、形が出来上がらない。

「そう、夜ももどかしくてもどかしくて、もう太陽消滅させてずっと夜で良いじゃん、2個もあるし？　とか思う程にもどかしく悶々と悶えるのが素敵な生肌の濡れた艶めかしさが……おっと、誰か来たようだ。誰かは分かってる、あの無音で加速する鉄球は甲冑委員長さんだ……どぎゃあああっ！」（プルプル）

いや、ちょっと昨日の素敵な4つのぷるんぷるんな回想シーンを羅神眼で再放送してただけなのに怒られた。まあ、ボコられたとも人は言う。うん、この感じだと『再生』がまた上がったな、今晩も頑張ろう！

結局90階層の階層主「グレーター・ガーディアン　Lv90」も復活していなくてお留守だった。前回は、ここでまさかのミスティルテイン発動で俺は力尽きた。未だ迷宮に空いた穴が修復されきっていないから、やっぱり相当ヤバいものだったのだろう。

この後の94階層までは、前回は甲冑委員長さんとスライムさんが遊びに行って殲滅し尽くしたから何がいるかは分からない。問題は95階層からは復活ではない魔物達が揃っている、この布陣で危険は無いと思うがばらけない方が良いだろう。まだ踊りっ娘さんも万全ではないし、俺も何処までやれるか相も変わらず殺ってみないと分からない。うん、大体殺ってみて分かった時には死んでるから分かっても意味は無いんだけど、まあ大体殺すと解決してるんだよ？

ぬめぬめな溶解液は是非とも新偽迷宮にスカウトしたい逸材だったが惨殺された？

82日目　昼　迷宮　地下91階層

ＳｐＥが既に９００を超えている、ほぼ倍だ。ＰｏＷも当然９００を超え3倍近い。力、すなわち運動エネルギーは速さ×速さ×質量×１／２。質量は重さとデカさで、速さはＳｐＥと加速。これを破壊力に変えるまで持続し得るのがＰｏＷ。そして速さが2倍になると運動エネルギーは2乗になって、そんなもんが当たると割と死ねる。

この純粋に物理学的な差こそが身体能力。それを如何様して、ちょっと方向を逸らし、こそっと支点をズラし、しれっと力点に干渉して作用点を無効化するのが技術。

「うん、当たると死ぬから避けて逸らして、その力を分散させ方向を変えて速度を殺し無力化するのが科学的解決なんだよ？　うん、軸足への足払い(ローキック)が便利なんだよ？」

Ｌｖ90級とはそういう相手、Ｌｖ91とはそれ程の魔物！　うん、美味(おい)しかった？

（プルプル）「うん、異世界では物理学的脅威は栄養学的に美味しく解決されるんだ？　あっちはあっちで物理学が鎖に巻かれて遠心力で自滅に変えられてるし、向こうは向こうで物理法則ごと斬られてるね？　でも、物理学は斬らないで、物理現象に従って戦おうね？　まあ、自然科学的には殺せば解決だから良いか？」（プルプル♪）

俺が一人で真面目に1匹ずつ戦っている間に、ざっくり一掃されてしまった「メタル・ドール　Ｌｖ91」はでっかい人形さん達だった。殺すと魔石になるから戦闘しながら健気(けなげ)にコツコツと地道に溶解してみたが、ただの鉄と鉛。直線的な速さと重さと力を兼ね備えた鉄の格闘人形は、円舞の良い練習相手だったのに練習ついでに鉄だけ全部貫ってたら魔石になってしまった？　うん、鉛は残らなかったんだよ？

そして最後の1匹から振り下ろされる鉄拳を『転移』で擦り抜け、蹴り出す足を払い、打ち振るわれる裏拳を反転しながら捌(さば)く。直線運動は円運動と相性が悪い、さらに頑固で固い鉛頭で頭も悪いみたいだから無駄に暴れ回っている。

「でも、この『メタル・ドール　Ｌｖ91』は当たらないから攻撃を変えてみたり、学習能力は著しく低いけど知性を感じさせるんだよ？　うん、莫迦(ばか)達だともっと速く強く殴るだけで、それで解決してしまえるから莫迦なんだよ？」（ポヨポヨ）

回転のままに拳を反らせ、螺旋のままに剣を振るい旋回のまま加速して行く。当たる事無く舞い回り、斬り回りきり舞いで目も回る。きっと異世界も回っているのだろう。でも異世界は回っているとか言うと教会がいちゃもん付けて来そうだな？

「ここからは万が一が有るからちゃんと戦おうね？　まあ、きっと無い気はしてるけど、油断は油断ちで揚げ物さん出来なくなるから断たれちゃ駄目なんだけど、油プレイならすぐに男子高校生が立っちゃうから断たれる心配もなく、それはもう絶え間ない男子高校生が奨励で奮闘な激闘のヌルヌル油プレイは今すぐ準備出来るんだけど……うん、モーニングスターは手入れ充分だから油はいらないと思うよ？　いや、目の前まで迫っても錆1つ無いしばっちりなんだよ――……近いな！　（ドゴーン！）」

そう、ここからは掠っただけで危機に陥る。ほんの一瞬のミスが死に繋がる。そこまで隔絶したステータス差があり、だから油プレイは後だ。まだ睨んでるし？　ジトいな！

しかし危険性を考えるなら、ここで甲冑を脱がせてミスリル化したいけど、脱がせたら油も塗っちゃってヌルヌルなぷるんぷるんに濡れ濡れでびしょびしょの美少女に塗り塗りでテラテラをそれはもう……ななな、なにをする――（ボコられ中）

怒られた、怒るのかボコるのかどちらかにして欲しいものだが、見事に両立された！

しかしエロい事を言うと物凄く照れて攻撃だけど、エロい事は力尽くで強攻して来る。そして照れ隠しが鉄球だから、ずっと凶行だ。そうやって笑ったり照れたり怒ったりしながら、お菓子を食べつつ迷宮を進む。出来ればずっと怒りとか悲しみで戦うんじゃなく、笑えるために戦っていて欲しい。うん、できれば鉄球攻撃も止めて欲しい？

踊りっ娘さんも迷宮の底にいたらしい、そして教会によって拘束されてしまった。二人とも迷宮に良い思い出なんて無い、迷宮の底で人ではなくなり悲しくて寂しくて苦しい記憶ばかりなんだから……それでも付いて来てくれるのなら、笑ってお菓子を食べながら楽しく侵略するべきなんだよ。

先頭に甲冑委員長さん、その左後ろには踊りっ娘さんで右後ろにはスライムさん。その三角形の後ろで格好良いポーズで待ち構える俺！　完璧な布陣だ。完璧な布陣に置いて行かれたが、格好良いポーズのまま追いかけてみる。って言うか置いて行かないでね？

そのまま乱戦に突入。迷路のような沢山の穴から飛び出して来る「デソリューション・ワーム　Lv92」は先頭の甲冑委員長さんに斬り払われ、左右は踊りっ娘さんとスライムさんに薙ぎ払われて消えて行く。そしてキメポーズの俺！って、少し後ろにも分けてもらえないかなー？　三角形の先端が躍り込んで斬り払い、分断された左右の「デソリューション・ワーム」は薙ぎ払われ引き千切られる。つまり後ろに回って来ない！

「溶解なら、あの溶解液は是非とも新偽迷宮にスカウトしたい逸材なのに……斬り払われて行くんだよ？って、蟲嫌いの疑いがあるスライムさんも蚯蚓目なら食べちゃうの？」

（プルプル）

美味しくなさそうだけど、遂に『溶解』まで覚えてしまった。実は『触手』も『振動』魔法も覚えてて、『粘着』や『武器装備破壊』も持ってるのに『溶解』まで……『腐食』

も持ってた気もするし割とスキルは鬼畜系魔物さんなんだけど、ぽよぽよと可愛く跳ね回っている。最近では内職中に肩に乗って『振動』魔法で粘体マッサージしてくれる便利系愛玩魔物さんだが、迷宮皇級の二人と並んでも全く見劣りしない殲滅力。

　勿論、甲冑委員長さんも踊りっ娘さんもマッサージしてくれる。だけど、あの深夜の揉マッサージは内職出来なくなって、内緒な行為が内側に生じて内へ内へとマッサージが揉んで揉まれて組んず解れつ縺れて絡み、もうあんな所を按摩してこんな所もあんあんされてスッキリ解れても血行は高まり固くなる男子高校生的なあんな事が大変結構なお点前で決行されるけど……あれはなんか違う気がするんだよ？

　そうして超美人マッサージ嬢コンビと超可愛いマッサージ愛玩魔物によって「デソリューション・ワーム」達は殲滅された。勿論、誰も溶かされてないからポロリも無い。

　後ろから回り込んで穴から出てこようとする「デソリューション・ワーム」を焼き殺して参戦は出来たけど、穴を焼いただけ。『未来視』で出てくる場所が分かるからファイアーを投げ込んで、『掌握』で穴を閉じると穴の中で粘液に引火して燃え上がって終わりだった。うん、俺も男子高校生的に燃え上がりたいのに、ポロリはないまま戦闘は終わりを告げた。そう、溶解のフラグは立たないらしい！

　遅めのお昼ご飯に鶏肉とキャベツと茸の焼きそばを鉄板焼きで振る舞う。迷宮中にソースの焦げる香りが広がるが、魔物さんは寄って来なかった。まあ、全滅してるし？

　もう慣れたもので、甲冑委員長さんも踊りっ娘さんもズルズルと音を立てて吸い込んでは頬張っている。スライムさんは投げ込んだ端から消化していくわんこそば状態だ。麺好きの女子さん達にはおむすびを持たせたからバレたら文句が煩そうだし、夜は何にしよう？　材料が限られているとメニューは自ずと決まるけど、豊富になると選択肢が増えて悩みが尽きない。自炊していれば残っているものと安い物を併せればメニューは自動的に決まったけど、『アイテム袋』の中のものはやはり傷まないらしいからメニューを考える必要が出て来ると言う贅沢な悩みだ。

「孤児っ子達に聞くとまたハンバーグで、女子さん達に聞くとまたパスタになりそうだし、オタ莫迦達は焼肉ばかり催促でリクエストが3品で終わりなんだよ？」（ポヨポヨ）

甲冑委員長さんと踊りっ娘さんにスライムさんは、まだ食べた事の無いものを食べたがる。いつかは知る限りの料理を全部食べさせてあげたいものだ、この3人にはその資格が余りあるのだから。

お腹もいっぱいになり、ちょっと休憩してちょっといちゃいちゃして93階層に向かう。行きたく無くなってきたけど、ここは今日中に潰してしまえる物なら潰しておきたい。余り炎焔——「フレア・クリーチャー　Lv93」は溶岩の泥人形な異形の魔物だった。余りの異形さにギョギョっ娘もいぎょぎょって叫びそうな偉業さなのに、グオーグオー叫びながら斬り裂かれ食べられている。うん、あれ食べて火傷しないの？

スライムさんが行き成り『氷界』の冷気で床を凍らせ、「フレア・クリーチャー」を弱体化させたから一瞬の戦いだった。うん、やっぱ前回「ヨートゥン」を食べてたな？

道は奥深く窮むるには奥深く潜っちゃって畝っちゃって蠢いちゃおう！

82日目　昼過ぎ　迷宮　地下94階層

決して制御出来ているとは言えないけど、取り敢えず何となく何とかなっている？

即座に『転移』は難しいけど、前以てタイミングと場所を予測演算しておく事で絶え間なく連続する『転移』。うん、『消失』の形になってきている。

怒濤の如く降り注ぐ蟲、蟲、蟲、マジ蟲！　一瞬の『転移』であろうと、意のままに連続して使えれば凄い技になる。転移中は実体が通り抜けるのだから向こうの攻撃は無効化出来て、こっちの攻撃は擦り抜け止められない。飛び掛かる蟲、足元に噛み付く蟲、うねりながら絡みつこうとする蟲……をガン無視で進む。

ただ型通りにしか転移出来ていないから、計算外の攻撃には対応できない。一度型を崩されると『転移』の瞬間を失う程に危うい。カチカチと牙を鳴らし噛み付きに来る蟲を斬り抜け、回転して薙ぎ払う。跳ね上げる様に斬り上げ、擦り抜け様に首を薙ぐ。舞う様に走り抜け、『空歩』で宙へと躱して旋回し剣を振るう——まあ、棒なんだけど？

百を超える百足の、万の足を剣舞で斬り払う。刃先を舞い踊らせ舞い散らして、鋭爪の隙間を躍り抜ける。だって止まると咬まれるんだよ！　困った事に訓練程の手応えは無い、実戦で実践練習なのに十戦危うからず？　この技は決まらなかった時こそが危険だけど実戦では決めきらないとヤバいから手は抜けない、訓練（ボコ）では手を抜かなくてもボコられる。

うん、『転移』しようと『消失』していようと容赦なくボコられ、ボコを擦り抜けるとちゃんと次のボコが待っている親切丁寧な重箱の隅をボコる様な徹底されたボコなのだ！

うん、重箱さんも壊れちゃうよ!!


「うりゃっと！」


　立体機動で上に抜けてしまうのはズルい気もするけど、これを全部捌くのは無理。

あの数だと思考速度に身体速度や技術が付いて行けない。所詮は時間遅延（スローモーション）は高速思考の演算で作りだした時間差（タイムラグ）、相手の動きがゆっくりに感じられる分、自分の身体（からだ）だってゆっくりとしか動かない。だから読み切れれば一気に行けるけど、こうも数が多いと可能性が演算を複雑化させて思考速度を超えて飽和し……時間遅延（スローモーション）が崩壊する。

一撃で死ぬ身体で賭けは出来ない。そう、この身体は夜まで無事でいさせなければならない大事な身体。勿論、夜は壊れるまで酷使し、壊れる端から再生しちゃって頑張ろう！

そう、夜入り前の大事な身体なんだーっ!!

　加速——一歩踏み出す毎（ごと）に身体に速度を乗せ、隙間を抜いて斬り裂きまた間隙を作り出し斬り抜ける。止まる時は死ぬ時だ、動けなくなった時に行き止まる。膨張する効果を纏（まと）い、乗せれば乗せる程に身体は軋（きし）み頭は痛むが世界は停（と）まる。一瞬だけの静止した世界を理解し、最適解の舞踏場（ステージ）が現れる死線の剣舞……まあ、棒なんだけど？

「ぷはーっ、身体を壊さず戦う方がキツいって何かが間違ってる気もするんだけど、痛くない方が良いのも事実だからM属性じゃないんだよ？　だけど精神的に疲れるな？」

全開でスキルを纏い、最速最短を切り抜ける。『虚実』ならここまでの高速思考も演算も必要はない。ただ当たる端から殺し、ただ斬り消し飛ばして行く最速への引き算。だから単純、人体構造なんて無視で、ひたすらに先に斬れば良いだけで、ひたすら速く動けば良いだけだった。だから身体が壊れるけど、あれが速く強い最短最速。

それを舞踏の体捌きと足捌きで流れに変えるには、経験で読み切り高速演算を極めるしかない。そして無拍子で最適な『虚実』を極めた時に……甲冑委員長さんの『一閃』への道が見えるのだろう。まあ、無理っぽいけど？

身体中が可動部分だから隙間だらけだったんだよ？

「この『アーマード・センチピード　Lv94』さんって、装甲付きだけど装甲が隙間だらけで、節足動物さんに装甲化って無駄と隙間が多い気がするんだよ？」（プルプル）

「でも、これって本当に譲ってくれたの？　何か蟲が嫌で俺に回さなかった！　本当に？いや、練習になったから良いんだよ……そうだよ訓練だったんだよ、きっと、きっと……グロくてキモいからって押し付けられてないよね？」（ポンポン中です）

あの数のLv94を相手に自壊を最小限に抑え、ちゃんと剣戟戦ができたのだから進歩。ただこれも持久戦だと無理そうで、結構続くと頭が割れる様に痛む。あの状態だと集中力が何処かで切れる。そうして此処からが未踏の95階層。

陣形を組んで進む。俺が弱体化している分と、踊りっ娘さんがLv上げ中なのを考慮するなら、前回の甲冑委員長さんとスライムさん無双の時より戦力は落ちていると考えた方が良い。相手が雑魚なら数が二人増え手数が圧倒的に増えた。だけど守備的には弱点が増え戦闘中も警戒が必要になっている。迷宮特有の重い冷ややかな空気、静かに音を立てずに気配を探り出す。

「勝ったな」（ポヨポヨ）

95階層の魔物は「スワーム・ブロブ」。肉の塊な球形の生き物だが、粘体の様に蠢き身体から触手を生やしている。今見えている数は318、まだ現れていないのが200程度。そしてベタベタと這い寄り疣々の触腕を一斉に伸ばし、辺り一面が触手で埋まる。

「甘い！　こと触手戦においては日夜って言うか、毎夜その技を磨き続けているこの俺に迷宮でベトベトしてただけの肉塊が触手使いで敵うとでも思っているのかー！」

眼前まで押し寄せて来る数多の触手、それがぶつ切りに斬り散らされ地面に撒き散らされる。たかが伸びるだけの肉の触手、でも疣々付きだ！　『智慧』制御による魔糸の高速ワイヤーカッターで疣々触手達を斬り散らして進む。甲冑委員長さんと踊りっ娘さんは後ろに隠れてる。うん、なんだか肉塊のグロさと疣々の触手に怯えている様だ？

防戦だけならワイヤーカッターは充分制御され、触手を全く寄せ付けずに「スワーム・ブロブ」ごと斬り裂いて行く。ただ、俺が高速移動して『転移』を発動すると、演算が複雑化し制御困難？　まあ、ゆっくりと動く分には問題ない。再生特化型で弱いみたいだし？　これなら余裕があるから通路から現れる「スワーム・ブロブ」達に単発の改良型ファイアー・バレットを打ち込みながら掃討していく。

「ふっ、まったく俺に触手戦を挑もうとは愚かな！」

いまだ迷宮皇級に剣技は遠く及ばず、戦闘力は較べる迄もない。だがその迷宮皇級さん達を倒し続け、蹂躙して来た我が『魔手』さんに触手戦を挑むとは愚かなり！　そう、愚か過ぎる愚行で、これは決して負けられない戦いなのだ！　たとえ職種の無い無職でも、触手だけは負けない!!

「スライムさんグロいからあんまり食べちゃ駄目だよ？　うん、可愛いぷよぷよがグログロな肉塊粘体生物になっちゃうよ？　みたいな？」（プルプル！）

階層中を気配探知しても気配は残っていない。「スワーム・ブロブ」は全滅だ。

「あっ、隠し部屋。誰か着替えてるかも？　でも、ブロブはいらないし、ブロブっ娘も嫌だよ？　うん、だって肉塊っ娘なんて嫌だよ！」

大量の魔石は大きくて純度も高そうだ、売っても良いしアイテム袋の中で魔力バッテリーになってもらっても良い。これはお大尽様の再臨だ。しかし、疣々かー……触手の道は奥深い様で、道を極めるには今晩も奥深く潜っちゃって畝っちゃって蠢いちゃおう！

「……」「……」

甲冑委員長さんと踊りっ娘さんが無言でジトっている。

「いや、もう悪い触手はいないから大丈夫なんだよ？　うん、これは疣々練習中で瘤と襞がなんか卑猥だけど深夜の破壊力は高そうだな？」「……！」「……！」

甲冑委員長さんと踊りっ娘さんが脅えている。

「だから、もう悪い触手はいないから大丈夫だよ？　うん、これは俺の良い触手さんで、とっても良いんだよ？　そう、この茸型の先端がまた良さそうだ！」「「……」」

さあ、スライムさんのお食事も済んだみたいだし下りよう。おっと、その前に隠し部屋だった。何故か甲冑委員長さんと踊りっ娘さんが近づいて来ないけど先に進もう？

終わりのないご休憩は宿泊コースな連泊で永住の危険もある。

82日目　昼過ぎ　迷宮　地下95階層

隠し部屋を覗くと、そこには着替えっ娘と目が会うなんてこともなくボコられている「ギガ・ブロブ　Lv95」と宝箱。うん、甲冑委員長さんと踊りっ娘さんは、まるで何か恨みでもあるかの様に滅茶ボコって疣々触手を斬り払っていく。

「そこはこうキュッて縛っちゃってから、両脚をクパッて広げてからじゃないと駄目なんだよ？　うん、あの綺麗な脚の180度開脚な絶景こそが重要ポイントで、そこからが真の触手な素敵さで触手っちゃうのに駄目な触手魔物さんだな？」

何故かボコボコの挙句、ばらばらに斬り払われ、さらにダメ押しで珍しく魔法攻撃まで炸裂して塵すらも残らない。ちょ、スライムさんがあんまり食べられなくって御不満なんだよ？　うん、憎しみと怒りすら感じられたのは何故なんだろう？

（こいつのせいで　イボイボが　今晩！）（あの茸型、危ない。あれが……疣々が!!）

まあ、死んだ。宝箱にはやっぱり今日も鍵は無く、中身は『死霊の指輪　InT40%アップ　魔術制御補正　耐即死　死霊作成操作』……うん、InT40%アップだ！

「魔術制御補正も付いているし、耐即死は……まあいいや？　あとは見なかった事にすれば良い装備だよ。見たらまた好感度さんが霊体化を始めて成仏の危機だけど？　はっ、まさかお亡くなりになった好感度さんの亡霊を死霊作成操作？　それは果たして好感度残っているんだろうか？って、その好感度さんが呪われてそうだな！」（プルプル）

　これで指輪は『魔神の指輪』と『フェアリー・リング』が複雑なご近所づきあいしてるのに、『死霊の指輪』まで加わってしまった。まあ『フェアリー・リング』には妖精さん居ないからデモン・サイズ達に死霊と仲良く出来るか聞いておこう。

　そして96F。迷宮王戦に備え魔力を温存し剣技で斬り回っているから、自壊は最低限で済んでいる……と、油断した瞬間に腰骨が砕けてマッサージ中だ。痛いな？

「ああああぁ、微振動も気持ち良いけど、膝枕のもにゅもにゅと何故か思わず手が伸びてるむにゅむにゅも気持ち良い！　もう、この階層を改装して寝室にして回想シーンに移りたいくらいに気持ち良いんだけど……いや、治療中だからモーニングスターは止めようね？　うん、つい目の前でぽよんぽよんしてたから揉んじゃっただけなんだよ？　あと、膝枕の向こう側の丸いぷりんぷりんへの撫で撫でも決して悪気はないんだよ？」

だって男子高校生だもの？　そう、甲冑を外された魅惑ボディーに癒され、いやらしく治療中。もうとっくに再生してるのは内緒の内密だ！　この綺麗な御御脚(おみあし)で足踏みマッサージも嫌いではないけど、今お願いすると折角再生したのに踏み砕かれそうだな！

そう、96階層の魔物は久々のスケルトンな、「スケルトン・ロード　Lv96」さんだった。正当派な剣技と、魔法を操る生粋の戦闘職さん達(たち)。迷宮王戦前の最終調整と言う事で1人で戦ってみたら凄(すさ)まじい強さで、Lv96の身体能力(ステータス)に剣技という技術が加わり、鎧(よろい)と盾で武装した骸骨が知性を持って連携し戦術を以(もっ)て追い詰めて来る。まあ、途中から無理っぽくて落とし穴掘って埋めて焼いた。うん、あれ無理！

結局、無理な回転運動で剣舞が崩壊し、勢いで腰骨が砕けて3人の乱入で助けられて治療中。『死霊の指輪(ネクロマンシー)』の効果で、より深く加速した時間遅延(スローモーション)に潜れたけど途中から身体が付いて行けなくなって砕けた。うん、ここに来てやはり問題は身体能力(ステータス)。

そして、やはり相手が強いと『転移』による『消失(バニッシュ)』は、出現の瞬間をピンポイントで狙われる。読まれて出現の瞬間を狙われると、自壊してでも『虚実』しかない。虚実(ミライ)はスキルを全部纏めた足し算で、速度以外の全てを削った引き算。ただ斬ったという結末を演算し、無理矢理に実現させるだけだから負荷が計算不能なんだよ。

「さて、治ったし行こうか？　いや、膝枕って言うか太腿(ふともも)さんは名残惜しいけど、名残(なご)ってると和(なご)んじゃって揉んじゃって、終わりの無いご休憩が始まるご宿泊コースな連泊連戦で永住の危険もあるから惜別してみた？　うん、惜しいな！」

剣舞の課題も分かった。ただ高速な連続は読まれ易(やす)いけど、安易に緩急をつける事の方が危険だった。緩の瞬間を狙われていた。結局は見切りと読み、それが甲冑委員長さんと踊りっ娘さんの強さ——組立(ながれ)だ。

そして97階層は瞬く間に蹂躙されて行く。もう「懲らしめてやりなさい」とか言う前から絶賛懲罰中で、反省する間もなく即処刑で厳罰な斬殺。うん、懲らしめる気はなさそうだ？　まあ、もしかしたら峰打ちかもしれないけど、両刃なんだよ？

「まあ、あの剣速だと峰でも鈍器で、結局は死ぬから結果は一緒？　みたいな？」

緑色の肌をした筋骨隆々な「デス・ギガント　Lv97」。即死眼を持った巨人……は登場と同時に涙目で死に絶えた。うん、下りよう。まだ下がある。

迷路でばらけていると時間が掛かるけど、階層型で魔物から集まったり寄って来ると一瞬で終わる。とにかく魔石が集めやすい。うん、実は結構魔石拾いで時間が掛かる。

「98階層……うわー、まだ下が有るよ？　これギリだった？」（プルプル）

無駄な戦争なんてしてる場合じゃなかったよ。歪(いびつ)な形状の、全身を鱗(うろこ)に覆われた異形「レプタイル・キメラ　Lv98」を4人で突撃して斬り散らす。容赦ない速攻戦で、『魔纏(まてん)』からの『虚実』で自壊も厭(いと)わずに斬り伏せて行く。こいつは後手に回ると危険な『超再生』持ち……だけど過剰即死(オーバーキル)で『超再生』ってあんまり意味なかったかも？

「爬虫類(レプタイル)だから爬虫類(はちゅうるい)系のキメラさんだったけど、爬虫類は得意なんだよ？　うん、グロ系の『蟲(むし)キメラ』とかなら、みんなで逃げるけど……だって、どこかにGが混じってそうだよ！　俺は逃げるよ!!」（ウンウン、コクコク、プルプル！）

凍らせているとスライムさんも『氷界』で手伝ってくれたから、一部の炎系の部位以外は動きが鈍った雑魚(カモ)だった。そして凍った部位も、無効化(レジスト)してた炎系の部位も結局食べられた。うん、どっちにしても食べられる運命なんだよ？　そして最終回、みんな今迄ありがとう……では無くて、最終階。99F迷宮(ブービーダンジョン)だった。

Ｌｖ99の迷宮王、うん洒落(しゃれ)にならない。これが地上に出てきたら単体でも地獄、迷宮氾濫(スタンピード)を率いてたら辺境が死滅しかねない脅威。なにせ不死属性の迷宮王だ。

周囲の明かりも吸い込む暗黒の鎧を身に着け、漆黒の剣を振るう黒き闇を纏(まと)った死霊の騎士「シェイド　Ｌｖ99」。うん、嫌な感じだ、あの闇は気分が悪い。そして甲冑委員長さんや踊りっ娘さんにも脅えが見え、スライムさんまでも畏縮している気がする。

「3人とも下がってて。あれ俺が貰(もら)うよ？　いや、今まで出番が無かったんだから、ここで格好良いポーズを出さないと男子高校生的な格好良さがアピールの場を失って好感度さんがアンタッチャブルなままなんだよ？　うん、だからお願い。ねっ？」

嫌な感じ過ぎる、超感じ悪い、きっと古(いにしえ)の言語チョベリバとはこいつの事なのだろう。あれは大迷宮に囚(とら)われていた時の甲冑委員長さんに憑(つ)いていた闇に似てる。あれほど濃くも禍々(まがまが)しくもないけど、不快な感じが何処か似てる。だから俺がやる、もう闇には囚わせない。闇如(ごと)きに二度と奪わせない。その闇ごと……奪い尽くして消し去る。

「そう、それこそがぼったくり道だ！　お大尽様舐(な)めんなあ、魔石置いてけえ!!」

我がぼったくり道に奪われると言う文字は無い。うん、今金欠なんだよ！　だから有るのは奪うと言う文字だけだ!!

「お前を宿代にしてやるううぅ……うん、溜(た)まってるんだよ？」

4桁を超える身体能力(ステータス)で振るわれる長大な黒剣を払い、黒盾を避け黒鎧を突き通す。

やはり鎧の中は実体のない闇、これは殺せない——だから俺がやる。嘗(かつ)て大迷宮の最下層で甲冑委員長さんに憑いていた闇を祓(はら)いきった物は『樹(き)の杖(つえ)？』だった。その正体は『世界樹(ユグドラシル)の杖』。それは九つの世界を内包し、世界を支える大樹で次元すら超越した世界をも繋(つな)ぐと言われる大樹(もの)！　の枝(さきっちょ)？　まあ、棒？

「宇宙樹(ユグドラシル)とかドヤってるくらいだから、枝だって偉い。きっとそうで、そう決めた!!」

だったら闇とか死とか暗黒とか御説教とかだって祓えるはずだ。もしかしたら御説教だけは無理かもしれないけど、後の黒いのくらいなら楽勝だ。うん、お説教には何なら対抗し得るのだろう？　どうやら御説教だけは宇宙規模を越えてそうなんだよ？

吹き荒れる暴風の如き黒剣の、危険な斬撃が吹き荒(すさ)ぶ。

黒死の荒れ狂う猛撃に、舞い狂う剣舞で斬り返す。

打ち下ろされる剣撃を斬り落とし、横薙(よこな)ぎの斬撃を擦り抜ける。

間合いを制し、合間に『転移』し、超加速状態のまま剣線を重ね合わせて闇を削る。

剣と杖が縦横無尽に幾千幾億の斬線を弾(はじ)き合い、駆け回り加速し踊り斬り結ぶ。黒剣に斬られた傷の治りが遅い、避けたのに斬られ消滅(バニッシュ)で躱(かわ)しても斬られている。浅いけど斬られ、『再生Lv9』なら瞬く間に治るはずの浅い傷から未だ血を流し続けている。

だから深く深く深く沈んでいく。重たい時間の流れの中に潜り、深淵に沈んでいく……智慧の思考加速で、何処までも引き伸ばされて行く時間が青く深く重く滑る。時間遅延の時間の底へ、其処は死に最も近い場所。時間の流れの終わり……の、ちょこっと手前の斜め横くらいだ。いや、知らないけど？

撃ち振るわれる黒剣に身を反らして、霞む様に消え失せる。幻影を纏い、消失を繰り返し、夢幻の剣舞で無限の斬線を黒鎧に刻み付ける。出し惜しむ余裕もなく七支刀で斬り結ぶ、それでも圧倒しきれない。

一撃で死ぬ俺は回避しなければならない。斬撃を躱しながら斬りつけるけど、踏み込みきれず剣閃が浅い。羅神眼で視切り完璧に回避しているのに、何かが掠めてHPが減って行く。そして再生が遅いまま、じりじりと生命が減り続ける。

今にも飛び出してきそうな3人を目で制し、生死の狭間を潜り抜ける。瞬く間も静止する事の無い無限、遅延し停止しそうな時間の底を這い摺り回る。ただ斬り結んでは斬り払い、ただただ斬って祓い続ける。既に『虚実』でかろうじて斬り繋ぎ、斬り抜けている。かなりの闇は斬り裂いたけど、時間と共に俺の身体が崩れていく。

「まだ駄目かな」

無動作で無拍子に、間隙無く無限に斬る。斬ると言う結果だけの為に、身体に効果も魔力も全て『魔纏』し注ぎ込む。ただ斬ったと言う結果だけを強制的に実現させる技、その過程の全てを無理矢理紡ぎ出す……それが『虚実』。だから速すぎて舞踏の動作が組み込めなくなっていき、流せない慣性力に身体が耐えきれずに崩壊して行く。

そして動いた。闇の騎士は盾を掲げ突進して来る。それは捨て身、それが正解。圧倒的なまでの身体能力(ステータス)の差があればそれこそが正攻法で、それこそが回避不能な必殺。迫り来る死は粘り付く様な重たい時間の流れの中で、酷(ひど)くゆっくりと迫って来る。『未来視』でも躱す余地すらない捨て身の一撃が、酷く鈍い緩慢な時間の流れの中で、ゆっくりと迫り来る剣と言う名の死。死霊騎士(シェイド)は魂のみを黒盾で隠し、後はすべて捨て去った。引き換えるものは俺の命、捨て身の殺(や)り取りに全てを懸けて来た。

放たれた黒き剣はゆっくりと宙に斬線を刻んでいく。その行き着く先は俺の命。もう回避不能で、防御不可能な必殺必勝の身を捨てて放たれた斬撃。長い時間をかけ、永い時間の中を進み辿(たど)り着く……前に転んだ。

「よし、転んだ！　ボコろう!!」

ボコボコボコボコ……（ボコり中です）。完全に決める気でいながら、盾で隠した。そここそが魂(コア)。死霊騎士なら霊魂が在るはずで、そしてコケたから魂もボコり放題。捨て身でありながら最後の最期で自分の弱点を教えてしまったんだから、俺は悪くないんだよ？　そう、大体いつも俺は正しいのに冤罪(えんざい)をかけられるんだよ？

そう、何故(なぜ)か背後からジトを感じるが、しっかりと最期までボコり、死んだけど序(ついで)にボコっておく。その闇が全て消え去るまでボコりきる……うん、魔石は置いてってね？

「ただ刺し違えれば良かったのに、それだけで簡単に勝てたのにねえ？」

うん、死霊が命を惜しむなよ！　死霊騎士は命を捨てずに命を賭けてしまった。だから豪運(LuK：MaX)に限界突破まで持った相手に賭けをしてしまった。そう、命を惜しんだ。だから死んだ。正直『死霊(ネクロマンシー)の指輪　InT40％アップ　魔術制御補正　耐即死　死霊作成操作』で、Lv99の迷宮王を『死霊操作』出来る可能性なんて欠片(かけら)も無かったのに……賭けをするから転ぶんだよ？　うん、転んだらボコるんだよ？

結局、最後の最後で足を『死霊操作』で引っ掛けられて転んだ理由は、命を惜しみ賭けに出た事。自らの未来を賽子(ダイス)にして転がしてしまった、だから転んで死んだ。

そう、爆運による華麗にして流麗且つ老練な知的勝利なのにジトられている？　いや、完璧だったじゃん？　うん、普通あれって勝てないから。うん、ジトだな？

バニー嬢のバニースーツ無しVerはとってもバニーな長いお耳だけだった。

82日目　夕方　宿屋　白い変人

みんな、ほふほふと親子丼をがっついている。うん、やっぱり海苔(のり)が欲しいな？

「「「美味(おい)しい――♪」」」

ちょっと気怠(けだる)いけど怪我(けが)は治って来てる。やはり、あの闇に何かあるのだろう……俺は

『世界樹の杖』を持ち、更にはその効果を纏う事が出来るから時間は掛かっても完治する。だから、あれは俺がやるべきだ。俺以外だと後遺症とかヤバそうだし？

「「「遥、お代わり！」」」「お兄ちゃん、私も!!」「特盛でね」「「「おかわりー♪」」」

それよりもあの迷宮が99階層まで有った事が問題なのかも知れない。だって、あそこはそこまで古い迷宮じゃなかった筈なのだから。

「具ダクでくれ！」「汁だくでな」「ああ……肉抜きで？」「「「肉抜くな！　それっ、卵丼だろうが!!」」」

急成長したのか、見逃していたのか……でも、あと1層で限界層だった。そして100Fが出来ると迷宮は急激に強くなる。だからこそ潰すならその前で、問題は潜ってみないと深さが分からない。でも、潜ったら迷宮踏破してて深さが分かっても意味がない？

「肉盛りメガ盛りで」「栗饅頭……」「お兄ちゃん、スープも」「バケツで大盛りをくれ！」（ポヨポヨ！）「私もいる～（ぽよんぽよん♪）」「「「………」」」「男子！」

Lvが上がりステータスが上がると共に、食べる量も増えて行くらしいけど……これは違うものだろう。うん、ただの大食いだよね！　高Lvだと大量に食べないと窶れるらしけど、この女子高生達は食べた後に焦ってわんもあせっとしてるんだよ！　うん、摂取エネルギーにLvの方が追い付けてないんだよ!!

「「「美味しかったー」」」「ご馳走様♪」「男子は肉ばっかり食べすぎ！」

報告会では全組中層まで進んで、明日からは50階層の階層主戦。だから念のため2パーティーで組むらしい。俺達も次の迷宮を貰おうと思ったらお休みを言い渡された。俺の顔色が悪いらしい。うん、顔じゃないよ？　顔は何も言われてないからね？

血を流し過ぎたのか、闇による病み上がりなのか、はたまた逸る疚しい気持ちの表れなのか……もしかしたら、やらしいからなのかは分からないけど確かに怠い。念のために『世界樹の杖』はブレスレットにして身に着けているし、明日には完全に回復してると思うんだけど駄目らしい？

「まあ明後日からは下層の迷宮で忙しくなるし、その前に一度森の洞窟に帰ろうかな？」

そう、未だスライムさんも踊りっ娘さんも森の洞窟に行った事が無い。甲冑委員長さんだって1回だけで、女子さん達も行きたがっているから先にお掃除して草刈りしてゴブコボも狩ろう、うん、魔の森も見て置いた方が良いだろう。

「メリ父さんは明後日くらいに帰って来るらしいけど連絡あった？」「オムイ様はまだ帰られてないけど、側近さんが魔の森の伐採をお願いしたいって依頼出してたよ」

伐採の依頼の地図を貰うと、大きい所が3ヶ所に、小さな区域が無数に印されている。結構森が広がっているけど、町や村に近い所が優先のようだ。デモン・サイズ達に聞いてみたら大きい所の1つと小さい所のいくつかは今日刈って来て、茸も大量だったらしい。でも、どうやって大鎌が茸を採って来てるんだろう？　うん、魔石も持ってくるんだよ？

みんなは緊急事態運動に踊レボするそうなので、先にお風呂に行く。でも孤児っ子達まで踊レボを始めているんだけど、あれは何を目指しているんだろう？

「まあ、踊レボと言う名前の各種舞踏と武闘の教室なんだけど、孤児っ子達は楽しそうにコサックダンスを踊ってるって……お遊戯会？」（プルプル？）

雑貨屋のお姉さんも、武器屋のおっちゃんも孤児っ子達は良く働くと目を細めてた。ギルドのお姉さんは孤児っ子達は良い子なのにと言いながら俺にジトってた？　うん、何か言いたい事があるのだろうか。

街でもランドセルを背負って働く孤児っ子達は大人気で、お菓子をたくさん貰えたらしい。既に辺境の街の孤児院の孤児っ子達にもランドセルを配っているから街中でランドセルの子供たちが大量に働いている。偶に子狸も交じっているが見分けがつかないからほっとこう、あまりにランドセルに違和感が無さ過ぎるんだよ？

「ぷは～」（ポヨポヨ～）

ひりひりするけど思ったより傷は染みない。もう日常で裂けたり折れたり捥げたり千切れたりしてるから掠り傷だ。ずっと『世界樹の杖』を身に着けてるから治癒もすぐ終わる。あの闇に関わるものには近づけさせたくないし、さっさと治そう。

後片付けは任せてスライムさんと入浴。意識して『再生』を纏い、『世界樹の杖』に魔力を循環させていく。スライムさんもぽよぽよと『治癒』や『浄化』をかけてくれて、ぽよぽよと癒される。湯船に浸かってぼーっとしながら治療を続ける。考えなきゃいけない事は沢山有るけど、一先ず今日は勝てた。それだけで良い。迷宮王のドロップも、最下層にあった隠し部屋のアイテムも鑑定は後で良い。今は何も考えずゆっくりとお湯に浸かり、疲労を洗い流す。

「あぁあ～♪」（ポムポム～♪）

リラックスタイムだし、ぽよぽよしていよう……今日は長風呂だ。ゆったりとして気怠くも気持ちよくお風呂から上がると、腹部緊急事態も佳境みたいで、甲冑委員長さんが剣を教えながら扱き踊りっ娘さんは盾中心に教えながら鍛えている。合間に個人レッスンも挟みながら特殊戦もやっている。

甲冑委員長さんがギョギョっ娘に剣術を授ければ、踊りっ娘さんは新体操部っ娘に軟体武闘を伝授し。甲冑委員長さんがビッチや委員長達に剣技を教えれば、踊りっ娘さんはバレー部っ娘達に楯術を覚えさせ文化部っ娘達に回避盾を教えて行く。先生が二人になってバリエーションが増え、学べることが増えて出来る事が多くなっている。それだけ生き残る可能性が上がり、更にモーニングスターと鎖鎌教室が始まったけど……それはいらないと思うんだよ？　だってそれ魔物さんに使われずに、俺に使われるから俺だけ生き残る可能性がだだ下がりだから教えなくって良いよ！

「「「ありがとうございましたー」」」

終わったみたいだ。

「オタ莫迦達はサボりなの？　莫迦達が戦闘訓練に出ないとか珍しくない？」「えっ、男子は自主練だよ」「そうそう、この前からだよね」

パーティー単位の戦闘に特化する気なのだろうか。集団戦では男子組は卒がない、莫迦だしオタだが一切崩されない。個人技なら甲冑委員長さんや踊りっ娘さんに指導を受けた方が良いのに、個別で何かしてると言う事はパーティー戦か少数の連携。

現在パーティー単位で安定感が有るのはオタ莫迦達とビッチ達だ。委員会は実力は突出してるけど安定感がないし、部活っ娘達と文化部っ娘達は相変わらず得意不得意が激しい。そしてオタ莫迦達は……もう殺し合いを経験している。無意識下で目配りが出来ていて、油断すれば死ぬ事をその身が覚えている。魔物は騙さない、魔物として堂々と襲ってくる。だが人は違う、味方の振りをして後ろから斬り付ける。それは知らない方が良い事だけど知らなければ危険、だが知れば……人は変わってしまう。

女子さん達は人を疑い騙し合い警戒し裏を読み合うには優し過ぎる、それは変わって欲しくない物だ。俺達みたいにならなくて良い、ならずに済めばその方が良いに決まっている。だって男子は異世界に来てただの一度だって武器を手放した事が無いだろう、たとえみんなといる宿の中でも……もうずっと殺し合いの中にいるんだよ。

部屋に戻って内職前の休憩。ちょっと怠いから、ぽよぽよとスライムさんを愛でる。うん、やはりスライムさんだ、同じ球形の粘体でもグロい肉塊のスワーム・ブロブとは天と地よりも差がある！　ぽよぽよと身体の上を移動しながら『治癒』してくれている、もう目に見える傷は殆ど無くなってきた。

「ふうー……つい3か月前までは普通の男子高校生だったのに、今じゃ傷は『再生』していくし、『触手』は生えて来るし、ずっと彼女出来ないままお妾さん増えていくし？　ずっと好感度は……いや、好感度さんはそれ以前から見かけなくて、そう言えば見た事無かったよ？　見たいな？　一回くらい！」（ポヨポヨ）

　MPも枯渇してたから怠さが倍増だったけど、傷も塞がりMPも回復して体調が戻って来た。怠くてあんまり晩ご飯食べなかったけど、MP回復には食事と睡眠。ただ、だがしかし睡眠こそが難しい！　だって美女二人に挟まれた男子高校生に眠れって、世のあらゆる男子高校生はベッドで美女二人に挟まれ状態だと『催眠』すら無効化して、欲望と愛欲が渦巻くスパイラル男子高校生と化す事だろう！　うん、睡眠は無理!!

　だから食事。デモン・サイズ達も呼び出してスライムさんも交えお菓子会、孤児っ子対策に作りだめされたクッキーをみんなで囓る。そう、孤児っ子飛行抱擁を躱す為に開発された新兵器な囮御菓子なんだよ？

「このクッキー囮御菓子を撒く事で飛来する孤児っ子達を囮に誘導して逃げると言う新技で、今は王都孤児っ子組に加え辺境孤児っ子組まで加わって孤児っ子飛行抱擁の迎撃網が街中で完成されつつあって、みんな働きに出てるから街中どこからでも飛んで来るんだよ？」（プルプル！）「「「……♪」」」「美味しかった？　粉を錬金で錬成して細かく均一にして焼いてみたら、なんか1ランク上の美味しさになったんだよ？」

　料理は一手間と言うが、一魔法でも効果的なようだった。

「はい、ホットミルクだよ。熱いから気を付けてねって、スライムと大鎌だから熱くても

「問題無さそうな気もするんだけどふうふうしてね？　一応？　お約束？」（ポフーポフー）

「「…………、…………」」

　なんとなくスライムさんは出来そうだと思っていたけど、大鎌のデモン・サイズ達もふうふう出来たようだ。やはり異世界は侮れない！

　あの闇の事も、迷宮の成長の事も、あの触手の疣々の事も考えなきゃいけない事だらけだけど……偶にはのんびりも良いだろう。せっかく仲間が増えたんだからのんびりだ。

　そうしてのんびりしていると、2匹の「タキシード・バニーLvエロ」が帰って来てお菓子会に参加した。そ、そう、のんびりとお菓子会を……あ、網タイツの太腿さんがもにゅって！　いや、のんびりとホットミルク……肘にミルキーな物がぽよんって！　の、の、のんびりだ！　4本の長いウサミミが揺れ、2つの丸シッポがフリフリしてるけど、のんびりなお菓子会だ！　そう、日々迷宮で戦う戦士が癒される憩いの一時。ゆったりと寛ぎの時間がぽよんぽよんだとおおおおっ！

　ソファーの両隣に超絶美少女タキシード・バニーさんがぴったりと寄り添い、しなだれ掛かって座る。お菓子を食べながら、交互に俺にも食べさせてくれる魅惑の兎サービス。そう、なんか後からすっごくぼったくられそうなサービスだ！　そして視線を落とすとそこには琥珀色の脚に網タイツも蠱惑的だが、純白の太腿が隠された黒ストッキングも艶めかしい。こ、これは兎さんの罠だ！

　スライムさんとデモン・サイズ達はたらふく食べて御眠になり、孤児院でお休みだ。うん、寝るのが結構早い。そして3人だけになると更に過剰なサービスで、俺の右脚の上には右隣の甲冑委員長さんの左脚が乗っかり美脚の間に挟み込まれ、左からは踊りっ娘さんの長い脚に俺の左脚がむにゅっと挟み込まれる。そして左右から腕を組まれて右手は甲冑委員長さんの太腿に、左手も踊りっ娘さんの太腿に、お爺(じい)さんは山に芝刈りに？

「いや、お爺さんいないし！　そしてお婆(ばあ)さんは何処(どこ)！」

　意味不明な供述をしながら、両側から抱え込まれた腕はむにゅむにゅな感触に包まれ、お手々は太腿様に挟まれている。そうして腕を抱き抱えられ抱き着かれたまま、交互にクッキーをお口に入れて食べさせてくれる魅惑の高級バニーさん達の妖艶な接待。まあ、お礼なのだろう。きっと闇に近づけさせなかった事なんてバレバレだったんだろう。

「いや、だってあれほどの練習も訓練も無いって言うか、生と死の懸かったギリギリの天(てん)秤(びん)のほぼ死に傾き切ったあのくらいが真の実戦なんだよ？　うん、大体死に懸かるとやる気って出るんだよ？」

　もう、いちゃいちゃとくっ付き、ちゅっちゅっとクッキーを口移しされながらぽよんぽよんと密着だ。これは天国に一番近いどころか、天国よりはるか高層の天上のバニーな倶楽部(クラブ)のお持て成しだった！　もうあんな所を押し付けられ、こんな所を撫(な)でられちゃったりしながら魅惑の兎さん達が右に左にぴったし密接に密着。これはたとえぼったくり道を極めた俺であっても、このサービスなら逆にぼったくられても毎晩通うだろうって言うくらいの素敵な兎天国(バニーヘブン)なんだよ！

「「御奉仕、です♥」」

きっと天国は最上階９９９Ｆが兎天国で、地下最下層のごみ捨て場より下が爺の白部屋なのだろう。縺れ合うようにきゃっきゃうふふと御奉仕され、いつの間にかバニーな衣服も開けながらすりすりとさわさわを素敵な素肌を素直に堪能して男子高校生さんも大変ご機嫌と言うか御起立でバニー嬢さん達は眉目秀麗なお顔で上目遣いにじっと見詰めているけどお口は忙しそうだ！

やはり二人ともあの闇に底知れない危険を感じていたのだろう。だって、スライムさんですら怯えて見えたんだから。だから一人で戦う俺を心配していたし、戦った俺に感謝してるんだろう。いや……だって俺は何にも感じなかったし？

いや、今はとっても感じて多感なお年頃な感性が男子高校生で、感受性豊かに男子高校生中だけど……別に闇なんて嫌な感じがしただけで、怯えも恐怖も感じたりなんてしなかった。だから別に良いんだよ？　死ぬかもしれないとは思っても勝てないと思わなかったし、俺は殺せる自信があった。だから……あれは俺の獲物で正しい。

だけど接待は大歓迎で大炎上な燃え上がる男子高校生なバニー嬢のバニースーツ無しＶｅｒはとってもバニーな長いお耳だけで其れもまた好！

喜んでもらえたのならそれで良い。まあ、悦ばされてるけどそれも良い！　とっても良い!!　夜の妖しい大人のお店は未だ見つからないが、桃源郷ウサギさん天獄支店は此処に在ったようだ……って、何で鎖！（ウササ♥）

それはもう多感に敏感に感受性豊かに感動の余り感触を感悦して実感されたそうだ。

83日目　朝　宿屋　白い変人

怒られてる。それは平たく引き伸ばして平坦に普く地平線上に語るなら、これこそをお説教と人は呼ぶのだろう。素敵なバニー接待でウサウサな夜だったのにオコだった？

何がいけなかったのだろう、逝ってたのに？　何が不味かったのだろうか、美味しそうに咥えてたのに？　標準型触手さんと比較検討しても当社比で瘤状襞々茸頭触手さんは3倍以上の高性能を性的に超えていたのに、まだ御不満が有ったのだろうか？　とてもとても満足気にとっても御満悦なお顔で気絶で触手っていたのに、朝からお説教と言う事はまだまだ触手には多くの改善の余地が有り余る様だ？

「いや、疣々型触手さんが纏った『性技』や『感度上昇』効果も相俟って、それはもう多感に敏感に感受性豊かな感動の余り感触を感悦して実感されて、頗る快感に感応で感激して触手な感触を感嘆し感喜感泣に愉しんで感慨無量だったのに感憤でオコだな？」

うん、もっと好感が持てるように疣々の形状を変え数を増やしておこう。現時点では試作型異種形状触手は未だ78パターンしか作製されていないが、不満が無くなるまで徹底改良と試験運転が必要なようだ。次はびらびら襞形状特化型だったかな？

お説教されながらこっそりと背後で新型触手の疣々振動の練習をし、新たな形状の瘤と襞に変形してみたら破壊力は高そうだ。うん、今晩はこれで行こう！

そして、まだ腰が抜けたように立ち上がれないお説教中の二人に、お説教止め効果の高い回復茸をお口に咥えさせる。経験上これを飲み込むまではお説教が止まるんだけど、飲み込んで回復するとより強化されたお説教が始まるので今の内に逃げよう！

「今日はお休みだし、懸案だった森の洞窟へご招待ツアーで良いかな？　未だスライムさんも行った事無かったし、踊りっ娘さんだって初辺境に初宿屋だから初洞窟も見たかったり？　それに、まあ……あそこが居場所？　的な？」

そう、洞窟にいるはずだった。偶に街には来てただろうが、あそこが居場所だったはずなのに随分と帰れていないなんて不思議なものだ。道は2つあった、そしてどちらでも俺の居場所はあの洞窟だった。もし同級生全員が力を合わせて異世界で生きて行けば旅立つ幾多の英雄達と、洞窟に住み魔物使いだったはずの生産職の俺。そして異世界で内政に携わるはずだった誰か。

だけど、その誰かは最強を目指し同級生達の能力と命を奪う道を選んだ。そして、その道は洞窟で俺と殺し合い、全ての力を失い共に死ぬはずだったんだよ。

結局まったく違う道を進んでしまったけど、おかげでこの3人に出会えた。だから招待しよう、森の洞窟へ。（ポヨポヨ♪）

スライムさんは戦争前から楽しみにしてたのに、なかなか行けなかったから嬉しそうだ。

踊りっ娘さんも楽しみにしてそうだからブランコは二人乗りに作り替えてあげよう。

そして食堂ではお腹(なか)を空(す)かせた子供達と未成年者が待ち兼ねていた。だから『智慧(ちえ)』の制御で多重知覚と並列思考による魔法個別分割処理で、数種類の調理で複数の工程を経ながらオムライスを作り上げ、ハンバーグとミートボールを焼き上げナポリタンと唐揚げさんを加熱調理して行く。もう孤児っ子達も妹エルフっ娘も身体は完全な健康状態に見えるけど、万全を期して茸もたっぷりだ。

「お子様ランチなケチャップ尽くしの真紅のランチな孤児っ子様ランチなんだよ？　まあ、召し上がれ？」「「「いただきまーす♪」」」（プルプル）

どれも調理経験のあるものばかりだから簡単瞬間並行調理。寧(むし)ろこのお子様ランチ用のプレートを作る方が手間だった。一部バケツに盛った莫迦もいるけど、スライムさんもプレートとバケツの両方を用意してあるし、デモン・サイズ達も朝食に参加中だけど……大鎌がお子様ランチ食べてるのってシュールだな？

「「「お兄ちゃん、美味しいよー♪」」」

孤児っ子達に初めて食べさせたオムライスだった、あれでケチャップ好きになってしまったのだろう。まだ食材や調味料には不満があるし、痩せ細って病み衰えていた孤児っ子達が食べられる様にミルクで炊き込み薬用茸満載で作った病人食の様な味気の無いオムライスだったのに……治療と栄養補給が最優先で、そんなに美味しくなんてなかっただろうに。なのに、今でも食べたいものを聞くとケチャップが掛かった物ばかり。だからハンバーグもオムライスもミートボールもナポリタンも全部載せてみた。うん、真っ赤だな？

女子さん達には装甲強化型甲冑の試作品の試験運転を頼んであるから、確認と練習をしてから迷宮に潜るそうだ。性能強化に加え、効果の質と数も上がる新設計で可動性も格段に飛躍し動き易いんだけど……微妙に形状が体型フィットのエロい密着型になってしまったから男子のいない所で確認するのだろう。

お片付けは任せて街に出る。踊りっ娘さんも自分のお金でお買い物は初めてで、働いた分ちゃんとお小遣いとして支給したから嬉しそうに買い物中だ。うん、だって無駄遣いこそが御愉しみなんだよ。

今では辺境は王都よりも商品が多く、品質も良い。そして賑わいが違う。デコボコだった土の道は石畳で平らに舗装され、石を積み上げただけだった家や店も整備され白い外壁に彩られた。不足していた木材に塗料まで出回り、色鮮やかな幾多の看板が掲げられ街が賑わっている。石畳の端には植樹もしてあるのでお洒落感もあり、小さな広場やベンチに噴水もある公園通りを練り歩く。前と多少道や店の配置は変わったけれど迷う事は無い。うん、俺が作ったんだし、設計からしたから迷わないんだよ？

そして雑貨屋は今日も大賑わいの大混雑だった。長蛇の列でレジにいるお姉さんが泣きそうな目でこっちを見るので、『魔手』さんで倉庫から品出し補充を商品棚と言う商品棚に降り注がせた。ついでに納品分もディスプレイして、後はレジだけだからほったらかそう。うん、もうじき孤児っ子部隊が救援に現れるだろう。

店内に犇めきあう群衆の中を、ぶつかる事も無く舞う様に狭間を擦り抜け商品を籠に入れていく踊りっ娘さん。未だ日用品も揃ってないから買い物に大忙しだ。勿論、強欲さんもキャッキャと服を選び鞄を手に取っている。暴食さんはぽよぽよとお外で買い食い中だ。もう、普通に屋台でスライムが買い物してるんだよ？　しかも値切ってる!?

「目移りして次々に買い込んでるけど、あれって内職で作ったんだから……ここで買わなくても部屋に有ったんだよ？」（ポヨポヨ♪）

まあ、お店で買うからこそ楽しいんだろう。でも昨日のバニー倶楽部の代金分も追加してお小遣いはたっぷり渡して置いたのに、二人で両手に服を持ってお小遣いの残額を計算しながら悩んでいる。お互いに服を当ててみては、どれにしようかと洋服を抱えて仲良く悩み合って……うん、これは長くなりそうだ！

本当は迷宮で稼いでいるからお小遣いくらい幾らでもあげるんだけど、買い物は悩みながら買うからこそ楽しかったりする。二人で相談し合って悩んでるけど、それが楽しそうだ。まあ、手に持ってるのって全部内職品だから言えば作ってあげるんだけど。

そして満足気に両手いっぱいに荷物を抱えて来た二人を連れて来た道を戻る。一先ず宿の部屋に荷物を置いて行こう。アイテム袋の中に預かっても良いんだけれど、せっかく自分の物を買ったのだから部屋で好きな時に使ったり着たりしたいだろう。うん、森の洞窟にも3人のお部屋を作ってあげよう。みんなの家なのだからそれが良い。

そこは深く生い茂る草と、空を覆い隠す乱立する樹木が重なり合い迷路を作り出す大自然の迷宮——魔の森。たとえ熟練した冒険者であっても不用意に分け入るとたちまちに方向感覚を無くしてしまい、帰り道を見失ったまま魔物に襲われ続ける悪夢の森。

「って言われてもスキル『地図』あるし？　うん、迷わないよね？　あと、襲われるも何も魔物さんが襲われて絶滅の危機で帰りには全滅してそうだな？」（ポヨポヨ）

咽返るほど濃厚な森の木々の匂い。湿った暗い茶褐色の地面には様々な草が生い茂り、深緑の木々に日の光は遮られて暗く鬱蒼とした黒緑の迷いの樹海。そこに潜み人を狙う兇悪な魔物達の群れ……が、逃げ惑ってる。うん、ゴブとコボで兇悪って言われても？

「なんか魔の森って世間の評価高過ぎない、ここってゴブコボばっかだよ？　何かと魔の森魔の森って大仰なんだけど、ゴブとコボと茸が沢山のただの森林だよね？　これを探検とか探索とか魔物の討伐とか言われても困るんだよ、里帰りだし？」（プルプル）

魔の森は重要危険地帯。近づくだけでも届け出が必要で、入るには審査があるらしい。うん、許可証が貰えると一人前の冒険者とか言われてるらしい？

「って、許可も何も住んでるんだよ！　家だよ！　ちょっと留守にしてたけど、いちいち家に帰るのに届け出とか許可とか取ってられないよ!!　まあ、冒険者じゃないから許可も取れないし届けてもないけど？」

暗く狭い、視界の効かない深い樹林。そこに紛れ潜む、暗闇の中の魔物達。そこから湧き出す様に襲い来る魔物達の棲み処、それが魔の森……って、視界効くし丸見えだ。だっ

て『羅神眼』と『空間把握』で見え見えで、全然湧き出せずに絶滅の危機なんだよ？

「魔の森って過剰評価されてるよ？　まあ、奥は確かにヤバいけど他はそうでもないし、所々にオークの縄張りが有るけど……たかがオークだし？」（ポヨポヨ）

4人で散って魔物と追い駆けっこしてるけど、戦いになる程の数もいないしLvも低い。また範囲が広がって来てるけど、弱いままだし魔物不足のまま。ただ、茸が大量で採集に手間がかかってるだけなんだよ？

（ポヨポヨ）

ゴブを沢山食べてご機嫌だ。相当『性豪』も溜まった事だろう、きっと委員長さんも相当持っているのだろう……うん、『絶倫』も『再生』も持ってるんだよ？

「強奪系無双な食べ放題ってお得感凄いな？」（プルプル）

俺も自動剣技とか欲しいけど、取れても結局使えないから無意味。自動剣技は発動するとスキルに沿った通りにしか動けない自動で強制的な技、そんな途中で止めたり変更ができない技なんて持ってても怖くて使えない。

「だけど『七連斬！』とか言ってみたいじゃん？　うん、俺のスキルって口に出したくない物が多過ぎるんだよ！　『にーとー！』とか『ぼっちぃ!!』とか叫びながら戦いたくないし、でも『淫技！』でもなんか嫌なんだよ!!」

皮肉なもので、ずっと一発喰らったら死ぬからとコソコソと速攻でゴブ達を襲い殺していた。今なら正面から斬り合える技量があり、何発かなら装備で凌げる様になったと言うのに……耐えられるようになった頃には、もう攻撃なんて掠りもしない。思考加速とか発動しなくても、ずっと鈍足魔物だ。叩けば死ぬし？

久しぶりの様で、ずっとここに居た様な不思議な感じがする。ゴブとコボすらも懐かしいけど、絶滅したみたいだからもう会う事は無いだろう？　まあ、すぐ湧くんだけど。

最初は一人ぼっちで暮らし、気が付けばＪＫだらけで大騒ぎで、そして今は４人で里帰り。ずっと独りで森の中だと思ってたのに、気が付けば賑やかになったものだ。森の中の景色は懐かしくもあり感慨深くも有るけど、４人でいると全く違う景色に見える。

まあ…………魔物さん達は大迷惑だろうな、あの３人って？　でも、幸いにも迷惑がられる前にご近所は全滅したようだ？

陸海空で大活躍だが実は水中戦こそがその真価を発揮する様だ。

83日目　昼　魔の森

果たして俺は強くなれたのだろうか。装備は強くなった、強くなり過ぎて身体が破壊されるくらいのとんでも装備になりつつある……だが俺は？

上がらないなりにＬｖを上げて来た、この森に居た頃はＬｖ10の壁を越えられないまま戦っていた。それが今はＬｖ23。だけど強くなれたんだろうか。

「えっと、有った有った。『Lv20見習い冒険者セット』って、これついLv20になった時に勢いで衝動買いな記念購入で買ったまんま忘れてたんだよ。まあ、見るからに不安な装備なんだけど、これこそが実は分相応？　みたいな？」

さっぱりまったく訓練にならないゴブコボ叩きに辟易していたら、ふと思い出した。

「これはただの木の棒だけど先っぽが鉄で、あと革と布の継ぎ接ぎ軽鎧に……ぐっ、着難い！　面倒い！　動き難い!!　あとは革のヘルメットにブーツとグローブ……あっ、肩当てだけ鉄が付いてる？　マントは分厚い布か、って重っ！」

これが普通のLv20の冒険者見習いの装備。勿論、1つたりとも効果は付いていない。試しに『魔纏』してみると寂しさを覚えるくらいに纏う実感が薄い。だけど深夜の戦いでも武装無しの『魔纏』で戦っているから感覚はすぐ摑めるだろう。

叢に隠れた緑の肌、背は低く厳つい短足体型。子鬼と言うには何の生き物にも似ていない不細工な顔つきで、棍棒を待った魔物——それがゴブリン！

（ボクッ！）

死んだ。うん、盛り上げてみたけどゴブはゴブだった？

「いや、Lv9で1匹って何も分からなかったよ？　うん、おもいっきり叩いたら死んだ？」（ポヨポヨ）

やはり装備無しだと『転移』は発動できない。無理すれば出来るかも知れないけど、制御不能状態で使うには危険すぎる効果だ。試しに『空歩』で宙を蹴ってみたら、装備無しだと頼りない！　それでもゴブの群れの中心には飛び込めた。即座に『魔纏』した状態から一息に『虚実』で斬り繋ぐ、6匹に3振り。瞬殺だ！

「一番強かったのでもLv14？　6匹いたけど不意打ちになっちゃったし、何とも言えないねー？」（ウンウン）（コクコク）（プルプル）

喋ろうよ！　どうやら出番が無くて退屈なようだ。今の戦いで装備無しならば『虚実』は発動するし、自壊も殆ど無い事は分かった。ただし威力はしょぼい。

まあ、実際ゴブ程度なら普通に叩いても死ぬ。それを『虚実』で叩いちゃうと速過ぎて訓練も何もない。ゴブ達も「うぇ？」って顔したまんま死んでいったよ……反応が遅いな？　いや、パリピだったのかも？

試して回るけどゴブ達のLv低下と、俺のLv上昇にスキルの増加で全く手応えが無い。2箇月半前に命懸けで戦っていた森は、もう武装無しでも楽勝な森になっていた。

「強くなったのか上手くなったのか分からないけど、これ、練習の意味無くないかな？」

（ウンウン）（コクコク）（プルプル）

甲冑委員長さんも踊りっ娘さんも甲冑を解除して普段着だ。普段着とはいっても戦闘を考慮した高スキル付与のミスリル化された普段着だから、その辺の甲冑より強い。だけど見た目は蒼い襟付きワンピに白のセーラーカラーのワンピでピクニックにでも行きそうな姿……まあ、本当に魔之森殲滅行なのかも？

「ひゃっはぁ？」

少し何度かゴブを襲ってみるけれど、敢えて先手を譲って囲ませても相手にならない。少しは強くなっていたみたいで、装備なしで戦えた。身体能力で優位に立ち、技術で圧倒できたから実力も少しは上がっていたらしい。ずっと必死に足掻いて奇術に如何様を組み合わせて無理矢理強引に戦って来たけれど、ちょっぴり意味は有ったみたいだ。

「弱くて脆いままだけど、ちょっぴりくらいは強くなれたんだね……此処に来た頃はこの森で何度も死にかけてたんだよ？　うん、俺もオタ達も委員長さん達も……必死で戦ってたんだよ。ほんのちょっと前の話なのにねー」

うん、莫迦達は野生化していたけど？　そう、ほんの80日前は俺はここで魔物に怯えながら暗い森を一人で歩いていたんだ。随分と昔な気もするけど、ついこの間。色々有ったけど、意味は有ったみたいだ。意義は隣に3人もいるし。

魔物を狩り尽くし、茸を刈りながら洞窟に向かう。別ルートから進行中のデモン・サイズ達もその内合流するだろう。飽きたから装備を元に戻して森を進む。

結局、デモン・サイズ達も正式に使役されLv1に戻ってしまっているから、魔の森でLv上げしたいのだろう。暇さえあれば伐採に出かけている様だし……そして、もうLv抜かされそうだったりするんだよ？　いや、いつもの事なんだけどさ？

さて、もう安全圏と言って良いだろう。洞窟まであとちょっと……みんなを下がらせて方向をよく確認し、制御できる範囲で放つ――「次元斬」！

「薙ぎ払え、次元草刈り！」

魔力も効果も魔法も全て纏い、『魔纏』した状態で放つ『次元斬』。『智慧』の制御で威力より距離を重視し、方向に最大限の注意を払い制御された斬線が森の中を斬り裂いて行く。そう、庭の伐採と芝刈りなんだよ？

そして当然至極な結果で、因果応報ともいえる結論だが……自壊した。全身の筋肉の断裂に粉砕骨折と、血管の破裂と大忙しだけど魔力も切れた。最高級回復茸は最初から咥えておいたし、MP茸で魔力も回復して高速再生が始まってるからちょっとお休みだ。

「うん、洞窟から半円状に周囲1㎞以上は伐採できたかな？　日が射して明るい草原に変わっているから景色も良くなったよね？」

制御不能ではなくなったが、その反動までは完全には制御できない。うん、痛いな？　そして回復してから、倒木と茸と巻き込まれたゴブ達の魔石を回収して洞窟に帰る。

「おひさー、ただいまー。って返事が有っても困るんだよ？　うん、ちゃんと表の標札に『巌窟王お断り』って書いてあるから誰もいないよね？」（ポヨポヨ！　ポヨポヨ♪）

スライムさんが大はしゃぎで、ぽよぽよと部屋の中を探検して回る。踊りっ娘さんも物珍し気に部屋を見て回り、俺と甲冑委員長さんはテーブルで二人寛ぎ茸茶タイム。

「なんだか……懐かしい、です」

うん、甲冑委員長さんもご機嫌だ。現在は『智慧』制御でお掃除が進行中だから、これと言ってする事も無い。草毟りも一撃で済んだけど、僅かに『次元斬』が庭園を掠めたみたいで石のテーブルがベンチごと斬り裂かれていたから修理しておこう。うん、後でお外の庭園でご飯にしよう。あれから『錬金』を覚えたし、『智慧』制御で極められた内職力で部屋や家具をグレードアップしよう。

「そうそう、あの頃は鉄も錬金も無かったから椅子の台座のエッフェルベースも木魔法で木だけで作っていたんだよー……これはこれでありな気も？」

新たにガラステーブルも作って行く。

「うん、パオロ・ピーヴァさんが異世界転生してたら怒られそうなデザインだけど、ガラステーブルって言われたらやっぱりこれだよね？」

そんなこんなで、どこかで見たような家具や棚を量産し、リビング自体も広げて改装して洞窟自体を再設計。以前に女子さん達用に造った大部屋を囲むように、個室も造ってと……洞窟の改装なんて何日ぶりだろうと回想しながらリフォームでリノベーション。改装中に水晶の鉱脈に当たったから回収して、後で明かり取り用の水晶窓にしよう。

「この3部屋は3人のお部屋だから好きに使ってね、個室だから部屋割りは話し合って決めて良いよ。まあ、滅多に帰って来られないけど、自分のお部屋くらいあって良いよね。うん、みんなの家なんだし？」

天下布武を告げ、熾烈を極める壮絶な阿弥陀籤の末に天下分け目の部屋割りは決まったようだ？　うん、迷宮戦より凄い気迫だったよ！　そして、お部屋にはリクエストを聞きながら家具を拵えて行く。ここが世界の果ての片隅でも自分の居場所がある、そう思えるだけで良い。ここに常駐する訳じゃないし、この部屋なんて滅多に使わないかも知れないけど……ちゃんと自分が帰れる所が有るだけで、きっと意味は有るはずだから。

そしてＢＢＱ！　明るく見晴らしも良くなった洞窟前の庭園でＢＢＱ！　団扇で扇いでるからそこはかとなく焼き鳥屋さんっぽいがＢＢＱ!!　まあ、串焼きとも言う？

（ポムポム）（モグモグ）（ムシャムシャ）（（………♪））

デモン・サイズ達も合流してお食事だ、ご飯時は逃さない。って、Ｌｖが抜かれてた！

「お外でご飯　美味しい　気持ち良い」

踊りっ娘さんも気に入ってくれたようだ。大陸の最果ての住居、ご近所さんは魔物達だけど此処が俺の我が家なんだよ。だから、みんなのお家だ。

庭園が一気に広がったので川から水を引き込み、プールを作って行く。手前は円形の浅いプール、これならお湯を入れれば野外ジャグジーに早変わりだ。そして奥には50メートルプール、木で浮きも作り8レーンを用意してみたんだけど、異世界で競泳したがりそうなのってギョギョっ娘と裸族っ娘の二人だけの様な気もする？

そして、せっかくできたのだからと野外プールと言う名のジャグジーにお湯を張って、みんなで入る。デモン・サイズ達はまた伐採に行ったけど、やっぱり大鎌だからお風呂に入ると錆びちゃうのだろうか？

そう、泡風呂！　野外ジャグジーだ!!　混浴だけど水着着用の健全なお風呂で、スライムさんも気に入ってずっと浮かんでる……って言うか寝てる？

そして健全に健康的な黒のハイレグな競泳水着の甲冑委員長さんと、空色のハイレグな競泳水着の踊りっ娘さんと泡の中で戯れる。そう、沫の中だから何をしても問題はない。そう、見えなければ無罪！　この競泳水着は一見ボディーラインに張り付く様にフィットした普通の水着だけど、背中はクロスだけでがら空きのフルオープンバックなデザイン。そして言うまでもないが無粋なパッドやサポーターは付けていない。うん、この張り付き具合と食い込み具合こそが自然で健全なのだ！

泡沫でトロトロなお湯の中で、無限触手さん達もさぞやお喜びの事だろう。うん、にょろにょろと縺れ絡み合い戯れる甲冑委員長さんと踊りっ娘さんも大はしゃぎで……大暴れで大絶叫で悶え狂い喘ぎ廻って、歓天喜地を強制的に愉しんでるみたいだ？　やっぱりお風呂は良い物だ……あっ、沈んだ？

「だいゔ、いんとぅうざプ――――ル！」

大プールに駆け込み、颯爽と飛び込み台から華麗に飛び込みクロールで泳ぎ出す。後ろからはモーニングスターの鉄球が次々に着水して水柱を上げている。どうも新型触手さんにも御不満だったようだ……よし、次はドリル回転型にしてみよう？

水中戦は不利と見て取った2人は遠距離から鉄球の雨を降らせて、潜水してても潰されそうだ！　そう、きっとお風呂でマントなんて付けてないから安心して油断していたのだろう。実は『マント』に複合されていた『無限の魔手』さんは、『窮魂の指輪』にお引越ししたんだよ？　うん、入れられた？　そう、これで触手さんはズッ友だ！

そんな訳で素敵なトロ顔でジャグジーの藻屑になって、それはもう妖艶な姿態を曝け出して痙攣していた御二人様は、お返しにと俺を永遠の死体にしようと陽炎の如き闘気を纏ってモーニングスターで遠距離攻撃中！って言うかもう無理っぽい！

そして怒られた。ご機嫌取りに2人にバカンスっぽい鍔広ハットを作ってあげると、やっとご機嫌が直った。うん、わりと甲冑委員長さんは帽子に弱い。踊りっ娘さんは未だ物珍しいのか、お菓子でも服でもアクセサリーでも何でも懐柔可能らしい？

そして夕暮れ——せっかくだからビーチチェアーにテーブルも付けて、トロピカルっぽい見た目のジュースを出したら御機嫌に戻った。ちなみに滅茶甘い。ずっと入れっぱなしだった木の実のジュースがベースなんだけど、入れっぱなしで忘れてたから延々と甘く濃くなってすっごく甘い。孤児っ子達や女子さん達は喜んで飲んでいたけど、男子は無理だった。うん、3日くらい口の中が甘かった！

しかし稀代の美貌の絶世美女2人が官能的な水着姿でビーチチェアーに寝そべり、煌めく様な艶やかでセクシーな姿態を曝け出している。それはもう羅神眼さんも録画でお忙しい様だ。うん、お菓子もお持ちしよう。

そうして夕方前までイチャイチャと縺れ合ったり、じゃれ合ったりと懇ろに仲良しして は情を交わし、それはもう密接に親睦を深く深く深めて水入らずに濡れに濡れて親しく睦み合って交友を深め、深い仲で和気藹々とベタベタして親近的に友好を結んでくっついて戯れた。勿論キャッキャウフフと懇親に懇々と蜜月の絆がパラダイスで素敵な御休みだったが激しく疲労したのは言うまでもないだろう。

帰りは森を迂回し大回りしながら魔物を刈り尽くして街を目指す。ゆっくりできた様な、忙しかった様なスッキリした様なお休みだったけど3人とも喜んでいた。お部屋も気に入ったみたいだし、また来よう。って言うか家なんだよ？

さあ、夜も頑張ろう。うん、あれは別腹だ！

太く固いノブをそっと手で握り締めて、ゆっくりと回してドアを開くと良いと思う？

83日目　夕方　宿屋　白い変人

魔の森を迂回して、魔物を掃討しながらデモン・サイズ達と合流する。そして魔物狩りから森林伐採に切り替え、木材に茸に魔石回収と大わらわだったけど側近さんに頼まれた伐採も終わった。これでお小遣いゲットだ、デモン・サイズ達にも何か買ってやろう。

そして街に戻り、領館に報告してお小遣いを貰い、街で小金を散財しながら宿へ戻る。甲冑委員長&踊りっ娘さんコンビは女子会に行ってしまったからスライムさんとお部屋に戻り、デモン・サイズ達はよっぽど居心地が良いのか『魔神の指輪』でお休みだ。

（プルプル～♪）

スライムさんは庭園のブランコが気に入ってずっと揺れながら寝ていたから、宿のお部屋にハンモックを作ってあげたら大喜びだ。

（ポヨポヨ♪　ポヨポヨ♪）

た、楽しそうだー！　俺のも作ろうかな？

「遥くーん、今大丈夫かな？」「開いてるよって言うか閉まってるけど鍵は掛かってないから、ドアノブを回転させる事によってドアが開く状態だから先ずはその太くて固いドアノブをそっと手で握り締めて、ゆっくりと回してから太くて固いノブを開くって言うか引くと、何と……ドアが開閉する仕組みなんだよ？」「長——いっ！って言うか知ってるから!!　ちゃんと前の世界でもドア開けられたから！　何で私がドアを開けられなくて困ってる可哀想な子みたいに、ドアの開け方を丁寧に教えられちゃってるの！　あと太くて固いの部分はいらないのよー!!」

　入って来たのはおひさの絶叫委員長さんで、ジト委員長も兼任されているらしい。うん、残念な事に緊縛委員長さんは発動されていないようだけど、何故だかジト目で鞭を取り出し委員長様モードにフェイズ移行中だから謝っておこう。

「もうすぐご飯作りに下りるよ？　待てなかったの、ひもじいの？　僕の茸をお食べ、みたいな？って言うかお醤油の炙り焼き茸と、燻製茸が有るけどどっちが良いの？　両方なの！　ま、まさかそのお口で2本の茸にむしゃぶりつくほどお腹空いてたの！　うん、言ってくれれば第2第3の茸だって用意を」

「違——う！　そして茸は仕舞って！　何で私が来るとお腹空いてるか心配されて、ひもじい子扱いなの？　あと『僕の茸をお食べ』は禁止！　発言禁止処分です!!」

禁じられたようだ、きっとアンパンの人もお困りだろう。そしてお腹は空いてないがお饅頭は食べるそうだ、って言うか食べている……ふといな？

「太くないからー！　寧ろこっちきて引き締まって持ち上がったからー！」「あれっ、呟いてた？　いや委員長が太いんじゃなくて試作品の棒饅頭が太くて長くて食べにくいかなって思案してたんで、決して委員長の太腿さんが太いとか太ましいとか逞しいとか最近ちょっと……いえ、何でもありません。はい、って違うんだよ！　そ、そ、そう、最近の細菌について再現を際限なく最高に再考してただけなんだよ？　決して太腿なんて見てないし、太くなったかなんて考えも及ばない素敵な太腿さんに御挨拶してただけだから俺は悪くないんだよ？　うん、鎖鎌の先っぽが刺さってるって、前にも普く知らしめたと思うんだけど俺は刺すのは大好きだけど刺される方の属性は無いし、そっちの属性変化も求められていないと言う最近の調査結果に基づいた世論が与論島で行われたとか行われなかったとか樺太は太かったとか太腿も太……ぐうぎゃあああああっ！」

——説教中です。当分お待ちください？

「いや、それだったら最初から要件を言ってくれれば良いのに、お口に太いお饅頭を咥えながら、太腿さんをアピって来るから育ったのかなとか有らぬ誤解があらあらまあまあと巻き起こるんだよ？　ふといな……いえ、違います、みたいな？　です」

「だから最初から要件を聞いて！　そして太腿アピってないの!!」

いや、だって短パンにニーソな絶対領域さんがちらちらむちむちと可視領域下で、領域侵犯を繰り返すスベスベ感だから男子高校生には刺激が強いんだよ？　そして要件は女の子の日用品レポートと改善要求だった。どうも男子がいる所では話し難(にく)いから俺の部屋に来たらしいんだけど……俺、男子なんだよ？　そう、それって男子さんの手作りで、夜な夜な男子高校生さんが一つ一つ丹精を込めて一針一針縫い合わせた布ナプキンさんだからね？　うん、割と結構シュールな絵面の作業風景だったんだよ？

「成形型と普通(ノーマル)型は問題無いけど激しい動きに若干の不安有りで、吸着型は安心感は断トツだけど少し違和感があっ……あっ、あ、あれは駄目なの！　乙女的に凄(すご)く駄目なの!!」

　どうやら密着型の『吸着』効果付与タイプは食い込んで擦れてヤバかったそうだ……そこを詳細説明(kwsk)って言おうとしたらジト睨(にら)みだった！　うん、どうやら委員長さんの使用レポートだった様だ。擦れてヤバかったらしい!!

「もう少し種類を作ってみるけど、今度は3種のハイブリッド型の設計をしてみるんだよ。多分前の世界でも高速下のスキル戦闘を考慮された女の子の日用品は開発されてなかったと思うから、設計思想から練り直しが要求されてるんだけど……男子高校生がナプキンの設計思想を理念レベルで解明する事にそこはかとない疑問と疑念を抱くんだよ？　まあ、普通(ノーマル)ベースにアウターを成形型でホールド出来る様にしつつ、中央を避けてサイドに限定して『吸着』効果付与で漏れない設計が最も合理的っぽいな？」

　結局、試作を繰り返し使用感を確認して改良するしかない……だって、俺試せないし？

「縦す……中央部分を避ければ『吸着』効果付与型の設計で問題は無いと思うよ。ただまだ試用していない新体操部っ娘ちゃんとかは可動域が広いから別設計が必要かも」

綿密な情報共有を行ない、事細かな情報から問題点を洗い出し精査を重ねていく。やはり個人差による形状が問題の根幹にある様だが、その根幹の形状は男子高校生が触れてはならない根幹だから平均値とパターンを割り出し対応を重ねるしかないようだ。

「明日の朝までには新型試作品を渡すから、旧型との比較レポートが欲しいって……べ、別に俺が欲しい訳じゃないんだからね！ってツンデレってみたけど要るんだよ？　うん、俺が読むんだよ……試用レポートを？　あれ、何か悲しい気分で、何処かで俺の好感度さんが手を振って消えて行く様な気がするんだよ！」「う、うん。よろしくね」

スライムさんとハンモックに揺られながら『智慧』さんで問題点を改善し再設計を行なっていく。微細な予測可能問題まで列挙し、試案と照らし合わせて演算によるトライ&エラーで蓄積された情報を分類し集積する。これで求められた最適値で再設計して作製だけど、三種混合型の設計は情報量が少な過ぎるから試作の試用結果を見ながら改良していくしかないな。うん、深く考えると好感度さんが消えていくから晩ご飯にしよう。

「うん、男子高校生が部屋に籠もって鬱々とナプキンの試作について思索を重ねるのって、建設的なのに全然健全ではない気がするんだよ？　だってアンケートが食い込んで擦れてヤバかったなんだよ！」（ポヨポヨ！）

そして晩ご飯は手早くお魚でも焼こう。

「お魚さん、お魚さん、お魚咥えた……お魚さん？　ただの食物連鎖だった！」（プルプル！）「「「どんな歌で、何を驚愕してるのよ！」」」

お魚を焼く。何故か焼き魚やBBQなんかの焼き物は手で焼いた方が美味しい。恐らく魔法で均一に焼くと早い代わりに逆にムラが出るのだろう。

「あっ、お魚の骨型の構造で包み込めば……ってお魚を焼きながらナプさんの設計は止めよう……でも、しかし良い手だな……って、お魚さんに集中だ！」

今日はゆっくり出来……てはないがお休みを貰って、たっぷりリフレッシュは出来た。だから恩返しではないけど、今晩中に全員の装備品の換装を終わらせよう。今の装備でも全員で臨むなら中層は問題ないし、下層だって充分対応できるだろう。

だけど、この先も全員一緒に居られる保証はない。実際、莫迦達には第一師団から教導官として再三の依頼が来ている。莫迦達も第一師団のマッチョお姉さん達は気になってるようだ。ムカつく事に前の世界ではファンクラブは有るし、ファンレターは届く有名スポーツ選手5人組。芸能界からも御誘いがあったらしく、黙っていれば見てくれも良い。なのに全く女っ気が無いからBL疑惑で貴腐人様達にも大人気だったらしいけど、それほど迄に女絡みの噂を聞いた事が無かった……うん、マッチョ好きだったんだ？

確かに前の世界であんなマッチョな武闘派お姉さんなんて居なかっただろう。スポーツ選手はいても、斬り合い殺し合い合戦に生きる女子さんはいらっしゃらなかった。どうも莫迦達の好みは戦闘力とガタイの良さだった様で、その上第一師団のお姉さん達は長身マッチョで美形さんなんだよ。

そして戦闘スタイルが噛み合う、力と速さで直感的に戦うスタイル。第一師団は集団戦型だけど個人技に重きを置き、徹底した打ち合いで打ち勝つ身体能力重視。そこに足りない物は戦闘の勘、感性だ。だから野生の勘と動きを莫迦達から学ぼうとしている。つまりは戦争ではない魔物との戦い方を。

酷く正しい判断だ、莫迦達から学ぶものなんて勘しかない。だが、それこそが集団戦では培えない閃きと感性、そして真の打ち勝つ為の身体能力の使い方。

先ずは王女っ娘の近衛師団が順次交代で辺境入りして、メリ父さんの指揮下で迷宮踏破に挑む。辺境の手助けと軍のＬｖ上げを両立できるから、これからは逐次王国軍が辺境に駐留する事になる。ならば王国側に教導官を送る余裕も出るし、第一第二師団の強化にも繋がる。何よりも第一陣が王女っ娘達なのも辺境に馴染みができたからで、そう言う意味でも第一師団に繋がりが出来るのは良い事だ。

そしてオタ達もだ。あいつ等は元々真っ先に船を用意していた、最初から旅立つ気だった。なんやかんやで一緒にいたけど、今は獣人国が気になっているみたいだし……って言うか兎耳さんだ！　猫耳さんも犬耳さんもいたらしい！　狸族もいたらしいけど、それはこっちも足りているんだよ？　うん、小狸との交換とか出来ないのだろうか？

だから男子がいなくても安全に戦えるだけの装備を女子さん達に、そして遠くで戦う事になるかも知れない莫迦達やオタ達の装備も……うん、爆発装甲でも仕込もうかな？

「いつまでみんな一緒に居られるかなんて分からないから……だから作っておくんだよ、

今渡せるうちに。だって、居なくなったら……ぼったくれないんだよ！」（プルプル！）

それにオタ達には船で行商させたい。醤油の出どころは獣人国だった。ならば味噌や昆布や鰹節だってあるかも知れない。そして辺境から王国と獣人国は川で繋がり……まあ、先に商国も有るけど、海賊稼業でも兼任すれば儲かるだろう。うん、焼けたな？

「「「「いただきまーす♪」」」」

当たり前になった毎日だ。だけどずっと続く訳じゃない。孤児っ子達だってもうすぐ孤児院にお引越しだ。直ぐ近くだし街で働いてるからいつでも会えるけど、ずっと一緒ではなくなる。今だって俺達は殆ど迷宮に潜っているから一緒なのは夜と朝だけ。

だから辺境を平和で豊かにしておこう。いつでも会えて、いつでも帰ってこられるように。そう、いつでもいっぱいぼったくれるように！

開いてこそ意味が在るのだから下ろせないジッパーなんてただのジッパーだ。

83日目　夕方　宿屋　白い変人

みんなに試用させた新型甲冑と軽鎧のレポートが上がって来た。着用上の問題点は無かったようだ……うん、ナプキンのレポートは後で良いだろう！　改良しながら効果付与を高めていき、ミスリル化すれば迷宮中層レベルの装備にはなるはずだ。30人分の武装となると、製造しないとドロップ品だけでは行き届かない。剣は今朝配給してぼったくったから、槍（やり）とハンマーに取り掛かろう。盾は案外みんなそこそこ良いのが行き届いていたから後回しで、弓も後で良いらしい。

集中――『智慧』の演算で『魔手』を精密に高速制御する、この技術力で内職のレベルは跳ね上がった。寧ろ錬金の技術が追い付けない程で、だから装備品も高いレベルでの製造が可能になったのに……何故だか全身甲冑でも、あの舞踏会のドレスのレベルに追い付けないんだよ？

「鉄をミスリル化しただけだと、魔石粉でコーティングしてミスリル化した鉄線で織りあげて仕立てた魔法陣入りの生地が越えられないな？」

表面積の差なのか付与効果が劣る。いっそ布装備の方が高レベルに作れそうだけど、高Ｌｖの攻撃で効果能力を上回る被害（ダメージ）を受けると……鉄線の薄い布では危険すぎる。

「鉄板の裏に布を張っても効果が出ないって、干渉してるのかな？　いや、相反はしてない感じだから離せば問題は無いっぽい？　あっ、最初から分けてインナーの服を作るべき？　いや、どのみちあのドレスの布面積には勝てないんだから先にマントか？」

最下層の迷宮王のドロップ品と隠し部屋のアイテムも手付かずだけど、あれは後回しで良い。うん、隠し部屋に有ったのは『自衛の肩盾（イージス）　ＶｉＴ・ＰｏＷ50％アップ　自動防御　物理魔法防御（特大）反射　吸収　楯斬（じゅんざん）　楯撃（じゅんげき）　＋ＤＥＦ』。まあ、盾形の肘近くまで有る肩パッドで、鎖骨も守るＬ字型だった。棘々（トゲトゲ）は付いていなかったから、装備時にモヒカンにしなくても大丈夫だろう。

鎧系装備には装着できないから滅多に見かけないけど、布や革装備の駆け出し冒険者が偶に付けていた。肩当て、肘当て、後は胸当てと膝当てで腰鎧も有るらしい。低Ｌｖでも装着できる装備品なので俺も買おうかと思った事があるんだけど、邪魔なだけで効果が全くない物ばかりだった覚えがある。

だが、これは大当たり。ただし試しただけで使えないのが分かる。普段は何の問題も無い良い装備なのに、『自動防衛』時がヤバい。ＭＰ消費もすさまじいけど、自動と言いながらその挙動を逐一頭の中に伝えて来る。指示にも従うけど、戦闘中に防御が間に合わないような状況で発動した『自動防御』機能に意識と制御を求められてしまうのだから、『智慧』無しなら『並列思考』持ちの俺でも使えないと言う超迷惑装備だった。

「制御出来て、ＭＰが充分あれば凄い装備だったりするけど、でもこれを装備してしまうとまた『魔纏』で効果を纏って……封印だな？って、先に甲冑なんだよ！」

そして、迷宮王のドロップは『生命の宝珠：【錬成術、錬丹術及び房中術による身体錬成　要錬金術師、大賢者】』。身体錬成が果てしなく怪しい上に、房中術が妖しさ満点だ！これは人を辞めるお誘いだ、人族である俺に対する罠だ！　身体強化になるかも知れないけど、改造人間や仙人になりかねない危険なアイテム。そして錬金術師は持っているけど大賢者は無いからどのみち使えないし、使うと人族がマジやばい！　絶対封印だ!!

「大賢者って言うと副委員長Ｂさんか……でも、副Ｂさんも錬金術師は持ってなかったし、それは異世界男性全ての危機と言えるだろう。うん、既に現状でも危機的なんだよ！　あの危険なぽよぽよが身体改造で房中術されたら……異世界の危機だ！」

「あっ、そう言えば……『聖魔法』覚えるの忘れてた！」

大賢者は大魔導士と聖者の複合上位職。そして『掌握』を使えば魔法は簡単に覚えられることが多い。そう、『治癒魔法』を覚えれば『魔纏』で纏えるから自壊も防げたかも知れないのに、『再生』が有るし茸もあったから回復魔法覚えてなかったよ！

習おう。それが自壊を抑える最も有用な手段かもしれないし、覚えれば『回復』系の装備も作れるようになる。だからドロップ品は後回し、現状では自壊は防げなかったけど自滅まではしなかった。長期戦になれば自滅していただろうけど、そこそこ長く『再生』でも追い付けていた。闇の剣で付けられた傷だけは治りが遅かったけど、ちゃんと身体の再生は行われていた。ＶｉＴやＩｎＴを装備で底上げしたから迷宮王戦だって耐え凌げた

……ならば、これ以上の過剰な装備は後回しにして先に治癒魔法の習得。

「うん、壊れる前提の方が解決が楽そうって……でも簡単だな？」

それは魔の森で暮らしていた頃と何ら変わりはない。あの頃だって結構ギリギリで、ズルしながら壊れながら戦っていた。結局あの頃のまま。それを俺が死ぬはずだった森の中で思い出した。守りたい物が出来ていつの間にか贅沢になっていたけど、あの頃……強さなんて考えていなかった。そう、殺せれば良い。殺すまで壊れても動ければいい。

「よし、ステータス」

NAME：遥（はるか）　種族：人族　Lv：24　Job：--
HP：433　MP：519
ViT：369　PoW：377　SpE：520　DeX：505　MiN：506　InT：550
LuK：MaX（限界突破）
SP：2017
武技：「杖理（じょうり） LvMaX」「躱避（たひ） Lv8」「魔纏 Lv9」「虚実 LvMaX」「瞬身 LvMaX」
「浮身 Lv7」「瞳術 Lv1」「金剛拳 Lv5」「乱撃 Lv5」「限界突破 Lv3」
魔法：「止壊 Lv3」「転移 Lv8」「重力 Lv8」「掌握 Lv9」「四大魔術 Lv7」「木魔法 Lv9」
「雷魔法 Lv9」「氷魔法 Lv9」「錬金術 Lv8」「空間魔法 Lv6」
スキル：「健康 LvMaX」「敏感 LvMaX」「操身 LvMaX」「歩術 Lv9」「使役 Lv9」
「気配探知 Lv7」「魔力制御 LvMaX」「気配遮断 Lv9」「隠密（おんみつ） Lv9」「隠蔽 LvMaX」
「無心 Lv9」「物理無効 Lv5」「魔力吸収 Lv7」「再生 Lv9」
「疾駆 Lv8」「空歩 Lv8」「瞬速 Lv9」「羅神眼 Lv6」「淫技 Lv5」
称号：「ひきこもり Lv8」「にーと Lv8」「ぼっち Lv8」「大魔導師 Lv6」「剣豪 Lv6」
Unknown：「智慧（ちえ） Lv5」「器用貧乏 Lv9」「木偶（でく）の坊 LvMaX」
「錬金術師 Lv7」「性王 Lv5」
装備：「世界樹（ユグドラシル）の杖（つえ）」「布の服？」「皮のグローブ？」「皮のブーツ？」「マント？」

「羅神眼」「窮魂の指輪」「アイテム袋」
「魔物の腕輪　PoW+66%　SpE+65%　ViT+38%」「黒帽子」「英知の頭冠」

この前の迷宮踏破と迷宮王撃破で上がっていたのだろう。でも、森の戦闘でも違和感は感じなかったし、つまりは微増程度。全体的に底上げされているけど、ＩｎＴの上昇で制御できるレベルだったから違和感も感じなかった。うん、極一部だけ凄く劇的に上がってるし、とっても実感も有るけど気にしたら負けだ！

「戦闘で使った覚えも無いのに、この『限界突破』は一体何をどれだけ突破してＬｖ３になったんだろう？　まあ、身に覚えは……毎晩ある？って、男子高校生ならば進入すればみんな限界を超えて突破するだよね！　したんだよ？　うん、かなりしてた！」

うん、思ってた限界突破と違うけど滅茶心当たりがあったんだよ？　そして、あれ以来封印して使っていない『止壊』も上がっているから、やはり分子操作系スキルで間違いない。『掌握』で空間を固定して動きを止めたり、燃やしたり凍らせたりの分子振動数の可変に係わっているのだろう。そして一度だって魔物と格闘戦なんてしていないのに『金剛拳』はＬｖ５……やはり迷宮皇さんとの夜の営みは格闘技だった様だ！

体術系が軒並み上がっているけど、これは深夜の格闘以外にも舞踏会と踊りっ娘さんとの訓練によるものなのだろう？　まあ、確かめる術はたっぷりあるし確かめ捲くるんだけど、確かめなくても分かっていたけど『淫技 Lv5』に『性王 Lv5』、そして『再生』まで

3つも上がってLv9だ……まあ、当然？　うん、頑張ったんだよ？

そして最大の疑念だった『木偶の坊』はLvMaXになっている……ああ、犯人分かっちゃったけど知らんぷりしておこう。変に上位化されても制御で困る、多分あれ系だから寧ろ楽になりそうな気もするけど違っていたら目も当てられない。これは限界が来た時に試すべきだ、『掌握』も2つ上がってるから確信が持てない。

「この状態だと新装備は御預けかな？」

新装備分の効果を纏って制御は無理だろう。しかも、あの肩盾って自動防衛だから外側に装着なんだけど、マントの上から肩パッドって……微妙そうだな？

「ローブに肩盾って似合うの？　それ、見た感じが世紀末格闘魔法使い！」

鎧の改良に普及装備用の槍とハンマーの設計。文化部用の魔法盾と全員分のマントとローブの設計と試作に、防御用の服も作り直しだ。並行して魔石動力の洗濯機と冷蔵庫の開発に、ナプさん2号型の試作品も作り上げていく。うん、交じったら大変そうだ！

「やっぱハルバードにしようかな？　どうせみんなPoW3桁後半有るんだし、力を有効に使うべきなのかな？」

おや、誰か来たようだ。まあ、甲冑委員長さんと踊りっ娘さんなんだけど……くっ、革ツナギ。タイトなレザースーツさん、それは前面が上から下までジッパーな素敵な革ツナギさんで女スパイさんみたいなタイトでボンデージ感あふれる逸品。しかも実は装備品なんだけど、問題があったから武器屋に売却していたのに……目敏く見つけて買われていた。

そう、考え至る所はみな同じ、これって脱がし難いんだよ！　滅茶ぴっちり過ぎて着るのも大変だけど、脱がせるのが至難の業なんだよ！

「ちょ、それズルい！　くっ、完全フィットで触手の入り込む隙間もないんだよ！」

なまじキャットスーツ風にタイトに密着成型処理した物だから、全くと言って良いほど隙間が無い。せめてジッパーを開けないと勝負にならないのに、その弱点である小さなジッパーの取っ手は完璧に護りきられている。そう、実はこのジッパーは異世界初のジッパーさんで、試作してみたんだけれど手間がかかり過ぎて高価になり過ぎるから未だ異世界にジッパーは普及していないオンリーワン。そんな異世界で唯一な貴重なジッパーだけど下ろせない……まあ、2つあるけど？

「くっ、下ろすと素敵なのに下ろせないままに男子高校生が絡め捕られて、男子高校生さんがレザーな手袋越しに大変にけしからんとご立腹どころか御起立なんだよ！」「御奉仕は女のアクセサリー、です！」「ちょ、それはどこの美人怪盗さん！」

開閉部が只一箇所と言う守りの堅さを憂慮して泣く泣く手放した逸品。それを見る事が出来て嬉しいし録画中だけど……これは無理！　装備品だから『振動魔法』も無効化され、『感度上昇』しようにも素肌部分がない。そう、加工の際にハイネックタイプにしたことが裏目に出ているんだよ……うん、もともとは全身革鎧だったんだよ？

「いつか女美人スパイさんがいらっしゃった時の為に作り、脱がし難いから売却したと言うのに巡り巡ってキャットスーツなキャットファイトでにゃんと再会するとは数奇な運命を辿ったレザースーツさんだった！　そう、今は敵とは言え、俺が女美人スパイさんの事を夢見ながら一生懸命内職して作り上げたこのレザースーツさんを破壊することは断じてできないんだよ（泣）」

だって、このレザースーツさんには男子高校生の愛と夢と希望が詰まっていて、今はもっと素敵な物がむっちりと詰まっているんだよ！　でも、開かない――っ！

苦心し苦労を重ね苦節の日々を送り、漸く日の目を見たレザースーツさんの晴れ姿を目に焼き付けながら男子高校生さんは倒れ果てた。まあ、倒れ果てても立たされ倒される果てしない男子高校生さんだけど、いつかこのジッパーをこの手で下ろそうと見果てぬ夢を夢見て作ったと言うのに……果てそうだった！

遂に謎の医療班なメディックさんは正体不明で謎のままなようだ。

83日目　夜　宿屋　白い変人　女子会

水中こそが兇悪な罠。その煌めく水面下に潜み蠢き水面に揺れる最恐の脅威だった。そう、懐かしい魔の森の洞窟は更なる改装で改築を遂げ、庭園も拡張されてプールまで出来たらしい。しかし、そのプールはなんとジャグジーと競技用プールもあって、そこでは海戦が開戦されちゃってジャグジーの中は触手さんがうにょうにょの大量発生で、水着の隙間に潜り込んであんな所をあんな風にそんな風にまでされちゃってアンジェリカさん達は惑溺に沈没だったそうだ。

そして帰り際には水晶硝子張りのループ型のウォータースライダーまで建設されてしまって、みんなで「スライダー！」ってしてきたらしいの！

「「「行きたい、プール！　ウォータースライダーも!!」」」「でも～、水中ににょろにょろ～がいるかも？」」「「「きゃあああああっ、ヤバい！　でも、泳ぎたいけどヤバい！」」」

みんな真っ赤な顔でもじもじだ、あれは想像しちゃ駄目なの。どうやら迷宮の魔物さんの触手に触発され、新たなる兇悪無比な新型触手さんが誕生しちゃったみたいなの！

「先端茸！　胴体疣々　関節襞々です」「あれはヤバいもの、です！」「つまり疣々と襞々が……にょろにょろ？」」「「「いやあぁぁぁぁあああっん（ブクブク）」」」

沈んでいく。刺激が強過ぎて乙女なのに想像力が豊かになり過ぎて、なのにその想像力を軽々と上回る兇悪兵器が開発されちゃって乙女妄想中でみんなが湯船に沈んでいくの。

そう、泡沫ジャグジーなローションは予測されていたけど、まさかのにょろにょろジャグジー水中触手地獄で天国だったらしい。危険だ。だって先端が茸な胴体が疣々で関節が襞々なにょろにょろさんって、それは乙女には絶対ダメなの!!

「でも泳ぎたいです」「だけど、にょろにょろが……にょろにょろが水着の中にって……」

「「「中でにょろにょろ……（ブクブク）」」」「プール……でも水中には……プールに入ると侵入って来るって……（ゴボゴボ）」

　やっぱり水泳部コンビは泳ぎたいみたい。懐かしくって、そして忘れられなくて。だから遥君は競技用プールを用意した、取り戻してあげたくって……触手プールに？

「「「ウォータースライダーしたいよ！」」」「うん、ウォータースライダーにはにょろにょろさんいないかも？」「でも、プールに着水したらそこはにょろにょろプールだった〜って言うパタ〜ン？」「「「いやあああん（ゴボゴボ）」」」

　でも、遥君って……みんなが水着だったらじわじわと離れて行くと思うの？　うん、だってあれは照れ屋で奥手な……奥の手が触手なヘタレ性王さんだからね？

「疣々　振動　あれ死んじゃう」「「「ひぃいいぃっ（ブクブク）」」」「襞々がぐにゅぐにゅって！」「「「きゃあああっ（ゴボゴボ）」」」

　みんなが真っ赤な顔でもじもじしながら聞き入り、もぞもぞしながら想像してる。あっ、イレイリーアさんが沈んでいく！　未だ秘密の女子会に慣れてないから刺激が強過ぎるのか、それとも元々がエルフの巫女さんだったから純真無垢で初心過ぎなのか……はたまた妄想力が強過ぎるのかイレイリーアさんは良く沈むの。でも、すぐ復活しては最前列で拳を握り締めながら聞き入り、うんうんと頷いている。この間まで寝たきりの病人さんだったのに結構タフなの？

「這い回るって、な、な、なんで、何でそこで震えて回転しちゃうのっ！」（チャポンッ）

「な、中にって、な、中が……にょろにょろ？」（ポチャン）「蠢いて疣々が振動って……ぐにゅぐにゅ……」（ドポンッ）

もう乙女のHPは0だ、緊急退避でお部屋で続きを聞こう。うん、もう色んな意味でのぼせすぎて危険な状態なの。事案は沢山有るからお部屋会議だけど、最優先は明日の事。迷宮の割り振りを決めパーティー編成を話し合う。だって私達は強くならなくちゃいけないから……いや、にょろにょろは無理だけどね？

だって遥君はまた例の如く何時も通り当たり前のように、迷宮の最下層で死にかかっていた。アンジェリカさんやネフェルティリさんやスライムさんにも手を出させず、Lv99の迷宮王と戦っていた……弱くなった身体で、強くなんてなっていなかった身体で。

「新装備、急いでるんだね」「柿崎君や小田君達を送り出してあげたいんだろうね」「でも寂しそうだよ、男子が遥君だけになったら」「「「仲いいもんね、男子って」」」

実際は柿崎君達も小田君達も遥君を連れて行きたがっている。だけど本当に危険なのは辺境で離れられないのもわかっている。心配してる、私達が心配されている。私達が守らなきゃいけないのに、いつも私達が心配されてる。

そしてアンジェリカさんやネフェルティリさんも理解してしまった。本当に危ない時は遥君はたった一人で戦うって、最も弱いまま たった一人で戦いに行ってしまうって。当たり前みたいに、当然の様に、いつもいつも相も変わらず、ずっとずっとたった一人でみんなを守ろうとする。たった一人脆い身体のまま、誰にも扱えない様な破滅的な装備を身に纏ってたった一人で戦いに行く。

いっつもだ、いつもの事だ、いつもいつも危ない事して、怒っても怒っても自分だけ危険に身を置こうとする。誰も傷つかない様に、誰も失わない様に、誰も奪わせない様に、何もかも奪わせず何もかもを奪い尽くす気でいる。もう、きっと何も失いたくないから。だから、死んでも守ろうとする。そんな事ばっかりしてたら本当に死んじゃうのに、そんな危ない事ばかりしてたら壊れちゃうに決まってたのに。なのに壊れてもまだ戦おうとしている、壊れたままでまだ強くなろうと足掻いてる。

　追い付きたい、隣に立ちたい。もし本当に本当にもう駄目でどうしようもなくなっちゃった時は……独りで死なせたくない。せめてその時はみんなで居たい、だから強くならなくちゃいけないの……せめて隣に立てる様に。

「そろそろピクニックの日取りも決めないとね？」

　魔の森は危険らしい。魔の森自体には何一つ罪はないんだけど、そこに棲みついてる帰省中の触手装備男子高校生が危険極まりなかった。孤児っ子ちゃん達を連れてピクニックに行こうと思っていたら随分とアダルティーな森になってしまっていて、子供達を連れて行っても安全かどうか尋ねると子供は安全だけど乙女にとっては危険地帯だったの！

「まあ子供もいるし大丈夫？」「いざとなれば委員長が？」「あぁー、水中戦っと？」「ご愁傷さま～、南無～♪」「殺さないでーっ！　そう思ったら生贄にしないで！」

　最近みんな薄情なの。でも絶対『再生』を持っててもあれは無理で、乙女は触手攻撃とかと戦っちゃ駄目だし、それ以前に乙女はにょろにょろさん侵入禁止な禁断の禁止事項が中でぬちゅぬちゅしたら駄目な……（パタン）（カプッ！）以下、茸咥え中。

遂(つい)に医療班(メディック)さんも呼んでもらえずに、倒れた瞬間にお口に茸を……準備されてたの！

あれは無効化とか魔法反射とかそんなちゃちな物じゃなかったし大きかった。

84日目　朝　宿屋　白い変人

剣(男子)は折れ矢(高校生)は尽き果てた。でも二人で一生懸命にレザースーツを引っ張って脱がせ合ってる姿はエロかった！　着るのも大変だったみたいで着こむ為に身体に油を塗って着用したらしく、ヌラヌラと油塗(まみ)れのボディーがテカテカと輝きながらレザースーツから溢(あふ)れ出して零(こぼ)れ落ちる光景は大変に素晴らしかった！　あれが見られただけでも、この敗北に意義は有った！　うん、今仕返ししてるし？

「勝ったな」「「きゃあああっ（ポテッ）」」「ちょっと違うんだよ？　うん、タイミングは良かったし、『きゃ』は可愛(かわい)いけど要らないんだよ？　うん、聞いてないね？」

さあ、シーツをお洗濯だ？　昨夜完成した魔石動力の冷蔵庫と洗濯機は有料にして宿に置かせてもらい、試験と改良が済んだら雑貨屋で販売で良いだろう。うん、ちゃんと油汚れにもバッチリなんだけど、この油汚(オイルまみ)れは想定外だったんだよ？

「まあ、冷蔵庫と洗濯機は家庭の労働時間を激減させて女性の労働力を経済に組み込む事が出来た近代化製品(チート)らしいから、雑貨屋で販売中の魔石動力掃除機と揃(そろ)えば辺境の発展が早まるかも？　うん、これで異世界の脅威のおっさん率が軽減されないかな？」

食堂で改良型女体型甲冑Ｍｋ II と新作のマントに槍にハンマーも売りに出し、試作ナプ II 号機をこっそりと渡して朝ご飯の準備に入る。伝言は無いからメリ父さん達は未だ辺境に帰っていないのだろう、だって帰って来たら玉座型マッサージチェアーＶｅｒ辺境伯をねだって来るに決まってるんだよ！

「槍は『断絶の槍　ＰｏＷ・ＳｐＥ・ＤｅＸ40％アップ　槍技補正（大）　物理防御無効断絶　＋ＡＴＴ』で、『断絶の剣』とお得なセットでお揃いだから迷宮中層装備並みだし、ハンマーも『爆砕の大槌　ＰｏＷ・ＳｐＥ・ＤｅＸ・40％アップ　装甲破壊内部破壊効果（大）　物理防御無効　爆砕　＋ＡＴＴ』って凶悪な出来だったから絶対にモーニングスターは作らないんだよ？」「「「買う、セット割で！」」」

ただ、やっぱり男子は超フィットなセクシー甲冑が嫌だと言うから別に作らなきゃいけない。面倒だけど俺も見たくない。うん、嫌だ！

「男子はぴったりに違和感で、逆に女子さん達はぴっちりの方が魔力効率が良いと……どおりでレザースーツがヤバいと思った！」

そんなこんなで装備品を売り捌き、新作甲冑用インナーも売りに出したら大盛況だった。インナーと言っても長袖のタイトフィットなハイネックにスパッツとニーソ。全30％アップに耐性全種に物理魔法軽減と状態異常耐性も完備で、『加速』と『硬化』もついたお徳用装備だ。でも、普通にスパッツで歩き回らないでね？　うん、また男子が透けて行ってるんだよ……エロいな！

「「「いただきまーす」」」

今日の朝食はビュッフェ形式。うん、違いは孤児っ子達がバイキングの格好をしていないのがビュッフェで、角付きヘルメットの有無だけだったりする。まあ近々、孤児っ子達をプールで遊ばせようとピクニック計画も立てられていて、当然プールなんだから海賊(バイキング)ルックも必要そうだ！

俺の今日の予定は大賢者さんから回復魔法を習うから、委員長さん達と一緒だ。きっと大賢者さんだから大きくて、それはもうインナーの生地が張り付く様な丸みが大きく揺れて下ではぷりぷりにむちむちのスパッツさんがぴったり張り付いているから、治癒魔法も回復魔法もしっかりと見て覚えよう！　そう、きっとあの大きなポヨンポヨンに治癒と回復と夢と希望が詰まっているんだよ！　そう、どっちがどっちかよく見て確かめる必要があるだろう!!

しかし、あっちを向いて『羅神眼』でガン見してたのに……46のジト。あっ、看板娘と尾行っ娘(こ)まで加わって50ジト達成だ！　くす玉とか割らなくても良いだろうか？

そして迷宮。

「狙い撃つぜ(ファイアー)！って、狙わず撃ったら危ないんだよ？　うん、ちゃんと狙わないと友人(フレンド)に友好的(フレンドリー)な友軍攻撃で激オコされるからちゃんと狙うんだよ？　みたいだぜ？」

撃ってみた。

「「「黙って、さっさと撃って！」」」「煩いし長いし、中々撃たないから戦いにくいの!!」

怒られた？　だって狙って撃たないと危ないんだよ。まあ、宣言しなくても狙い撃つけど、雰囲気は兄の方にしてみたのに怒られた。弟さん推しなのだろうか？

　でもパーティーに入れない俺はする事が無く、退屈だから改良型ファイアー・バレットの単射で狙い撃ったら怒られた。甲冑委員長さんは部活っ娘と文化部っ娘のW部活レギオンに付いて行き、スライムさんはオタ莫迦達をぽよぽよと扱いている事だろう。俺とまだLvが追い付いていない踊りっ娘さんはコンビで委員会とビッチーズのお供。中層まで3手に別れて攻略していき、下層か迷宮王戦になりそうなら俺達が貰う事になっている。Lv60でも階層主だと危ない奴がチラホラいるからお手伝いだ。

「散開！」「「「了解！」」」

　弓を連射し、動きを止めてからの挟み討ち。2面突撃から横にも展開して包囲殲滅と一糸乱れぬ連携攻撃。うん、一糸纏わぬ連携攻撃なら毎晩見るんだけど、個人的見解をあえて述べるなら着衣も大好きだ！　うん、必ずや密着革鎧を攻略しなければ!!

　踊りっ娘さんも盾役で参戦中だ。50階層台なら一人で鎖の舞で蹂躙できそうだけど、ちゃんと連携戦に参加中。って言うかちゃんと盾役も出来るらしい……普段は大盾持って回避無双で、それって盾要らなくないって言うくらいに変幻自在の高速移動で盾の意味が全くない回避盾さんだけど、今日は後ろを守る盾職さんらしい。そして俺は無職さんだからか何もする事が無い。

でも、みんなの甲冑が微妙にエロくなったから、後ろから眺めていると何だか疚しい事してる気持ちになって来る。だから無理矢理参加したのに怒られて暇だな？　うん、さっきは壁から触手を生やして敵を捕まえてあげたのに、誰も突撃してくれなかったし？

「まったく男子高校生に対する風当たりが強過ぎて、思わず揚力が発生して浮いた感じな男子高校生の流体力学的問題に対する対流が非難を強く受けて境界層に分け隔てる圧力差で空気のような存在に対する耐えられない軽さが浮遊力なんだよ。うん、暇だな？」「「「暇だからって空気読まずに揚力で浮いて遊ばないで！」」」

盾っ娘は部活っ娘グループに加わり、委員会には妹エルフっ娘さんが入っているけど連携も戦闘力も全く遜色がない。未だLv70台と聞いてたけどかなり強い。甲冑姿もメリハリのある流線型でエロい！　そう、実は身体はエロフさんだった様だ!!

「しかしエルフっぽく弓と魔法と細剣が得意って言ってたのに、鞭も得意……って、それ『植物魔法』？」「えっ、そうですけど？」

エルフ特有のレア魔法らしい。蔦の鞭で魔物を吹き飛ばしているけど、これもある意味で触手仲間さんなのだろうか？　しかも俺の『魔纏』に似た『魔法纏』って言う魔法を纏う技でLvの低さを補えているし、エルフ族は魔法や効果特性が異なるのかも？　うん、王都でチラホラ獣人族のおっさんは見かけたけどエルフは殆どいなかった。武器屋にドワーフもいなかったし、王国は数少ない亜人差別のない国らしいのに腐敗貴族達のせいで

減ってしまっていた。うん、やっぱり焼いとけば良かったよ！

「「「いやー！　にょろにょろが！」」」「大丈夫、それ魔物さんだから！」「うん、ただのスピア・ワームさんだからね！」「いや、魔物さんは大丈夫じゃないって言うか、魔物さんを倒しに来てるんだよ？　それが敵なのに、何でこっちをチラチラ見るの！」

大量生産(つくりおき)した鉄製のダムダム弾を土魔法(ロック・バレット)で撃ち込んでいく。着弾と同時に爆散する弾頭に頭部を破壊され、「スピア・ワーム　Ｌｖ58」が次々と破裂して行く。やはり火魔法(ファイアー・バレット)より面倒だけど、実弾頭を用い回転させて飛ばすロック・バレットの方がＭＰ消費は低く威力は高いらしい。うん、中層までならこれで良さそうだ。

「これが治癒の光だよ～」「おおー……揺れてる！」「「「何処(どこ)見てるのよ！」」」

歩きながら副委員長Ｂさんに聖魔法を教えてもらってるけど、胸の前に手を翳(かざ)して光を作るから、影まで揺れている！　うん、ライトアップで迫力もアップだった!!

「いや、違うって言う前からモーニングスター並べるのは止(や)めようよ！　だって違うんだから異なって相違するから別個で別種の別物なんだよ、きっと！　うん、ただ光の球が揺れてるなって呟(つぶや)いただけなのに、無実の無垢(むく)な男子高校生に無情に疑いをかける嫌疑的姿勢は懐疑されるべきだから俺は悪くないんだよ？」

全く、人が真摯に魔術の神髄を学び取っていると言うのに、言い掛かりも甚だしいな。

「光の球は揺れてたけど、その前に『ぷるんぷるんだー！』って力一杯呟いてたから！　光の球はぷるんぷるんしてないの!!」「「「うん、有罪(ギルティー)確定！」」」

怒られた、だってわざわざ胸の前に手の平を翳しちゃうから見ちゃうじゃん？　そうすると必然的にぷるんぷるんされちゃったら……見ちゃうんだよ？　うん、男子高校生って？　きっとそこで見てなかったらヒンヌー教の信者の人達なんだよ？

聖魔法の光の球、『回復』を掌握して『智慧（ちえ）』で解析し制御する。回復魔法だから人体に当てて始めて効果が有るのだろうか？

「行けえ！　光の球（ライトニングボール）よっ」「あ～～ん♪（ぽよんぽよ～ん♪）」「何ぃい！　は、弾（はじ）かれただとーっ！」「「「ギルティーー！　何処に当ててるのーー!!」」」

な、なにを言っているのか分からないと思うが弾かれた！　あれは無効化（レジスト）とか魔法反射とかそんなちゃちな物じゃなかった、だって大きかったし!!

うん、癒すイメージが大事で、いやらしい気（イメージ）では駄目らしい？　だって、ぽよ～んだったんだよ！　凄（すさ）まじい揺れに光の球（ライトニングボール）がどっかに飛んで行ったんだよ！　うん、何処まで飛んで行ったんだろうね、俺の聖魔法……どっかで魔物さんが癒されていそうだ！

「いや、だって近かったし、なんていうか球どうし気が合うかなって言う心遣いが志して真心を込めて放った球が弾かれたんだよ――――っ！　ぽよ～んって？　ぽよいな？」

ぽよられ、弾かれ、怒られたけど『聖魔法』は取れた。そして『賢者』を飛ばして『大賢者』で、「ぽよ～ん♪」の人とお揃いだ。きっとスライムさんも元気一杯にぽよぽよとされている事だろう。

これで『回復』や『治癒』を纏（まと）えるから、前よりも自壊に耐えられるはず。それに

『強化付与（エンチャント）』も有るらしいから、自壊自体を抑えられるかも知れない。『大賢者』も取れたけど、「人族」が心配だから『生命の宝珠』は使わない方が良いだろう。うん、使い方も分からないし、あれはなんかヤバい気しかしない。だって……『房中術』ついてたし？

迷宮の入り組んだ洞窟の中を延々と木霊しながら響き渡る叫びはおひさだった。

84日目　昼　迷宮　地下59階層

常に死と背中合わせ（Back To Back）な戦場、それが迷宮（ダンジョン）。余談だがバックは大好きだ。あの肢体（プロポーション）が際立つ後ろ姿の美しさで艶（なま）めかしい背中からお尻への曲線美も、素敵に揺れる丸いお尻がぽよんぽよんと……迷宮は死と隣り合わせだったようだ。うん、今隣の踊りっ娘さんがジト目でモーニングスターを取り出したよ！　うん、逃げよう！　（ボッゴーン！）

「それで新型甲冑（かっちゅう）の具合はどう？」「「「凄（すご）く良いよ」」」「でもドレスより弱いね」

あのドレスは予算度外視だから迷宮下層品並みの効果がある。あれを越えるのは難しいんだけど、だからと言ってマーメードドレスやフリルドレスで迷宮攻略って何か間違っている気がするんだよ？　うん、魔物さんも急にドレスで来られたら……さぞやお困りになられる事だろう！

「委員長、ナプさん問題ない？」「凄く良いよ、前のも良かったんだけど途中から中に食

 迷宮の入り組んだ洞窟の中を延々と木霊しながら響き渡る叫びはおひさだった。

い込んで当たって擦れちゃって、危うくもうちょっとでイッ……い、い、いやあああぁぁっ！（ドガン！　ボゴオッ！　ズガガアンッ！　ドッカーン！）」

ボコられた。一切の疚しい気持ち無く戦闘中に問題が無いか聞いてみただけなのにボコボコだったよ！　もう『窮命の指輪』まで発動し掛かってて死に掛かってるから！　そう、死に掛からないと発動しないのに、輝き始めてたから滅茶ボコだったんだよ！

「うん、痛いな？」「ごめーん、つい（泣）」

そして目を丸くする踊りっ娘さん。うん、委員長さんは指揮官で集団戦の要だけど、その単体能力はヤバいんだよ？　俺も見切れなかったから、また何か強奪したらしい？

そして朝からお魚さんを焼きながら思い付いて改良した、食い込みを防止し形状自体の一体感を高めた魚骨構造は効果的だった様だ。そう、やはりお魚さんは偉大だ！

「ごめん。でも、だって……だって急に聞かれたから……つい、って言うかいつも女子ばかりだったから……ごめんなさい」「いや、治ったから良いよ？　うん、『聖魔法』を習った効果があったみたいって言うか、無かったら……死んでた！」「ごめんなさい、ごめんなさい、本当にごめんなさい………（ループ中です）」

泣きそうだから頭をよしよしすると顔を真っ赤にして静かになった。だから、すかさずお饅頭を上げる！　そう、大体世の中って緊急時は頭を撫でてお菓子をあげるとどうにかなるものだ。隣りに実例の踊りっ娘さんもいるから間違いないだろう。

（よ～し、そこで抱き着いちゃえ～？　も～脱いじゃえ～）（きゃああっ！　無理無理無理だから！　あと何で迷宮で脱いじゃうの！）（（うん、迷わずお饅頭に食いつくから……））（台無しだね！）

　結局急遽（きゅうきょ）お菓子タイムになってしまい、お饅頭派とクレープ派とパンプキンパイ派でモグモグと食べ合っている？　踊りっ娘さんは基本クレープ派に属するが、クレープを食べ尽くすと事も無げにパンプキンパイ派に寝返ってお饅頭派にも参加している。あれだけ食べてあの括（くび）れ……やはり舞踏（ダンス）は競技（スポーツ）だった様だ！

「しかし子狸（こだぬき）さんにランドセルは良いんだけど、何で最近甲冑にランドセルが流行の兆しで最先端を先取って迷宮の中で大進行って、迷宮の中って魔物しかいないんだけど魔物さんの間で大流行しても皆殺しにするから流行（はや）らないんじゃないかなー？」「便利なのよ！」「まあ、マントの上にするか下にするかで論争が巻き起こってるけどね？」「いや、マントの下にランドセルってボッコリするし取り出し難（にく）いよね！」

　まあ、気に入ったのなら別に良いんだけど、甲冑にランドセルもかなりあれな見た目だけど……街中でミニスカにランドセルなＪＫが彷徨（うろ）ついてて、思わず不審者さんも不審者情報にコールしそうな怪しい雰囲気だったりするんだよ？　まあ、孤児っ子達はお揃（そろ）いだって喜んでたけど？

「50階層くらいなら行けるかな、初登場な試作品だけど作った感じ悪くなかったし？」

　お試しの相手は「ファング・イヴィル　Ｌｖ59」。踏み込みの縮地と同時に鞘走（さやばし）らせ、一息に抜刀して斬り裂く。居合い抜きからの一閃（いっせん）で6匹の「ファング・イヴィル」の群れの中に飛び込み、3匹を纏めて斬り払う。そして振り返り様に袈裟懸けで1匹を斬り落とし、返す刀でもう1匹を斬り上げ。そして最後の1匹を斬り捨てて……血振り。

「「「日本刀だ！」」」「試作品だけど俺の愛刀『小鉄っちゃん』は、振らば肉斬るヤバい刃な小鉄っちゃんなんだよ？」「その名前は駄目なのよ！」「うん、あれは虎徹で、そのちっちゃい『っ』が駄目なの！」「その発音で、お腹空いてきちゃったでしょ!!」

　いきなり駄目出しだった。まあ、名前を付けても試作品だから今日しか使わない。きっと明日にはMkⅡとかになっていそうだけどZZまでは遠そうなんだよ？

「うん、オタ達に刀の作り方を全て吐かせて造り上げた試作刀、『小鉄　斬撃（中）＋ATT』で、まあしょぼいんだよ？」

　だけどLv20で装備できる剣としては破格の出来だ。本来ならLv30にならないと剣の効果は発揮できないのに、Lv20で使えてしょぼいとはいえ効果付き。そして、これは『世界樹の杖』を持たない事で『魔纏』による自壊ダメージを最小限に抑えるための試作装備。そして『聖魔法』と『大賢者』を纏った効果なのか、縮地で最高速で動いても全く自壊していない。これなら長時間戦闘に耐えられるし、何より刀には厨二な心を打ち震わせる熱いものが有るんだよ……まあ、高2だけど？

　迷路階層。その入り組んだ通路を分かれて進み、片っ端から斬り裂いて行く。この「ファング・イヴィル」は牙なんて御大層な名前でこれ見よがしに長い牙を生やした獣系の悪魔だけど、実際は『睡眠』『暗闇』『気絶』『混乱』と言った異常状態を得意とする搦め手の悪魔だ。だから『耐状態異常』特化装備の女子さん達に太刀打ちも出来ず、簡単に斬り祓われて逝く。まあ噛まれると痛そうだけど、ステータスが低いし物理攻撃スキルは『噛み付き』だけ。状態異常が効かないとコボの兄貴分程度の力しかない。

「踊りっ娘さんもお疲れ。って、まだ残ってるみたい？　まあ、ほっとけばビッチ達が囓り殺すし、狂子狸もいるから囓り合いなら最強メンバーの編成と言っても良いから大丈夫？　みたいな？」「「「囓らないって言ってるでしょう！」」」「何であんな毛むくじゃらの悪魔を囓らなきゃいけないのよ!!」「って言うか毛むくじゃらじゃなくっても囓らないわよ！　あと、ビッチじゃないっていってるでしょ――――っ！！！」

　迷宮の入り組んだ通路を延々と木霊しながら響き渡るビッチの叫びでした。おひさ？しかし組分けの際に「自分達のしてきた事は謝っても許されない」とか言って、敢えてビッチ組って名乗ってるのに俺がビッチって呼ぶと囓ろうとして来るんだよ？　うん、だってステータスの使役欄もビッチのまんまだし？　そう、未だビッチ・クイーンに進化していないけど、進化条件は何だろう？　迷宮王を囓り殺すとか？　うん、なんか囓り殺したそうな目で睨んでるんだよ！

「こっちも終わったよ～、下りちゃう～？」

　既に携帯食って言うかハンバーガーを食べながら攻略して来たから、まだご飯も要らないだろう。そして60階層の階層主は蛇玉だった……って「スネーク・キメラ　Lv60」だから一体らしい？

「いや、キメラって多種多様な生物の利点を活かす為の物なのに……何で蛇縛り！　まあ、いろんな種類の蛇が絡み合っているけど、結局蛇しかいないから多様性はないし何がしたかったの？　蛇玉？」「「「いきなりキメラさんを虐めないの！」」」

蛇だらけの巨大な球体から次々と蛇が飛び掛かる……だけど繋がってるから届かない？

そして次々と斬り払われ、殴り殺されて解けていく。ちなみに殴っている人は一人だけで、しかもローブだから揺れている。あれは胸当てを作ってあげても内部から破壊され粉砕するだろう凄まじい振動兵器だ！　もう、それで殴っちゃいなよって言うくらいの破壊力は有りそうだけど、さっきから殺気が飛んで来るから考えるのは止めよう！　うん、見守るだけにしよう!!　そう、無事に階層主を倒したと言うのにお説教だった？

「いや、だって『ここは任せて後ろで見ててね』って言うから見てたんだよ？　うん、滅茶見てガン見して見識を深めてたんだよ？　ほら、俺やっぱり全くさっぱり悪くない、言う事をちゃんと聞いてた良い子だよ？　見たんだよ？」「「「だから、どこを見てるのよ何処を！」」」「うん、それは一体何の見識を深めちゃったのよ!!」

やはり急速に運動を停止させるイメージで『止壊』を発動すると、一瞬で凍り付いた。

そして楽しそうに蛇玉になってたし、凍ると伸びない。うん、爬虫類だから冷えると動きも鈍り、だから簡単に危なげなく女子さん達に解体された。そう、俺は正しく言われた通りにちゃんと見てたのにお説教中？　異世界言語によるコミュニケーションとは難しいものだ……同級生だったから翻訳不要のはずなんだけど？

そしてドロップは『蛇使いの首飾り：【七つ入る】ＩｎＴ40％アップ　蛇複製（３匹・身体から魔力で複製）　毒作製　鱗硬化　＋ＤＥＦ』。そう、七つ入るな大当たりだ!!

特にＩｎＴ強化は滅茶欲しい。でも身体から蛇が生えて来て、毒持ちで全身鱗で防御可能？　渡そうとすると女子さん達はみんなでイヤイヤしている。

気を取り直して隠し部屋に行って宝箱を開けると、『岩石の長槌　ＶｉＴ・ＰｏＷ40％アップ　先端部岩石作製　要土魔法　破壊破砕（大）内部破壊（大）　＋ＡＴＴ』。長い柄のついた長槌だから盾職向けだけど、踊りっ娘さんは使わないから女子さんに渡す。土魔法が使えれば先端が岩石化するみたいだし、破壊兵器としては優秀そうだ。

さて、下層を目指し歩きながら『聖魔法』の練習。きっと夜に練習すると『性魔法』とかになりそうだから、今の内にやっておこう。うん、そのうち『性魔法』が出て来そうなのは気のせいだろうか？　最下層までは遠い、そして夜までも遠いな？

どうやら使役のスキル効果とは甘い誘惑な買収に敵わない様だ。

84日目　昼過ぎ　迷宮　地下66階層

迷宮の60階層、魔物は皆Ｌｖ60超えの脅威。一般の冒険者パーティーでは戦える魔物は自分達のＬｖの半分以下と言われていて、それほど迄に魔物は体格や構造が人よりも強い。

まあ……ボコられてるんだけど？

ちゃんと用心して二人組に分かれて迷路を潰して回る。女子さん達はＬｖ１１０に届かないんだから数字的には6人でＬｖ55以下が適正値のはず……なんだけど、二人掛かりで魔物を襲いボコり捲(ま)くっている？

「まあ、チートさん達だし、しかも迷宮皇さん達の弟子なんだから強くて当然？　うん、きっとただダイエットしている訳では……うん、どっちがメインかは怖くて言えない！」

うん、急に殺気が迷宮を覆ってるよ!!　しかし『世界樹の杖(ユグドラシル)』を持たないだけで『魔纏(まてん)』の感覚が全然違う。ただ、これはこれで使いやすいから、使い分けに訓練が必要だ。

「ふっ、今宵(こよい)の小鉄っちゃんは魔物に飢えている？」

空を蹴って宙を舞い、錯綜(さくそう)する魔物達に斬線を刻み付ける。刀は斬る武器だ、打撃力は無いが斬り殺すことに特化している。本来なら打撃力の無さから甲冑や装甲に弱いんだけど、異世界なら大体の事は魔力と効果(スキル)と乗りと勢いでどうにかなる。それに『剣豪』の補正も有るし、よっぽど固くない限りは斬れるから斬り回ればいい。

「しかし異世界で初めて会ったドラゴンがドラゴンフライって、わざわざ異世界に来なくても蜻蛉(ドラゴンフライ)くらい普通にいたよ！　何かの間違いで蜻蛉(トンボ)殺して『ドラゴンキラー』とか称号に付いたらどうするんだよ!!」

66階層でドラゴンさんと出会ったが「アーマード・ドラゴンフライ　Ｌｖ66」さんだった。念のため円月剣も試してみたけど目は回さないらしい？　耐性持ちなの？

「なんか多関節生物のアーマードさんを多く見かけるんだけど、装甲化しても関節の可動部位に隙間があいて弱いんだから多関節生物さんには意味無いんだよ？」

でも、全長2メートル超えの装甲蜻蛉はちょっと迫力あって怖かった。そして機動力が案外やばかった！　それでも踊りっ娘さんは鎖の連打で叩き落として、叩き潰し一瞬で終わったけど一瞬すぎてご不満なようだ？

そうして67階層に至る。女子さん達が徹底した弓と魔法攻撃の連射と、連携波状攻撃で敵を撃ち払う。そう、絶対に接近戦をしたくないのだろう……うん、67階層の魔物さんは「ディビジョン・リーチ　Lv67」で、でっかい蛭さんだった。

67階層は床も壁も天井までもが一面赤黒く蠢く蛭達に埋め尽くされた広間で、何だか内臓っぽくってグロい！　床や壁から飛びついて来る蛭の群れ、天井から降り注ぐ蛭の雨、そして足元に押し寄せて来る蛭の洪水にキャーキャー言って逃げ回る。うん、俺達は遠くから応援していたのは言うまでもないだろう！

「いや、『ディビジョン・リーチ』って『分裂』持ちさんだから、一気にやらないと増えちゃうから仕留められないよ？　それに張り付かれてもみんな甲冑装備だから大丈夫だって、その甲冑はＬｖ60の『腐食』くらいで溶けたりしないから……ポ、ポロリが無いだと！　腐食持ちさんなのに！」

うん、溶けないんだよ……ポロリも無いんだよ。自分で作った甲冑が恨めしいけど、ポロリがあったらあったで俺の首もポロリされそうだから我慢しよう。既に睨まれてるし、ジト成分は少なめな様だ……残念だ。

「あのぐねぐねに張り付かれるのが嫌なの！　キモいの！」「か、か、甲冑攀じ登って来てたよ、あの蛭！」「いや、でも環形動物さんだから蚯蚓さんや蠕虫さんの仲間だよ？」「「「その仲間全部、嫌なのよ！」」」「斬ったらぐにょって手応えが……ぐにょって」

そう蛭さんは骨格等はなく柔らかい。鰓か皮膚で呼吸する左右対称の環状の体節が直列に並んだ構造をしている環形動物さんで、でっかいのは前の世界だって3メートル級がいたのだから分裂しなければただの蛭だよ？

「大きい、グロい！」「逆に大きくて良かったんだよ？　うん、あれが小さくて甲冑の隙間に入り込まれてたら……」「「「きゃあああっ、嫌だ！　言わないで！」」」「だって甲冑に侵入されちゃって寄生型だったりしたら体内にまで侵入されちゃって中に……」「「「言わないでって言ってるでしょっ！　説明しないで、黙ってて!!」」」

対生物戦は情報戦。敵の種類が把握できれば、その攻撃や特徴そして弱点も分かる事が多い。敵を知り己を知れば良いお尻と、かの剣豪さんが言ったかどうかは定かではないけど情報は大事なんだよ？　うん、良いお尻も大事だけど黙っていよう、委員長様が鞭装備だ！　だって20のエロい甲冑が気になるお年頃って言うか、男子高校生ってマントがはためく度にチラチラする甲冑の臀部が気になるんだけど……甲冑を見てるだけなのにジト睨みだ！　うん、怒られないように働こう!!

「めんどいし、キリないし飽きたから代わるよ？　ちょっと退がっててね、これ撒くから？　多分、大丈夫だけど何故か毎回冤罪でお説教の危険が有るんだ……よっ？」

アイテム袋から街で大人気な白壁製作用の石灰を取り出し、風魔法で一気呵成に怒濤の如く送り込む。だって大体あの系統は乾燥や熱や火に弱い、だから乾燥材をぶち込むと干乾びる。そしてバタバタと床に落ち集まった所に大量の不良小麦粉と木屑を撒き散らし、ファイアー・ボールを放って逃げると階層いっぱいに真っ白に舞い散る小麦粉の粉煙が赤く輝き、燃え上がる灼熱が連鎖し空間が燃え上がる粉塵爆発。

「たまや？　粉屋？　まあ、粉々？」

爆音と共に吹き寄せ燃え上がり渦巻く炎の烈風を、壁のへこみに身を隠して往なす。女子さん達は楽しそうに吹っ飛んで転がり回っているけど、俺はちゃんと退がってって言ったからきっと悪くないだろう。うん、あの装備ならあの程度の爆風や炎は何とも無いはずだし？　うん、言ったよね？

「「「何考えてるのよ――――っ！」」」

上層まで吹っ飛んで転がり回ってたけど、やっと立ち直ったらしい？　なかなかコロコロと楽しそうだった、スカートじゃないのが残念な所だ。

「いや、だから退がってって言ったよね？　退がってって言ったら退がらないと危ないから危険だよって助言したのに、助ける言葉を発した俺が何で怒られてるのかな？　だってちゃんと言ったんだよ？　ほら、俺悪くないんだよ？」「「「下がってて吹っ飛んだの！　爆風で吹き飛ばされたよ!!」」」「いきなり迷宮で大爆発とか考えてなかったわよ!!」

爆圧は遮蔽物の無い空間を直進する、だから、正面に立っていたら距離があっても必然的に爆風で吹き飛ばされる。うん、一般常識だ。だから注意もしたし、ちゃんと『耐熱』『耐炎』効果で髪の毛一本焼けていないはずなのにお説教だ？

「いや、だって粉まで撒いてたら分からない？　普通？」

　蛭さんは大量の石灰に水分を吸い取られ、乾燥しきった所で小麦粉の爆炎に包まれ全滅。問題は魔石も飛び散ったから拾うのが大変だ。だけど小麦には不純物も多く、錬成すると何割か不良部分が出てしまう。案外迷宮で処理ってエコなのかも？

「普通の人は乾燥で終わりなの！」「普通の人は密閉空間で粉塵爆発とかしません！」「普通の人ならちゃんと説明するわよ！」「普通だと思ってる論拠を示して！」「普通どころか人族か怪しいのよ！」「「だいたい何処のエコが爆発炎上させてたのよ!!」」

　最速最短で簡単迅速な蛭さんの的確な処理だったのに御不満なようだ。乾かして焼けば分裂する暇もない、粉微塵な爆炎処理なのにお気に召さないらしい？　そして今日はここまでらしいから怒られながら地上に戻り、叱られながら街に向かう。どうしてこう俺が悪くない事が頑なに断固とした決意を以て意地でも理解されないのだろう、やはり異性の好感度問題は切実に深刻なようだ。

「いや、だからちゃんとこれ（石灰と小麦粉）撒くから（遠くまで）退がってて（隠れて）ね？　（粉塵爆発するから）って言ったよね？」

　うん、言った言った？

「「「略し過ぎなの！　ちゃんと全文伝えてからやって」」」「それに言ったよねって言われても、すぐに大爆発だったわよ！　5秒も間が無かったからね‼」

悠然たる足取りで街を目指し、脱兎のごとく走り出し、逃げるようにして疾走する。有り体に言うと逃げてるとも言う。しかし2パーティーだと攻略が遅くなる。朝から入って16階層しか進めていないし、他の集団もそれほど大差はないだろう。

こうなると6パーティーの集団で速攻戦で行った方が攻略は早そうだけど、数押しばかりだと戦闘技術が偏ってしまう恐れがある。そして全員揃うとお説教が怖い！

天を駆けるかのように『空歩』で空を舞いながら、軽やかにギリギリで鉄球を回避する。やはり『世界樹の杖』まで含めた完全装備だと『空歩』の機動力が全く違う。

「って言うか、なんで爆発をちゃっかり避けてた踊りっ娘さんまで攻撃に加わっているの？　どうりで、さっきから狙いが正確だと思ったよ！」

うん、お菓子を食べながら対空砲撃しているから買収されたのだろう？　どうやら『使役』の効果って買収に敵わないらしい！

「くっ！　こうなったらクッキーばら撒きだっ！って、一瞬で数十本の鎖の舞でクッキーだけ掠め取られた……もう、食べてるし？」

は、速いな？

「って、ぐっわあああっ……（ドッカアアン！）」【墜落＆確保＆お説教中です】

痛いな？　まあ、晩ご飯の準備でもしよう。まだ、お説教中なんだよ？

寧ろパン粉も付いてないのにフィッシュフライだと思った女子力こそが問題だが怖いから指摘はしない。

84日目　夕方　宿屋　白い変人

お説教してるけど聞いていない。うん、毎回毎回聞いていない。

「ちょ、伝説に語り継がれる『彼女いない歴＝年齢』の方程式で、16才で『大賢者』になってしまったら30過ぎたらどうなるの！　おっさん？　あれって称号なのっ！」と、全く関係ない事を呟きながら叫び出していて、つまり全く聞いていないの。言ってる事が間違っていると言うより、間違っているのは言っている本人だよね？

「あれだけ毎晩々々、延々と性王降臨で触手大魔王が大暴れしておいて」「「「あれで30で魔法使いさんになれる気だったんだ！」」」「あれって彼女いない歴じゃないからね!!」「超絶美人のお妾さんを2人も囲ってる人がそれ言うと、異世界中から爆発魔法の集中砲火ですよ！」

　そうして一切のお説教が効かないまま、フィッシュフライが揚げられ並べられていく……うん、ナプキンの魚骨構造から意識がお魚さんに行ってしまっているみたいだけど、きっと晩ご飯がナプキン繋がりなのは黙っておいた方が良い気がするの。今の所は魚骨構造の秘密と凄さを知っているのは私だけだし？　うん、凄く快適なの？

そして、ご飯が終われば反省会と乙女の努力。各自が教官さんから指導を受け、その後あのキュッて引き締まった括れとクイッて持ち上がったお尻を目指してベリーダンス！　うん、太腿を重点的にお願いしよう。でも太くないんだからね!!

「「「いただきまーす」」」

やられちゃった。うん、またやられちゃったの。だって、またみんな涙目だから。そう、フィッシュフライと見せ掛けて、対お説教用の隠し玉は天麩羅さんだった……これにはみんなやられちゃって、芋天も鶏天も出て来て、茸も南瓜も筍まで揚げられ中。

「私、最後に家で食べたの……お母さんの作ってくれた天ぷらだったなあ……」

誰かが呟くと涙が零れる。懐かしい味に思い出が蘇る。諦めていた味、忘れそうな大切な思い出。きっと辛くても絶対に忘れちゃいけない大切なあの頃の日々の味だった。

お片付けして訓練に向かう。もう、大満足でお腹いっぱいで乙女の秘密が緊急事態なの！

「「「やられちゃったね」」」「うん、天ぷらさん作られたらお説教なんて出来ないよ」「しかも、人生最高の美味だった」「「「もう女子力で付いて行ける気がしないよ！」」」

どれだけ女子力高くても、あれは無理だと思うの？　だって、あれはもう女子力じゃ無くて職人さんの域な匠の技だから。家族揃って和食通の図書委員ちゃんを唸らせるって、割と本気で凄い技術力だからね？

「忘れた方が楽になれるのかと思ってたけど……絶対に忘れちゃいけなかったんだね」

「遥君は家族を亡くしてるから……そういう意味なら先輩なのかな」「だから忘れちゃいけないって教えてくれたんだね」「うん、どうしてその気遣いが粉塵爆発には及ばないんだろうね！」「「「まったくだよ!!」」」

きっと、こっそりと天麩羅粉を研究してて、それで粉が余って……粉塵爆発を思い付いた。そして、その思い付きのせいで……みんなでコロコロと迷宮を転がされたんだね！

「止まる事は　力を無駄にする事　動きを力に乗せます」

そして反省会を踏まえた教練が始まる。説得力のある論理的な指導。でもネフェルティリさん、蛭を見た瞬間に止まるどころか退がってなかった？　気が付いたらいなかったよね？　あっ、テヘペロティリさんだった！　物凄く使役者の悪影響を受けている様だけど、これも『使役』の効果なんだろうか。きっと主がとっても朱過ぎて、その朱と毎晩交わり過ぎて朱に染まり捲くっちゃってるのかも？

見て学び、なぞる様に舞い剣を振る。絶え間なく足を動かし、その動きと力の流れを勢いとして制御する。これが遥君がやっていた舞うような戦技の正体。何度も見て仕組みも意味も理解して、舞踏も習い身体能力も有るのに……思うように出来ない、難しい！

「こんな複雑な動きを同時にって」「理屈ではなく慣性を逃がす動作です、あれは慣性や反動に耐えられないからこその動きのはずです」

独りの演舞でも困難な複雑な動作の組み合わせ。その無限に思える多彩なパターン。でも相手がいると難しいどころのお話では無くなって、思うままに動けば相手と合わずに動きが止まり、相手に合わせれば思うように動けない。読み合いと誘導で流れを作るって……作れって……作るらしい？

そしてボコられ後は東方舞踏。基本的には歩法も技術も、身体の部位ごとの円運動。腰や肩を床と平行に別々に動かす水平軸の円運動を組み合わせて作られ、特に今日のラクス・シャルキーは身体全体の筋肉を用い運動によって表現されるのは意味を持った「語彙」。それを音楽のリズムに乗せ流動的に組み合わせ舞踏とする表現そのものだったの。だからこそ踊りの流れを、その意味を学べて、更にくびれて引き締まるの！

「「「くびれ！　くびれ!!」」」「細腰！　細腰!!」

部位ごとの独立した動きで筋肉の孤立した動きを強調するから、様々な筋肉や独立した筋肉系統の動かし方を習得出来る。例えばヴェールを使ったダンスは腕や肩と他の上半身の筋肉を鍛えることに繋がり、ジルの演舞は筋力強化と指一本一本をバラバラに動かす事にも繋がる。それが身体の中と外に数々の円心を作り出し、予測不能で有り得ないような動きで身体を操るネフェルティリさんの強さの秘密。

全身に何十もの円運動を持ち、自由自在に組み合わせ複雑でも瞬間的に流れる様に無駄の無い動きを紡ぎ出す可変の秘儀。そして——あのプロポーションの秘訣なの！

「「「疲れた——」」」「あぁー、極楽極楽」「ヒップアップが、お尻の筋肉が痛い」

そして、お疲れお風呂女子会。待たせていた孤児っ子ちゃん達を手早く洗って湯船に浸からせる。

「「「ごくらくごくらく～？」」」「ひっぷあっぷぅ？」」「「「それは覚えなくていいからね」」」

また変な言葉を覚えちゃう。

「異世界的にお風呂で極楽は問題ないのかな？」」「ああ、道徳的とか宗教的に大丈夫なの？」」「問題が有って教会が孤児っ子ちゃん達を虐めたら……危機なのは間違いなく教会の方なんだけど、大丈夫かな？」

今日も一日一生懸命に働いてきた子供達は、湯船に浸かって温まり身体もぽかぽかになると目がトロンと蕩けだす。御眠の時間みたい……街中で働き者の良い子達だと大評判で、お手伝いの依頼も引っ切り無し——だからどうにかしてお休みさせないとってピクニック計画が決まったの。

ずっと一生懸命働いてもひもじかったから、今は毎日美味しいご飯をお腹いっぱい食べたからその分いっぱい働かないとって張り切っちゃう。放って置くとお休みにしても働きに行っちゃうし、お金を稼いでもまだご飯代を払おうとしちゃう子供達。

「絶対に遊ばせないといけないよね！」」「うん、最初は働き者のお利口さんだと思っていたけど」」「遥君がむきになって遊ばせたり、無駄遣いさせようとするのをどうかと思ってたんだけど……」」「「あれは遥君が正しい！　幸せそうに見えても強迫観念が残ってるんだから、あれだけは遥君が正しいよ！」」」

まだどこかで、良い子にしてるから美味しいものがお腹いっぱい食べられるって思ってる。だから休みたがらない。でもね、休みの日が楽しくないなんていけないの、子供が休むのが不安なんて間違っている。うん、だから絶対遊ばせる。

笑って幸せそうで、いっぱい一生懸命に働いて来て、それはとってもいい子達なんだけど……疲れ過ぎている。それは無意識に頑張り過ぎている。お風呂から上げてしっかりと水気を拭きとって寝間着を着せたら、お部屋に連れて行く。

「「「おやすみなさーい」」」「「「うん、おやすみ」」」

みんな寝かしつけて明かりを消す、疲れてるから寝付くのも早い。幸せそうな寝顔。でも私達と一緒にいる限り頑張ってしまう。養われていると思って頑張ってしまう。

孤児院で自活状態でもお金も貯まって行けば大丈夫って思えるはず。だって自分達でちゃんと出来てるから、ちゃんと働いてお金を稼いでるんだから。それでひもじかったのがおかしかったの。これが当たり前で普通の事なのに……これは幸せなんかじゃなくって、普通なんだよって分からせなきゃいけないんだ。

そして気を取り直して、ここから乙女の二度風呂の始まり。今日は打倒性王を果たした勇者達の必勝法が明かされる。まあ、朝仕返しされたらしいけど、あの性王を御奉仕で圧倒仕切って嬉しそう。だってアンジェリカさん達も孤児っ子ちゃん達と一緒で、毎日が幸せ過ぎて嬉しくて御奉仕して恩を返そうと感謝を表そうと必死なの。ただ笑っているだけで良いのに、遥君はそれだけの為に連れ帰ったのに……深夜に大激戦なの？

「耐触手装備　レザースーツ　ばっちりです」「「「おお――っ」」」「ぴったり、締め付ける……にょろにょろ入れません。振動もレジスト、勝てます！」「「「勇者様達が悪い性王を倒されただー！　ありがたやありがたや」」

まあ、あっちは自称人族さんで、こっちは元迷宮皇さんなんだけど……間違っていないね？　でも、なんで農民さん風な口調なの？

そして嬉しそうに性技の極みによる御奉仕。その108の奥義で性王を倒し続ける様子を微に入り細に入り二人で描写して身振り手振り付きで語っている。うん、凄くとってもいっぱい御奉仕できたって嬉しそうなんだけど……熱いバトルなお話にしか聞こえないのは気のせいなのかな？　そして今日も颯爽とレザースーツを着込み、その姿は肉感的でありながら凛々しくも綺麗で……でも着てる時の姿は、ちょっとあれだったの？

うん、タイト過ぎて全身にボディーオイルを塗り込んでから、じたばたとみんなで手伝って押し込み引っ張って着込んで行った。あの密着度なら確かに簡単には脱がされないからジッパーさえ死守すれば隙間すらない。そしてご機嫌に出て行く二人を見送って、ピクニックとプールの予定を立てる。つまり水着の作製、早くデザイン画を決めないと！

「ううぅ、ビキニ？」「エアー入れると浮いちゃう！」「「何処に入れるのよ！」」「アンジェリカさん達は競泳水着だったみたい」「私達はスク水作ってもらいました」「でも、あの下着作りの実力ならビキニも凄そう」「「確かに！」」「また、採寸からだね～？　にょろにょろ～って」「「それがあるんだった！」」

多分、前回のサイズで作ってはもらえる。でも水着は素材から構造まで違って、ギョギョっ娘ちゃん達も大桶で水に浸かりながら作ってもらったんだそうだ。だとすれば、ちゃんと良い物を求めるなら採寸と試着から……なのかな？

あれから『智慧（ちえ）』さんにより更に上がった服飾作製技術。でも新たなる『淫技』と『性王』と『感度上昇』スキルが、もうLvアップを繰り広げていて乙女には危険極まりないんだけど……新作水着って言う言葉に乙女心が擽（くすぐ）られるの？　しかもフルオーダーの水着なんて、きっとみんな初めてで乙女心が擽（くすぐ）られてるけど触手さんに擽（くすぐ）られちゃうのが問題で……みんな悩んでいる。だって心はもうプール（ヴァカンス）だから。

「あ――ん、決められない」「「「うん、全部欲しい！」」」

きっと小さなジャグジープールは子供達用で、競技用プールがギョギョっ娘ちゃん達用。そしてみんなにはウォータースライダー。そして何よりも懐かしいのは、あの洞窟――この世界で初めて私達が笑えた場所。

孤児っ子ちゃん達が孤児院に移る前に幸せな思い出をいっぱいあげたいんだろう、もうみんなちゃんと笑えるようになってるのに全然足りてないと。街の孤児院の子達もランドセルを背負っていた、つまり遥君は街で孤児院を建ててからも孤児院に通っていた。家族を亡くした遥君だから、家族を亡くした孤児っ子ちゃん達に何かを渡してあげたかったんだろう。だって毎日街中を笑顔でランドセルを背負った子達が、駆け回ってお仕事をしてるんだから。うん、とっても幸せそうな笑顔で。

よし、みんなが笑える楽しいピクニックだ。ちゃんと計画書を作ろう！

永かった日々を耐え忍び抜き苦節2日にしてようやく下ろせる日がやって来た。

84日目　夜　宿屋　白い変人

今日の戦闘で身体を捻る際に、僅かだが歪みが見て取れた。あれは鎧が身体の力を遮った結果。僅かであっても力を損失して甲冑の耐久度や強度にも影響する不具合。その歪みの原因を織り込んで再設計で、可動部を基本構造から見直し問題点を洗い出す。

「ああ、これだ。魔力形成で可変する部位が重なって、身体速度に可動が間に合わないんだ。魔力形成を減らして仕組式の可動部位を増やせば解決？　ちょっと重くなるけどその分装甲強化はできるし……って寧ろ問題は身体が伸びきった時の装甲の薄さだから、複層化で動き易くすれば魔力消費も抑えられるね」（ポヨポヨ）

何故か甲冑に入り込み探検するスライムさん。まあ、可愛いから良いか？

「完璧や完全なんて物は無いし改良に改良を重ね、また新技術や新素材で再設計されて改良され続けて終わりが無いんだから完成なんて無いんだよ？」（プルプル）

入れ子の仕組みと蛇腹構造を組み合わせ、摩擦や抵抗を減らし鱗状化させながら装甲を組む。やはり魔法素材に頼ると設計が甘くなる、実際に実戦で可動している所を見極めると見逃していた問題点が続出だった。

「斬撃には強そうだし、蛇腹構造で打撃の衝撃緩和も良いんだけど構造自体が破損したら

ヤバいよね？　やっぱり単純に鱗状の構造の方が無難で安全？」（ポヨポヨ）

なるほど、鱗状構造は方向で強弱が出てしまうのか……返しを付けて方向を限定した方が良いな。作り試せばそれが情報になり、情報が組み合わさるとまた新たな案が生まれる。設計されては試されて完成度を高めているけど、甲冑委員長さんや踊りっ娘さん達の甲冑の魔法技術までは未だ遠く辿り着けない。

「まったく異世界転移させるんなら工業高校にしようよ、普通科オンリーな進学校なんて異世界で役に立たないんだよ……高専なら異世界無双！　目指せ魔動ロボット選手権！　うん、農業高校でも滅茶役立つだろうに何故普通校なの？」（プルプル）

本で読み知った知識だけでは理解はできていない。研究し理解できたとしても、結局作ってみないと分からない。有り体に学術的に言うならば結局作るんだよ？　ただ試作と実験を繰り返して新構造を組み上げ、脇と腹部を改良型に置き換える。一度に変え過ぎると比較検討が出来なくなるから、今日はここまでだ。

「弓はどうしようかな……速射性か破壊力かで設計思想が変わるから決め兼ねる？　良いとこ取りしたいけど、複雑だと戦闘で壊れやすいよね？」

先ずは隠し部屋から出て来た迷宮装備『岩石の長槌　ViT・PoW40％アップ　先端部岩石作製　要土魔法　破壊破砕（大）　内部破壊（大）　＋ATT』のミスリル化をしておこう。結構な量のミスリルが必要だった、つまり良装備だ。

そうして『鋼石の長槌　ViT・PoW50％アップ　先端部鋼石作製（要土魔法）　破

壊破砕（特大）内部破壊（特大）＋ATT』、破壊力と打撃力特化だから固い敵に有効だろう。うん、盾っ娘でも良いんだけど女子バレー部コンビでも有用そうだ。でも、誰か土魔法持っているかな？　まあ、委員長さんに任せればいいか。

「さて、聖魔法も練習しておきたいけど、先にこっちを練習しておかないとな……うん、細くても柔らかくて斬れ無い様に糸を紡ぐ……って制御がな？」

　魔法に形なんて無い、だから形を縛っているものは常識や知識という固定観念。ならば観念で固定しなければ無限の可能性が在るはずで、イメージからの制御……きちんと設定してやらないと霧散する。時間が無いから細さだけで良い、とにかく制御。

コンコン——帰って来たみたいだ。そして ドアから覗（のぞ）いた2つの美しき笑み。それは絶対的強者のみが見せる絶対不敗（ドヤがお）の余裕。艶美ながら可愛らしい顔が微笑（ほほえ）み、その自信である絶対的な難航不落（レザースーツ）が抜群の肢体美（プローポーション）に張り付く肉感的な曲線美。

「「ただいま戻りました♪」」

　指一本、魔手一本も入らない肉体に密着した革鎧に昨晩は敗北した。その柔肌に触れる事も出来ず、それはもう大変気持ち良くありったけの男子高校生大放出で敗北しきった。だからこその余裕……ゆっくりとした足取りで左右から腕を回し、無抵抗な俺を見て諦めたのだと思っているのだろう。だから艶然と微笑みながらベッドに引き摺（ず）っていく、だが今は脱力（リラックス）……集中（コンセントレーション）だ。

　レザースーツには魔手一本通らない？　では魔手とは何なのか。それは魔力が実体化した何か、決められた形のない魔力の塊だ。ならば出来ないはずはない。あとは『智慧』で何処まで認識できて制御しきれるか。でもそれだけでは足りない。分散された力は弱く、鉄は固くても細い鉄線は簡単に千切られる。だが解決策はとても身近な物に有った……そう、それは茸（きのこ）！

既に装備は剝ぎ取られ、甘美な刺激に男子高校生がさらに劇的に通常（ビフォア）が発情（アフター）でレザーな指先に激動の時代を翻弄されながら生き抜いているが抜かれちゃいそうだ！

紡ぐ――茸とは目に見えない程の細い菌糸が撚（よ）り合わさり形作られる。そう、微細な細菌の菌糸でも合わされば茸になる！　髪の毛よりも細い極細の魔力の糸を散らしながら制御する、簡単に千切れるほど弱く脆（もろ）い何の力も無い魔力の糸。だけど無にも等しい微細な繊維ならレザースーツのピッタリな隙間ですら侵入できる！

「くっ、魔力です！」

既に男子高校生さんは男子高校生的に危険な領域まで追い詰められて、集中（コンセントレーション）が乱される。だが、余裕の攻めには油断がある。そして一瞬の間が有れば糸は届く。

「無駄です　レザースーツ　最強（さいつよ）！」

美しい2つの顔が惑い、一瞬の逡巡（しゅんじゅん）……今しかない、『智慧』による完全集中。たった一本の糸に全神経を注ぎ込んで制御する。無に近い隙間を、限りなく無に等しい細さの織糸が間隙を縫って滑り込む。

「ひいいいぃぃっ！」「何故!!」

そして一度侵入を果たせば、それを伝い次々に糸が送り込まれて縒り合わされる。組み合わされ編み込まれて強度を上げ、より強く太く絡み合い捩じり合わさっていく。そうしてレザースーツの中で蠢きながらケブラー繊維の様に編み込まれて……侵入成功！

「あああっ、んんんんんんっ！」

婉然と弓反り、艶麗と震え、端麗に崩れ行く秀麗な美女達。ぴっちりと革のスーツに包まれた恥知らずな肢体美の我儘ボディーが、婬猥に痙攣を繰り返し姿態がうねる。這い回る触手に合わせて妖しく蠢いて革が形を変えて波打つ。肌を這い回り、肉を嬲るうねりに合わせて黒革のスーツが中で揉まれて形を歪ませ蹂躙を始める。うん、勝ったな？

「ふぁあああっ！」

ちょっと違うんだよ？　だが侵入を果たした時点で勝負は決まった。糸よりも細い触手を紡ぎ出す集中力こそが決め手。過信して防御を疎かにし、驚きで集中する時間を与えた。その瞬間に勝敗は入れ替わったんだよ！

更に太さを増しながら侵入する触手に成す術も無く食い込まれ、湾曲し歪曲し捻じれ巻かれ悶絶を繰り返し震えが止まらないままびくびくと小刻みに跳ね回る。蠢く黒革に包まれたまま舐り尽くされ、震える姿態が艶めかしく息も絶え絶えに弛緩しきって……もう身動きも出来ないんだろう。

「永かった——屈辱の日々（2日目）を耐え忍び、苦節2日目にしてようやくこのジッパーを下ろせる日がやって来た。遂にここまで辿り着いたのだ——！」

細く美しい首筋から丁寧に丁重に万感の想いを込めて、じわじわとジッパーを下ろしてゆく。ぴっちりと張り付くように身を包んでいた黒革がゆったりとゆっくりと左右に開かれ、艶めかしい白い肌と琥珀色の肌が外気に晒されて行く。ゆるゆると下げ続けゆるりとはだけ美麗な身体が露わに零れ出す。深く柔らかな谷間を通り抜けると綺麗な鎖骨のラインが見え隠れし、豊満な肉塊がレザーを押し広げながら溢れ出す。そして綺麗なお腹の上をいつくしむ様にジッパーを下ろして可愛いお臍を通り抜け、終点の小高い下腹部の上まで開け放たれた。

秀麗な身体を包む黒い革が縦に割かれ、白い肌と琥珀色の肌が覗く美しき眺望。ちょっとずつちまちまと黒革を剥いて行き徐々に徐々に剝がしていく。段々と段々と脱がして行くと、僅かずつじわじわとじわりじわりと魅惑的な肉体がじりじりと艶めかしい姿態を晒し刻々と着々と肌を露わにしていく。うん、生きてて良かった！

その肢体から黒革のレザーは剝かれ、ようやく剝き出しにされた秘められた優美な2つの肉体が神々しく仰向けに横たわっている。うん、あとは分かるな！

罠と知り自ら罠に飛び込むその行いは絶対俺のせいじゃないから俺は悪くないんだよ。

85日目　朝　宿屋　白い変人

朝を告げる爽やかな鳥の囀り、朝を宣告するジトなお説教も始まっている。うん、いつも通りの朝だ。眩い日差しを受けながら怒られる……今日も良い日だ。

「いや、だってあれしかレザースーツさんの攻略の糸口が無かったんだから、糸のような細い触手さん達がさわさわと侵入してざわざわと這いずって、中で絡まり捩じれながらわっさわっさと突入劇が挿入抽出だったからしょうがないから俺は悪くないんだよ？」

まあ、その後は……男子高校生だった。それは正に解き放たれ、溢れ出した男子高校生と言う名の濁流。止め処無く溢れ出す男子高校生的な奔流。それこそが怒濤のように押し寄せる男子高校生な乱流が大放出だった。うん、だって男子高校生なんだよ？　怒られながら食堂に下りると、もうみんな揃っている。うん、ひもじかったの？

「「「おはよー」」」「おはようって言うかひもじくて朝ご飯が待てなかったの？　まあ、すぐ出来るから……よいしょ？」

朝ご飯を並べる。成長期の孤児っ子達にはお肉とお魚たっぷりだが、毎晩過剰カロリーに悩む割に行動の一切に悩みが見られない人達にお代わりの賽子ステーキの山まで平らげられる。そして普段ならバケツに詰め込む莫迦達が遠慮がちなのは、女子さん達のぴっちりスパッツ姿に空気にされているのだろう。うん、オタ達はもう風景だった？

「茸サラダの山も凄まじい勢いで減って行くけど、野菜も食べてヘルシーだっていうか、食い倒れる勢いってヘルシーなのかな？」（ポヨポヨ♪）

……外からの気配。不意の来客に全員が無意識に武器と武装を確かめる。でもあれって側近さんなんだよ？　領館の？

「朝早くに申し訳ありません、危急の事態ですのでご容赦を。じつは……」

飛ぶ。虚空を蹴り、宙を駆け上がり大空へと舞い上がる。まさか王女っ娘が……万全の策を敷き危険はないと思い込んでいた。王女っ娘の莫迦さ加減を舐めていた。きっと甲冑委員長さん達から聞き知ってしまったんだろう。あの、偽迷宮の秘密を！

『重力』で体重を無に近づけ、『空歩』で駆けて、風魔法を纏い加速しながら『転移』で空を切り裂きながらムリムリ城を目指す。まさか王女っ娘が……俺はメイドっ娘に何て言えば良いんだろう。

「いや、それ絶対に俺悪くないよね？　だって安全策を施したのに、何で安全装置外して罠に飛び込むの？って言うか罠に掛かる気満々でキャッホーイな時点で絶対俺のせいじゃないし、超大急ぎで駆け付けて助け出した時には色々と手遅れな状況だったけど……あれはもう無理だよ？　うん、もう駄目っぽい？」「許して下さい、ごめんなさい、酷い事しないで下さい。ごめんなさい、エロい事もしないで下さい。御寛恕下さい、ごめんなさい、酷い事しないで下さい、許して下さい。ごめんなさい、エロい事もしないで下さい。にょろにょろ駄目です、ごめんなさい、虐めないで、ごめんなさい……」

　駄目っぽいって言うか、懲りてないって言うか……色々駄目そうだ？　そう、助けた時には手遅れだった。だってラフレシアさん達に真っ裸で捕まってたんだよ（感動）！

「姫様、御気をしっかり！　王国の姫君に破廉恥千万、不敬です。王国反逆罪より不敬で不埒な悪行三昧です！　姫様をにゅるにゅるの触手で捕らえてお召し物を溶かし、全身を触手でにょろにょろは不敬マキシマム罪で八つ裂きの刑で千切りあげましょう！」

　オコだった。側近さんに話を聞いた瞬間にメイドっ娘のオコを予測し、最大加速で飛んで来たが時既に遅し。そう、ラフレシアさんは期待を裏切らない見事な仕事ぶりで良い仕事してますねーって……しちゃってた？　そう、どうやらラフレシアさんを偽迷宮にスカウトした俺の目に狂いはなかったようだが、メイドっ娘の目が怒り狂ってるんだよ？　滅茶急いで飛んで駆け付けて落ちて痛かったと言うのに、何故だかまた俺が怒られている理不尽にして不条理で荒唐無稽に非合理的ナンセンスな非難を受難中だ？

　おそらく女子会で偽迷宮の「入口に戻るスライダー」の罠を聞いたのだろう。あれは甲冑委員長さんやスライムさんのお気に入りの罠だから、偽迷宮の罠を無効化する『社員証』を外して、出口の「入口に戻るスライダー」の罠に自ら掛かりにいったらしい？

「いや、ここって一回滅んで『偽迷宮』から『新偽迷宮』に変わってるからね？　罠も配置も違うんだよ。あの位置の罠はおっさんなら地下の川に水没で外まで流され、お姉さんならラフレシアさんのお出迎え？　花々しいな？」

　そして相手が指揮官と判断された場合は、触手さんに捕らえられたままラフレシアさんの御持て成しで確保……されちゃったみたいだ。うん、前に裸わっしょいの罠に掛かって大騒ぎしてたはずなのに、全く懲りてなかったよ！

「ぐにゅぐにゅは許して下さい、ごめんなさい、うにょうにょしないで下さい。むにゅむにゅって酷い事もしないで下さい。にょろにょろさんは許して下さい、ごめんなさい、触手なエロい事もしないで悪戯もしないで下さい、ごめんなさい、ごめんなさい……」

　だがこのままではきっとまた謂れのない冤罪で、何時も無実な俺が怒られると言う未来が予見されると言うお話も有る。よし、お菓子食べさせておこう！

（ムシャムシャ♪）

　無事に解決した様だ。食べてるし？

「辺境の何とかって街まで行ったらみんなでピクニックの予定だから、ウォータースライダーのプールも有るんだしわざわざ罠に掛からなくっても良いんだよ？　それに渡した甲冑かドレスなら腐食されないのに何で平服で飛び込んだの？　溶けてたな？」「だって……折角作って頂いたのに汚しちゃいけないって思って……」

　せめて辺境の服なら耐えられたかもしれないのに、効果も何もついていない服でラフレシアさん達の巣に飛び込むなんて……む、無茶しやがって？　見ちゃったな？

「やあ、遥君。今って言うかさっき戻ったよ、なんかわざわざ済まないね。罠の解除方法が分からなくて……シャリセレス様はまた壊れちゃったのかい？」「遥様、その節は貴重な茸と高価な甲冑と武具をありがとうございました。お陰で辺境の窮状に間に合う事ができました。ありがとうございます」

　ムリムリ城でお出迎えはメリ父さんとムリムリさんだ。ムリムリさんは舞踏会の前から会う度にお礼を言ってくるんだけど、雑貨屋のお姉さんに続き茸弁当が気に入ったのだろうか？　うん、新たな茸中毒患者問題が心配だ！

「それに遥君にだけはきちんと報告しておきたくてね。王国の秘宝に『虚真の水鏡』というのが有ってね、全貴族が水鏡で誓いを立て直して虚偽だった者は爵位剝奪。そして過去の行いも査問し腐敗貴族と腐敗役人は罪状を以て裁き一掃できた。王に代わって礼を言わせてもらうよ、本当にありがとう。貴族家の再編で手間取ったがようやく終わったよ……建国譚の王国は滅び、新たなる王国史が始まった。まあ、これからだね」

　まだ、秘宝が有ったらしい。拾い損ねてた!!　その水鏡で尋問し、大半が悪行で処刑されたらしい。追放された者も、もう屋敷も財産も残っていない……うん、拾ったし？

　こんな事で救いになんてならないけど、孤児っ子達の仇は取った。虐めた奴は全員虐め返したけど、こんなのただの因果応報の自業自得。何も悪い事なんてしてなかった孤児っ子達があんなに苦しんだ分までは救われない。うん、慰謝料は全部拾ったんだよ？

「当然、残った貴族と王家も腐敗を許し民を苦しめた罰として財産の半分を没収して、孤児院や学校や病院の建設や再建に当てる事に決まったんだけど……みんな貧乏でね、王が借金返済は長期分割で良いだろうかって聞いていたよ？」

「あぁー、あれはいつでも良いよ。だってあの王貨ってどこ行っても使えないし、屋台のおっちゃんが腰抜かしちゃうしで滅茶嫌われてた呪いの硬貨だったから返って来ても困るんだよ？　あ、はいお代わり」（モグモグ、モグモグ♪）

　どうやら王女っ娘はクレープ派、メイドっ娘はお饅頭派の様だ。まあ2回目だから回復も早いはずだし……しかし、どうして誰も引かないレアなエロトラップを毎回引いちゃうの？　全く俺が怒られるのに、困ったものだ。うん、後で問題点解明の為に映像記録魔石を徹底的に丹念に正座で解析しないといけないだろう！

　急だったけど委員長さん達には踊りっ娘さんが付いているし、急ぎ戻る必要も無いからメリ父さんから情報を聞き出す。辺境って情報がなかなか入ってこないんだよ？

　そして早まった、帰るのが早すぎた！　いや、あの迷宮は99階層まで育っていたから帰ってくるのはギリギリで、寧ろ遅すぎたくらいだったけど王都に入れ違いでやって来た獣人国の使者は狼耳の美人さんだったのだ！　くっ、どうせおっさんだからと帰ったら美人ケモミミお姉さんだった様だ。

　一応は獣人国を王国が助けた事にして有るから、感謝の為に派遣された使者さんで細かな条約や商取引の話も有ったらしい。チャラ王には通商は雑貨屋王都支店を通せと念を押してあるからお米と醬油は確保できて、味噌や鰹節にわかめや昆布も可能性大！

　そして正式にオタ莫迦達が招かれているらしい。失敗したと嘯き、間に合わなかったと嘆き、せめて攫われた獣人を取り返すと怒り、死んだ英雄達を弔って悲しんだ姿が認められていたのだろう。でも、あいつら公式行事無理だと思うよ？　だけど王国から派遣という建前上、断るのも不味いらしい。緊急で莫迦達の躾が必要なようだから委員長様にお願いしておこう。

　商国からも非公式な使者が訪れているらしい、旧商国上層部ではない商人達の連合だ。このまま内部分裂で掻き回す為にも二重外交取引に持ち込み、商国の財を毟り取る様に攻略本に記しておいたが、商人相手にどこまでやれるのだろう？　まあ、だけど出来なければ今度こそ本当に滅びるだけだから、役人達も本気でやるだろう。

　これで商国が動けないなら、後は教国だけ。内部分裂してるけど大司教の返還要求だけは来ているらしい。当然、王国側は大司教が行った破壊行為の弁済を条件にしていて、それはもう凄いぼったくり価格だ。うん、だって俺が指示を書いたんだよ？　教会の大幹部が罪人として捕らえられたままだと教会の威信に関わる、だから動くなら教国。

　ついでだから新偽迷宮の点検と視察をしていたら、メリメリさんは自動販売機型御土産屋さんで買い食いしてた。うん、罠に掛かった王女っ娘は見捨てられていたようだ？

「違いますからね！　シャリセレス王女が出口に戻されていないか確認に来てたんですよ？　ただ待ってる間に……お買い物？　してただけですよー！」

　入口に救援に駆けつけ捜索していたらしい。お口に付いた餡子が真実を語っている事に未だ本人は気付いていないんだけど、可哀想だから黙っててあげよう。

「さて帰ろうか。みんな70階層の階層主に当たっている頃だろうし？」

甲冑委員長さん達も付いてるし、最悪でも撤退は出来るはず。進んでも75階層までは行かないんだから危険はないと思うんだけど……そろそろお腹を空かせてそうだ!!

「他人の気持ちになって考えよう」と「他人の嫌がる事を進んでやろう」は道徳教育の基本なのに不満らしい。

85日目　昼過ぎ　迷宮　地下71階層

獄炎の炎が階層を満たし、灼熱の熱風が吹き荒れる。うん、追い付いたし焼いてみた？

「なんで『フレア・トレント』さん焼いちゃうの！」「あれ炎の魔物さんだからーっ！」

そう枯れ木が燃えながら火の玉を飛ばして来た。不条理だ。

「普通に斬っても良いんだけど、熱そうだし何か枯れ木に焼かれるってとっても釈然としない気持ちを込めて『羅神眼』で解析したら『炎熱魔法無効』持ちだったから油をかけて魔法じゃない火にしてみたらよく燃えた？　うん枯れ木だし？」

油を『掌握』して球にしたオイル・ボールの水魔法連射だけで終わった。ただ熱くて近寄れない、魔石に変わってるけど魔石も熱そうだ！　70階層の階層主は時間は掛かったけど倒せたみたいだし、踊りっ娘さんも合格点を出してるから見ていただけらしい？

ただ更なる甲冑の新次元に到達し、身体と筋肉の動きに沿う絡繰り可動式入れ子機構の甲冑さんMk＝Xを標準化したと言うのに……ドロップが甲冑。うん、渡された甲冑は『石鬼の鎧　V・iT50％アップ　石化（不動）＋DEF』と防御特化、これはミスリル化したら『鉄鬼の鎧』とか『鋼鬼の鎧』とかになるパターンだが（不動）が駄目だ。

「これ、動かず耐えるタイプで最終的に死亡フラグな奴なんだよ。うん、軍隊なら有用らしいけど、冒険者がこれ身に着けてたら殺され待ちになるだけだよね？」

だから踊りっ娘さんが取り上げていたらしい。さくっと売り飛ばした方が良いかな、下手に盾っ娘とかが欲しがったらヤバそうだ？

71階層は「フレア・トレント　Lv71」達の炎弾の集中砲火で、弾幕の中で遊んでる委員長さん達と合流したら熱いから焼いてみて冷えるまでの間に情報交換を済ませて階層主戦の話と『石鬼の鎧』のチェックも済ませ……まだ熱いと言うか暑い？

「今日は74階層までで切り上げるから急いではないんだけど……」「頭では分かってるのに、火の魔物を焼くって言う発想がどうしても……」「常識が邪魔をするんだけど、常識は捨てたくないよね？」「いや、普通常識的に考えて、枯れ木の魔物を見たら焼く俺の方が尋常一様に常識的で通俗だって言うのが通の間では通説だと思うんだよ？」

ようやく温度も下がり、暑いが熱さは無くなってきた。71階層で魔石を集めるが、しかしここも70階層超え。偶々なのか深化が速まっているのか。

「接近戦　問題なかった、です　遠距離攻撃を受けると……駄目？」

監督の踊りっ娘（こ）さんの評価は遠距離攻撃の対処が問題らしい。普通は撃ち合うか突っ込むかしかないのに、多芸多才な分だけ相手を見極めようと躊躇（ちゅうちょ）してしまうのだろう。

「72階層に下りまーす、準備は良い？」「「「了解（ヤー）」」」

準備と言われても心の準備くらいなんだけど、真心が多感で感じやすい時期の高校2年な純情感情（ピュアハート）はときめきが記念（メモリアル）されちゃうくらいの不安定な揺れる男子高校生心で、準備（レディー）と言われれば難しいものが有るけど美女（レディー）と問われれば突入（ゴー）と応えるしかない反応行動なんだけど誰も俺には聞いてくれない様だ？　うん、置いて行かれてるし？

そして、これが苦手パターン。「バブル・シューター　Lv72」は泡々（シャボン）の魔物が長距離から泡を噴き出して攻撃して来る……うん、どれが攻撃でどれが魔物か分からなくなってあわあわしているみたいだ？　そして迷うと守りに入って反撃しようとするけど、相手は遠距離攻撃だし本体が見えてないから反撃（カウンター）攻勢が取れない。

「前列盾！」「魔法駄目です」「後ろ弓用意、撃てえええっ！」

シャボンは矢で弾（はじ）けるけど、分裂するだけで効果が不明。それで迷いが深まり、結局3連射しても効果は不明で後手のまま強引に主導権を握ろうとする。

「抜刀、直接攻撃。斬れえええっ！」「「「了解（ヤー）あああっ！」」」（ツルッ、ボテボテッ）

で、滑って転ぶ。あれだけ泡々（シャボン）を割ったら、床はヌルヌル。うん、俺はその分野には大変詳しいんだよ？　謎の魔物「バブル・シューター」さんは、『沫（あわ）』『泡』『潤滑』『分裂』『溶解』と変則スキル持ちさん。だから足場は『潤滑』でツルツルと滑り女子高生達があわあわ塗れて潤滑剤で滑ってヌルヌルで縺れ合い転がり回ってるけど、泡塗れでも甲冑だからあまり楽しくはない。甲冑が『溶解』される危険は無いけど、ツルツルと滑って立ち上がれない。危なっかしい、どうも焦ると混乱に陥る様だ。

「ビッチーって言うか、ビッチ・リーダー。その槍なあに？　委員長もむちむちしてないで鞭って言うか、むっちり？　見たいな？」「「あっ！」」

ビッチ・リーダーが『永久氷槍』で『氷凍陣』を発動し、泡々を魔物ごと凍らせていく。それで、やっと落ち着きを取り戻した委員長さんが『豪雷鎖鞭』を手にした。うん、もう終わり。衝撃波――『暴空陣』で泡を吹き散らし、『旋風』と『百撃』の鞭が超高速の乱舞で「バブル・シューター」を破壊し尽くす。凍らされているから『分裂』も出来ないまま粉砕され、粉々に塵に化すまで砕かれて魔石に変わって全滅した。

　うん、取って置きを取って置いて忘れて混乱とか……最初から使えばすぐ済むのに。まあ、戦闘の練習にはならないけど、先ずは勝つ事なんだよ？

「ごめんなさい、パニクっちゃった。遥君ありがとう。でも、むちむちについて後でお話ししようね？」「泡の魔物とか初体験だからしょうがないよ～」「うん、泡の倒し方とか考えた事も無かった！」「凍らせて砕けば良かったのかー。弱点思い付かなかったね」「全く思いやりが足りないんだよ？　もっと相手の気持ちになって、どんなことされたら嫌かとか、どうしたら困るのかなとかって思いやって、相手がされたくない事をよく考えて行動して戦うと……相手は苦しんで死んじゃうんだよ？　うん、普段から男子高校性への優しさと思いやりの無さが魔物さんへの気遣いの無さに繋がるんだから、もっと男子高校生を思いやって労わるべきなんだよ。ただしオタ莫迦は除外？」「「「一瞬良い話に聞こえたけどよく聞いたら最悪だった！」」」

どうやら高尚な俺の有難い話の感動的な有難味は、在々とは伝わらなかった様だ？

「まず『他人の気持ちになって考えよう』。そして『他人の嫌がる事を進んでやろう』が道徳教育の基本戦術なのに嘆かわしい。うん、俺は得意だから悪くないんだよ？」

悪くないのだが委員長の笑顔が怖い！　しかし珍しい魔物ではあった。結局は泡が普通に本体だったが、スキルの『沫』と『泡』に『分裂』して本体がわからないまま混乱した。考えずに大火力で押しきれば良かったのに、観察して考えたら混乱して何をして良いか分からなくなったらしい。うん、案外に危険なんてこんな物なんだよ。

「あ～ん、滑っちゃったよ～……濡れ濡れだ～？」

うん、滑って大変に揺れておられました。泡々魔物さんGJ！　いや、死んでるけど？

「こういう敵もいるんなら靴に滑り止めが欲しいね？」「「「おおー、新作フラグ！」」」

俺は『吸着のブーツ：【壁や天井に立てる】』を複合しているからグリップ力も高く、何気にクッション性も良い。だが装備品はグリップ力やクッション性に難があり、甲冑の足元から見直すべきらしい。そう、揺れているから副委員長Bさんに目が行きがちだが、密着型甲冑の真価は脚線美が凄い。それはもう副委員長Aさんなんて立っているだけで曲線美が艶めかしい！　足元はガン見で見詰め見直すべきだろう、うんこれは良い脚だ！

「「「目がエロいの！」」」「えーっ、滑るって言うから甲冑の足元の見直ししていた真面目な甲冑製作男子高校生に謂れの無い酷い言われようが言い渡されてるんだけど？」

　現地で実地で問題を洗い出して行く現地調査の大切さが理解されないとは嘆かわしい、足元は艶かしいけど、ジトは厳めしい？　恐いな？

「「「なんで甲冑の足元の見直しで太腿さんをガン見してるの！」」」「太腿さんにはグリップ感いらないからね!!」「あと、むちむちについてはゆっくりね？」

　一理ある。確かに太腿さんにはスベスベ感だろう、でも甲冑の太腿にスベスベ感は必要なのだろうか？　スケベ感なら充分に感じられる太腿さん達なんだけど、質感まで必要なのかな？　うん、甲冑プレイって新たな扉だな！

　ジトられながら73階層へ下り、あと2階層で今日は終わりらしい。それでも生き死にの掛かる迷宮では、こういう時こそ気を引き締めなければならない。しかし降りるばっかりだから引き締まった素敵な甲冑姿が堪能できない。あれは登るのを後ろから付いて行くのが良いのに。ああ、大迷宮が懐かしい。

　まあ、今日の夜はみんな領館にお呼ばれだし、夕食会で王都の結末を伝え感謝のささやかな宴なんだそうだ。ただ、どうして感謝する気がある相手にご飯の用意を依頼してきて、何気に揉み振動機能付き玉座型マッサージチェア辺境伯仕様まで頼んで来るのだろう？儲かるけど、おっさんを揉み振動させなければならないマッサージチェアが不憫で作ってても楽しくないいんだよ！　ムリムリさん用は大きいから揺れそうでマッサージチェアさんもお喜びかも知れないけど、楽しむと色々不味いだろう。

うん、普通に作ろう。74階層は隠し部屋があっただけで、魔物さん達は事も無く壊滅した。正攻法でいける普通の魔物には滅法強い。先手を取れば先ず危なげなく集団行動で追い詰めていき、外連味無く弱点を突いて削り切る。だから慣れるか経験を積むしかない、課題とは尽きない物なのだから。そしてお説教も尽きないらしい……うん、委員長さんの笑顔が怖いから黙っていよう！

頑強堅牢にして強固に建造しなければ反抗期の地団駄でお家が破壊される恐れがある様だ。

85日目　夕方　オムイの街　領館

ぞろぞろと同級生達と、王都組と辺境組の孤児っ子軍団で領館に向かう。そして思い出した、ここって頑丈なんだけど古くてしょぼくて狭いんだった！

中でうじゃうじゃと年中犇めいて蠢いているおっさん達をぞろぞろと建物の外に追い出し、しょぼい領館を丸ごと『掌握』して行く……流石にしょぼくても装飾品や私物は保持しなければならないから面倒だな。だが漸く使いこなせ始めた『智慧』さん制御による辺境での初建築で、お披露目ともいえるから頑張ってもらおう。

頭の中を数字の羅列と大量の方程式が明滅し、閃(ひらめ)きのように構造強度と設計図面が描き出されていく。新偽迷宮建造の際に出た大量の土砂をアイテム袋に突っ込んだままだし、材料は充分。地下室を大量に増やして地下からも土砂は補充するし、大丈夫(計算完了)。日々の果てしなく鍛え抜かれた内職力は既に『錬金術Ｌｖ８』。固く強い壁を練り上げ固め変質させ、積み上げ組み上げては繋ぎながら伸ばし重ね合わせる。それを広げた一枚岩な一体構造の構築物。うん、やり過ぎた感は有るけど、この領館は街の最前線の砦(とりで)。だから硬く強い分には文句は無いだろう。文句が有ってもメリ父さんならマッサージチェアを作ってあげれば忘れるし、ムリムリさんは茸(きのこ)弁当で懐柔できそうだし？

　何か『智慧』さんも調子に乗って来て城壁まで一体化して拡張していき、高層なアーグラ城塞みたいになって……巨人さんでも進撃して来るの！　まあ、完成？

「は、は、は、遥(はるか)さん……何ですかコレ？　この王宮より豪華で重厚な建造物は！」

　メリメリさんが見上げて震えている、高所恐怖症なのだろうか？　まあ、低い部屋なら大丈夫だろう。装飾性の無さが気になり実用性をこよなく愛する『智慧』さんに説得と交渉を繰り広げて、外観だけはモンサンミシェル風にしてみた。うん、外壁は第二外壁風に外に大きく展開させ、今迄(まで)の壁を第一外壁に改築しながら繋げてみた。うん、これなら急な巨人さんでも安心だ。

「いや、何ってメリメリさんの家って言うか、城塞って言うか城塞都市的な素敵な領館(マイホーム)？　お部屋も全部広くしといたから、部屋替えは勝手にやってね？　だって招かれたから来たのに、狭くて老朽化って御招きされた方も困って孤児っ子達の情操教育にも良くないから上層まで広げてみたら高くなったから豪華にしてみた？　みたいな？」

　まあ、アーグラ城塞だってモンサンミシェルだって観光名所な世界遺産だったはずだから、これで辺境にも観光客がやって来てツアーが組まれて素敵なガイドさんが白手袋であんなガイドやこんなガイドで魅惑の桃源郷に観光案内してくれる可能性も無きにしも非ずんば孤児達がお待ちなんだよ？

「まあ、入って入って。俺の家じゃないんだけど家の人達に案内しないと内部構造を強度問題と防衛的観点から弄ったから案内掲示板も設置済みの親切設計な城塞で、攻め込んで来た人も迷わない安心の案内掲示板？　みたいな？」「いや遥君……これ見たらだれも攻め込まないからね？　私だったらこの城塞を見た瞬間に引き返すよ」

　まあ、側近さんの許可が出たから良いのだろう。だって領館って大体この側近さんに聞いた方が早いんだよ？　孤児っ子達の為に大きな食堂と豪華な広間も作ったんだし、御馳走を振る舞おう。料金だけはメリ父さん持ちだから大盤振る舞いだ。街の人達にも優しくされて、立派な貴族の館に招かれてご飯を食べれば、ここに居て良い、ここは居て良い場所なんだって思えるようになるだろう。そうして、いつか自分の居場所になればいい。その為に連れて来たのに領館が宿屋よりしょぼいとか台無しなんだよ！　そう、せめてこのくらい立派じゃないと孤児っ子様達に釣り合わないじゃん？

（お父様……なんだか豪華すぎてすっごく落ち着かないんですけど？）（私もだよ……庭

に小屋でも建てようか？　普通のやつを）（ですが、せっかく遥様が……でも内装だけでも普通にこじんまりと）「ほら、付いて来ないと迷子の領主が領館で遭難して捜索隊が捜索に出るけど中に入るんだから捜索隊はどうすれば良いんだろうって言う不条理に陥って捜索どころじゃなくなりそうだけど、実は捜索隊も内部構造分かってないから遭難者が捜索隊の捜索から始める事態に突入だからご飯なんだよ？　みたいな？」

　魔石照明に照らされた高い天井のアーチ型のロビーを抜け、ふかふかの長絨毯を踏みしめながら長い廊下を抜けて食堂へと向かう。本当は全室に絨毯を敷き詰めたかったんだけど広く作り過ぎて絨毯の材料が足りなかったから来賓用の場所だけだったりする。

「うん、やっぱ中世のお城はこうあるべきだよ。何かどこ行ってもしょぼいんだよ？　華美って感じじゃなくて、黴生えそうな石って感じで？」（お父様、これ無理です。こんな凄い所で暮らせません！）（ああ、広間の隅っこに小屋でも建てよう。それが良いな）（そんな、確かに居た堪れないほど場違い感がしますが……建てちゃいます？）

　これこそが正しい宮廷と言えるだろう。宮廷と言いつつ豪奢な内装はごく一部だけの、石の建物だった。あの程度で宮廷を名乗らないで欲しいものだよ？

（お願いします、遥様を止めて下さい。これ以上豪華にされたら家族で家出します！）

（（あ〜、諦めて下さい。きっともう手遅れですから））（そうそう、看板娘ちゃんの家族さん達もお部屋が豪華すぎて落ち着かないって倉庫で暮らしてたし？）（うん、御土産屋王都孤児院支店も凄かったしね〜）（（あそこ、お風呂に大理石貼ってあったもんね、多

分ここも？)))（あ――ん（泣））

和気藹々と歓談しているが、何故かメリメリと悲壮感が漂っているのは何故なんだろう？　ああっ、建物や部屋が広くなったのに家具が足りなくて不満なのかも？　うん、作っておいてあげよう……アールデコってみようかな？

（いや～、何あのお姫様みたいな家具！　誰が使うんですか！）（((いや、お姫様でしょう！)))（遥君って何気に猫脚家具好きだよね？）（そう言えば洞窟の最初のお風呂も猫脚さんだったね？）（……それって洞窟なんですか？）（((ピクニックに行けば分かります。諦めも付きます)))

この場の雰囲気から言ってフレンチだろう。結局は生クリームは手に入らなかったけど、乳は大量購入出来て在庫がある。うん、ミルククリームで誤魔化してデザートもクレープにシュークリーム擬きでイケそうだ！　取り放題で先ずは前菜に茸とお野菜と魚のカルパッチョ、芽キャベツと芋のコンフィ、トマト包み挽肉と香草焼きで、メインはお魚さんがソテーにワイン蒸しなクリームのパイ包み。やはりお肉は王道のステーキさんにして各種ソースを並べて、鶏もも肉のソテーは白ワインクリームソース茸添えに何かのリブロースなグリル。うん、パンだけじゃ寂しいからじゃがいものガレットも付けて置いてデザートは……いや、デザートは先に出すと危険そうだ！

「うむ、もう挨拶も必要なかろう」「「「いただきまーす♪」」」

調理中の永い永い永遠の6倍くらい長いメリ父さんのお話も終わり、お食事会だ。だっ

　頑強堅牢にして強固に建造しなければ反抗期の地団駄でお家が破壊される恐れがある様だ。

て「何とか王国の何とかがかんとかでありがとう。あっちはあれだけどこっちもあれなんだよ、まあ大変だ」とか延々と知らない固有名詞を詰め込まれて壮大に語られたんだけど……知らないんだよ？　うん、だってこの城の名前も未だ判明してないのに、そこまで話を広げられても付いて行けないよ？　お城の看板も名前が分からないから「辺境の名も無き城？って言うか有るかも知れないんだけど知らないから無名？　みたいな？」と記しておいた。まあ、何か言いたげだったけど、玉座風マッサージチェア応接室用辺境伯仕様揉み振動型を作ってあげたら満足した様だ。

　そしてメリメリさんは反抗期で、庭に一軒家が欲しいらしい。流石伯爵令嬢ともなると家出にも一軒家が必要で、きっと盗んだお馬で走り出してお城の強化ガラスを壊そうと悪戦苦闘する難しい年頃そうだ。あとで一軒家と強化型ハンマーをあげておこう。

「でも、あの硝子はメリメリ割れないと思うよ？　うん、限界まで強化してる上に厚さ50センチ超えてるし？」「盗まないし走り出さないし割りません！って言うかグレてませんし、メリメリでもないんです!!」

　おおー、久々の地団駄だ。俺も参加すると踊りっ娘も参加し、ついには孤児っ子達も参加して大地団駄大会が開催された。舞踏会で出来なかったから不満だったのだろうか？　あと、孤児っ子達、それ途中からコサックダンスになっててそれは地団駄とは違うんだよ？　メ、メリメリさんまでコサックだと！　流行ってるの！

　そして恙無く食事会が始まり、初めは緊張していた孤児っ子達も今は食べるのに忙しそうだ。女子さん達は……行儀よくマナー通りに食べている！　宿屋では三叉鉾(トライデント)を振り回し、能力(スキル)が炸裂(さくれつ)するお食事バトル展開な女子さん達が楚々(そそ)とした振る舞いで談笑しながら食事している……偽者？

「「「誰が偽物よ！」」」「淑女(レディー)なのよ!!」「ああー、戦闘準備(レディー)？」「違うわよ!!」

　しかし、スライムさんもテーブルマナー完璧だ！　ナイフとフォークを触手で優雅に使いこなし、ナプキンで口元を拭う。いや、お口無いし、ナプキンも吸収されてるよ！

　再会な王女っ娘とメリメリさんにメイドっ娘と賑(にぎ)やかに女子会状態。登録上は使役魔物なスケルトンさんとミイラさんな甲冑(かっちゅう)委員長さんも踊りっ娘さんも正式参加だから和気藹々？　うん、ちゃんと舞踏会の時に「こっちが骸骨(スケルトン)さんの甲冑委員長さんで、こっちが木乃伊(マミー)さんの踊りっ娘さんなんだよ？　こっちはそのまんまスライムさん？　みたいな？」って紹介したから問題はない。固まってたけどちゃんと言ったからばっちりだ。

　莫迦(ばか)達はテーブルの端に隔離して食べさせてる。ちゃんと良い子にしないと怖い委員長さんが鞭(むち)を持って「悪い莫迦はいね～があ～」って来るんだよって脅したから大人しい。

　やはり委員長様(トレーナー)には逆らえない様だ、ちゃんと大人しくお皿から食べている。

　オタ達はちゃんと静かに空気で、そのまま稀薄化(きはくか)して一切の存在感を無にして食事をしてる。きっと誰もいる事に気付きもしてないよ！　あれってスキルより凄いかも？

　まあ、領主からの御招きとは言ってもみんな平服の席。それにメリ父さんって公式の場に出ると、突如としてキャラを作って不気味な喋(しゃべ)り方(かた)を始めるから孤児っ子達が怖がってしまうだろう。だからワイワイガヤガヤと話を進め、ホスト夫妻であるメリ父さんとムリムリさん、それに王女っ娘がテーブルを回り歓談をしている。1人1人に礼を言い感謝の意を示して回る。

その為に招いたのだから王の言葉と共に礼をして回っているんだけど、王がチャラ王だから有難味は無い。それでも礼がしたかったらしい。堅苦しい行事ではなく、公式の場の美辞麗句でもない、栄誉や名誉を周知して褒め称えるのではなしに、ただ自らの言葉で過ちを詫びて頭を下げ礼をする。それこそに意味があると知って御招きなんだよ。

孤児っ子達に膝を突き、1人1人に笑顔を見せて話して回っている。結局この辺境が持ち堪えていたのは皆が信じたからだ。ばらばらのまま纏まらず足を引っ張り合い邪魔しあい己の権威と欲得しか考えられない碌でも無い世界で、辺境だけが1つに纏まり皆が助け合ってきた。その象徴がこの辺境伯家だった。

みんなが信じたもの。それは家柄とか歴史とか権威とか名誉とか全然そんな物では無く、ただ民と共にあること。それだけで皆が信じ、そしてその信を裏切らなかった。

豪華なお城も権威も、認められなければ無意味な飾り物。そんなお金を積めばどうにでもなる物なんかに本当の価値なんて無い。みんなに認められた者ならば、お金なんて無くても堂々と豪華なお城に住めばいいんだよ？

身に合わない権威や豪邸なら揶揄されるだけだけど、領民が誇りに思える領主なら誇られる住まいに住んで見せるべきだろう。だって……庭に一軒家建てるの面倒だよ？　うん、みすぼらしくて見た目も悪いよね？

それは全てのビキニアーマーをこよなく愛する人達が許してくれない大罪装備になってしまう。

85日目　夜　宿屋　白い変人

食事会が長引き宿に戻るのが遅くなった。そんなこんなで女子さん達は孤児っ子達を大急ぎでお風呂に入れて、寝かせる準備に大わらわだ。うん、一応名目上建前的に穿った見方をすれば、孤児っ子達は辺境で一番偉い人とお話しして歓迎された。今はまだその意味が分からなくても、大きくなって不安に思った時に思い出せればいい。憐れまれて養われている訳でも保護されてる訳でも無い。ちゃんと招かれここに居る。居て良い場所ではなく居る事が喜ばれてる事を、ちゃんと辺境の一員として認められているって言う事を。

他国の動きは表立っては無く、水面下の暗躍は有るかも知れないけど辺境が最優先で最重要なのは変わりない。全員で大体の話を聞き、オタ莫迦達はお手紙を貰っていた。やはり御招きに応えないのも不味いらしい。そして莫迦達は文通してやがった！　つまり莫迦なのに手紙が書けた。それはつまり文字を理解していると言う可能性が出て来た。先にブーメランの使い方を覚えろよ！

「ぷは――っ？」（プルプル）

お風呂で湯船に浸かってぼんやりと設計し、お風呂から上がってお部屋で改良する。そして甲冑はＭｋ＝ＸからＭｋ＝Ｚへと進化を果たした、現状では此処までだろう。きっとしばらくしたらＺ改とかになりそうなんだけど、現行技術で金属で出来る最高レベルまでは達した。それは未だドレスにも迷宮下層装備にも届かないけど、通常金属とミスリルだけの現時点での限界。うん、オリハルコンとか埋まってないのだろうか？

「うーん、甲冑のマントにレースとかフリルとかコサージュってなんか違う気がするし、魔物さんもお困りになると思うんだよ？　でも、甲冑にランドセルの時点で今更どうでも良い気もしなくもない様な気もしたりもするんだよ？」（ポムポム）

うーん、哲学的アプローチな解釈だ。確かに金属が駄目なら戦闘用ドレスを作れば良いじゃないのって言う言葉には一理ある。だが客観的視点でみればドレス姿の女子高生に襲われ斬り刻まれる魔物さん達に対して罪悪感を覚えないでもないが、ミスリル化して鉄線のケブラー繊維ならもはや強度的に甲冑レベルまで行ける可能性はある。

現時点で今持っているドレスでも何ら問題は無い。だけど女子さん達はみんなとても大切にしているから迷宮に着ていくのは嫌だろう。王女っ娘なんて辺境で作った服を大事にし過ぎた結果、ラフレシアさんに溶かされて触手されてたし、女子さんにとっては服にも思い出や気持ちが詰まっているんだろう。うん、愛着がある割に日常も戦闘もジャージで済ませたがる生き物にも見習ってほしいものだ。

だが、男子の甲冑。さっきから作っていても楽しくない男物。着るオタ莫迦達も作る俺も密着型セクシー甲冑は嫌だと珍しく全員一致で意見が合った。うん、見たくない！

「オタ達は重装甲型で、莫迦達は機動力優先で良いんだけど……莫迦達は莫迦すぎて鎧を盾に使うから難しいんだよ？　まあ、正しい使い方ではあるんだけど莫迦だから分かってはいないから説明するのが面倒だし、しても絶対理解しないし？」（プルプル）

肩や腕は勿論、肩や胸甲で剣戟を反らし、甲冑すら武器にする莫迦達の戦闘スタイルは装甲の付け方が難しい。固い部分は不必要なまでに頑丈に、弱い可動部分は避けるか防ぐから薄くて良いと言う注文自体が甲冑さんを舐めてるともいえる思想。うん、多分あいつ等にとっては甲冑は着用型の盾、でも作る方からしたら甲冑でお腹周りががら空きとか凄いモヤモヤするんだよ？　もう、いっそ莫迦達にビキニアーマーを着けさせようかとも思ったが、とっても死ぬほど見たくないから止めておいた。何故ならば、それはビキニアーマーをこよなく愛する全ての男子高校生達が許しはしない大罪装備になってしまうんだよ!!

隠し部屋装備も『鉄棘の円盾　ALL30％アップ　刺突バッシュ　+DEF』と微妙な感じだけど、ALL30％だからミスリル化してバーゲンに出そう。効果に武器破壊が有る事を考えれば予備だって多くて困る事は無い。

そしてピクニック用品も充実でリクエストされた女子さん用の浴衣と男子の甚平、勿論孤児っ子達の分まで完成した。着物は直線裁断の直線縫いだから作るのは凄まじく早い。その生地と染と柄こそがややこしかったけど合わせもおおまかで良いので早かった。

　これで図書委員が振袖もとか騒ぎだしそうだけど、成人式は当分先だしＬｖ１００超えて成長遅くなってるからほっといて良いだろう。そう、どうして異世界で晴れ着だ振袖だとあれこれ必要になるのかが謎なんだよ？

「しかし異世界で甲冑と浴衣を作り上げた後に、提灯作りで苦労しなきゃいけないんだろうね？　でも、これが難しいし結構面倒なんだよ？」（プルプル）

　スライムさんも竹細工に苦戦中だ。でも紙の貼り付けはスライムさんの方が手際が良い！

「って言うか紙を作るのが面倒だったよ。シンプルな物の方が奥深くて誤魔化しがきかなくて、魔法や錬金で補正は出来ても試行錯誤が大変なんだよ」（ポヨポヨ）

　でも、お祭に提灯が無いのも寂しい。別段暑くもないが団扇だって量産中だ。「オモ何とか祭」とプリントも済んでいる。

　孤児っ子達が孤児院に移る前に楽しい思い出を、それがみんなの願いなんだから内職くらいはしよう。そして、どうせやるならみんなが楽しめないと意味がない。本来、高校生たるもの戦争や迷宮戦ではなく、お買い物で無駄遣いしたりお祭で駄弁って遊ぶのが正しいんだから。そう、だから男子高校生さんがちょっぴり夜に男子高校生らしい振る舞いを大盤振る舞いしてもそれは正しい行いなのだ！　うん、今日も頑張ろう。

もう屋台も準備出来ていて、街では焼き玉唐黍からたい焼きまで販売されていた。やっとメリ父さん達も帰って来たし、後は日取りを詰めるだけだから用意を急ごう。

すでに試作1号として寝巻用の浴衣は2枚用意されている。勿論試作型だから寝間着に使える様に生地は張り付き透ける程に薄く、前身頃の合わせ目はとっても浅く作られて襟ぐりもぐりぐりと深い素敵な浴衣さんだ！

試作時に自前の浴衣も作ってあるけど、きっと誰も男子高校生の浴衣姿には興味ないだろう。うん、オタ莫迦達も浴衣だけど莫迦達は甚平が欲しいらしい。あと、法被の注文も来ているけど、お神輿でもやりたいのだろうか？　だが、女子高生女神輿ポロリも有るのならすぐ作ろう！　ま、まさかの褌だろうか！　見たいなーっ！

そうしてスライムさんも御眠で静かな内職タイムを満喫……って、別に内職は趣味ではないんだけど、またお金がないんだよ？

「日々の生活は爪に火を点して豪炎魔法で焼き払っちゃうくらいに火の車で、新たな日用品工房の鋏や爪切りT字剃刀が爆売れで製造が間に合わない未曽有の大盛況で、なんか鏡も売れに売れてグレートお大尽様なのに……需要に追い付けずに更なる追加投資と、間に合わせの内職に追われる勤労勤勉な長時間勤務のお大尽様だったりもするんだよ？　うん、ちょっと留守しただけで仕事が山のようって言うか山だった？」（……ｚｚｚ）

きっと『智慧』さんがなければ永久に追い付けない内職無限ループに陥った事だろう。そう、超高速並列演算処理機能『智慧』さんは内職こそが見せ場なのだ！　多分？

 それは全てのビキニアーマーをこよなく愛する人達が許してくれない大罪装備になってしまう。

『――――！』

無限に繋がる螺旋状の魔力のベルトコンベアが巡り、巡り巡って目が回る忙しさ？　まあ、浴衣の依頼書にビーチサンダルの提案書に、かき氷の要望書と新作ワンピの注文書がセットで何と水着サンプルまで上申書が認められて製作中。まあ、各種名前が沢山有るだけでみんな注文書だったりする。

「徒然なるままに、日暮らし内職に向かいて、注文の溜まりゆく由無し事をそこはかとなくマジつくれば、怪しうこそブラックに物狂ほしけれ？って言うか押し付け？　健康第一？　みたいな？」

　つれづれってみたが割とマジだった！　まあ、物狂うと言うか、物欲に狂乱する女子さん達はぼったくりのお得意様だ。やはり辺境に戻れば最大の大口顧客は同級生達だったから、おまけに団扇くらいはサービスで付けてあげよう。うん、ぼったくってるし？

　夜闇に紛れるも、かくも美しき姿態が2体で肢体が見たい？　みたいな？　夜のしじまに現れた濃紺の鈴蘭の白抜き柄の清楚な浴衣、そこから覗く雪のように白い肌、そして褐色の肌に纏う薄紅に小桜が散らされた愛らしい浴衣姿。その儚げな薄い布地が艶やかに身体を包み曲線美を織りなす浴衣ならではの風情。質素な簪で纏め上げられた髪は緩やかに解れ、秀麗なうなじと背抜きされた背の肌までを彩る。

「ただいま、戻りました　……似合いますか？」

（コクコク）……って、いや、スライムさんじゃないんだけど圧倒されて声が出ない！

目が釘付けって言うか羅神眼が全力で保存中なんだよ！　そう、立てばエロいな、座ればエロい、歩く姿も超エロい。脱がしちゃったらエロりたい！

「着付け　してもらいました　可愛いですか？」

（ウンウン）……可愛いです。それはもう可愛さ余ってエロさ億千倍な可愛いが無量大数で、メーター振り切りの全開突破男子高校生的限界!!　この清涼感と清純感と清楚感が余計に色身の娟容で麗容に艶容な艶めかしさの女色が溢れ出している。

「お茶を……どうぞ」

（コクコク）……にっこりと右隣に正座して寄り添う甲冑委員長さん。ちゃんと正座も出来るしちゃんと下着も着けていない様で……透けそうだ！　浅い合わせから零れる肌とうなじの覗く色香の合わさった艶美な装いが妖艶に色っぽい。正に艶姿！

「お疲れさまです　お茶菓子も　どうぞ」

（ウンウン）……左側からしなだれかかる踊りっ娘さんの上目遣い。その開けた浴衣の前合わせの隙間に視線ごと魂が吸い込まれる。そう、罠だと知っていても、その深い陰の奥にある柔肌に意識が奪われて行くんだよ！

　真の美人さんとは千姿万態にあらゆる服を着こなすものなのだ。ちなみに脱がすともっと凄いけど、着ててもその麗姿はガン見で見てしまう程に見目麗しい。

　ピンク色の紅を塗った麗しい唇がお茶を口移しで、朱色のぽってりとした唇がお饅頭を咥えながら待っている。右手は紺色の浴衣の袂のこんもりと持ち上げられた浴衣の薄い布

地の中に滑り込み、左手は薄紅浴衣の裾を開けてむっちりと閉じ合わされた柔肉の狭間に潜り込む。

お茶とお饅頭を交互に味わいながら、いつの間にか男子高校生の衣服は剝がされ男子高校生さんは撫でられていて既に窮地。誘惑され魅了され為すがまま男子高校生が在るがままに男子高校性を御満悦に満喫中で、抗えない魅惑を無効化出来ないままされるがままに夜の帳は落ちていく。うん、もうやる事はいつも1つ！

「「あ〜れ〜〜〜〜〜〜♥」」

くるくると帯を解かれながら廻っているけど、それって誰が教えたの！　いや、これは全ての男子高校生が夢見るあ〜れ〜なんだけど、それって……女子高校生が女子会で教えるものなのだろうか？　あざっす？って言うかいただきます？　そ〜れ〜？

異世界では年齢問題はセーフなようだが歴史問題はタブーなようだ。

86日目　朝　宿屋　白い変人

若干のジトは感じ取れるもののお説教までには至っていないと言って良いだろう。お小言中？　まあ、ジトられ中？

「う〜〜！」「む〜〜!!」

有無を言わせず浴衣の美女にジト睨まれ唸られる。だって薄地の浴衣に包まれた魅惑的な柔媚に誘われ、素敵なお肉がすべすべとお持て成しな男子高校生御招待に張り切り張り裂けんばかりに頑張って、軟柔とご歓待な男子高校生はそれはもう誠心誠意にひたむきな熱心な熱誠さで一意専心にそれはもう一心一意の一心不乱で鋭意に専念し精一杯の男子高校生力で躍起になって頑張ったら……ジトだった？

だが試作し試用し心行くまで試し見た価値はあった。俺は浴衣の極致に達したと言っても過言ではないだろう。浴衣の神髄は直線と曲線の鬩ぎ合い、そして合わせ目と隙間にこそ美学が有るのだ！　終わりのない無言の唸りジトもあれだから、「あんまり可愛かったから……つい？　やっちゃった？　みたいな？」と言うと真っ赤になって布団に潜る。何か可愛い？

可愛いし朝の乱れた浴衣姿も聳り立つものが有って、そのお布団を剝ぎ取って潜り込みたい気持ちは溢れ出さんばかりの熱情が迸っているけど、そうするとまたお説教だから我慢しよう。うん、朝の男子高校生は艱難辛苦なんだよ？

そして二人で顔半分をお布団から出してジトってる。年齢的には1つお姉さんなのに、何かこういう時は可愛い。世代的には歴史が関わるくらいの世代差が……いえ、何でもないです！　違うんです、歴史的考察について歴々の歴代を遍歴してただけです！って言うかどこから出したの！

「いや、何をどうやってても浴衣からモーニングスターっておかしいよね、絶対！」

袖口から出て来る大きさじゃないし、胸元からもおかしいんだよ？　いや、胸元からのポロリは是非拝見したいと日々渇望しているけど、モーニングスターのポロリは世間一般の求めるポロリと長大に解離し過ぎて理解が難解なんだよ？

（ボコン！　ベコン！）

痛いな？　女子の年齢問題はタブーだと言われるが、年齢問題より歴史問題こそが真のタブーだったようだ！　まあ、きっと話したかったら話してくれる、話したくなかったら話さなくっていい。昔の事なんて昔話で昔々（むかしむかし）などうでも良い話で、大事なのはこれから日々是好日（めでたしめでたし）って言える事なんだから。まあ、もしいつか話してくれても……生年月日は聞かない方が良いだろう！　うん、聞くと俺の人生が過去形になりそうだ！

「朝ご飯に行くよ？　流石（さすが）にその素敵すぎる透けた浴衣姿は外出禁止令なお披露目禁止で、見たらオタ莫迦（ばか）の目玉抉（えぐ）って記憶（のうみそ）ごと灰燼（かいじん）に変えて記憶喪失してもらわなきゃいけないから是非ともお着替えお手伝いさせて頂きましょうか？　したいな？」

駄目らしい。まあ脱がすのを手伝うと、脱がせたまま中々着られない事になるだろう。今日も朝から視覚的（エロ）刺激と物理的（ボコ）刺激でしっかりと目が覚めた、たんこぶもみるみるうちに『再生』されて行く。やはり昨夜の「あ～れ～」で頑張り過ぎて、そこからの「良いではないか～良いではないか～」展開で『再生』はＬｖＭａＸまでご無体に頑張った様だ。うん、やっぱり「あ～れ～」がヤバいんだよ「あ～れ～」が？

しかし、あの強烈な反応は『淫技』と『性王』も上がってるかも？　だって装備無しで、ただの男子高校生がお邪魔しますってしただけで喘ぎまわって仰け反っていた。そう、あの過剰反応は男子高校生が『淫技』と『性王』を『魔纏』したのか、途中から凄い事になって凄い姿で乱れてたから凄く恥ずかしくて……まだジトなの？

「おはよー、みたいな？」「「「おはよう♪」」」

　ようやく朝の浴衣な誘惑から抜け出して食堂に下りると、今日も女子高生むちむちスパッツがあっちこっちでむっちむっちと挨拶を返して来る。いやスパッツは喋らないんだけど、ビッチ達もぴっちぴっちとスパッツさんだ。そう、一見レギンス風にお洒落に着こなしているが、よく見れば色々食い込んでてヤバいです！　うん、みんなもう少し朝の男子高校生の大変さと言うものを理解して欲しいものだな。

　だって最近ではオタ達の存在が『気配探知』でも探知検出限界を迎えそうなくらい空気化が進行中で、その癖女子さん達がいなくなると血の涙を流しながらケモミミさん用のスパッツとブルマを注文して来てウザい。流石は伊達にオタとは名乗っていない様だ、ブルッツを狙うとはオタの上級職だな！

（お金なら幾らでも、是非ブルマにスク水も付けて！）（ロリドワーフさん用も事前準備必須！）（でも、真のぺったんこエルフっ娘用も！　エロフは邪道!!）（みんな落ち着こう。先ずは縞パンとセーラー服だよ！）（（おおおおーおっ！　天才現る！））

　これだけ女子さん達から氷点下の視線を浴びながら空気なオタ達。うん、存在感出すか無くすか、はっきりして欲しいものだ。しかしこの見積金額は……マジらしい！

「朝から纏わり付くな、ウザい、キモイ、鬱陶しい煩わしいオタい！　全くお前等は本当に大事な事を見落としてるんだよ……尻尾穴の位置分かるの？」「「「ぐはあぁっ！」」」

　空気が冷たい。きっと霧吹きで水を撒いたらダイヤモンドダスト化間違い無しの絶対零度の視線が痛い。女子さん達にはツンデレ属性は無い様だが、ツンドラ属性の魔法を覚えたに違いない！　氷河湖決壊洪水に巻き込まれる前に逃げよう！

　朝から親子丼。男子の圧倒的焼き肉丼の支持を女子力と言う数の暴力で捻じ伏せ、牛丼と悩みながらも親子丼が可決されたのだった！　そう、孤児っ子達は全部食べたいらしいけど、やはり強欲さんの影響だろうか？　はたまた暴食さんの影響だろうか？

「ごちそうさまー、お片付けしたら直ぐ行くよ！」「「「おお――っ！」」」

　速っ！　目が違う、それは戦いに赴く戦士の目付き、獣を狙う狩人の眼差し。稼ぐ気満々だ……そう、遂に水着のデザインが決まったのだろう。どうやら今日の魔物さん達は水着代になる運命の様だ。

　凄まじい勢いで食器が洗われ、むちむちとスパッツさんが鎧を身に着けて行く。基本鎧は足元から装着されて行く為、前屈みになった女子さん達の黒いスパッツに覆われた丸いお尻さん達がフリフリと振られて、何度見ても中々凄い光景だ。

　逆に胴部の装甲は背を伸ばし万歳して被るから、ぽよぽよとスライムさん達が揺れている。そして隅っこで無言のままオタ莫迦達は装備もせずにじっと座っている。うん、立ち上がれない深い理由が在るのだろう。男子高校生には拷問とすら言えるんだけど、まあ先に冒険者ギルドに行って用事を済ませながら委員長さん達を待つのが毎朝の恒例。

「だから不変不動の掲示板に不屈にして不労の掲示板係による奇跡のコラボレーションで、やっぱり今日も依頼が変わってないって言う定常的且つ安定的な永続的に強固とした依頼内容の強行さが初めてみた時から寸分の狂い無く無窮の佇まいを見せる程に終天にしてて、これってもう長久な掲示板が恒久的に悠久の時を越えて来てたりしない？　まあ、有り体に言うと変わってないんだけど何時になったら俺が儲かる依頼が出るの？」

「はぁ――――っ。何で毎朝毎朝冒険者じゃない人がこっそり掲示板を見に来てるはずなのに赫赫たる荘厳な厳威を以て堂々たる態度で毎日毎日いちゃもん付けちゃってるんでしょうか？　一体全体コソコソはどこに行ってどうなったら威風堂々に変わってしまったのか是非にお聞きしたいんですが、一応確認しますが冒険者じゃないからこっそり見に来てるんでしたよね？　どうしてそれなのにたった一度もこっそりしてるところを見た事がないんでしょう？　どうして冒険者でもないこっそり来てる人が歴代最高に文句が多くて未だ嘗て類を見ない程威張ってるんですかーっ！」「ぜーぜーぜーぜー！」

　見事な滑舌に浴びせ掛けるかのような突っ込み。異世界史上最高峰とまでに称されるジト、受付委員長の称号は伊達じゃない！　まあ、ステータスには書かれてないけど？　さて、出かけよう。委員長さん達もギルドへの報告と届け出も済んだみたいだ。

「そっちお願い、挟むよ！」「左、了解！」「ＯＫ」「了！」

そして迷宮。流れるような連携で包囲し、変幻自在に殲滅に移る。75階層からは俺達だけで行くつもりだったのに、80階層まで行きたいとの要望多数で甲冑委員長さん達も了承して今日は75階層から80階層の踏破になった。編成は変わらずでお昼過ぎに全員で中間地点で落ち合う事になっている。

「移動攻撃、止まらないで！」「「「了解！」」」

敵の連打でも崩れない防御力。巨体の「ブレイド・ゴリラ　Lv75」の強打の嵐を盾で受け、いなしながら押し包んでいく流動する陣形戦。盾を持たない双剣の副委員長Aさんも剣を半回転させ、捻りながら魔物の渾身の一撃を剣の平で斜めに受け流し押し込んでいく。Lv75のパワーとスピードを連携と技量で上回ってみせている。

うん、子狸さんも器用に斧を盾のように使いながら受け捌き、振り回しては刈り払って行く。ちょっと子狸VSゴリラを期待していたのだが嚙らないらしい？

「脚潰したよ！」「各個撃破、押し包んで！」

包囲から押し込まれると、密集状態で腕から生えた巨大なブレイドが振るえない。その怪力で摑みかかれば勝機も有ったのに、腕から先が剣だから無理なんだよ？

（（ガアアアアアアアァァ――――ッ！））

怪力と巨体を持ち、腕には巨大な剣。その『魔法反射』の剛毛に覆われた巨軀が、包囲されたまま削られて壊滅して行く。スキル『咆哮』の『恐怖』や『恐慌』に『威圧』も無効化され、全く為す術も無く斬り払われて行く。うん、圧勝だ。

Ｌｖ１００を超えてＬｖアップこそ緩やかになっているけど、日々のわんもあせっとで技量が磨かれ、毎日の迷宮戦で経験を積み判断力と作戦能力も磨かれている。そして集団戦闘では圧倒的。相手に嵌められると滅法弱いけど、正攻法なら下層でも充分に戦える技術と才能。これが甲冑委員長さん達が教えたもの、孤高だった故に知る数の力。

勢いのまま76階層77階層と集団戦で圧倒し続けたけど、78階層は迷路型。敵も分からないからパーティーで動く、つまり俺は踊りっ娘さんと二人。そして見つけたのは「アックス・フォックス　Ｌｖ77」……何故か響きにいやらしさを感じるのは、多感な男子高校生だからなのだろうか？　うん、男子中学生だとヤバいな？

「尻尾が両刃の斧になった狐さんって、体毛も棘棘だからモフるのも無理だし、それ以前に可愛くないな！」（コクコク！）

まあ、既に鎖で縛られ滅多打ちだからモフるどころじゃない！　しかし違和感……前もそうだったけど、深い割に魔物が弱い。迷宮の急成長に魔物の強化が追い付いていないのか、それともただの個体差なのか。

大迷宮の魔物はＬｖ以上の強さがあった、なのにここにはそれが無い。それでも2パーティーだけで下層で戦えると言うのは充分過ぎるくらいに強くなっている。まだ3箇月もたっていないのにチートさん達はやはり物が違う。踊りっ娘さんは……まあ、迷宮皇は基準にしちゃいけないよね？

78階層の隠し部屋で『穿孔の魔槍　ＰｏＷ・ＳｐＥ40％アップ　魔法物理防御無効化

（中）穿孔　回転貫通　装甲破壊　+ATT』、ぶっちゃけドリルさんだ。借金返済の迷宮アイテム払いで俺が貰ったけど、ミスリル化してバーゲンで売るから結局もっと借金は増える。よし、これで今日の宿代は払えそうだ。

79階層もあっけなく蹴散らし、今日のメインイベントの80階層の階層主戦。80階層の階層主が弱いと言う事はないだろう。新型甲冑も有るし、簡単にやられる事も無いと思うけど俺も踊りっ娘さんも臨戦態勢に入る。って言うか心の中ではまだ見ぬ階層主さんを鋭意応援中だったりする。だって魔物が弱いとマジで出番が無いんだよ！　暇だな？

重厚感と威圧感を兼ね備えた重低音の圧力は力一杯投げたら走って行った。

86日目　昼　迷宮　地下80階層

極力隙の少ない動きで炎を回避し、足元を徹底的に狙って削り崩す女子さん達。俺は牽制だけで良いらしく、流れる様に身を翻し『分身』を放つけど……見抜かれてる。ひたすらに降り注ぐ炎弾の間隙を『転移』を纏って消滅しながら移動し、ちょこまかと邪魔に徹する。そう、囮役だ。何故だか物凄く得意なんだよ？

「交代、動きを止めず移動優先で包囲殲滅！」「「「了解！」」」

だが、ズレた――盾組の移動の背後、その一瞬の危地に盾を持って飛び込み吹き飛ばされるビッチC。壁に叩きつけられ瞬間痛みで動けない。そしてそんな隙を見逃すはずも無く止めを刺そうとする焔の巨人。その眼前に躍り込んで『七支刀』を振り抜く。

「ヤバっ！って熱っ！」

今のは危なかった。そして連携が乱れ距離が開く瞬間を狙っていたのか、燃える巨体が孤立し包囲を維持していたビッチCのフォローに集中してしまった俺達と逆側で、一人で『七支刀』の斬線を躱す。ビッチ・リーダー目掛け突進する。長大な剣で貫く豪炎の一撃……目に映るのは放たれ燃え上がる紅蓮の大剣が、ビッチ・リーダーめがけて吸い込まれて行く残酷な光景だった。

そこには『永久氷槍』を掲げ、氷の鎧『氷装』で身を包みながら純白の『氷凍陣』の結界を敷いたビッチ・リーダー。舞い荒れる『氷槍』と『氷剣』の舞い狂う嵐の中で、紅蓮の炎は斬り刻まれ掻き消されていく。

「炎系の魔物さんは氷の女王様に突っかかったら駄目だよ？　うん、囓られるんだよ？」

獄炎を纏った4本の腕も、1本は駆け付けた委員長様の『豪雷鎖鞭』で吹き飛ばされ、もう1本の腕は踊りっ娘さんの『プロメテウスの神鎖』で捥ぎ取られる。もう1本も副委員長Aさんの四刀流の斬撃で斬り刻まれて子狸の回転連撃斧に叩き斬られ、残った最後の腕で後衛を狙って突っ込むって……相手が悪いんだよ？

「そ～れ～～！」

目の前に広がっていた炎は水蒸気に包まれ、燃え盛る炎の大剣ごと凍らされ最後の腕も砕け散る。そして轟音を立てて振り下ろされる大質量の胸――じゃなくて杖！って言うか大槌が凍り付いた「フレイム・ギガント Lv80」を粉々に打ち砕き、キラキラと氷片が舞い散る。その間にビッチCのお口に茸を突っ込んでおく。まあ、今更挽回の策は無い。凍り付いた身体は集中砲火の斬撃で砕け散り輝く氷の粒になって消えて行く。勝ったな？

「「はあああぁっ、疲れた――っ」」

まあ、期待してなかったけど、やっぱり駄目だった。うん、なまじ近いだけに無念だ！

80階層の階層主「フレイム・ギガント Lv80」の猛々しい雄姿に意表を突かれ、炎を纏い4本の大剣を持った巨体から力押しの直接攻撃と判断してしまった。そして速いが単純な直線的な動きから猪突猛進タイプと判断し、だから『炎幻』や『炎分身』なんて小技に惑わされて崩された。その危機を察知し援護に跳び込んだビッチCが直撃を受け、そして負傷者が出れば更にその応援に集められた逆を突かれた。そう、筋肉隆々のマッチョさで頭悪い脳筋だと思って油断したんだよ。

「つまり莫迦達のせいだよ！　帰ったら虐めよう、全く魔物さんでもちゃんと考えてるのに!!」「遥君、助かりました。ありがとう」「いや、ちょっと手伝っただけだし？　うん、ちゃんと倒せてたよ？　的な？」

囮と足止めでちょっと邪魔して嫌がらせして時間稼ぎしただけで、戦い倒しきったのは女子さん達。ついに2パーティーでLv80の階層主に勝利した。今のだって多少の怪我さえ恐れなければ手助けが無くても充分に勝利できていた。ただし未だ安全マージンが無さ過ぎて、まだまだ万が一が有り得る。そして実戦ではその万が一が許されない。

しかし納得がいかない、由々しき問題だ。しかも結構多い気もする。何気に急に強くなっていて意表を突かれた。だがそれ以上に！

「何でフレイム・ジャイアントじゃないの？　何で英語から急に独語？　だったらフランメ・ギガントで良いじゃん！　変に混ぜられると微妙に覚えにくいんだよ!!」

やはり異世界語翻訳が問題なのだろう。道理でいつも俺の丁重且つ論理的な会話が伝わらないと思ったら、やはり俺は悪くないという真実がまた1つ証明されたようだ。

「集合地点に行こうか？　みんなお昼を待ってるだろうし、って言うか全員にサンドイッチと唐揚げサラダを持たせたのに、きっと絶対に早弁してお昼ご飯を食べに来る気がするんだよ？　うん、だって委員長さん達が既に証明を実証で果たしているんだよ！」「「「ごちそうさまー、美味しかったよ。お昼は何だろうー♪」」」

いや……それがお昼だったんだって？　うん、聞いてないな？

オタ莫迦達は既に集合地点に到着していた。オタ達の供述によると、迷宮に入る前に早弁してお腹を空かせた莫迦達が大暴れで80階層まで突進して行ったらしい。考えなしにも程が有るが、突進で80階層の階層主倒した莫迦達も、お腹が空いたからって急いで倒された階層主もさぞや感慨深いものが有った事だろう。うん、莫迦達は何も考えてはいないだろうけど？

「「「腹減った、死ぬ、もう限界」」」「く、食い物をくれ。飯はまだか」「いや、お前等まだ昼なのにもう2回も食ってるよね。朝飯のあと買い食いして早弁までしてどんだけ燃費悪いの！　普通人類ってエネルギーの70％は脳が使うんだよ？　お前等は全く使ってないから3割の食糧で生きていけるエコな莫迦なはずなのに何でそんなに燃費悪いの！」

　女子体育会と文化部組はまだ帰って来ない。前衛防御と中衛の搦め手を中心にしたパーティーだから嵌まると滅茶苦茶強いけど、嵌まらないと時間が掛かるんだよ。

　まあ75階層から80階層の階層主、万が一に迷宮王が出たとしても甲冑委員長さんが付いてるから心配はない。寧ろ満を持して颯爽と現れた迷宮王さんが元迷宮皇さんにばったり出会ってボコられるのかと思うと、憐憫の情すら感じずにはいられない程だ。

　うん、ボコ被害者の会が出来てたら俺も入れてもらおう。

「「「ＢＢＱ！　ＢＢＱ！　ＢＢＱ！　ＢＢＱ！　ＢＢＱ！　ＢＢＱ！　ＢＢＱ！　ＢＢＱ！　ＢＢＱ！　ＢＢＱ！」」」（ポヨポヨポヨポヨ！　ポヨポヨポヨ♪）

　足を踏み鳴らしスプーンとフォークでテーブルを叩き、一斉に始まったＢＢＱコール！

「でも、それＢＢＱじゃなくってＲｏｃｋＹｏｕだからね？　し、しかも前奏部分の永久ループだと！　うん、重厚感のあるコールが地鳴りのように響いて来て、得も言われぬ凄味と迫力なんだけど……なんか『煽られ耐性』とか付きそうだ！」（ポヨポヨ！）

　喧しいのでバーベキューの準備を始めていると、ようやく甲冑委員長さん達も合流した。

　問題は無かったが消耗戦に持ち込まれたらしい。消耗したのならご飯は必要だろうとバーベキューコンロに肉と野菜の刺さった串をわっさわさと並べ、じゅうじゅうと肉の焼ける音と共に立ち上る煙にＢＢＱコールは鳴りを潜めて沈黙して行く。代わりにぐうぐうと鳴り響くお腹の音と、ごくりと唾を飲み込む音……みんなどんだけ直ぐに早弁したの！　お結びさんもコロコロと作られ積まれて、鶏がらベースの鶏肉と茸のスープも出来た。

「出来たよー、ご飯だよー、って何でお弁当持たせたのにお昼ご飯を全員が待ってるのかが摩訶不思議な昼食だけど、ＢＢＱも焼けたから奪い合えー？　もっと奪い合えー？　みたいな？」「「「きゃあああああっ！　いただきまーす！」」」

　接近戦無双で白兵戦最強の莫迦達を以てしても、甲冑を外したぴっちりのむちむちスパッツさんの群れに突入できず、血の涙を流しながらお結びだけを齧っている。オタ達に至っては完全に空気化しているけど、野外で空気って吹き飛ばされそうだな？　まあ、あれは男子高校生には突入不可能なむにゅむにゅ地獄、嘗てあのもにゅもにゅの荒波に飲み込まれ無事だった男子高校生は居ないだろう！　そう、色々大変なんだよ……男子高校生って。

　まあ、余りに可哀想なので焼けたＢＢＱの串を、『転移』を纏った超加速から力一杯に遠投してやると大喜びで莫迦達はお結び片手に追いかけて行った。オタ達は未だむちむちスパッツさん達の我先にＢＢＱを争い奪い合うもにゅもにゅな肉弾戦の光景に立ち直っていない様だから投げなくて良いだろう。多分、投げたら刺さりそうだし？

　3レギオンなのか3ユニオンなのか、その全てが80階層の階層主を倒した。迷宮王は出なかったらしいから、やっぱり迷宮が深化しているのかも？　うん、成長期なの？

「まあ、大きくなって膨らむんならともかく、潜って深くなっていくマイナスな成長期は成長なのか疑問は有るけど、階層が増えているから成長だけど迷宮が大きくなって膨らんだら思わず迷宮を揉んでしまいそうだ！　楽しいかな？」（ポヨポヨ）

委員長さん達は50階層までで探索が止まっている3つの迷宮を、3ユニオンに分かれ潜るらしい。お目付け役は無しだけど、80階層で戦えるなら60階層程度は問題ないだろう。そして80階層の階層主の必殺の一撃でも、ビッチCは3割以下のダメージしか受けていなかった。完全に体勢を崩されてたらヤバかったけど、新たなる新型甲冑Zは充分に守り抜いたと言えるだろう。うん、あれなら即死する心配も無いし、最悪でも逃げられる。オタ莫迦達にも新型甲冑武骨型を渡して、しっかりぼったくったから大丈夫だ。そう、体にフィットしてないから大丈夫なはずで、ぴったりフィットな男子高校生なんてグロいものを見なくて済んだのだ。だってグロ耐性スキルなんて欲しくないんだよ！

しかし辺境全体で迷宮が深化しているなら、浅いと思われて後回しにされてる迷宮も改めて確認すべきなのだろう。50階層以上の迷宮には氾濫の危険が有るのだから警戒は怠れない。まあ、明日からは辺境軍に近衛師団も加わり迷宮踏破を始める予定らしいし、一応帰りに伝えておこう……あっ、BBQを咥えた莫迦達が嬉しそうに駆け戻って来た。もしかして、また投げなきゃいけないの？　目が！　何か期待されている！

向いていない就職先に間違えて勤務するから職場が致命的だった。

86日目　昼過ぎ　迷宮　地下81階層

　さて、女子さん達は稼ぐ気満々だった。つまり今日から水着作製が始まるらしいし迷宮攻略は早めに切り上げよう。ギョギョっ娘や裸族っ娘にスク水を作製して素材開発までは済んでいるし、甲冑委員長さんや踊りっ娘さんにも競泳水着を作ってあげたから制作技術は蓄積されている。だが、女子さん達の狙いはビキニ！　また設計から始める必要があるし、成長期で早くもブラのサイズが変わり始めている娘もいるらしいので再採寸も必要なようだ。うん、異世界って男子高校生に一体何を求めてるんだろう？　大変なんだよ……色々と？

（ぐぎゃあああっ！）（ガンッ！）

　内職は儲かる。だけど、お金を全部取り上げるのも可哀想だし、金額設定も悩みどころだ。だって安くし過ぎると今度は追加注文がエンドレスなんだよ？　割とマジで！

（ぎゅわああうっ！）（ドンッ！）

　まあ、浴衣の本格作製の前だし細かに採寸しておけば調整もわずかで済むというメリットはある。既にLv100を超えた身体能力では市販の服では色々と厳しい。

（があぁあああっ）（ザクッ！）

ああ、忙しい忙しい？

「喧しい！　集中できないんだけど？　全く真面目に真剣に勤勉に内職作業の工程を纏めてて忙しいんだから、いちいち叫ばないでくれるかな？　気が散るんだよ？　ウザいな？」

（ウンウン、コクコク、ポヨポヨ）

自分からほいほいと出て来て襲って来る魔物って……普通は一箇所に集まって来るんだけど、こいつらいちいち待ち伏せしてるから面倒だ。全く人が格好いいポーズで待っている時は襲って来ないで、歩き出すと出て来るとか最悪な気の利かなさだ。

そう、「アンブッシュ・ベア　Ｌｖ81」さんは、一応隠れて姿も保護色で消して気配も消してこっそり待ち伏せしている心算な熊さんなんだけど……視えている。確かに『気配察知』くらいだと注意しないと見破れないけど、『羅神眼』なら姿もずっと丸見え。うん、女子さん達も全員上位スキルの『気配探知』の高Ｌｖさん達だから81階層くらいなら問題ない。しかし、どうやったらあんなに上がったんだろう？

その巨体に似合わない俊敏さ。鋭く振り下ろされる爪撃を肩盾で逸らし懐に踏み込み、袈裟に斬り上げて斬り倒す。新装備の『自衛の肩盾　ＶｉＴ・ＰｏＷ50％アップ　自動防御　物理魔法防御（特大）反射　吸収　楯斬　楯撃　＋ＤＥＦ』を試しに装備して見たけど、結構肩盾って便利だった。ただ受けると俺のＨＰとＶ.ｉＴではヤバいけど、逸らせるって言うのは案外と使い勝手が良い。これは帰ってから肘当ても作ってみよう。肩、肘、ガントレットと上半身の側面で攻撃を逸らせるのは戦いに幅が出そうだ。

「これって莫迦達が甲冑で良くやってて、莫迦そうだから莫迦にしてたのに莫迦に出来ないくらいに効果的だよ。まあ、でも莫迦なんだよ？」（プルプル）

受けず踏み込んで当てて逸らす。攻撃の側面に割り込み流す感じだとダメージも微小。

「ただ、上手く受けないとＨＰが削られるって言うのがなんか不満？　まあ、初実戦だし練習すれば使えそうだし、いざという時には身を護る術にもなるんだけど……見てくれがね？　痛そうだな？」

語りかけてみたが無口でシャイな熊さんはお返事しないから、お亡くなりの様だ。でも黒マントのローブ姿に黒い肩盾って言うのが、なんか既に何職だよって感じなのに、無職なのが何だか凄く微妙だ？　うん、でも便利だ？

甲冑委員長さん達が勧めて来るから試験的に使ってみたが、今の所『魔纏』しても自壊を感じないし違和感もそれほどない。そして、思っていたよりも気にならず動き易い。

（ごぉがあああああっ！）（ボコッ！）

攻撃予測。力の流れと移動の方向、その可変する幅と時間差。

「しかし、なんで隠れて待ち伏せしてるのに叫ぶの？　まあ、『威圧』してるのかも知れないんだけど、せっかく隠れてるなら奇襲の方が良いと思うよ？」

のんびりし過ぎて俺が最後でみなさまお待ちかねだった。そう、早く切り上げる為にもさっさと……とか思ったら87階層で終点。迷宮王さんだ。時々半端な階で迷宮王さんが出るんだけど、やっぱり成長途中？　まあ、発育は良さそうだな。

87階層で睥睨する迷宮王「ポリュペーモス　Lv87」は単眼の巨人さんだが、サイクロプスでは無く名前持ち。確かギリシャ神話に出て来るNTR属性持ちの質の悪い巨人さんだが、一応はポセイドンさんの孫だ。

家系図がややこしい一家だから「まあ、居たな？」くらいの感じ？　まあ、マッチョな大巨人さんで、立ち上がると階層の高い天井に頭を打ちそうなほどの巨体。巨人の中でも更にでかい。つまり……振り被れない。そう、手を上げると天井に当たる？

「うん、迷宮が狭すぎるんだよ？」

だから天井を歩いて行って頭を叩く。

「一見、天を突く程の巨体って凄そうだけど、狭すぎて戦い難いと思うんだよ？　頭の上で腕が振れないし？　うん、いつも思うんだけど巨人さんって迷宮向きじゃないと思うんだよ？」「「巨人も、天井を歩いて殴る非常識、考えてません！」」（ポヨポヨ）

だって、この巨体の歩幅で外で機動戦になれば凄まじい脅威だ。なのに低い天井につっかえながら、こぢんまりと暴れてるんだよ？　効果より体軀を生かしたパワー型なのに狭すぎる空間では為す術も無く、下からは刻まれ上からは頭を叩かれ続けてちまちま暴れている？　驚異的な怪力とタフネスさだけど、ただそれだけ。気を付けて時間を掛け頭を叩いていれば女子さん達でも倒せただろう……まあ、丸1日とか掛かりそうだけど？

唯一、面倒なのは『全反射（特大）』。Lv差があるので不用意な攻撃はしにくいけど、その効果は毛皮の服だけみたいで腕や足や頭は狙い放題。って言うか背が高過ぎて普通は脚しか狙えないんだよ？

「天井からの頭攻撃が嫌で足元がお留守で削り放題って……禿なのに？」「禿でも、頭守って良いです！」（プルプル）

　でも、もしこいつが外に出ていたら止められなかった。そして倒すまでに手間取って被害がとんでもない事になっていただろう。ここまでデカくて強いと、城壁だって保たないから確実に此処で殺す。だって、迷宮の中ならただのでっかいおっさんだもの！

「硬い、HP減らない！　あと禿!!」「ちゃんと削れてます、集中を切らない！」

　外部からのダメージを『金剛化』で最小限に抑え、『超再生』で回復していくHP4桁の大巨人。普通にやっていると簡単には終わらない、そんなポリュペーモスの頭めがけて制御可能な範囲で『止壊』を撃ち込んでいく。何か脳味噌を原子振動されるってヤバそうな気がするから試してみたんだけど、頭を抱え苦しみ悶えている。でも、でっかい一つ目のおっさんの悶えとか見てても楽しくないから一斉攻撃に移る。

「まあ、巨人だしプロメテウスさんを縛れた『プロメテウスの鎖』の神鎖バージョン『プロメテウスの神鎖』なら縛れて当然なんだけど、頭抱えたおっさんを鎖で縛り上げても絵面的に悲しみしか覚えないからさっさと破壊しちゃおうね？　うん、見てても何にも楽しくないんだよ。勿論触手さんも需要無いから出ないんだよ？」（ポヨポヨ！）

『プロメテウスの神鎖』で無力化され、迷宮皇級3人からの攻撃を受け続けても即死しない頑強さ。脳を狙い撃ちで『止壊』で原子振動させても、『超再生』で耐える驚異的な耐久力。うん、脳に届かずに毛根が死んでるのかも？

「迷宮に居なかったら強かったのに……狭いところ苦手なんだから就職先を間違えたんだよ？　うん、迷宮王に向いていなかったんだよ」（プルプル）

やっぱり『止壊』はこっちの脳が自壊する、つまり持久戦だと俺の毛根が危ない！　そして自壊が決定的なら、早く壊したほうが楽だよね……っと、穿け禿頭（ミストルテイン）！

「お疲れー、こう言うの面倒だね？　何かサクッと倒せる方法って無いのかな。俺達は過剰攻撃力と搦め手が有るからどうとでも出来るんだけど、委員長さん達だったら長期戦必至でヤバい奴だよね、こいつって？」（ウンウン、コクコク、モグモグ♪）

いや、モグモグはお返事じゃないよね？　あまり美味しそうにも見えないし、可愛いスライムさんにおっさん成分が含まれるのは嫌なんだけど『超再生』や『全反射（特大）』に『金剛化』と食べ応えは有りそうだ？　これだけ暴食だと全スキルコンプリートとか目指してるんだろうか。でも『ひきこもり』とか『にーと』とか『ぼっち』とかは制覇して良い物なの？　まあ、そんなバッドステータス持ちの魔物見た事も無いけど？

しかし今日の目的は『肩盾』の試用だったのに、あんな怪力のおっさんだと掠っただけで死んでしまうから試せなかった。しかも『自動防御』とか、どれだけ危機になったら発動するのかも分からないし、練習して慣れておかないと急に意識を取られると怖いものが有る。そして『楯斬』と『楯撃』は誘導攻撃っぽいけど、これまた制御能力が必要そうで試用したかったのに『止壊』を使うとそれどころじゃなかった。うん、あれって『魔纏』

状態で『転移』と『重力』を盾が纏っちゃうと『智慧(ちえ)』でも制御が危ない。ただでさえ全てのスキルを統括し運用と仕事が多岐に渡り過ぎて、過重労働でブラックな『智慧』スキルさんなんだよ……うん、その内仕返しされそうだ！

「もう1迷宮寄ってみても良い、ちょっと練習したいんだよ？　宿で練習すると肩盾ごとボコられるのが目に見えてるから、安全で平和な迷宮で試しておきたいんだけど良いかな？」（ウンウン、コクコク、ポヨポヨ）

良いらしい。つまり、ボコへの否定はないらしい!!　スライムさんが魔石を取り出してくれて、ドロップ品も出たようだ。毛皮しか着てなかった巨人さんは『ポリュペーモスの革鎧(かわよろい)　ＰoＷ・ＶiＴ30％アップ　再生（大）全反射（大）金剛化　＋ＤＥＦ』とか名前をアピってきた。うん、どうやらあっけない出番に御不満だった様だ？

帰り道に、近くの迷宮にお邪魔してみた。まあ、浅いし、1Fからだからお遊び。でも案外と雑魚が大量の方が試験にはもってこいで、本命かと思われた『自動防御』機能は思いの外に役に立たない。これはあくまでも緊急用の命を救う為のもので、自動に頼ると宜(よろ)しく無い様だ？　だって制御していない状態では突然飛び出すから使いづらい、だけど危機的状況下では有用でもある。

寧(むし)ろ本命は『楯斬』と『楯撃』だった。まあ、自分で斬った方が速いし、『乱撃』だってある。『次元斬』やファイアー・バレットで長距離も問題ないけど、これこそが本命……だってこれファンネルさんだよ！

「ヤバイ、楽しい！」

　肩盾が宙を舞い、攻防をこなしサポートしてくれる。弱点は魔力消費とコントロールの難しさだったけど、魔手さんで作った『魔糸』を繋(つな)げて有線操作にすると魔力消費は激減し、『魔糸』による切断や搦め手も使える。まあ、結局制御は『智慧』さん任せになるんだけど、『羅神眼』で常時視覚に捉えているから操作も充分に出来ている。

「これを使いこなせれば純粋に攻防の手数が増えるし、『魔糸』さん接続なら魔法も撃てるからファイアー・バレット・クロスファイアーも可能だよ！　実は有用性は微妙だけどロマン兵器さんなんだよ!!」（ポヨポヨ！）

　これはムリムリ城のおっさん地獄の時に欲しかった。自爆や狙撃相手なら凄く有効だ、だけど魔物相手だとちょっと微妙？

　迷宮だと使いどころは少ないだろう。だって、『世界樹(ユグドラシル)の杖(つえ)』の威力が圧倒的だから思いっきり殴る方が速い。って言うか大体の魔物は殴り続ければ解決する？　さりとて罠(わな)や搦め手潰しならこれ程に便利な物も無さそうだし、対人戦での嫌がらせには最適そうだ。だってファンネルってズルいよね……あれで、1対1って言わないよね？

一生懸命に真面目に真剣にやればやる程に異性の好感度さんが遠のいていく気がするんだけど何故なんだろう？

86日目　夕方　宿屋　白い変人

結局、調子に乗ってファンネルごっこで16階層まで行ってしまい遅くなった。「と、時が見えるよ？」とか言って遊んでいたら時間が見えなくなっていた様だ？

帰りがけに今日も森林破壊を楽しんで来たデモン・サイズ達とも合流し、宿に戻ると女子さん達に急かされるがままに凄まじい勢いでご飯が済み、お風呂も済んだ！

そして、お部屋で久々の目隠し委員長さん。しかも副委員長まで就任され、右目は甲冑委員長さんで左目は踊りっ娘さんのお手々に塞がれる豪華な布陣だけど指開いてるよね！　うん、何故普通に布の目隠しが採用されないのかを質疑してみたのに応答は無いらしい？

「これって絶対迷宮皇が二人掛かりでするお仕事じゃないし、しかも出来てないんだよ！」

盥の大きさの関係から全員分作るけど制作は一人ずつ、その一人目がもう目の前で服を脱いでいる。そう、一番手は誰か聞かなくても分かる。この『気配探知』を震わす巨大質量の球体の揺れ！　きっと室内の空気も振動して攪拌されているだろう大質量兵器！

最大の試練が一番手にやって来た。最も時間が掛かりそうだから先に始めた方が正しいと言えば正しいけど、左右のお手々の指が力一杯に閉じてる目を抉じ開けようとしてる気しかしないのは何でなんだろう？　うん、最も目を開くと危険な物が目前にあるから勘弁してね？　きっと、目前過ぎて視界に収まりきらない可能性が高いんだけど、それはそれでどうして目の前数センチにまで寄って来てるの！

「あっあ～ん、そ、そこは～っ。んはあぁぁ～」「いや肩だからね？　そこは～って言われても、そこは肩なんだよ！　うん、肩触ってその声って絶対おかしいよね！」

先ずは支える箇所から採寸していく。ブラは限界まで極めたけど、水着のブラはそれに水の抵抗が加わる！　そしてその圧力で中身がむにゅって変形するから、新たな問題がぐにゅうっと発生し、更なる対策がもにゅんと必要だろう。しかも最も水圧を受けるであろう巨大さと、その広大な揺れ幅と変形率、極めつきはその莫大な質量から発生するであろう浮力！　そう、スライムさん曰く（プカプカ）だったそうだ！

「んっ、あっ、んっ～……あっ、あ～ん♥」「いや、今デザインの確認してるだけで何にもしてないよね！　なんで立ってるだけで怪しい声が聞こえてくるの!!」「え～っ？　だって女子高生が服を脱いで、男子高校生の目の前に立たされちゃってる～って思ったら感……」「わあーわあー！　聞こえないったら聞こえない!!　うん、左右から耳を塞がれてるから聞こえないんだけど、お願いだから目を塞ごうよ？　うん、目隠しが耳塞いでるとお目目が隠れられなくて目隠し係の存在意義が一人目から全否定……もごおぐぐをごご!!」

空間把握能力で触れそうな程すぐ傍に感じられる震える球体から苦心惨憺に顔を逸らし、意匠惨憺に下を向きデザイン画を再確認する。これは確実に俺の好感度の危機だ、男子高校生的にも危機なのは言うまでもないだろう！って、近いよ!!

デザイン画を確認しても紐だった。最も保持が難しい軟構造の重量物を紐で支えろと？　必要最小限の布面積以外は紐。副委員長Bさんは露出過多の溢れ出し零れ出す素敵なご趣味をお持ちなのだろうか？

「えっとね、難しいとは思ったんだけど～、なるべくどうにかなるように～紐にしてみたの……無理かな～、やっぱり？」

要約すればずっと昔から普通の水着に憧れていたらしい。だけど大き過ぎて、しっかりと包む様な深いカップ型のブラしか選べなかった。そのサイズの問題で可愛いものが販売されてなかったから、ワンピースタイプか深く包み込むような布面積が広くて大きなビキニしか着る事が出来なかったらしい……うん、どんなに探してもなかったらしい。

「うん、ごめんね。無理だよね～……」

そして下着のブラで期待通りに限界まで開放感を出したのを見て、それからずっと水着を作って欲しかったのだそうだ。ただし布面積が無ければ支えきれず、はみ出してしまう。だから考えて考えに考え抜いた結果、布地以外の部分を紐にするのがせめてもの願いだった。

「ごめんね、無理言って～」「宜しい――ならば戦争だ！」「ええ～っ！」

まあ、色々と男子高校生的に言いたい事も悲喜交々(ひきこもごも)と有る。だけど、そこまで期待されて、そこまで夢見ていたならする事は1つ！　そう、『智慧』さんに丸投げ(ヨロシク)だ！

「ふっ、男子高校生のブラ作製能力に不可能の文字はロゴプリントで、きっと辞書にだって男子高校生のブラ作製に関する記述はないから可能性は無限大なんだよ――――！」

　ぐあぁっ……頭が割れそうだ。痛いとか言うよりも頭の中が苦しい。きっと丸投げされた『智慧』さんが頑張って演算してるんだろう。うん、丸投げされた仕返しだったらどうしよう！　有り得ない可能性を探し、奇跡的ないくつかの可能性が組み合わさるたった一点を探し求めて計算し、その都度々々に仮設計を繰り返し仮説を組み上げ続ける。

　だって女子高生がずっと夢見て叶(かな)わなかったものが、男子高校生の頭が割れたくらいで叶うなら対価は充分。割れてもちゃんと『再生』してくれるし、究極のブラすら作れない男子高校生なんて、ただの男子高校生なんだよおおおっ！　うん、多分ただの男子高校生さん達は作ってないと思うし？

「違うよ、立体で保持は無数の点で相対方向がガガガガアアアガアッ」

　要は布面積が大き過ぎる野暮ったさが嫌だった。だけど泳いだり遊んだり出来ないブラでは意味がない。つまり布面積を狭め、開放感を出しつつ紐で支え包み込めばいい。

　ならば開放部位が広めの布を網状(ネット)に包み組み合わせる。支える為(ため)には下側と外側の布地は必須だから、内側の谷間(Vゾーン)の解放面積を大きく取り、上側から紐状か網状で支えるしか手は無いはずだ。そう、橋だってワイヤーで吊(つ)って支えているんだから、きっと巨大な胸だって紐で包んで支えられるはず！　まあ、ちょっと食い込みそうだけど！

「は、は、遥(はるか)君！」「い、今作製可能な可能性が有るデザインがこの3パターンなんだけど、どれかリクエストは有るのかな？」うん、本当は3つ試すのが良いんだけど、3つも作ったのがバレると全員が3つ作れとか要求して来て水着作りと試着が忙し過ぎて永遠にプールに入れない宿屋の盥(タライ)専用水着になりそうだから好きなのを選んでね？　ま、まあ、作ってみないと確実とは言えないんだけど、今はこれが精一杯？　みたいな？　いや、『みたいな』だから目隠し解除しないでくれるかな～？　なに、その謀ったかのような見事な左右の連携！　謀ったな？」「ありがとう遥君……もう、どれでも嬉(うれ)しいよ～……ありがとう」（もにゅん、ぽよ～ん♥）

な、何かが顔にぶつかった！　しかも左右からの時間差ぽよんぽよんだと！　一瞬で頭を抱き抱える様に抱きしめられて「むにょむにょ(ありがとう)」ってお礼を言われている……って誰がお礼言ってるのっ！

　そしてあの一瞬で目隠ししていたお手々は無くなっていた。流石(さすが)は瞬速の迷宮皇級コンビ！　つまりむにゅむにゅと密着中に埋没で、寧ろ何も見えずに息も出来ないんだけれど左右の目隠し係さんから腕と身体(からだ)を押さえ付けられ動けないし逃げられないんだよ！　うん、考えるだけ無駄な気はずっと以前からしてるんだけど、目隠しって何だろう？

「ぷはあああああ――、ってB案で良いんだね？　ぜえーぜえー、うん何か『魔手』さんで採寸する前にお顔で採寸させられてしまったからもう作っちゃうよ？　もにゅいな？」

インナーのビキニトップは内側の布面積を大きく削り、そのギリギリの面積で支えて隠しつつ、上から網状の紐で包み込むような二重構造のブラに決まった。これで二律背反な命題は集約されてビキニのデザイン的にもショーツはローレグにして、上側を網状にしたいらしい……うん、これは男子達はプールから出られないな。まあ、出て来ない時は鮫でも放そう、鼻血出したまま群がられそうだ！

「うれしいな……私はでっか～い水着しか着られないかと思ってたから、こんな可愛いの諦めてたから～……うん、ありがとう」

一人目で死にそうな想いで試作品完成に漕ぎ着けて、今は巨大な盥の中で試用中。水着を着用してるから目を開けて良いと言われて目視確認しているんだけど……何故仰向けに浮いてるの？　いや、浮いてるんだよ。思わずスライムさんも乱入で3匹でぽよぽよと水面が揺れているんだよ！

「でも、構造上どうしても下からの水圧には弱いから、足から思いっきり飛び込まないでね？って言うか、なるべく飛び込まないでね？　だって、きっとポロリが起こると俺が怒られるんだけど、ポロリは怒られずに俺を怒って憎まれ口な何時ものJK裁きが俺に不当判決で、下もローライズだからうひょーって半ケツの危険に留意してくれないと流罪にされそうだから気を付けるんだよ？　うん、海産物も欲しいから海にも行きたいけど、流罪は困るんだよ？　そして、その水着って波とかも強いとヤバいからプール用にしてね？　ポロいな？」「うん、ありがとう。一生絶対大事にするね～♪」

魔力で包み込む事も考えたけど、水の中で魔力切れとか間違いなく溺れる。そして魔力で押さえる方が制御が雑ではみ出す危険が大きかった。きっともっとシンプルで小さめって言うか、普通サイズのが着たかっただろうに網や紐で誤魔化す事しか出来なかったんだよ。うん、全然駄目だったんだけど喜んでくれている。あの強大な球体問題の解決には、まだまだ『智慧』さんのLvアップが必要なようだ！

「次、入って良いよ～、って言うか脱いじゃえ～。え～い～♪」「ちょっと、遥君が未だ目隠しが！　まだだから、まだ駄目なの――！　脱がしちゃ駄目――っ！」「手で隠してるからセ～フ～♪」「手で隠すって何で私の目を隠すのっ！　胸を隠してよ……って下も隠してええええええっ！」

委員長絶叫シリーズも絶賛ロングランで大絶叫？　でも、俺の目は隠そうね？

「うん、何で俺の目を隠さずに、俺の胸にお手々が有るの！　俺は服着てるから隠さなくて良いよね！　寧ろマッパで待ってたら通報されるよ！　それ、もう警視庁ごと召喚されちゃうくらいの事案だよね!!」

大騒ぎも落ち着いたけど、委員長さんは落ち着いてない様だ。魔手さんの採寸で悶えて必死にお口に手を当てて震えてる？

「ああ、欠伸でも出そうなの？　うん、欠伸は脳が酸素を求めている自然現象だから止めない方が良いという説もあるけど、逆に最近は脳を刺激するためというのが有力らしくて、酸素の吸入も脳を活性化させるためで緊張を緩めて集中力を高める為の物とか言われてるから止めない方が良いんだよ？」

　お返事はない。ただ必死に口を押さえ仰け反り震えて悶絶のようだ？

「まあ、確かに別の説では体温を調節するためのもので、脳の冷却と放熱の為と言う考え方もあるんだけど冷却前に震えるのはおかしいとも言えるんだよ？　まあ、何にしても欠伸は必要なものだから、欠伸したら不謹慎とか言う奴は脳が動いてないんだから、欠伸の必要もないように息の根ごと止めた方が良いんだよ？」

　そう、脳が刺激も酸素も冷却すらも不必要な生き物なんて、息の根を止めて上げて良いだろう。息の根を止めると大体みんな文句を言わなくなると言う説が有力で、多分死んでるけど最初から不必要な脳なんだから別に良いよね？

「じゃあ、下に行くよー。結構布面積少なめだから、少しきつめに行くからね？」

「うぅ、うんっ……ひぃぃっ！」

　お返事がエロいけど良い様だ。震えは痙攣に変わり、仰け反って作り難いけどイイらしい？　そして緊張して震える身体に負けず、目隠し係さん達の指の力が強いんだよ！

「って、瞼千切れる！　うん、何で目隠しで瞼を引っ張り上げる現象が起こり得て眼底骨折の危機なの！　が、頑張れ『再生』さん！」「ぁっ、はぁぁ……んはぁぁっぅぅ」

　成長期なのか踊レボの成果なのか、体型に若干の変化が見られるから再採寸で再作製。しかし、下着と水着では同じブラでも使用目的が違うせいで、求められる機能が違い過ぎて設計以前に構造の見直しからやり直しだった。同じ形状なのに求められる部分強度が全く違う。戦闘用のブラに近いけど水流や水圧が考慮されていない為に結局は再設計を余儀なくされる。何より目的が違うから素材が違い、通気性と吸湿性を求められる下着とは違って水着は撥水性と速乾性を求められる。そして、水を吸っても留めない排水性素材が求められると、目地が大きい方が良いけど透ける。きっと透けると俺が怒られる！

なので中と外の二重構造で素材を2種類の伸縮性で透過性をなくすのが重要で……ここまで素材が別物になると、結局基本設計が全てやり直しだった。だから生地からブラを紡ぎ出しながら正しいブラの有り様を深く深く思想する……うん、俺は異世界で何を求められているのかを一度しっかりと異世界さんにお聞きしたいものだ！

「……あうぁ！　んっ……ひぃぃっ♥」

勿論の事だが『魔手』さんに『感度上昇』は付与していない。だけど委員長さんは限界を迎えられ、製作終了時には盥の中で腰砕けになられたようだ？　うん、現在は熱暴走で盥の中に浮かんで蒸気を上げている？　なんか、お風呂になりそうだな？

「おーい委員長ー、生きてるかーい？　とりま水魔法で水流を作るから溺れないでね？」

しかし、水中でぽよぽよとお寛ぎ中の女子高生のお胸様に、水魔法で水流を角度を変えながら当てて揺らして行くって変質的な男子高校生と言う印象操作で好感度さんがどんぶらこどんぶらこと流れて行ってしまいそうな気がするのは何故なんだろう？

うん、日々一生懸命に真面目に真剣にやればやる程、何故か俺の異性の好感度さんが遠のいていく気がするんだよ？　離岸流作用なんだろうか？　解せぬな？

むにゅむにゅと変形させ水流と水圧による形状変化を調べ上げ、細かに補正していく。委員長さんからはブクブクと泡が上がっているけど無事なのだろうか？

「感想の声が息絶え絶えで何か痙攣してるけど、あんまり跳ねて仰け反ると水面が波紋で揺れていて計測しにくいんだよ？　うん、聞いてないな？」「……（ブクブクブク）」

伸縮時の形状も最適化して、やっと完成したから要救助者さんを引き上げてタオルでよく拭いてから温度魔法で温める。うん、エネルギーを消費したみたいなのでお饅頭をお口に入れると、モグモグと食べだしたから大丈夫なようだ？

そして次もある意味で最難関、禅問答で物理法則を越えようとする困った二人組だ。

「寄せて上げて何とかして！」「空気入れて下さい！」

副委員長Aさんと C さんコンビだった……委員会からだったのか。

「幾何学的にも平面は寄せて上がらないし、空気入れても引っ掛かる所無いからブラだけ浮いちゃうんだよ？　うん、話せばわかるから、先ず武器はしまおうよ！　どおーどおーよ？」

この二人って起伏部が殆ど無いからブラがズレやすい。そう、引っ掛からないのだ。

「って言うかなんでビキニ！　絶対ズレるから、それ接着しないと固定化不可能なんだよ！　泳がないなら何とかするけど、水流VS引っ掛かりで水流が圧倒的な圧勝な完全試合でお胸が無抵抗主義を貫いてる非でっぱり主義のお胸さんだから……せめてセパレートかにしない？」「お胸さんそんな主義主張してないから！」「だって私達ずっとセパレートかワンピースだったんだよー！」「そしたら副Bさんが無理だと思ってたけど作ってもらえたって、本当に嬉しそうに言うから……普通の可愛いビキニブラ着てみたいなって」「だから……お願いしてみようかなって……」「うん、何か分かったからちょっと待っててね？　ちょっと丸投げして頭割って来るから？　うん、痛いんだよ？」

ぐわあああああっ！　やっぱり『智慧』さんの丸投げへの仕返し説が濃厚なようだ。マジ痛いです！　横からは問題なくできる、下も上から吊っているから問題は少ない。つまり泳ぐだけなら……そして中身が無いから、中からの圧力も全くこれっぽっちも問題ない。そう、ズレ上がりをどうするか？　下から引っ張る力が全くない構造なのに、引っ掛かる部分が皆無にして絶無、ずり上がりだけが防げない。

下側に強力な帯構造を挟むと結局セパレート型になって行く。かと言ってサイドを下向きにしてしまうとXライン構造になり、『普通の可愛いブラ』という要望から外れてしまう。うん、接着は嫌なんだそうだ？　絶対に不可能な物理構造に答え等在るはずも無く、だけど此処は異世界で俺が今まで異世界で積み上げた知識の中にその答えがある。

「そうだ、ナプさんに付けた『吸着』付与！　俺、本当に異世界で何してるんだろう？」

水圧が極限にまで低い体型とは言え、『吸着』付与だけでは危険。広い吸着面か物理的補助が欲しい……方向の分散？　うん、デザイン画を描き上げて二人に見せる。

「これクロスワイヤー・ビキニって言って、前はクロスで後はWになっちゃうから『普通の可愛いブラ』からちょっと外れちゃうかもしれないんだけど、遊ぶんだったらこの形状をお勧めしたいんだけどどうかな？」

見た目は下に飾り紐（ひも）が付くだけなんだけど、実際は横に加え右斜めと左斜めの十字構造（クロスライン）で支え3方向の張力が得られるデザイン。そしてXラインほど際どくもエロくもない。

「「可愛いよ、これでお願い！」」

Aさんは僅かながらも引っ掛かるから細紐に仕上げ、Cさんは子狸（こだぬき）だから紐部分は布状に広めにとって、『吸着』効果を高めるデザインになった。そう、異世界でのナプさん開発の苦労（ノウハウ）は無駄ではなかったのだ！　だから一体俺は何しに異世界に来ちゃったの！

「でも限界は有るから気を付けてね？　飛び込みやスライダーの時はズレないように押さえて、あと本気で滅茶（めっちゃ）泳ぐ時とかはワンピースも持っておいた方が良いよ？　うん、Ｌｖ１００のＰｏＷ４桁ってモーターボート並みだからね？」「「うん、ありがとう」」

そう、Ｌｖ１００の本気に対応できる強度と形状が求められるのが至難。いつからか女の子なのに服を破壊してしまうような身体能力（ステータス）になってしまっていた。だからそんなこと気にする必要が無い服や水着がいる。王女っ娘（こ）やメリメリさんだって同じ悩みなのだろう。だから女の子が着てはしゃげるくらいの服は作ってあげよう、きっといつか流されて大海に出て行った俺の好感度さんも回流して帰ってくると信じよう！　俺の好感度さんって鮭（さけ）なのだろうか？

「疲れたあああぁっ！」

これだけ頑張って1組、4人だけ。これからも真っ裸の女子高生を延々と水着の採寸で、盥の中で濡れた水着を目視補正。ちゃんと王女っ娘やメイドっ娘やメリメリさんも呼ばれているから妹エルフっ娘も入れて24人分。と、思ったら看板娘と尾行っ娘までお小遣いを握りしめてやって来たから26人分……既に水着を持っている甲冑委員長さんと踊りっ娘さんもビキニが欲しそうだから28人分。終わったら孤児っ子の分が山程。

そしてきっと過去の経験から類推するに、完成するとみんなで見せ合いっこして、してたら欲しくなったって2着目の注文がやって来るんだよ？

「うん、一体いつピクニックに行けるんだろう？　永いな？」

そして深夜に甲冑委員長さんと踊りっ娘さんのビキニが早急に作られ、着せても脱がされ朝までずっと盥があった事は言うまでもないだろう。勿論ローションも投入されて素敵な盥で愉しまれた事だったと言い伝えられる。

明日の天気はどうなんだろう。きっと、ジトが降るのはもう分かってるんだよ？　うん、ローション盥にはやっぱりにょろにょろさんだったんだよ？

家庭的でアットホームなお名前で素敵な奥様に好かれそうだが拘束して首を絞めて来るサスペンス的な家庭観だった！

87日目　朝　宿屋　白い変人

どうも触手さんが一生懸命に汗汁垂らして勤勉に働くと、次の朝のお説教が厳しい傾向が見られる。だけどローション盥（プール）ににょろにょろさんが居ないと一抹の寂しさが過（よ）ぎるかなと気を利かせてみたのにオコだ？　うん、プンプンだ？　でもポヨンポヨンだったんだよ？

甲冑委員長さんも踊りっ娘さんもとっても触手さんと仲良しで、何時（いつ）も愉しそうに戯れているからズッ友かと思って出してあげたら大変に悦（よろこ）ばれていたのにオコだった？　女性の友情は難しい様だ……まあ触手さんに性別があるのかどうか知らないけど？

「だって水着作りで二人が変な事ばっかりするから男子高校生さんが大変な事になって、猫の手も借りたいくらいに忙しく男子高校生していたら心優しい触手さんを沢山貸して下さって男子高校生的な危険域を脱して出したり入れたり大変に忙しい大人の社会科見学が繰り広げられたって言う心温まるエピソードがⅠ～Ⅸまで一挙放出でオールナイトなひと時をお過ごしになられただけで、つまり不可抗力な抗争な男子高校生的な自然の摂理だから俺は悪くないんだよ？　うん、俺はとっても良かったんだよ？　みたいな？」

お返事はない、物理だった！

「があああっ！って、それ女子会で習ったの！　痛々々々々々ってマジ痛い！　囓られてる、頭を左右からお口で囓られてる！」（アムアム！）

頭の中身に激痛が走るのは慣れたけど、外側から囓られる痛みには慣れていないし慣れたくないんだよ！　これはビッチさん達に習ったんだろうか、それとも子狸さん？

「頭が痛いんだけど、これは頭痛で良いのかは疑問で頭皮神経痛って言うか頭皮が囓られて神経まで痛いんだけど、病名的にはどちらが正しいのか病理学見地から考察しているけど恐らく学会でも『迷宮皇に頭囓られた件』とかって論文は未だ発表されていない気がするんだよ？」（ガジガジ♥カプカプ♥）

そう、人生の艱難辛苦より甘やかな甘噛みだった！

「おはよう。今日は早めに戻って来てね、早く作らないとみんな水着待ちで落ち着かないみたいなの」「昨日も4人で終わりだったから不満が続出で大変だったんだから」「おはー、って4人しか出来なかったのって、その4人こそが真犯人だよね？　特に盥の中で濡れたビキニで艶めかしく弓なりに仰け反ってびくびく震えて痙攣して愉しく遊んでた人が結構な長時間お愉しみでしたねって盥が気に入って出て来ないまま溺れてるから時間かかったんだから俺は悪くないんだよ？　エロいな？」

水着はマルチカラー対応で、現在プリント柄にも対応できるようにデザイン転写機で色柄を大量増作中だったりする。そして盥での試用と再補正では透けてないか確認の為に白水着でチェックして、そして陰影くっきりな白のビキニで身体(からだ)から水滴を垂らしながらブリッジしたまま痙攣(けいれん)で水没されて救助活動で大騒ぎだったから時間が掛かったんだけど……詳しい解説による無罪を主張しようとしたら、委員長様が満面の笑顔でモーニングスターを持ってグッドモーニングな微笑なんだけど、目が怖いから黙っていよう。うん、どうもビキニショーツがズレない様にと、『魔手』さん達の懇切丁寧な補正と修正の入念且つ徹底的微細調整(フィッティング)のぶっ通しでぶっ続けの触手仕事に甚だ御悦びだったのに目が怖い！

「エロくないの！　あと愉しく遊んでないから!!って、何で溺れちゃうまで徹底的な魔手さんの無限触診が繰り広げられちゃうの！　どうして振動までしちゃうのよ!!」

　委員長さんは特に恥骨が高く下角の幅が広い。それでいて鼠径部(そけいぶ)が深い為にズレない様にかなり細やかな調整が求められるんだけど、だから立体的に微細に探究すると毎回壊れる？　まあ、有り体に言うと正中ラインの盛り上がりが大きいほどズレやすい。それ故に何度も再補正が必要とされるのに暴れるから余計に大変な事になられてお陰で男子高校生だってとっても大変だったのだが思い出そうとしたら……目が怖い！　それ絶対に笑顔じゃないよね！　うん、怒られた。

　今日は女難の相なのだろうか。なんとなく異世界に来てから女難の相が天中殺で大殺界に空亡中で0地帯で、随分長く続いているけど、一体何時まで続くんだろう？

「って言うか占いって星の巡りが悪いとか言われても、どの惑星(ほし)を破壊すれば幸運かちゃんと教えてくれないと役に立たないんだよ？　うん、どれだろう。次元斬で届くかな？」

「「「いただきまーす！」」」（ポヨポヨ〜！）「あと、自分の行いを棚に上げて惑星さんを破壊しないであげて！」

　朝から野菜と茸の掻揚げ丼。朝はパンかご飯かの論争ではなく、何丼にするかこそが議論されている様だ。そしてお米が未だ高価だからみんなが積み立てた分が食費に消えて行き、みんな貧乏さんなんだけど嬉しそうに食べている。もう、孤児っ子達もお箸を使いこなし、流石はスライムさんが教えただけは有るようだ。逆に甲冑委員長さんと踊りっ娘さんは今でもぽろぽろ零して大変そうで、看板娘と尾行っ娘も苦戦中。そして夜になると遊びに来てお泊りしている王女っ娘やメリメリさん達も練習しているけど、まだ丼は無理そうでスプーンで食べている。うん、案外とＤｅＸの数値は関係ないらしい？

　そして今日も掲示板へ思いを馳せてから、新たな迷宮を81階層からだ。うん、掲示板の前から引き摺って来られたんだよ？

　だが、今日は譲れない戦い。昨日の試用で『自衛の肩盾　ＶｉＴ・ＰｏＷ50％アップ　自動防御　物理魔法防御（特大）反射　吸収　楯斬　楯撃　＋ＤＥＦ』は思ったより役に立ったし、何だか楽しくて気に入った。だから夜の内にミスリル化で強化して『守護の肩連盾　ＶｉＴ・ＰｏＷ50％アップ　自動防御　物理魔法防御（特大）全反射　吸収　楯斬　楯撃　魔撃　＋ＡＴＴ　＋ＤＥＦ』に変わり、つい悪ノリで両側3枚ずつの連盾形状になった。つまりファンネル6枚！　しかも『魔撃』で魔法が撃てる！　ひゃっはあああっ！

（ちゅどどどどどどどどどどどどどどど――――ん!!）「うららららっららららららららぁ？って、麗らかそうだけど良い魔物は死んだ魔物だけって言うか魔石だけだって言うか、魔石は良い物だから魔物を倒す（キリッ）とか言いながら、実はただのある意味乱獲？　まあ、乱射中？」

6枚の肩盾が宙をジグザグと不規則に飛び交い、射線で包囲網を作り上げながら幾十の十字砲火を複雑に作り上げていく。偏差射撃で「リビング・クロース　Lv81」を撃ち抜き焼き尽くす。有線遠隔操作式機動打撃砲台の打撃群による6方向からのファイアー・バレットの乱れ撃ちだ。

「だって家庭的でアットホームな素敵な奥様に好かれそうなお名前の『リビング・クロース』さんって生ける布さんで、囲んで包み込んで拘束して首を絞めるってサスペンス的な意味で家庭的な魔物さんって逆に怖いよ！」

斬っても紐になり、叩いても効かない。物理無効な空飛ぶ布だけど布なら焼けば良い。だって『完全氷風水土耐性』ってもう焼けと言わんばかりの偏った属性。確かに水魔法や風魔法だと洗濯されて、なんだか御家庭の日常の頑固な汚れとの戦いになりそうだ！

ひらひらと舞いながら圧殺し、一瞬の隙に絞殺する前衛殺しな魔物さん。だけどファンネルごっこには最適な敵さんだった。そう、この空中戦感が何とも堪らない！　もう、肩盾さんはファイアー・バレットを連射しながら飛び込んでは斬り裂き飛び交っていて、きっともう肩を守る為の盾っていう自分の職業なんて全く覚えていない事だろう!!

「これ楽しいけど、実は物凄いＭＰの無駄遣い？　しかも自分でファイアー・バレット撃った方が速いって言うのは気にしたら負けなんだけど、気分だけは３Ｄフライトなシューティングなんだけど、６機同時プレイの強制集団戦？　ある意味クソゲーだった！」

普通の人間にプレイ不可能な６機独立高速移動な３Ｄシューティング。脳内で自分の身体も合わせて７つの風景が入り交じる不思議な感覚で、『羅神眼』で視て『智慧』で制御すると結構楽しいけど脳への負荷がヤバい。そして肩盾も『転移』や『重力』を纏い機動力が半端ないようで、これって相手も無理ゲーで自分も無理ゲーだ！　だけど圧倒的……計算された制御による６機の完璧なコンビネーションで、回避不能な弾幕を張りながら瞬間移動で斬り裂く！　攻略させる気が欠片の余地も残されていないただの殺戮、空中戦で圧倒的な優位を得られる新装備だ……うん、まあ俺も飛べるから意味がないんだけど？

（プルプル♪）

スライムさんも楽し気に跳ねまわり、甲冑委員長さんと踊りっ娘さんも珍しそうに空中戦を眺めている。確かに楽しんでいて忘れていたけど、この戦法は異世界感もファンタジー感も全く無いＳＦバトルに突入なノリだったかも？

「まあ、よくよく考えてみれば俺達が異世界に合わせて剣と魔法の世界をする必要が全く無いよね。だって剣と魔法の世界って……俺って木の棒と肩盾装備なんだよ？」

うん、ファンタジーは無理そうだ！　そして81階層は譲ってもらえたけど全部焼いたのが御不満だったようで、82階層からは早い者勝ちの何時もの迷宮巡り。ただし下層を早い者勝ちにして我先に突撃すると特殊効果持ちが居た時が危険。だから使役者としての威厳でジャンケンで隊列(フォーメーション)を決め、その持ち場の範囲(エリア)は横取り無しのパーティー制だ。

82階層は俺が先頭で右に甲冑委員長さん、左にスライムさんで後衛が踊りっ娘さんだが、盾職が後衛のパーティーってきっと珍しいだろう？　だけど後ろから銀鎖の遠距離攻撃で範囲(エリア)外の「ブルータル・ラット　Lv82」を叩き縛って振り回して投げ飛ばす。案外後衛の方が美味(おい)しいのかも知れない！　名前こそ凶暴な鼠(ねずみ)さんだけど大きさは土佐犬以上で熊未満？　まあ子熊？　齧歯類(げっしるい)だけあって齧られたら痛そうだが、齧られるのは慣れている！　慣れたくないけどよく齧られてる気がする!!

「そう、今日も朝から迷宮皇に噛(か)まれてたんだから、ただの齧歯類如(ごと)き敵ではないんだよ！」「あれは甘噛(あまが)み！」「そう、愛情表現!!」（プルプル）

隊列(フォーメーション)と言っても、後ろの3人が凄(すさ)まじいから俺が勝手に動いても合わせてくれる。正面の鼠を斬り裂き、右に駆け抜けて3匹固まった鼠を横一閃(いっせん)に薙(な)ぎ払うと、左のスライムさんが上がって来て俺の左側をカバーしながら鼠を斬り裂いて回る。後衛の踊りっ娘さんが遊撃で更に左翼に入り、横列に並びながら鼠を追い詰めると右の甲冑委員長さんが横合いから縦に突進して鼠を斬り刻む。よく言えば臨機応変で柔軟な隊編成、穿(うが)った見方をすれば隙あらば奪いに行く魔物の奪い合い。素直に言うと隊列化された早い者勝ちだったりする！

だけど隙無く効率的で安全性の高い戦い方。みんなが委員長さん達の戦い方を見て学び、委員長さんの指揮を経験して覚えた戦術。何故ならこれは近代戦闘知識、延々と続く殺し合いで磨き抜かれた戦術の集大成……まあ、全員一人でも倒せるんだけど?

実は寧ろ単独戦闘能力の方が高い。安全策と言えば聞こえは良いけど、魔物を効率的に分断しての各個撃破を有機的に連動させているだけだから、過剰戦力を無駄にしているともいえる。だって殲滅するだけなら敵のど真ん中に飛び込んだ方が速い。でも、それで勝てる内は良いけど、互角の相手が連携して来れば戦術無しでは負けるんだけど……この面子は負けない？　うん、安全で効率もよく無駄では無いけど……迷宮皇級と互角の相手って迷宮にいないんだよ？

「うん、そんなのが複数で連携してきたら逃げるよ、それ戦っちゃいけない相手だよ！うん、毎朝毎晩経験者だから断言できるんだよ!!」（プルプル）

でも、3人いた。つまり居ない保証は無い。迷宮皇級は一人でも絶対的な驚異、その脅威には編成や隊列で連携しても効率も計算も全てが無意味。

「まあ、無意味でもわざわざ危険を冒す意味なんて無いし、楽して勝つのが戦術で、戦わずして勝つのが戦略で、深夜頑張って勝つのが戦争なんだよ！　うん、あれこそが男子高校生の聖戦なのだー!!」

だって楽しそうなんだよ。たった一人で孤高に戦い続けてきたから、きっとこうやってみんなで戦うのが……もしかしたら奪い合いが楽しいだけかもしれないけど?

「これで最後、です。下りますか?」「隊列　ジャンケン　前が良い！」（プルプル）

連携して戦うのが楽しいらしい。それは誰も並び立てる者がいない孤高、それはある意味では孤独だったはず。その無双さんが3人もいて連携戦が出来る、並び立ち共に戦えるなんて初めての経験。だから楽しそうなんだろう。まあ、魔物さんは災難な事だ？

「右側から追い込むよ、右斜型陣ね？　行くよ、行けファンネル！って呼んでるけど本当は肩盾で、攻め捲くってるけど実は守護な防具？　でも一応言っとこう、もらったぞ……！　いけぇぇ！　沈めぇぇ！　みたいなぁぁ!!」

88階層では包囲戦をやってみたいと言い出して、わざわざ敵を広場に集めてから包囲殲滅戦を展開中。３００を超える「アームズ・ゴーレム　Ｌｖ88」を4人で包囲戦とか何か間違っている気がするけど、圧力も手数も勝っているから出来ていたりする？　うん、死なないように追い込むのが一番大変だったんだよ？

「でも、これって包囲なのかな、4方向からの中央突破になってない？」（ポムポム）

だけど下層の武装魔物さんは大量の武器防具を残してくれるから、大変にお財布にも優しい良い魔物さんだ。囲まれ中央に追い込まれたゴーレム達は接敵出来ないまま味方の密集で動けなくなり、周囲のゴーレムは4方向からの包囲攻撃に押し込まれて更に過密に密集で団子状態を余儀なくされて武器も振るえずに殲滅されて行く。そう、完全に委員長さんの戦術の真似っこ……でもこれって突破しちゃうと意味ないと思うんだよ？

隠し部屋もあったけど、宝箱の中身は鉄扇だった。何か分からなくて見ていたら踊りっ娘さんが目を輝かせて見つめていたので、「いる？」って聞いたら抱き着かれた。うん、甲冑だと余り楽しくはなかったけど、強欲さんはいらないみたいだったし踊りっ娘さんにあげてみた。気に入っているし、有用そうなら夜にでもミスリル化してあげよう。

そして対(つい)の鉄扇で嬉しそうにはしゃぎながら、扇舞で89階層を殲滅中。中長距離の鎖に近距離の鉄扇が加わり回転(ターン)に回転(ロール)からの回転(スピン)でくるくると舞い、襤褸襤褸(ぼろぼろ)と魔物さん達が地に落ちて行く。「ブレイド・バット Lv89」さんには踊りっ娘さんのダンスパートナーの荷は重すぎたようだ……うん、俺も舞踏会で殺されかけたから魔物さん達の気持ちが良く分かるんだよ。あの遠心力って油断すると骨が砕けるんだよ?

そして俺も「ブレイド・バット」さん達とファンネルな空中戦がしたかったんだけど、踊りっ娘さんの舞いに見惚(みと)れてる間に出番は無くなった。ちょっと格好良いファンネル使いのポーズまで用意して待ってたんだけど、1匹も残っていなかった……うん、「捉えたぞ、そこだっ！　もらったあぁぁ！」とか台詞(せりふ)も考えてたんだけど、残っていなかった。

うん、気を取り直して90階層の階層主戦だ……台詞はどうしようかな？

女子校生の手編みのケブラーは愛情では無く絞殺用なのだろうか？

87日目　昼　地下89階層

どうやら鉄扇は主要装備では無く予備の近接用携帯装備みたいで、踊りっ娘さんは気が済んだのか大盾と曲剣装備に戻してた。まあ、次はLv90の階層主だし重装備が正解だ。

　甲冑委員長さんもスライムさんもLv48で止まっているから、踊りっ娘さんのLvも甲冑委員長さん達に追い付いて来た。やはり間違いなく使役によるLv縛りが有り、使役者のLvが24から上がらないからその内3人がLv48で揃ってしまうのだろう。ただし身体能力だけならLv48でも4桁を超え始めていて、SpEやDeXなんて3人とも4桁超えだからやはりものが違う。

「迷宮の感じから言ってそこまで強くないとは思うけど、それでも90階層の階層主だから気を付けてね？　二人共ViTやHPは高くないんだからね？　スライムさんは……食べ過ぎないようにね？　あんまり変な物食べちゃうとお腹痛くなるんだけど、お腹が無いからまあ良いや？　でも、あんまりおっさんを食べると可愛らしさがマイナス効果で減算されちゃうから気を付けるんだよ？　で……闇がいたら手は出さないでね？　あれは俺が貰うんだよ？」（……コクコク、……ウンウン、……ポヨポヨ）

　不満気だけど、闇だけは絶対に駄目だ。あれは祓えないと憑りつかれる危険性があり、そして迷宮皇級が闇に堕ちれば止める方法が無い。きっと殺すしか手が無くなり、殺す事自体が不可能に近い。そして、そんなのは嫌なんだよ。

「男子高校生なら闇に堕ちてもちょっと厨二病が再発するだけで、『我が左手に宿る真なる能力よ！』とかするくらいで……後はエロい事するだけだからいつも通りなんだよ？」

　だから心配はない。寧ろ現状が心配だった！

「良い加減、俺の好感度を考慮した階層主さんの登場を願いたいな？」

　不気味なずんぐりとした人型の蛙の様な姿。その体軀は不気味にぬめぬめとテカり疣々と隆起した黒灰色の分厚い皮膚に覆われている。そしてその全身から悍ましく生えた無数の疣々触手が海藻のようにぐねぐねと揺れ、異形にして不気味な敵だ。

　何故か味方はジト目で見ている？　怪奇生物のぬらぬらと粘液に濡れた不気味な疣々触手の連打。それを爽快で健全な働き者の勤労触手さんが茸形態で迎え撃ち……ジトられてる？　そして甲冑委員長さんも、踊りっ娘さんも滅茶離れてこっちを窺ってる？

　何故か早く殺さないとガリガリと俺の好感度が削られてる気がする。触手戦はもう良いか……って言うか、あれと一緒にしないで欲しいんだけど？　うん、何となく負けられない戦いな気がして触手さんで受けて立ったけど、所詮は１００本にも満たないグロ触手。数量制限付きのグロ程度で、『無限の魔手』さんを舐めないで欲しいものだ！

「ふっ、触手さん魔手さん殺っておしまいなさい！って言うか御終い？　みたいな？」

　肩盾を有線で制御出来るなら、きっと出来るだろう。だって、元々『魔手』さんは武器を握って操れる。そのために練習した技なのだから……深夜に？

「有線制御遠隔操作式ソード・レイン！って槍とか斧も有るんだよー？　まあ、ソード・レインなんだけど、ちょっと剣が足りなかった感じ？　みたいな？」

　重いしデカ過ぎて同級生にも売れず、高級過ぎて販売も出来なかった。だけど、その斬れ味と破壊力は凄まじい。効果はしょぼくて使い道が無いままずっとずっといつか使おうとアイテム袋で眠っていた――その大迷宮第99階層ミノタウルスの巨大な武器達が、刃の集中豪雨を降らせる。その破壊力特化の強大な斬撃を一斉に叩き付ける。

「ようやくソード・レインが実用レベルに達したんだよ？　うん、今まで雑貨屋さんの補充のお手伝いにしか使い道がなかったんだよ？　雑貨補充レイン？」

ただ、制御で動けなかった。動けないまま99本の武器と肩盾6個を操作して、有効射程距離は100メートルも無い。有効に運用できるのはせいぜい50メートルくらいで、逃げる敵だと決めきれないし、自分は無防備。これまた使いどころが難しいんだけど……まあ、やりたかったんだよ？　異世界だし？

「いやあの不気味な怪人触手蛙男をジトるのは分かるんだけど、何で俺まであの異形な怪奇生物と同じ扱いのジトなの？　ジトに罪は無いんだけど、あれと同一視するのは偏見に基づいた謂れの無い触手差別だよ？　だって、あっちはキモい黒褐色の疣々触手で、俺のは可愛らしい茸頭の疣々さんで色もラブリーにピンクなんだよ？　うん、毎晩仲良しなズッ友の触手さんで、昨日も中良く一緒に遊んでたよね？　にょろいな？」「「一緒！　寧ろこっちがヤバいです（泣！）」」

不当な扱いに断固とした遺憾の意を示してみたけど、大体世の中って遺憾の意をきちんと示しておくと無視される様だ？　うん、この悲しみは今晩遺憾なく発揮しよう！　ズッ友も一緒だ！　そう、夜は疣々茸触手・レインだ！

結局グロ蛙男は「ヴァリアント・フロッグマン　Ｌｖ90」で、怪奇蛙男さんだったのか実は潜水夫(フロッグマン)さんだったのかは分からないままだったけど異形なのは確定の様だ。

「てっきりクトゥルフ系で来るかと期待したら、全く無関係なただの異形の潜水夫(フロッグマン)さんだった様だ？　まあ、美少女な這(は)い寄る混沌(こんとん)さんじゃないから殺しても怒られないよね？」

一応食べちゃうみたいだ。ゲテモノ好きにも困ったものだけど、これでスライムさんも『感度上昇』と『発情』の状態異常持ちさんだ。俺の『毒手のグローブ』も効果は『各種毒異常状態付与』、つまり『感度上昇』だけでなく『催淫』や『発情』も付与できるけど、付与しなくても襲われるか誘われるかで使い道がない。対人戦もおっさんばかりだから死んでも使わない！　いっそ毒状態異常『禿(はげ)』付与とか有れば良い物を、禿は状態異常ではないらしい。まあ焼くから一緒だけど？

ドロップと魔石をスライムさんから受け取ると、『異形(ヴァリアント)の首飾り　変態　異形化　粘液（全耐性、全状態異常付与）＋ＤＥＦ』と念願の首飾り装備……なのに、これ駄目な奴(やつ)だ！　うん、オタにやろう。『変態』だし、粘液出るしさぞ気に入るだろう……やったらやったでヤバそうだな！

この感じだと警戒するほどでもない気もするけど、91階層からは防御力の高いスライムさんと踊りっ娘(こ)さんが前に決まった。俺と甲冑委員長さんは高機動型の両翼だ。

やっぱり90階層から強い……自壊を始めた身体(からだ)で飛び込む。勢いに乗って群がり来る狒々(ひひ)をスライムさんと踊りっ娘さんが止めた瞬間、先に肩盾(ファンネル)を飛び込ませて集団を穿ち、『世界樹(ユグドラシル)の杖(つえ)』を持って躍り込んで『魔纏(まてん)』状態から『虚実』で狒々を斬り払う。

左から甲冑(かっちゅう)委員長さんが出て、スライムさんと踊りっ娘さんが左右に開きながら挟み込む。防戦から攻撃に変わり、圧力で狒々達は4方向からの攻撃に押され混乱する。盾を持っていても横や後ろから撃たれれば意味はなく、指揮官のいない群れは集団行動もとれないまま狒々同士でぶつかり合い殲滅されて行く。

「アルテミット・バブーン　Ｌｖ91」って、狒々さん的には最強種(アルテミット)なのかも知れないけど、猿種最強ならともかく狒々限定で、しかも初めて狒々の魔物に会ったから究極(アルテミット)ってアピられても較(くら)べようが無いんだよ？　うん、バブーンさんは初対面だよね？」

確かに『全耐性』『斬撃無効』『魔法無効』のＬｖ91。打撃を狙おうにも盾と装甲を持った巨軀(きょく)の狒々。その身体能力(ステータス)もＰｏＷとＳｐＥが4桁超えの狂獣さんで強いんだけど、狒々最強ってドヤられても狒々基準がわからないんだよ？　それでも、委員長さん達が2パーティーならこれは無理。これだけの魔物が『連携』で群れれば数の暴力で押し切られ、逃げられなければ嬲(なぶ)り殺しにされる。全員でなら勝てても被害が計り知れない。

俺達には対策があった。しかも策と対策の2つの安心な戦闘だ。策は『魔法無効』だけだから、群れの中心部に油を投げ込んで放火した。火炎無効は無いから大騒ぎで『連携』出来なくなった。それでも脅威なのは数の暴力で、その対策は「数で暴力を振るうなら、もっと暴力的にやり返せば良いじゃないの」と数ごとボコる。１００匹の暴力に、一人あたり1万発の暴力を叩き込む。うん、完璧な対策だ。

ただし肩盾(ファンネル)でも厳しくて、ソード・レインは無理だった。全開で『魔纏』した高速移動の戦闘になると、肩盾（ファンネル）まで制御しきれなかった。そして無理して制御不能状態になり魔纏が暴走して自壊。それでも90階層ともなれば敵が強い。余裕を残した戦いなんてしてたら何時（いつ）殺られてもおかしくない以上は全力で行くべきだ。そう、決して意地でも肩盾（ファンネル）で遊びたかったわけじゃないんだよ！　うん、楽しかったけど？

「いや、ちょっとくらい自壊したところで『大賢者』を取ったから、『再生』の効きも良いし治りも早くて『治癒』や『回復』も纏（まと）えてるんだよ？　多分『蘇生（そせい）』も纏えてる筈（はず）だから、ちょっとくらいなら死んでも大丈夫なのかも？」

　でも、何かその効き方はちょっと嫌だな！

「危ない事しない、です！」「だって危機管理しようにも狒々が多すぎて狒々管理に御多忙で、きっと狒々さんだって日々ひいひい言いながら御苦労されてて、昨日の夜は自分達だってひいぃひいぃイイぃって……な、なにをするー!!」

　ボコられた？　でも対単体戦闘なら動きに失敗（ミス）が無ければ自壊もせず戦える。ただ集団相手だと肩盾機動攻撃（ファンネル）や、無限の魔手で魔糸（ワイヤーカッター）や無限魔手武器攻撃（ソード・レイン）といった遠隔操作系大量攻撃を使うと処理能力を越えてしまう。それは無謀と言えばそれまでなんだけど、負荷の比率を見極めて両立できる限界を知りたいんだよ……いつか手が尽きて、詰まない為（ため）に。うん、あと「捉えたぞ、そこだっ！　もらったぁぁ！」って言いたかったんだよ？

　大量の敵中に飛び込むのは無理でも、この92階層みたいな迷路の遭遇戦ならば両立に近い程度には使いこなせて来ている？　うん、遠隔操作も敵が少ないと処理が楽だし、本体は反射だけでいなせている。まあ、でも「スケイル・オストリッチ　Lv92」は鉄の鱗鎧の駝鳥さんで、『魔纏』が最も有効で高速移動で回避しながら魔糸を放ち通り抜け様に切断されて行って……後は転んだ？　うん、鎧は隙間さえあれば案外と『魔糸』に対して脆いし、走ると引っ掛かって転ぶんだよ？

そう、この駝鳥さんは攻撃特化で危険だけど、防御力や防御系スキルが少ないから脆い。そして魔糸に引っ掛かって転ぶ？　だけど、こんなのと正面から打ち合えばLv100でも殺られる。こういう相性が有るから委員長さん達を下層に潜らせたくない。防御無効の『絶対貫通』の嘴で突かれたり、足の爪で蹴られると攻撃が通ってしまい致命傷になり得る。だって、迷宮の下層の魔物って対高Lvに特化したスキルが多い気がするんだよ？

駝鳥さん達を狩り尽くして隠し部屋に行く。スライムさんがぷるぷると御機嫌だから相当駝鳥さんを食べたようだ。宝箱は至極当然かの様にまた鍵が掛かっていない。そして罠も無い。中身は『魔導の飛鏢　斬撃（大）　飛鏢　誘導　魔法伝導　＋ATT』18本セットのお得な暗器、鏢のセット。基本投擲武器だけど握りが輪になっていて小剣としても使えるけど、輪に紐や布を結び振り回す事も出来る武器らしい。だけど、これ踊りっ娘さんの鎖の先に付ければ斬る事も出来るようになるかも？　まあ、それも後回しで『空間把握』の感じから言って次が最下層で、迷宮王さんのお部屋みたいだ。

「お邪魔しますって邪魔もするけどボコって魔石にして売り捌くって何だか悪徳な強盗さんより質が悪そうなんだけど、良質な強盗さんもそれはちょっと嫌な感じなんだよ？　まあ、最終階で迷宮最終回で魔石回収は後からだから六連機動肩盾展開で、行き成り六連機動肩盾攻撃発動ってただの攻撃なんだけど、もう撃ってるから挨拶は良いよね？」

やはり、ここも深かった。結局93階層でLv93の迷宮王……と思ったら、ここに来てLv100だよ。だが、闇さえいなければ何ら問題はない。

　そして、でっかい植物は「アース・プラント　Lv100」さんで、ベジタブルでは無いから食用ではないのだろう？　でも、てっきり正統派な触手対決かと思いきや邪道なフェンサーだ。鋭い枝で突きながら枝を伸ばし増殖させていく槍衾、後衛からファンネルの援護射撃で片っ端から枝を穿ち尽くすけど、瞬く間に増殖されて元通りって……異世界にも高枝切り鋏が必要だったようだ？

　無限に増殖し、無尽に分裂しながら突き出される無限の槍先。『魔法耐性』に『魔法反射』、『魔法吸収』まで持っていて『炎熱耐性』で油でも燃やせない。斬っても穿っても折っても『増殖』でキリがないし、鋭い枝と蔓の刺突で近付けない。瞬間的に直線で突く枝と、しなり斬り払うように伸びる蔓の弾幕さんを回避しながら逃げるしかないジリ貧。魔力切れまで待つ手もあるけど、『魔力吸収』持ちだし長くなりそうだ。

　甲冑委員長さんと踊りっ娘さんが舞うように、伸びる枝の刺突を掻い潜りながら増え続ける枝を斬り落としていく。それでも手数無限の刺突の雨に回避が忙しく、鋭い枝の槍衾で守られた本体にまでは肉薄できない。スライムさんは刺されるがままに食べてるけど、食べても食べても御代わりが出て来て嬉しそうだ……うん、わんこサラダ状態？

（ポヨポヨ♪）

後衛からの牽制は諦め、『守護の肩連盾』を肩に戻す。そして、中衛から１００本のソード・レインを真上から叩き込む。ただ制御無しで直上から叩き付けただけのLv99のミノタウルスの大剣達、そのただの物量が伸長し枝分かれする枝を破壊しながら……弾かれる。固いし強い、砕け散りながら１００本の剣を弾いている。

「ふっ、たかが植物魔物に草食系男子高校生がエコ対決で負けるわけがないんだよ！」

見た時から思い付いていた。だけど、何となくそれって哀しい気がして控えていたけど仕方ない。ソード・レインもアイテム袋に戻し、『魔糸』を紡ぎケブラー状に編み込んでいく。もうすっかり編み物が得意な男子高校生だけど、ケブラー編みする男子高校生は更に珍しいだろう。まあ、女子校生だってあんまりしないだろうけど？

「うん、手編みのケブラーとか送っても愛は芽生えそうにないんだよ？　寧ろ絞殺用！」

そして先端を重く編み込んだ3本の『魔糸』を高速回転させ、階層中に増殖していく枝の槍衾に向かって躍り込む。突き出される蔦と枝の槍を『世界樹の杖』で斬り払いながら前線に出て、高速回転の『魔糸』に蔦と枝が伸びた端から刈られていく。

「まあ、芝刈り機って言うかワイヤーカッター式の草刈り機？　うん、何で異世界で草刈りしなきゃいけないかはともかく、俺が草刈り機ってなんなの！」

３６０度を球形に刈る立体草刈り男子高校生さんだ。うん、真面目に剣で斬り払っていた甲冑委員長さんと踊りっ娘さんがジトってる……だからやりたくなかったんだよー。まあ、異世界では回転式ワイヤー草刈り機は珍しいみたいだし案外売れるかも？

「男子高校生は迷宮へ芝刈りにって、まあ魔物刈りって言うかアース・プラント狩り？　その場合どんぶらこどんぶらこはどこから流れて来るんだろうね？　寧ろ竹藪刈って美人さんゲットが良いのに枝と蔦ばっかりで竹は生えて来ないんだよ！　でも竹生やせたらワイヤーカッター式の３Ｄ草刈り機を防御できたのにお互いに残念な結果になってお祈りメールで桜散らないで草が散って草が生えて大笑い？」

魔法を吸収したって反射したって耐性があっても関係ないただの草刈り。そう、所謂は草！

「ウィンド・カッターで斬れないなら、草刈り機で狩れば良いじゃないの！　えむを？」

まったく、魔の森の伐採がお気に入りでデモン・サイズさん達は朝から魔の森通いだけど、まさか迷宮で俺が草刈りって……異世界にまで来て迷宮で草刈り。しかも草刈り機で草刈りならまだ許せるんだけど、異世界スキルで俺が草刈り機って何っ!!

「うん、異世界さんは何の用で俺を呼んだの？　草刈り機だったら異世界ごと刈ってやる！　でも、ブラ作製だったら話し合いという名のお説教だ!!」

ようやく剪定されてスッキリされた「アース・プラント」さんは、美味しくスライムさんのサラダになった。うん、この迷宮はお肉ばかりだったからヘルシーかも？

「全く、つまらぬものを斬ってしまったと言うか刈ってしまったと言うか、触手さんの無駄遣いだった？」

そう、魔物を倒すなんて男子高校生的に間違った触手さんの使い方だから夜は口直しだけど触手さんにお口は無いんだよ？　うん、ジトいな？

この世界では18才を過ぎると行き遅れらしいが永遠の17才については触れられないらしい。

87日目　夕方　宿屋　白い変人

遥君達は迷宮を潰していた。93階層まで有る深い迷宮で、そして深層の魔物も危ない能力持ちが多かったみたい。

「って言う訳だから80階層まで？　まあ85階層までなら行ける気もするんだけど、搦め手が増えるのと特殊スキル持ちが多いから装備が充実するまでは禁止の方向？」

つまり、私達だけでの下層はまだ駄目だって。

「「「ええー！」」」「「「ぶうぶう!!」」」

お目付け役がいないなら全員でも駄目。踏破した迷宮の魔物さんがそこそこヤバかったみたいで、80階層台がギリギリで90階層からは禁止。でも、あの4人が「そこそこヤバい」と言うなら私達には凄まじく危険。だって、あの4人で本当に「ヤバい」なら、もう異世界って無理なの？　うん、あの4人が手古摺るなら私達だと確実に命が危ないから。

「この装備でも駄目って、あと何が足りないの！」「力押しで勝てる武器と、特殊攻撃を凌げる鎧？　後は逃げる時に置いて行ける囮のオタとか、謎の敵に突っ込ませて実験台にする為の莫迦？　あと嗾けて囓り殺すビッチ？」「「「さらっと置いて行かないで！」」」「「「囓らないって言ってるでしょ！　何で嗾けてるのよ、あとビッチじゃないのっ!!」」」

不満はある。でも、無限に増え続ける槍の魔物なんて、どう戦って良いかも分からない。アンジェリカさんやネフェルティリさんでも斬り払いきれないなんて、私達だと全員でも突破なんて出来ない。あと、人間草刈り機も無理だからね？

　そして遥君はミスリルを探している、アンジェリカさんやネフェルティリさんの超絶装備もミスリル化をしたいらしい。そう、私達が着ている新型の甲冑ですら「代用品」。それは過保護過ぎて求める安全性が高過ぎる気もするけど実際に80階層でもダメージはそれなりに受けていて……そして下層の魔物は更に強くなっていく。

「正攻法、で勝つの。正しいです……武装は必要、です」「勝てる武器　負けない防具全部使いこなすのが技です」（ポヨポヨ）

　駄目みたい、4人全員反対。犠牲者を決して出さない戦い方だと、どうしても安全策に偏る。だけど、それはこの4人にその危険を押し付けるっていう事。私達が勝てる敵とだけ安全に戦い、危険な魔物は全て押し付ける……それは、また守られる事と変わらない。だいたい一番脆いのは遥君で、アンジェリカさん達だってLv制限を受けていて、スライムさんに至っては……装備すらしてないよね？

「いや、殺せずに殺せるようになれば良いだけなんだから考え込まなくて良いんだよ？　うん、俺達は殺されずに殺される前に殺すのが得意で、委員長さん達は殺されずに殺せる敵を殺せば良いだけなんだよ。って言うか最下層の魔物って高Ｌｖな敵に適応しちゃってるっぽいから厄介なだけで、Ｌｖで圧倒するか……Ｌｖ差とか無視できるかだけなんだよ？　うん、委員長さん達はＬｖを上げてそれに見合った装備を揃(そろ)えるだけで良いんだよ？」（ウンウン、コクコク、ポヨポヨ）

　分かってる。頭ではちゃんと分かってるの。自分達の正しい戦い方も、私達の力が足りていない事も。だからね……訓練だ。それしか無いから、強くなる為に出来る事なんて鍛えるしかないんだから。そして晩ご飯のとんかつを食べ過ぎちゃったから！　納得するしか無くても心は納得してくれない。だから頑張るしかない……そう、何度でも何度(わんもあせっと)だって!!

　うん、あの追加の大根おろしとんかつさんが罠だったの!!

「無理に包囲しなくて良いから、ばらけないでね！」「「「了解(ヤー)！」」」

　そして訓練はとんでもなかった。アンジェリカさんとネフェルティリさんとスライムさんが3人同時で編成(フォーメーション)を組んでくる。全く崩せない……連携は拙くても、その個々に付け入る隙が全く無い。女子20人に遊びに来たシャリセレス王女やメリエールさん、メイドのセレスさんまで参戦してるのに……たったの24人ではあの3人の相手にもならない。

　不規則に役割が変わり続ける三角形編成(トライアングルフォーメーション)に、こっちの陣形が翻弄されて崩されて行く。一人で最強が3人揃い、連携されたら為(な)す術(すべ)がないままに劣勢に追い込まれる。組み直した端から陣形が解体され、慌てて守れば崩される。囲めば突破され、奇襲は裏を取られ、ただ思うがままの連携に翻弄されて蹴散らされて行く。

そう、これが私達の弱さ。個々で勝てないから集まり連携して戦い、その連携が崩されれば……やられる。立て直せないままに追い込まれて、援護（フォロー）に入れば一気に狙い撃ちされる。たった一箇所が崩されると、そこを守る為（ため）に呼び込まれて狙われ殲滅（せんめつ）されている。そして、それを覆す策も切り札も無い。私達の個々が弱すぎるから。

だから「力押しで勝てる武器と、特殊攻撃を凌げる鎧」。こうなった時の為に、こうされない様にする為に。何も言わないけど男子は個別練習を始めている、いつかいなくなるなら私達だけでその穴を埋めなくちゃいけない。攻撃と機動の要と、守りと攻守の礎。それが無いと陣形の維持すら儘（まま）ならない無力、維持出来ないから攻守が切り替えられず劣勢になる。そして立て直せない個々の絶対的な弱さ。

「くっ、止めます！」「「手伝うよ」」

先頭のアンジェリカさんを盾組で止めても、無理に斬り込んで来ないで引き付け、後衛のネフェルティリさんが右に出て挟んで来る。慌てて右翼の私達がネフェルティリさんを止めると、その間隙をスライムさんに中央突破されて分断されて囲み返される！

「アンジェリカさんは任せて！　盾役スライムさんを止めて!!」「「「うん、無理！」」」

左翼の島崎（しまざき）さん達の割り込みで位置交代（スイッチ）して無理矢理陣形を繋（つな）ぎ直す。私達と文化部でネフェルティリさんを挟もうとするけど、追うとするすると後退されて下がられ釣り出される。そのまま左翼に回り島崎さん達を挟もうとするネフェルティリさんの動きを阻止しに動くのに……今度はスライムさんに阻まれてしまう！

（ポヨポヨ♪）「これ、絶対練習されてるよ！」「男子、ちゃんと遊撃してよ」「「動きが速くて追い付けねえんだよ！」」

結果、男子まで参加しても崩壊。孤立させられ集中攻撃を受け、それを援護（フォロー）に行くと待ち構えられて狙い打たれた……ボコられたの？　うん、迷宮で練習してたんだね？

7戦7ボコで目が×（ばってん）していると、「お疲れー、今なら甘美味しい回復ポーションジュースがたったの300エレって言うぼったくり価格でご提供？　みたいな？」って言いながらジュースを振る舞ってくれる。そして、向こうでは今日はネフェルティリさんのリターンマッチみたいで、前回はまだLv1だったネフェルティリさんが反則攻撃で負けてしまったんだけど、今日はLvで圧倒している。ただし、お互い普通の木の棒で打ち合い、遥君も腰に『世界樹の杖（ユグドラシルのつえ）』を差しているから全力だ。

「「ファンネル攻撃！」」「いや、一瞬で撃ち落とされたよね？」「「でも浪漫（ロマン）なんですよ!!」」「いや、あれで遥は出遅れただろ？」

消えたかのように、ゆらりと消失して飛び込む黒い影。身体（からだ）を半回転させて、回避と同時に木の棒で横一閃（いっせん）に斬り払う。だけどそれすらフェイントで、足から低く『魔糸』を横（よこ）薙（な）ぎに振って足元を狙う足払い！

「ステップだけで！」「Lvとかじゃなくて、技術が違いすぎるよ」

対してネフェルティリさんは右手の棒を回して斬撃を払い、超低空の『魔糸』の一閃を歩いて通り抜ける。軽くでも跳び越えたなら着地を狙われるから、それを狙っていた遥君の隙を回した木の棒で斬り下ろす。

「側宙で回避」「掠ってなかった！」「「あのファンネルさん、盾なんだ！」」

遥君はそれを肩盾で流しながら宙を回る。その逃げ場のない身体に突き掛かるネフェルティリさんまで空中で横回転し、棒と棒が円を描いて交差し交錯する剣閃。そして足を地に付けるのと同時に上半身を捻って地面と水平まで身体を倒し、横回転を強引に縦回転へと方向を変え、変幻のままに木の棒が下から上へ軌道を変える。

「踊ってるみたい」「うん、知らなければ息ぴったりだね」

消える様に躱して後ろへ回り込もうとするけど、ネフェルティリさんの回転は止まらず身を起こして横回転に変わった斬撃が黒衣を追う。それはまるで決められた型をなぞる演武、ただ奇跡のような綺麗な踊りのようで……お互いの顔には微塵の余裕もない。

うん、負けた方が30分無抵抗で夜の攻撃を受けちゃう、命懸けの模擬戦らしいの！

「ぜえぜえ、夜は2対1なんだから30分のハンデは有って然るべきなんだよ！」

お互いが舞うように斬り払い、踊るように踏み込みが交差する。超接近——なのにお互いの身体は触れる事もなく、斬られる事も無いまま互いの位置を変え夢幻の剣舞が無限に続く。うん、二人共マジだね？

「ぜーぜーぜー、だが断る、です。　30分触手　３００回死ぬ、です！」

振り下ろされる木の棒を円を描くように流し、返しで斬り込む木の棒は空を斬り、また打ち合いながら位置を変えて交錯する。うん、30分で300回死んじゃうらしいの！

「ぜえぜえぜえ……」

流れる円運動の組み合わせに脚が舞い、剣閃が閃いて身体が踊る。楽しそうに、寄り添うように身を寄せ合いながら、回り巡り殴り合う……超本気だ。

「ぜーぜーぜー」

もう、遥君はネフェルティリさんに対抗できていないらしい。だけど勝負は互角で、スライムさんもぽよぽよと熱戦を応援しているの。

「ネフェ、まだ、なれてない。あの変則的動き、消える動作、そして不可視の魔糸も」

そう、ネフェルティリさんは迷宮皇の力を取り戻しつつある。見ているだけで感じる凄まじい強さ。でも慣れていないと、あの反則王は手強い！　斬れば消えるし、避けながら触手が伸びて来るし、既にネフェルティリさんの舞踏を覚えて動きの方向を読んでいる。

そして間合いが近すぎて鎖が使えないのが苦しい。

だけど、反則王さんも身体能力で圧倒的に負けていて、肉弾戦では勝てない。そして技術も大差を付けられているから、読めていても決められないの。そう、お互いが30分やりたい放題の危険性を熟知し、真剣な眼差しで斬り結ぶ。そして——試合終了。

「「「もおー、これ以上長引くと水着作製が遅れちゃうでしょ！」」」

審判さんが割って入り引き分けに終わる。正に死闘。ネフェルティリさんは無抵抗のまま300回死なずに済んでホッとしてるようだけど、『完全精神耐性』持ちでも300回死ぬって……どんだけなの！

「ああ……疲れた」「「「ほらほら水着水着♪」」」

遥君は封印していた『世界樹の杖』を使わなくても装備はしていた。新たに『肩盾』まで着けた状態で戦えていた。たった数日で襤褸襤褸に壊れた体を直し、弱くなっていた力を取り戻してきている。でも、それはギリギリの筈。きっと限界を騙して如何様して、誤魔化し掏り替えておちょくって欺いているだけだ……うん、限界さんになんて事してるの！

「勝てなかった」「「「無理無理」」」「うん、だって絶対ネフェルティリさんにだけは、弱い姿なんて見せないよ……遥君は意地っ張りなんだから」

そう、不本意のまま操られて、遥君の体を壊したことに苦しんでるネフェルティリさんの前で弱いままの訳がないんだから。そして心配しながら見ていたみんなへのアンジェリカさんの説明では、遥君の強さの秘密は『魔纏』。

あれは魔力や効果だけでは無く、全ての魔法や装備効果まで纏った身体強化。その凄まじい効果で遂に身体が耐えきれず壊れ始めていた……前からずっと壊れ続けていたのが、限界を超えて制御不能に陥っていた。だってネフェルティリさんが助けられた時には、もう攻撃も受けていないのに身体中から血を噴き出して、骨は砕け折れ曲がり、腕は捥げて地面に落ちていたそうだ……ずっと、とっくに限界だった。

だから装備の『世界樹の杖』を外したり、無理な動きをしない様に『虚実』を封印して舞踏を習い剣舞の動きを取り入れてたはずなのに……また懲りずに装備品で身体能力を底上げして誤魔化しちゃったらしいの？　うん、全く反省していなかったの！

「「「ぷはあ、いい湯だ――！」」」「「「Viva-non-no ♪」」」

そして、お説教しようという強い意志は、更なる進化を遂げた究極の「真泡沫ボディーソープ」で洗い流された。その驚異のすべすべ感に魅了され、洗いっこで泡塗れになって洗い合い幸せいっぱいにお風呂にゆっくりと浸かって寛いで英気を養う。

そして見入る、魅入られちゃう。磨かれて濡れて滑らかな果実のように美しい肌、つるつるの絹のように滑らかで艶やかな素肌。その吸い付くように滑らかな透き通った抜けるような白さ、まるで陶器のようなすべすべの美肌に魅入られちゃうの！

「「「何なのこのボディーソープ！」」」

みんなお互いの肌を見て啞然としてる。ただただ自分の肌を触って呆然としている。透き通りそうな腕に象牙のように滑らかなお腹を、白磁の様な脚を……見惚れちゃうの？

「「「綺麗……」」」「凄すぎるよ、これ！」

肌が美しいと、ここまで美人度が上がるんだって言うくらいにみんなが綺麗。お風呂場はまるで現実じゃないような美しさで、みんな陶酔して……これはもう手放せない。これは絶対にぼったくられても要るの！

今日は新体操部とバレー部の運動部トリオに盾っ娘ちゃんも一緒で水着作製。だから肌を磨き抜いて、そそくさと遥君のお部屋に向かった。目隠し係の二人もちゃんとついて行ったけど……いないほうが実は安全な気もするけどね？

「目隠し外したくらいなら、遥君は必死に目を瞑っちゃうだけなんだけどねー？」「「「うん、何とか唆してハーレム化させる気満々だね！」」」

かなり真剣に遥君に襲わせようとしてるみたいだけど……いきなり襲われても困るけど、遥君って今迄襲われた事しか無いよね？　あれって超凶暴な草食系の奥手でシャイな性王さんで、最強最悪な乙女殺しな……ヘタレさんだと思うの？

予定では2番手はシャリセレス王女とセレスさんにメリエールさん、そして妹エルフのイレイリーアさんの4人。異世界人さんって言うか、西洋人さんグループだけど舞踏会のドレスの時は……一瞬で倒れていた。そして今回は更に強力になった触手さんの精密採寸になるんだけど大丈夫なんだろうか？　イレイリーアさんは副委員長トリオから採寸秘話を聞いては顔を真っ赤にしている。でもなんかやる気満々？　でも王女様やエルフの巫女さんと触手さんって……なんだか危なそうだね！

卒業の見込みが怪しい男子高校生には異世界通信制教育制度とか無いのだろうか？

87日目　夕方　宿屋　白い変人

白く小さな拳を力強く胸の前で握り締め、真剣な眼差しで声を高らかに宣言する。

「この水着で頑張ります！」「「「何を頑張っちゃうの！」」」「うん、盾っ娘と言うか盾委員長さんは相変わらずやる気だけど、それ水着だから頑張らないで普通に泳いでね？　それ戦う装備じゃないから、ビキニであんまり頑張ると色々危ないいんだよ？」

最低限の付与はしてあるし、念の為の追加販売でぼったくる予定だけど戦闘向きとは云い難い。って言うかビキニで戦闘シーンが始まると男子高校生はとってもお困りで、きっとお魔物さんに嚙られても気付かず静かに正座で観戦に励んじゃうだろう？

「特に新体操部っ娘はあんまり特殊な動きはしないでね？　ビキニで軟体とかされたらカバーできる布面積が足り無くてポロリどころか御開帳で男子高校生が鼻血を噴き出して血塗れのプールで鮫とかビッチとかに嚙られるから泳ぐだけにしてね？　あとバレー部っ娘達も今の身体能力全開でビーチバレーは無理だから、弾け飛ぶから！　うん、川だから砂浜も無いんだよ？」「「「分かってるわよ！　あと、こんにちはって何！」」」

それでも不安だから新体操部っ娘にはローライズのボクサータイプも追加した。だってビキニで１８０度以上の開脚可能な股関節の可動域は、布面積的にカバーしきれないいんだよ？　かなり伸縮性を重視した生地で『吸着』も付与したけど、流石にその特殊な動きは追随しきれない。だって踊りっ娘さんが逆弟子入りで新体操を習っていたりするくらいに特殊で、そして下がこんにちはってすると俺の好感度さんがさようならって返事する危険性が高いんだよ！　うん、どんな会話なの！

「みんな要望書の布面積小さすぎない？　しっかり覆う円形に近いカップ型なら良いけど、なんで全員際どい三角型で、しかもストラップまで紐なの？」「「「そこは乙女の冒険なの！」」」「いや、異世界で毎日迷宮を冒険してて、これ以上なんの冒険なの！」

そして皆さん（2名部分的例外有）何気に肉感的肢体で凹凸が激しい。そしてＬｖ１００超えの身体能力が布地に負荷を掛けるからポロリが危ないんだよ！

完全に身体の曲線に沿った立体裁断で包み込まないと『吸着』は効果が薄い。かと言って食い込むとそれはそれで色々と女子も男子も不味い、かなり不味い！　そして伸縮性を出し過ぎると伸ばした時に透ける、ビキニさんがむちむちと肉感的に引っ張られちゃった状態で透けると……とってもヤバい。うん、女子も男子もヤバいけど、俺の好感度さんも致命的にヤバい！　だって、どう考えても女子高生に食い込んで透ける手作り水着を着せちゃう男子高校生って、異性の好感度が高い低いの問題を越えて絶対に天敵だよ！

「濡らしてから補正だから、問題があったら再調整するから新型巨大盥で濡れ濡れ女子高生なビキニ姿でしとしとと滴っちゃってね？」「「「はーい、って言い方がエロい！」」」

試着状態だから目隠し係さんはお手々を離している。でも、離される前からお手々が目を隠してた記憶が無いのは何故だろう？　二人ともお手々がパーで顔は覆われてるけど、目だけがら空きの目隠しに目隠し的意味合いは残されていたのだろうか？

「うん、あの小指で俺のお口を引っ張っていた意味は何だったんだろうね？　遂に瞼どころかお口まで広げられていたけど、全裸なＪＫを目の前にお口開けたまま涎垂らしてる男子高校生って絵面的に言って問題がアリアリなんだよ！」

　繊維は濡れると締まり、撚糸は縦に縮み易く食い込む原因になる。そして繊維が縮み目地が荒くなると透ける原因になり、男子高校生の好感度さんに致命傷を負わせる原因になる。うん、どうやら効果『再生』さんは、俺の好感度さんには効いていないようだ？

（チャプチャプ）

　縮みと透けの両方が安全域。問題は透け感を調べる為にマルチカラーを白にしている事が問題点に挙げられて、確かに透け感を調べるのには最適だし、食い込みも陰影が出て分かりやすい。だけど、それを目視検査で陰影な突起部分や筋部分をガン見で調査する男子高校生が問題と言うか問題外と言うか疑問の余地が無いから問題にすら成らないんではなかろうかと言われるくらいに問題だろう。うん、主に好感度的に？

「可愛い」「うん、窮屈さはないかな」

　そして透け感があれば生地を魔手さんで厚く詰め、食い込みが見て取れれば魔手さんで生地を緩め形と強度を維持しながら紡ぎ縫い合わせる補正作業。つまりそう言う所やこういう所がピンポイントで魔手さんされて行くんだよ？

「あぁ、うあっ、ひあっ……んんっ！」「はあぁ、はあぁ、はぁ、あうぅっ！」「んっ、んんっ！　うはぁっ！」「ひゃぁ……ふあぁぁぁあっ」(チャプチャプ)

艶めかしいな！

「何て言うか世間的なあれで好感度さんがとても好まれてない気がするんだけど、好感度さんが好まれないと感度さんだけが残されちゃってそれはそれで何か不味いんだけど、どこかきつい所とかある？　うん、動いてチェックしてみてね？」

水の入った盥に浸かっているのに肌をほんのりと桜色に上気させ、妙に息は荒く……うん、理由は聞かない方が良さそうだ。俺の長年にわたる男子高校生経験から言って聞くと怒られる予感がする？　まあ、大体いつも怒られるから間違いはない。そして男子高校生は何年くらい続くんだろう？　異世界通信教育科とか無いのかな？

「良いみたい……って言うか、これ以上無理ぃ」「はあ、はあぁ、頑張りました……この水着で頑張りゅましゅ」「かなり動いても大丈夫だけど……生地が伸びて張り付いて食い込みが……あぁぁ」「ちょ！　そこ、ビキニで濡れたままY字バランスとかしないでくれるかな！　それ、新体操用に設計されてないから、マジで勘弁してください！」

もう少しこう健全な健康的な男子高校生への配慮というものが有っても良い気がするんだけど、みんな思い思いにぽよんぽよんと試し、ぷるんぷるんと調べている。でも、そこ引っ張らないでね、食い込んでるから止めようね？　あと……開けてみないでね？　うん、目の前の男子高校生さんが色々と大変でお困りになられてるんだよ！

「「うん、ばっちり」」

　合格の様だ。色を黒や赤に変えて、鏡の前でポーズをとってデザインの最終チェック。それを後ろから満足気に眺めている男子高校生……いや、チェックだから！

「Ｌｖ１００超過の身体だと若干張り付き気味の伸縮性で、やや食い込ませてズレを防ぐしかないからむちむち感が扇情的なで……ちょっと確認のポーズは考えようよ!!」

気に入ったみたいだ。でも、あまり目の前で濡れたビキニが張り付いたお尻を振られると目のやり場に困るんだけど、チェック係な男子高校生は『羅神眼』さんの協力の下に詳しくつぶさに厳しいチェックをして情報を保存中だ。うん、記録は大事だな？

　そうして、ようやく４人終わったので30分ほど休憩を貰い、ご休憩でＷ目隠し係が目隠しできない程疲労困憊で……目もジトだ？　いや結構大変だったから仕方ないんだよ？うん、俺頑張ってるんだよ？　まあ、頑張ってみた。

「よく考えたら目隠し係さん達の回復を待たなくても、全く目隠し的に支障がない事に気付いて次に行くことにしたんだよ？　うん、痙攣してるけど気にしないでね？」

　この４人で今日は限界。だって、色々限界だ！　だけど夜は限界突破で頑張ろう！

「お願いします、遥さん」「遥様、私達にまでありがとうございます」「でも……この水着って言う物はちょっと恥ずかしいですね？」「姫様に不埒な事をしたら分かってますね！　毎回全く分かってない気がしますが、見たら不敬罪常習犯で目玉を抉ります!!」

妹エルフっ娘に王女っ娘さんに、メリメリさんとメイドっ娘の異世界４人組。全員が西洋人体型だから情報が少なく、甲冑委員長さん達からの情報と見た目で調整してたけど……完全採寸下着も欲しいらしい？　結局、精密採寸で不埒な事はしないんだけど……ある意味女子が男子高校生に身体の精密採寸を頼む事にこそ不埒感を覚えるんだよ？

（しゃかしゃか、しゅっ……ぱさっ）

何度やってもこの服を脱ぐ時の衣擦れの音が……人は五感のいずれかを止めると他の感覚が鋭敏に研ぎ澄まされると言う。目を瞑ってるから聴覚が鋭敏になっているのだろうか？　そして倒れ込んで痙攣していた目隠し係が、這い寄ってまで瞼を抉じ開けようとしてるの！

「ちょ、両手で引っ張らないで！　痛い、って言うか瞼千切れる！　目隠しと目千切りを間違って覚えてないかな！」

骨格から根本的に違うから筋肉の付き方まで差異が出る。骨盤の形状が違うと基本設計から変わり、甲冑委員長さんに近いから情報量は充分にあるけど個々の差とはここまで大きいものなのかと言うくらいに人の身体の形状は千差万別。その差異を確かめるために触れて撫でて押して揺らして、1つずつ細やかに確かめていくと……壊れる？　うん、触手さんの頃から経験して耐久性を上げてきた同級生達と違い、異世界組は慣れてないから脆いんだよ？　だって、ドレスの時もこうだったよね？

「あ、あぁ、ご、ご、ごご、ごめんなさい、む、む、もう無理。ゆ、ゆゆ、許して下さい、エロいの駄目、これ駄目、無理、あ、あ、あああ、あ、んあっ……（パタッ）」

採寸しながら布地を当てて立体に成型し、張り付け包み込んでいく。うん、動きが激しくて作り難いな？　そう、仰け反り震えて身悶え回るから、余計に時間もかかるし予定外の部分まで採寸されて測られて行く？

「ま、待って、待ってそこはぁ、あっ、あ、ああっ！……（コテン）」「ひ、姫様に……な、なな、何て破廉恥な！　ふ、ふふ、不敬な……ふ、ふ、不敬……（ポテッ）」「ひゃうっ、こ、これが！　あっ、す、す、凄い、凄すぎぅっ！　きゅぅ！　（トテン）」

やはりまだ上下同時採寸は無理だったか……でも、これ以上長引かせると男子高校生が限界に近い。男子高校生の理性が崩壊して触手さんが暴走すれば大惨事確定なんだよ？

試作と試用まで行ってから倒れてくれたけど、調整と補正が倒れてるとやり難いのに……何か怪しく痙攣して、腰をくねらせて身悶えてる？

「「「だ、あ、だ、駄目っ、あっ、ちょ、そ、そ、そこっだ、駄目だからぁ……！」」」

取り敢えず仰向けに倒れたまま調整。身体を丸めて痙攣してるかと思うと、突然に仰け反ったりと忙しそうだ。これ巨大盥に入れたら溺れないかな？　まあ、目は×になってるから、今の内に巨大盥に浸けて補正してしまおう。

「完全に意識を失って脱力してるけど、この状態で補正しちゃって良いのかな？　まあ、意識が戻ったら再補正すれば良いし、これで詰めちゃおう？」

そうして完成したけど……本人達が復活しない。踊りっ娘さんが気を利かして各関節を鎖で吊り上げて操り人形形式で動かしてくれて、そのまま調整してようやく終わった？

「うん、もう操らなくって良いよ？　あと、そのポーズってどう考えてもおかしくないかな？　なんでヨガポーズの『ハッピーベイビー』で宙吊りなの！」

そして気配！

「遥君、入るよ。終わったかな？　今日はシャリセレスさん達で終わりで良い……のか……な、って……何やってるの！　王女様とお姫様になんて格好させてるの――っ！」

怒られた？　委員長さんはこちらが身構える前にお説教してきた！

「何してるのって水着作ってたんだけど、格好ってあれは踊りっ娘さんが健康を考えて脳を休めストレス解消や疲労回復にも効果があると言われるヨガでも定番のアーナンダ・バラーサナって言うポーズで、別名がハッピーベイビーって言う名前からして健全で健康的なポーズだし、どう考えても水着作りに必要のないポーズなんだけど……やったのは踊りっ娘さんだから俺は悪くないんだよ？　でも、あれって腎経が解れてむくみ解消や解毒効果もあるって言うか、腎経って腎臓や生殖機能とか老化に関する経路だから重要だし……太腿痩せ効果も高いんだけど委員長もする？　太腿？」「しません！　私の太腿さんは大丈夫なの!!　あとビキニでそのポーズで宙吊りはギルティーです！」

お説教だった！　踊りっ娘さんは逃げ出した！

その夜は超絶な怒られ男子高校生による踊りっ娘さんへのお仕置きと言う名のにょろにょろさん達は、手加減なく容赦なく嘗てなく暴れ狂い、にょろにょろさんに飲み込まれて踊りっ娘さんはとっても反省したようだ？

「なんだか『異形の首飾り　変態　異形化　粘液（全耐性、全状態異常付与）＋DEF』を使って『気絶耐性』のぬるぬる粘液を付けたら、気絶も出来ないまま延々とお仕置きだべーな異形感が便利だったな？」

何故か見ていた甲冑委員長さんまで涙目だった？　いや、だって男子高校生的に結構限界だったんだよ？　うん、ずっとかなりヤバかったんだけど、やっぱりあのハッピーベイビーは激ヤバかったんだよ――――っ！

【男子高校生、GoFight！】

夜も更け、二人共静かにお休み中なので内職ついでに踊りっ娘さんお気に入りの鉄扇を改造してミスリル化してみる。出来たものは『幻影の舞扇（ミラージュ）　SpE・DeX・MiN30％アップ　物理魔法反射（特大）　回避（特大）　幻惑　幻影　斬撃　飛扇　＋ATT　＋DEF』で、ちゃんと鉄板が重ね合わされた総ミスリル合金製な扇。

「ちゃんと開閉っと。鉄扇って外側の親骨だけが鉄だったり、閉じた扇の形をしただけの鉄の塊も有ったらしいんだけど……それ文鎮じゃん！」

元々は戦扇だったけど、踊りっ娘さんの特性に合わせて指で挟んで回したり投げたりし易い様に要（かなめ）の部分を重く摑（つか）みやすい形状に変えてみた。ようは「要返し」なんかの動作を行い易くして扇の外枠に刃を付け、長さも伸ばして鉄を上張りし扇面積を多くして防御力を上げてみた。そこまで改造してからミスリル化すると『幻影の舞扇（ミラージュ）』と戦扇が舞扇に変わったから、改造してからミスリル化すると性能や機能にも反映されるようだ。

まあ、せっかく綺麗な扇舞だったし、踊りっ娘さんは装飾物が好きみたいだから扇に彫刻して飾りを付け、金地に極彩色の柄入れしたから舞扇と見做されたのだろう。本来は迷宮戦より室内や対人用の護身武器だし、このくらいの遊びは有って良い。せっかくの扇舞だし、気に入ったんなら綺麗な方が良いよね。

そして『魔導の飛鏢　斬撃（大）　飛鏢　誘導　魔法伝導　＋ATT』の豪華18本セット。これは鎖の先端に繋いでおこう、踊りっ娘さんなら簡単に使いこなせるだろう。

「後はオタ達に持たせる手榴弾に地雷に魚雷、莫迦達の装備と……注文もあったな」

そうして夜も更け、せっせと内職しては男子高校生をして、またこつこつと内職してはまた男子高校生を繰り返す。うん、甲冑委員長さん達も日々『再生』Lvが上がっている様だ！　そう、夜が更けても男子高校生の夜に終わりは無いのだー！　みたいな？

ぽよぽよと風情を楽しむ様な顔をしているがただのかき氷の食べ過ぎだった。

88日目　朝　迷宮　地下80階層

新装備の『魔導の飛鏢』を先端に付けた18本の鎖達が散開して空を薙ぎ、斬られ叩き落とされる「アクセル・ホーネット　Lv80」達。全長1メートルは有る雀蜂さんとかマジヤバだけど、大きい分狙い易い。うん、加速なんだけど煙で燻してから水魔法でスプリンクラーのように水も撒いたから、速い事は速いんだけど動きも悪いし弱々しいんだよ？　針を撃って来る遠距離攻撃も出来る蜂さんの飛来する針を、舞うように回避し鎖を舞わせて蜂を落としていく鎖撃の乱舞。舞神の如き美しい天上の舞は旋風の竜巻に変わり、死の舞踏の如く悉く雀蜂を吹き飛ばし、雀蜂の骸だけが階層に積み上げられていく。

「うん、迷宮の中で煙を焚いて水を撒く活躍って、何か思ってたファンタジーと違うんだよ？　でも、滅茶効いてるな？」（ウンウン、コクコク、ポヨポヨ）

　蜂の中でも雀蜂は極めて凶暴且つ獰猛で、刺されたら脳天に釘を打ち込まれたような痛みが1日以上続き死の危険もあると言う……よく考えると日常的に脳天に釘を打ち込まれるくらいの痛みだったら慣れている？　うん、1本分くらいなら痛いだけだな？

「お疲れー、『魔導の飛鏢』とミスリル化した鎖も調子良さそう……って、何で俺って目が覚めたらその鎖で縛り上げられてたのかな？　うん、一生懸命に夜なべして作った鎖さんに巻かれたままお目覚めで、劇的刺激で目が血走るくらいに覚まされたのに終わらない目覚めの御奉仕はどんだけ目が冴え渡ったら終わりを告げるのか知りたい所だけど、横で他人事のようにウンウンしてる甲冑委員長さんも全力で目覚めの御奉仕に参加してたよね！」

　うん、朝から嬲られた。何気に戦闘よりもダメージが大きい朝の目覚めだったけど、果たしてあれってすっきりした朝の目覚めに含まれるのだろうか？

「うん、だからテヘペロで解決を図るの止めようよ！　あれ絶対にうっかりミスや失敗じゃなかったよね！　いや、テヘペロさんの使い方も間違ってるんだけど、その頭コツンもわざとらしいのにあざといんだよ？　あと、そのベロの動かし方エロいから！　それテヘペロじゃない何か妖しいものに変わっているよっ！」

　朝からお婿に行けない様な一朝の体験が繰り広げられたんだけど、相変わらずにお婿さんどころか彼氏さんも駄目なお妾コンビさんで今日も引き続き彼女いない歴が更新中。うん、彼女もいないままかなり凄い事されてるんだけど、俺はお婿に行けるんだろうか？

（ポヨポヨ～）

　出番が無くてスライムさんが退屈そうだ。次の階層で美味しい魔物さんを期待しよう？

「全く、ちょっと夜なべして寝不足で先に起きられないと朝から凄い体験をする事になるって、明日は絶対早起きして仕返しだ！　うん、勿論夜も夜なべで復讐なんだよ!!」

（プルプル）

　だが朝の御奉仕の為にメイド服を用意とは侮れない。そう、あれで男子高校生のダメージが深まったんだよ！　しかし一体、甲冑委員長さん達は女子会で何教わってるの？

　魔物が集団な広間階層では隊列編成の練習、そして迷路型なら分散して個別練習。少数の魔物相手に『魔纏』と『虚実』の調整訓練、迷宮で訓練して宿の演習場で全力で戦うのって何かおかしい気もするけど無抵抗で30分は危険なんだよ。うん、どれ程危険かは朝味わった！　ごちそうさまでした？

　個人戦と集団戦が出来て、みんな楽しそうだけど……この迷宮、魔法が効かない魔物さんが多いな？　なのに隠し部屋には『魔術師のブレスレット　ＩｎＴ・ＭｉＮ30％アップ魔法攻撃防御力増大（大）　魔術制御（大）　魔装』と魔法装備だった。ちょっと欲しいけど、文化部も装備は欲しいだろうし『魔装』が魔纏っぽいから中衛の装備に良さそうな気もする。まあ、折角の迷宮なんだし試してみよう。

　迷路型の階層を分散攻略。最初から『空間把握』と『地図』で道が分かっている迷路だけど、枝分かれが多いと行って戻ってと移動に苦労する。折角の装備持ち魔物さんだから取り溢しはしたくないし、85階層だと魔石だって高級品だ。うん、しっかり狩り尽くそう。

　身体を『魔纏』で強化する。今までは瞬間的に速く纏う事だけを意識していたけど、全体ではなく個を感じ、特に『転移』と『重力』と『止壊』の3つを別々に意識して『掌握』して纏い制御する。抑制なしだと混じり合い化合してしまい、制御不能で自壊が始まる。まあ、混ぜるな危険？　だけど混ぜた方が強い感じがするんだけど、制御出来ない強さには頼れない。うん、混ざって何になっているか分かったもんじゃないし？

　豪壮に振るわれる槍と斬り結び、弾き飛ばして懐に飛び込み同時に斬り裂く。戦いとは別に効果を意識し、認識して制御し抑制する。やはり全身を『消失』する事は出来ていない、身体の部位が瞬間移動で消えているだけ。最速の最適行動を越えた超加速で発動している感じだけど、感じだけで制御は出来ていない。

「うん、意識すらしてなかったから肘から先だけ『瞬間移動』とかしちゃってるのが、肩と肘が間に合わなくて折れて自壊する原因だったよ！」

骨と筋肉の破壊はこれだろう。血管の破裂や血が噴き出すのは別の理由な気がするけど、『木偶の坊』による強制身体操作の負荷を考えれば何処が壊れてもおかしくはない。

大賢者になって『身体強化』が付与され、それも纏われている分だけ壊れにくくはなっている。壊れてたら『再生』、壊れかけても『治癒』や『回復』も纏った分だけ治るのは早くなっている。だから行けるはず。

足を踏み出しただけで全身が『虚実』の発動を始め、腕を振っただけで身体中が『虚実』に最適な行動をとる。淡々と延々とその型を身体に沁み込ませ覚え込ませ、思考加速の時間遅延の世界で斬る為だけに全てを注ぎ、余計な全てを削ぎ落す。全てを纏め上げ、無駄無く最速に斬る。ただそれだけの技が『虚実』。

「うん、小手先だったんだね……身体で斬らないから腕が千切れるんだ?」

暗い眼窩が惑う。何故貫けないのか、何故斬られたのか。分からないまま斬られた「スケルトン・ランサー　Ｌｖ85」が、白い欠片になり飛び散って行く。斬られ転がる髑髏の空洞の眼窩が不満気に見上げてる。まあ、ジトではないからどうでも良いや?

高Ｌｖの『槍の極み』を持った骸骨の騎士達との操り糸の絡み合った人形劇。出来の悪いコマ送りの映像みたいに消えては斬り、斬っては消えて踊り回る。只々ＳｐＥ９００オーバーの魔物よりも速く斬る、全てが無拍子になる一瞬を求めひたすらに斬る。

「はあーっ、疲れたけど突かれると一撃で死ぬから、突かれるより速く斬れば自壊するけど死ぬよりマシ？　まあ、正統派はキツいんだよ。強くて速いし、ジト目もないし？」

結構いい槍だし、鎧も中々。みんなの装備には劣るけど一般販売すれば大儲けだ。だけど微妙に物が良過ぎて市販は不味いかも知れない。うん、敵に買われたら目も当てられないし、目隠し係も目を隠してくれないし困ったものだ？

「いや、あの目隠し係コンビを考えれば何をしても許されそうな気がするんだけど、何かすると決まってお説教になるこの不条理な世の中なのだけど……流石に下層の武器装備は売る相手を選んだ方が良いだろうね？」（ウンウン、コクコク、ポヨポヨ）

しかし、斬ろうと焦ると腕先だけが転移しようとする。だけど、迷宮で戦闘中にのんびりしてると死んじゃうよね？

「王国とか辺境の軍に売ろうにも貧乏だし？　冒険者だって未だ中層までしか行けていないんだから、そこまでお金持っているとは思えないし？　お金持ってて買いそうなのは大体敵って言う、経済格差による俺のお大尽様の没落の危機なんだけど、一日7回は没落してるからまあ良いや？　うん、あと一回で七転び八起きなんだけど毎回起き上がれないのは何故なんだろうと虚空に向かって問いかけてみるんだけど答えなんて何処にも無いものなんだよ。うん、聞きたくないし、聞くと大体お説教なんだよ？」

そして『空間把握』では次の86階層で迷宮は終わり。比較的浅かったけど86階層と言えば十分に深いレベル、装備が揃っても未だに軍も冒険者も中層で止まっている。50階層ですら潰しきれない現状で下層は全て危険だと言って良い。せめて70階層までで普通の迷宮王なら委員長さん達でも充分に戦えるはずなんだけど……深いんだよ、何でだか？

「お待たせー、って毎回俺が最後って言うのがちょっぴり悲しいけど、戦闘前のポーズは譲れないんだよ？　うん、迷宮で戦う男子高校生としてやらずにはいられない必要不可欠にして枢要で肝要な至要たるポーズなんだけど、敵も味方もみんなスルーなのが悲しいんだけどみんなもやらない？」（イヤイヤ、ブンブン、プルプル）

　断られた！　しかも即決即断の全否定だった!!　未だ異世界では厨二な病は発生していない様だ。そして高2だけど完治までは遠そうだ？　だって迷宮なんだもの。

　それでも『肩盾』で攻撃を逸らせるようになり、回避が小さく済む様になった分だけ『虚実』も形になって来ている。戦闘時間だって短縮できているはずだし、きっと格好いいポーズくらい許されるだろう。ただLv80超えの攻撃は『肩盾』で逸らしてもダメージを受ける、完璧に逸らさないとLv24では衝撃だけで結構なダメージになる様だ。

　そして相手は迷宮王、僅かでも気が緩めば致命傷を受ける相手。致命傷を受ける前に鎖で縛られて滅多突きにされて食べられてるけど、精神の緩みを戒めて警めちゃって縛め上げるのだ！　まあ、縛られ動けそうにないんだけど？

「これ　良いです」

　使えそうだとは思ってたけど、『魔導の飛鏢　斬撃（大）　飛鏢　誘導　魔法伝導　+ATT』は『飛鏢』で空を舞い、『斬撃』で斬り裂き鎖が『誘導』されて叩き付けられる。縛り上げて最後に魔導の飛鏢が刺さった挙句に『魔法伝導』で雷撃を浴びせられている。1粒で二度美味しいどころか、1本でボコボコにする鎖が18本。それを躱しても『プロメテウスの神鎖』が待っていたりするんだよ？

それでも次々と生えて来る「アイス・ヒドラ　Lv86」の頭をファイアー・バレットで吹っ飛ばし、甲冑委員長さんの斬撃にガリガリ削られてかき氷にされ……スライムさんに食べられている。うん、シロップはいらない様だ？　試しに濃縮されてシロップ状態になっている木の実のジュースを掛けてあげたら「ポヨポヨ」と喜んでいた。美味しそうだがアイス・ヒドラさんには何味が合うのだろう？

「遂に竜種かって期待したら『アイス・ヒドラ』って氷の龍型彫像じゃん！　まあ、だから全部氷だしかき氷で正しかったのかな？　うん、でもかき氷が正当な倒し方な異世界迷宮に問題を感じるんだよ？」（プ、プルプル！）「ほら、冷たいものをいっぺんに食べちゃうからキーンってなるんだよって、キーンてなる頭がどこなのか分からないんだけどお腹が冷えたのかな？　まあ、お腹も分からないんだけど、まあ熱いお茶？　茸茶だけど？」

（ズズズー、ゴクゴク、ポヨポヨ）

みんなでお茶してみた。地面に毛氈っぽいマットを敷き野点で点前ってみたから、お饅頭も出して上げよう。ついでに野点傘も作って立ててみたら、みんな喜んでるから良いのだろう。迷宮でもこれはこれで風流なのだろうか？

あの「何っ!」って言う顔こそが滅茶滅茶ムカつくんだけど理解は得られない様だ。

88日目　昼　草原

お外でお昼ご飯。次の迷宮に向かうついでに、森林伐採中のデモン・サイズ達と合流して御昼ご飯。しかし正式に使役したせいでLv1にLvリセットされていたのに、既にLvは40超え……うん、魔の森の魔物激減ってデモン・サイズ達の犯行なのかも？　まあ、長いから呼ばないけど使役で上位化して「アークデーモン・デスサイズ」と名前も長く、鎌も大きく刃も広くなり一段と強さと禍々しさが増した死神の大鎌の上位悪魔さんは……お菓子を頬張っている？　うん、鎌なんだけど頬張ってるんだよ？

「これで2つ目で、次が3つ目？　でも、委員長さん達が昨日80階層の階層主を倒してるから、もう1つ増えて後2つか。80階層超えばかりって深いよね……深イイ迷宮だったら全異世界が涙しそうだ！」（プルプル！）

　そんな事よりお昼ご飯らしい。野点の風情はどこに行ったんだろう？　まあ、お茶してお饅頭食べてただけだけどね。でも、スライムさんはその前にかき氷も食べてたよね？

　アイテム袋から椅子とテーブルを出し、テーブルクロスも敷いて座って待っている3人に配膳して給仕して回る。うん、使役者って大変なんだよ？

「召し上がれー、って異世界の大草原で食べる八宝菜って不思議な光景だけど、唐揚げさんも付いてるからまあ良いや？　みたいな？」「「いただきます」」（ポヨポヨ！）

もう異世界で完全にいただきますと、ごちそうさまが絶賛定着中で孤児っ子達も朝晩やって覚えてしまっている。それで街中に広まっているらしいけど、無駄に神に祈るより食べ物さんに感謝する方が健全だ。うん、だって神が食べ物を採って来たわけでも料理したわけでもないのに全くずうずうしい奴だ！

氷の迷宮王シロップ掛けのかき氷でキーンってなってコロコロぽよぽよしてたスライムさんだが、今は平然と八宝菜をご堪能中で氷結ダメージは受けていなかった様だ。

そしてかき氷の原料になられた迷宮の王さんのドロップは、『氷霧のリング　ＩｎＴ　30％アップ　水氷魔法（大）　氷霧　氷柱　氷幻』で氷特化装備だった。

「これはビッチリーダーだな？」（ウンウン、コクコク、プルプル）

『氷霧』はその名の通り氷霧を発生して水氷魔法効果を高めるから、ビッチリーダーの『永久氷槍』と相性がいい。そして『氷幻』で幻を見せたり『氷柱』を作って盾や足場を作れるから『永久氷槍』の『氷凍陣』と組み合わせればより強化される。そしてビッチリーダーの女性服ブランドが売れに売れて儲かっているから超高く売りつけよう！

「さて、次の迷宮は1階層から入って隠し部屋探しながら速攻で80階層まで下りて、そこから探索で良いかな？　まあ、ヤバそうな雰囲気なら75階層くらいから注意した方が良いんだけど、ここって踊りっ娘さんが教官したんだよね。どんな感じだった？」「普通　犬が多い？　80まで大丈夫、です」「犬ならお酢も用意しとくけど、俺の名推理的に前に双頭のオルトロスも三頭のケルベロスも倒した——ならば可能性的に考えて、ここの迷宮王は1つ頭の犬のはずなんだよ！ってそれ、ただの犬じゃん！」（ポ、ポヨポヨ！）

　うん、湧き直した魔物も少ないから上層は駆け抜けるだけの襲撃戦。中層も隠し部屋以外は速攻の殲滅戦だ。隠し部屋にいる魔物も大したことは無かったし、出物の迷宮装備も目ぼしい物はない。既に同級生達は中層の通常の迷宮装備以上の武具を身に着けているから、中層程度だとレア装備以外は売り物になる。期待の新商品は下層から。

　群れで纏まっていれば酢を投げつけるけど、ばらばらで襲ってくるワンちゃんはお酢を投げるよりも叩いた方が早い。そしてさっさと叩かないと齧られる。

「この迷宮を攻略してたのってビッチ達だったから、齧る前に齧り殺されたはずなのに湧き直してるのかな、齧り掛けだったのかも？」（プルプル？）

　唸り声をあげ飛び掛かり、喰らい付いて来る巨体の肉食獣の群れ。しかもLv74と野獣の体軀が高い身体能力で補強された凶獣の群れ。そんな大型動物特有の野生の迫力に威圧されて圧倒されるんだろう、普通は？

（ガアアアアァッ！）「いや、何か齧られるのに慣れて『があああっ』って言われても叩くんだよ？　だって『があああっ』じゃ分かんないし？　まあ、もしかしてビッチ達に齧られた苦情かもしれないけど、俺に言わないでね？」

　以前に制御不能で『乱撃』が発生して起きた、ボコった敵の消滅現象。最近収まっていたから試してみたら、『転移』と『止壊』が『世界樹の杖』に集中してしまうと叩いた相手が消滅する様だ。ただ、ＭＰ消費が酷い し身体への負荷も高い。斬るか叩くだけの方が早いし、消滅させると「ハウンド・バイト　Ｌｖ74」の魔石も無くなるんだよ！

「これが可愛い顔したワンちゃんだと叩くのに心が痛むけど、憎たらしそうな顔をして牙を剝き涎まで垂らして嚙り殺しに来るから気持ち良く叩けるよね？　だってこんな凶悪顔のこんな奴らはモフモフじゃないんだよ！」

名前もバイトだから嚙る気満々のバイト中の猟犬だ。獣系の『連携』持ちは高Ｌｖになると厄介で、犬の癖にフェイントとか使うから憎たらしい！　いや『羅神眼』の『未来視』で見えてるんだけど、こう騙そうとしてるのがムカつくじゃん？

「遅いです……何か、ありましたか？」

お待ち兼ねだった。ただ実験が長引いたのと、騙そうとフェイントかけて来る犬にムカついて叩き捲くっていたのが原因だろう。だって犬が「何っ！」みたいな顔して一斉に右向くんだよ！「えっ？」て俺も向いた瞬間に襲い掛かられて滅茶滅茶ムカついたんだよ！　うん、気配察知で何もないってわかってたのに向いちゃったんだよ！

そうして、いかに犬がムカつくかというお話をしながら階段を下りていく。ジトられてるから俺以外は誰も騙されなかった様だ。

「いや『空間把握』と『気配探知』で何も無いのも分かってるし、『未来視』とかで見えてるんだけど思わず向いちゃったんだよ！　うん、犬の癖に『何っ？』みたいな表情まで作ってる辺りがマジムカつくんだよ!!」（プルプル）

あの「何っ!」って言う顔こそが滅茶滅茶ムカつくんだけど理解は得られない様だ。

階段を下りながら『空間把握』と『気配探知』で75階層の様子を把握していく。どうやら75階層は大広間に集まっている魔物の大集団との集団戦。だから事前に隊列編成ジャンケンの負けられない戦いが始まる！　そんな苦心惨憺で意匠惨憺のジャンケンの結果、甲冑委員長さんと踊りっ娘さんの前衛に俺とスライムさんの後衛の四角形に決まった。実は後衛職が誰もいないのに四角形編成に何の意味があるかは考えてはいけない。そう、ジャンケンに勝ったら前なのだ！　うん、負けたんだよ!!

「行きます！」

巨体ではないけど、その分俊敏な動きでこちらを囲もうと目まぐるしく遠巻きに位置を変える狼たち。そして連携しながら四方八方から統率した動きで急速に迫りくる風を纏った狼達、「ガスト・ウルフ　Lv75」。

集団戦は陣形の戦いだ。狼たちは囲もうと動き、甲冑委員長さん達は囲ませまいと移動し、俺とスライムさんは囲まれようと狼達を応援する。だが飛び越えて後ろに回ろうとする狼は甲冑委員長さんに胴体から切断され、遠巻きに囲もうと駆け抜ける狼さんは飛来した鎖に捕まり絞め殺される！　踊りっ娘さんも全部前衛で総取りする気だ！

名前の通り突風を身に纏い、飛翔するような鋭い跳躍を見せる狼達なのに前衛を抜く事が出来ない。後衛は格好良いポーズで待っている！

懸命に飛び越えようと宙を躍る狼さんは砲弾の如く飛ぶ飛鏢に撃ち抜かれ、甲冑委員長さんもわざと斬らずに剣の平で途轍もなく鋭い打撃を放って狼さんは勢い良く仲間を道連れに飛ばされて行く。つまり、格好良いポーズ以外に全くする事が無い！

　必死に駆け回り死角から襲い掛かる狼さん達だが、背後を取れずただ斬り裂かれていく。両サイドから回り込もうとする狼たちも鎖に捕まりキャンキャン鳴いている。懸命に回り込まれようと動く俺とスライムさんにまで届かない！　確かに四角形（ボックス）編成は前衛が敵の攻撃を受け止め後衛を守る為（ため）の陣形だけど、守り過ぎにも程がある。うん、１匹たりとも後ろに逃がす気が無い前衛さん達なんだよ！

　諦めて俺とスライムさんが遠距離攻撃に切り替えようとした瞬間、前衛が突進を始めて狼を斬り裂いて回る。慌てて両翼に開きながら追いかけるけど、狼さんは逃げそこねて全滅されたようだ。勝つしかない……うん、ジャンケンに負けると出番がない!!

「80階層の階層主さんは湧き直し（リスポーン）してないから81階層行こうか？　ここからが本番だし？　べ、別にジャンケンに全部負けて僻（ひが）んでるわけじゃないんだからねっ？」

　そう、全部ジャンケンに負けた。菱形陣形（ダイアモンド）ですら一番負けで後衛だった。ずっと一人で格好良いポーズのまま後衛。うん、魔炎弾（ファイアーバレット）で3匹殺しただけだったんだよ……うん。

　そして、ようやく81階層で迷路型の階層。

「単独行動でしか出番が無いんだけど、ＬｕＫがＬｖＭａＸで限界突破してもジャンケンに勝てないってどんだけ弱いの！　うん、何で未来視がぼやけて見えないんだろう？」

　疑問を呈しつつ迷路を彷徨（さまよ）い歩くがスキル『地図』で階層図まで丸わかりなので、彷徨っているだけで迷ってはいなかったりする。まあ雰囲気？

あの「何っ！」って言う顔こそが滅茶滅茶ムカつくんだけど理解は得られない様だ。

どれだけ装備で底上げしてもLvの壁がある。だからLv30から上の魔物は全て脅威で、Lv80台なんて化け物と戦うようなものだ。きっと戦わせたくないのだろう。だけどLvが上がらないなら戦いでしか強くはなれないんだよ。

「殺せれば強さとか案外どうでもよくて、殺(や)って殺れない事は無いんだよ？　多分？」

杖を振るから身体が壊れる。だから身体を振る、杖はあくまでも結果として振られる。

「ぎゃわあっ」叫びながら牙を剝き唾液を撒(ま)き散らしながら喰らいつく、「レッド・ウルフLv81」の身体を刃が滑る様に斬り裂いて行く。木の棒だけど斬り裂いてる。完全には程遠い『虚実』だけど、触れた抵抗も感じずに、感じた時には斬り終わっていた。

「出来てるのかな？」

今度は遅くならずに合流できた。きっと格好良いポーズを取る前に「レッド・ウルフ」が飛び掛かって来たせいだろう。現状の効果(スキル)と装備なら制御でき始めている。ただ試す方法はたった1つ、訓練(ボコ)だけで……それって試して駄目だったらボコられるし、ちゃんと出来てもボコられる。どう試してもボコられるが究極の限界域での模擬戦こそが最良の試験にして最恐のボコだ。一応夜の仕返しの為に新作のチアリーダーさんの衣装も準備済みだ、ちゃんとボンボンも標準装備だ！　そうと決まればさっさと潰そう。訓練とチアリーダーさんが俺を待っている！　チアリーダーさんは俺を応援せずにボコるんだけど待っている!!　うん、ちゃんとボコられる前から仕返しの準備はばっちりだ！

超地方限定のマイナーなワンちゃんだが設定がアレそっくりで紛らわしい。

88日目　昼過ぎ　迷宮

さくさく進むが退屈だ。犬、狼、犬、犬、狼、犬……途中、直立歩行の犬もいたが、そこは普通狼なのではないだろうかと訝しみながら怪訝な気持ちで90階層。最終階だし迷宮王さんの出番みたいだ。

途中隠し部屋で出物を漁ってみたけど、物は良いけど目を引くものが無かった。そして魔物は犬と狼ばかりだから装備のドロップも無い。儲からない不況中の迷宮だった様だ。下から「ぎゃうぎゃう」と煩わしい鳴き声が響くけど、優雅なお茶会の最中なのだから静かにして欲しいものだ？

テーブルにはクリームのクレープが各種果物入りで並べてあり、踊りっ娘さんもスライムさんも争って試食中。甲冑委員長さんも困ったような顔をしながら二人を見ているけど、口にもお鼻にもクリームが付いてるから結構がっついてるみたいだ。うん、気に入ったみたいだし又作ろう。

「生クリームが無くミルククリームなのが個人的に微妙な評価なんだけど……見る見る内に無くなっていくから好評っぽいな？」（プルプル♪）

茸ティーのお代わりを入れながらティータイムを愉しむが、ティーカップに入れてるだけで茸茶なのは気にしてはいけない所だ。しかし下が「ギャンギャン」とウザいな！

どうせ犬なんだろうなーとか思い、ちょっとお酢を噴霧して蓋をしておいたら……やっぱり犬だったようで、お茶会の間中騒いでいる。うん、躾のなっていない犬だ。

「全く迷宮の王とか名乗るなら、行儀よく静かに咆哮して欲しいものだよ」（プルプル）

そして酸っぱい90階層に下りると息も絶え絶えに悶え苦しみ、巨体を震わせて悶絶する双頭の犬。また、オルトロスかと思ったら「マウィオング　Lv100」、インドネシアの神犬さんだった！

「確かボルネオ島のサラワク州ミラナウ民族の神話に出て来る、女神アダドと死霊を迎える天界の門の前にいる死の国の入り口の双頭の番犬って言うかなりローカルな魔物さんだったよね？　うん、ローカルすぎなんだよ!!」

既に甲冑委員長さんと踊りっ娘さんに2つの頭を落とされ、スライムさんに食べられてるけど酸っぱいのが不満なようでぽむぽむとお怒りだ？

「さて、もう1つ回ると遅くなりそうだし帰ろうか？　ちょっと訓練もしたいって言うか迷宮で戦闘不足で、訓練で過剰暴力を満喫する羽目になる不条理さが気になる所だけど今日はハンデ用に衣装を用意したから鎧無しの訓練なんだよ？　まあ、毎回全く当たって無いからハンデとして機能しない様な気もするし、きっとチアリーダーさんも俺を応援せずにボコりに来る未来しか見えなくてわざわざ『未来視』で視なくっても結果が見えてるんだけどちょっと調整したいんだよ？」（ウンウン、コクコク、ポヨポヨ）

良いらしい。俺に余り戦わせたがらないが訓練は良いらしい。魔物と戦うのは危険だからさせたくないけど、自分の手でボコるのはお気に入りの様だ?

そして、宿——流れる時間が遅滞し遅延して引き延ばされて行く。それに合わせて重くなる身体と時間の流れ。『智慧(ちえ)』による高速思考(アクセラレーション)が発動され、時間遅延(スローモーション)の世界で流れる斬線を避けて『虚実』で一瞬の世界を緩やかに一挙動に斬り伏せる。

木の棒同士が触れては弾(はじ)ける。制止しそうなほどの緩やかな時間の中の瞬間を剣戟(けんげき)が弾け合う。粘り付くどろりとした空気を掻(か)き分け、身体を操作し『魔纏(まてん)』を制御しながら剣戟の雨の隙間に身体を捻(ね)じ込み滑り込ませ、不完全な虚実を放つ。連撃と言うには拙く、剣技と言うには歪(いびつ)な剣舞。どれだけの時間を耐えられるか知りたい訓練なのに、重く流れる時間の中での瞬く間の瞬刻の剣線と転瞬の回避の繰り返しに徐々に時間の感覚も無くなり延々と永遠の時間を鬩(せめ)ぎ合い剣を交わす。

甲冑委員長さんと踊りっ娘(こ)さんとの2対1の訓練、万が一にも切り抜けられる事の無い無間の剣の地獄。その中を1秒でも長く戦い抜く……だってチアガールさんなんだよ!

滑る様な足取りと舞うような足運びにミニスカートが揺れてはためき、煌(きら)めく無数の剣線の向こう側にある太腿達(ふとももたち)の輪舞。幾千の剣戟を潜(くぐ)り抜け幾億の剣撃を斬り落としてガン見する。これまでに身に付けた全てのものを掻き集め、今迄(まで)に手に入れた全ての能力を1つに纏め身に纏い——ただ全身全霊を以(もっ)てガン見する!

極限の集中に限りなく時間が無へと引き伸ばされた有限の世界。ただ揺れる太腿さん達を視界に収め、何1つ只1つ見逃さず見落とさず汎ゆる角度から在らん限りの視界で空間の全てを『羅神眼』で見抜きガン見する。それは永遠の時間を全て見切る極限の集中力だけが可能にする世界。二人の迷宮皇のボコを躱しきりながら太腿さんをガン見し続ける。そんな異世界最大の試練の中でチアリーダーさんの太腿を無限にガン見し続けた。限界に限界を重ね合わせ究極まで加速された思考は、遂に限界を超えた瞬間にあっけなく途切れ

……そしてボコられた！

「「とても良い、集中力でした。でも、目がやらしいです！」」

やらしかったらしい？　きっと『羅神眼』さんに問題が有るのだろう。勿論『羅神眼』で永久保存は成されていたが、生太腿さんは別腹なのだ！　それに甲冑委員長さんに褒められるなんて滅多にない事だから、なんとか充分に戦えていたのだろう。これでまた『虚実』が使える、ただ問題はどうやって魔物相手に極限まで集中するかだ。うん、魔物を見てても楽しくないんだよ？

「お帰りー、お腹空いたの？　まあ、ちょっと早いけどご飯にする？　それともボコられる？　燃焼しても燃焼しても無限に注ぎ込まれる栄養過多な食べ過ぎの輪廻から解脱できないんだから、燃焼に終わりはない無間地獄で地獄の様にボコられると脂肪さんも燃焼されて身も心も太腿もスッキリ？　みたいな？って言うか見てたんだよ？」「「「ただいまー、って何でチアガールさん？」」」「「「可愛い、私も欲しい！」」」

委員長さん達が宿に戻って来たのも、訓練を見に来ていたのも知覚できていた。ただ意識を向ける余裕は無かったけど、あの集中状態で周りの出来事は認識されて把握できていた。だが太腿さんが4本で集中力の限界だったのに、なんと一挙に40本追加とか思考限界です。そう、むちむちスパッツさんの乱入で意識限界を超えてしまったんだよ！

男子高校生の限界を試される修練だった……って絶対これ男子高校生には無理だから！うん、44本のむちむちの太腿さんに22のぷりぷりのヒップラインとか認識しながら戦える男子高校生いないから！　うん、いたら異端裁判(BL)が開かれるな。

女子さん達は軽くわんもあせっとしてから夕ご飯にするらしく、俺はご飯の用意をしながら孤児っ子ランチャーの拡散型多角同時攻撃を回避する。次々に孤児っ子達もお仕事から帰って来て、「ただいまー」の声と共に孤児っ子ランチャーに加わり、足元はわらわら幼児っ子達が押し寄せ、宙には孤児っ子達が舞う狂喜乱舞のお食事の用意だ。保母さん達もわんもあせっと中で援護の無い孤立無援の果て無きなき戦い！　ふっ、これを毎日食らっている俺が、迷宮のわんちゃん如きに囓(かじ)られる訳が無いんだよ！

そして孤児っ子達に虐(いじ)められていたオタ莫迦(ばか)達は標的が俺に変わった瞬間に逃げだした。うん、あいつ等(ら)って飛来する高速の孤児っ子達を受け止めてしまうから、すぐに埋もれて潰されるんだよ。孤児っ娘達には「オタ危険触るな近寄るな」と教えて有るから孤児っ子はオタ達を狙い撃ち、孤児っ娘は莫迦達に群がるんだけど、俺が来るとロックオンされて両陣営からの集中砲火を浴びる？　うん、ご飯前は囮御菓子(クッキー・チャフ)が使えないから大忙しだ。

「「「いただきまーす」」」

ようやく全員揃って晩ご飯。賑やかしいやら、煩わしいやら困ったものだが元気になったんならそれで好い。もう怯えるような目も、窺うような表情もしなくなり子供らしいキラキラお目目でご飯を頬張っている。負けずに頬張ってるわんもあせっとの人達はReわんもあせっとのループ世界に突入だろう。うん、抜け出せる日は遠そうだ？

「「「美味しい♪」」」「これが黒髪の国の料理」「凄いです」

異世界人さんにはどうだろうかと不安だったけど、酢豚さんも好評で餃子さんは凄まじい勢いで山盛りの山が削られて行く……そして、ついに莫迦達はお箸を捨てスコップを使いバケツに放り込み始めた。うん、これは賢くなったのだろうか、それとも退化してるのだろうか？　まあ、お行儀は後で睨んでる委員長様に躾けられるだろう。

「「「うまいぞー♪」」」「なんだかまた一段と料理が」「「「うん、わんもあせっと（泣）」」」

遂に追加の焼売の山も消え去り、食費を計算してる委員長さんが頭を抱えているが……デザートのあんまんを山の様に取り込んでる。わんもあせっとに終焉の時は無い様だ。

お風呂から上がりお部屋に戻ると、すでに文化部っ娘達がお待ち兼ね。しかし、何故に大人しそうな文化部っ娘達までみんなでビキニ？　異世界で流行ってるの？　でも、異世界って水着自体が無かったよね？

以前より格段に鍛えられて引き締まっているけど、それでも今尚華奢さの残る細身の身体。大人し気な顔立ちと引っ込み思案な性格……そして、その割に図々しい他力本願！

「「「スタイルが良くなるビキニにして下さい！」」」「物理法則捻じ曲げる気満々だった！

しかも全力で丸投げて来ている——だと！」

何をどうすればビキニを着たら体型が良くなる現象が有り得ると思えるのだろう？

「せめてワンピースタイプならウエストの引き締めも、ヒップアップもバストの寄せ上げだって出来るけど、ビキニで露出してる部分をどうしろって言うの？」「「「どうにかして！　ビキニ着たいけど周りがスタイル良過ぎるの！」」」

既に修練をこなし続けて引き締まった健康的な肉付きになっている。他の女子さん達と較べたって見劣りしない肢体美だ。元々あの美人学級に入れられるほどの容姿だったんだし、スタイルも決して悪くはなかった。だけど周りがナイスバディーなＪＫに囲まれてコンプレックスになり、そして……それを俺に解決させる気満々だった！

「細身だから見た目だけなら出来なくはないんだけど、それってハイレグで脚長感をだしてローライズで括れを強調して、ブラも胸元をワイドに取って視覚的に視線を左右に流して幅が広いって言う印象を作り出すから、本来のバストの幅より幅が広くて横に大きく内側を思いっきり開けちゃう過激デザインになっちゃうよ？　エロいな？」「「「それでお願いします！　エロくてもナイスバディーで！」」」

まあ、本人達の希望ならそれはそれで致し方ない。作ってみて予想通りの破壊力を秘めていたら甲冑委員長さんや踊りっ娘さんにも作ってあげよう。あの二人はあれ以上スタイル良くする必要は皆無なんだけれど、それはそれでこれはこれで作るんだよ？　うん、作ると濡らしたり眺めたり脱がしたり大変な夜が到来しちゃうんだけど、男子高校生には避けられない運命だと言って良いだろう……だってハイレグなんだよ！

　結局、新デザインだから再設計で再採寸。際どいから際どく触手さんが触手触手と採寸し、魔手さんで魔手魔手と調整していく。

「いや、絶叫されたら近所迷惑だけど、声なき絶叫って言うのも結構シュールだな？　うん、お顔は叫んで白目さんなのに声は出てないけどベロが出てるって言う、女子高生が人前でしてはならないお顔な気もするけど……目を瞑っているから見てないんだよ？」

　勿論、現在も左右から必死に目を抉じ開けようとしている目隠し係の御2人については言及するまでもないだろう。うん、滅茶引っ張ってるんだよ？

「えっと、全滅間近だけど珍しく妙に大人しい図書委員もこのままのデザインで良いの？　今ならまだ修正が利くし要望を取り入れる余地も有るけど何かある？」「いえ、最初からハイレグで頼もうと思ってましたから。委員長さん達にTバックを禁止されて、スリングショットもマイクロビキニもブラジリアンもYフロントもOバックすら駄目だったんです。酷いと思いません？」「酷いと思うけど、酷いのはその水着のチョイスだよ！　さり気にスリングショットとかYフロントとか着ようと思ってるその発想が怖いし酷いし恐ろしい娘だよ！って言うか、それ男子高校生に注文しないでくれるかな？　それ着ても大惨事確定だけど、作る時も大事変な出来事が巻き起こっちゃうよね！　だって、それ只の食い込んでる紐で全く隠す気が欠片も無いって言うか、いっそ着てない方がまだ健全な水着なのかも不明なのばっかりだよ!! 痴女いな!」

きっと作っただけでお説教では済まない恐ろしい物ばかりが選ばれて、却下されたのだろう。うん、なんだかハイレグローライズのブーメラン型が健全に見えて来たよ! Yフロントとか見たら男子高校生は全滅だな……俺も無理です。

「じゃあ順番に盥に浸かってて、調整しちゃうからきつかったりしたら言ってね?」「これぬるま湯ですよ、ローションは?」「何で水着の採寸にローションが必要とされると信じちゃってるの!」「また、好きな癖に♥」「…………もう嫌だこいつ!」

無視して調整に専念する。相手にすると男子高校生的に危ない! あと、目隠し係の人達、何でローション入れようとしてるの! 目隠しはどこ行ったの!!

「ここの布地は無しで、腰はリボンだけでT字状に」「却下だよ、公然猥褻準備罪でお説教はお断りします!って言うかそれもうTバックどころかTフロントじゃん!」

水着着用で目視の為に目を開いたんだけど、結局今日も一度も目隠しされてた覚えが無い? そして、そこ! 何気なくローション入れない! そっちも掻き混ぜない!!

「せっかくのとろとろ感ですし、もう少し布面積を減らして食い込んだ方が遥君のお好みに……」「既に結構なハイレグさんで布面積がヤバいのに、思いっきり食い込ませたらYフロントだから! あと食い込ませて見せなくて良いんだよ!!」

他の文化部っ娘は次々に身悶え盥に沈んでいくのに、何故平気なんだろう? 顔も赤いし呼吸も荒いが、平然とした顔で危険な注文を繰り出して来る。だけど震える身体はびくびくと身動ぎを始め、身悶えが痙攣に変わり唇をかみしめて無口になっていく。

　今の内に早く終わらせないと男子高校生的な意味合いで危険な域に達している。あとでローションを入れた二人はお仕置きだ！　ぬらぬらテカテカとエロい身体がくねり悶える女子高生水着ショーって、健全にプールで泳ぐための真面目な水着作りとは何かが違う気しかしないいんだよ！

「あと、そこの二人。何でお部屋を間接照明にしちゃうの！　なんかエロい雰囲気になるから止めてね？って言うか目視しながら水着作ってるんだから暗くしないでね？　ランタンの明かりってチラチラして作り難いし、エロいから止めようね？　マジお願いします」

　流石の図書委員も無言になったけど、完成すると5人とも意気揚々と鏡の前でポーズをとって見映えを確かめている。うん、結構タフだな！

「「「脚長い！」」」「お尻も上がって見えますね」「うん、バストが恥ずかしいけど、その分くびれて見えるんだ」

　そう、ハイレグによる脚長効果で元々十分に長い脚は細く伸びやかに見え、ローライズの効果で腰からの括れを強調して細い体のラインをスタイル良く際立たせている。胸元も広く外に開いた三角形型のシャープなデザインで、胸を大きく豊かに見せて身体のメリハリをアピールしてプロポーションを惹き立てているんだよ。視覚効果だけなんだけど、これがビキニで出来る限界だろう。

　みんな気に入ったのかローションで濡れた身体でポーズを変えながら鏡に映る姿に見

入っている。その後ろでぬらぬらテカテカの後ろ姿に男子高校生が魅入っているのはきっと制作意欲に違いない。うん、製作は終わったんだけど意欲がまだ残っているんだよ？　ようやく作り終わった時には限界で、30分の休憩を貰ってあらん限りのお仕置きをせっかくのローションさんも交えて徹底的に男子高校生が超新星突撃したと言うか、極限まで集中した時間の流れ的に30分は短い！　だが、延長は不味いだろう。もう二人共ピクリとも動かないし？　まあ、お仕置きだから手加減しなかったら、やはり『感度上昇』と『精神高揚』と『神経鋭敏化』の重ね掛けは凄かったようで……これ迷宮皇達以外だと精神破壊されちゃうんじゃないだろうか？　うん、だってその迷宮皇級でも『再生』出来ずにずっと痙攣してるし？　ヤバイな？

極目した限りでは目の錯覚現象による疲れ目だという判断だったが贔屓目だったようだ。

88日目　夜　宿屋　白い変人

取り敢えず盥に浮かんでいる、お仕置き済みの甲冑委員長さんと踊りっ娘さんをベッドに寝かせて……あと5人。

「意識は無いけど……元気そうだな？　うん、元気いっぱいに痙攣が止まらないみたいだし、口に茸(きのこ)を咥(くわ)えさせておこう？」

　何故だか余計妖しい絵面に見えるのは、きっと目の錯覚現象による疲れ目だと贔屓目(ひいきめ)に判断してみよう？

「問題はお仕置きしても反省せずに、また復讐(ふくしゅう)が始まる報復の連鎖が輪廻(りんね)を巡って連環に循環して来て俺に巡って来るんだけど、毎回の事だから考えても仕方ないから考えるな感じるんだって男子高校生的に頑張った？」

　まあ、痙攣してるけど動かないからシーツをかけておこう？

「さっさとやるよー、もうちゃっちゃとやってささっと終わらせよう。うん、もう何だか疲れたよビチラッシュ？」

　黙って立っていると、精密で精巧に作り上げられた人形(ビスクドール)を思わせる長く細い手脚と長い首に小さな顔。肩幅は有るけど身体は細く、メリハリのある肢体が真泡沫(あわあわ)ボディーソープで更に透明感が増して磁器のような滑らかさで人とは思えない不思議な雰囲気を漂わせる……まあ、人って言うかビッチだし？

　それが5人並ぶとファッションショーのようだけど、着る物は現在製作中でまだなにも着ていない。勿論(もちろん)ちゃんと目を瞑って採寸。『空間把握』と『魔手』さんの触診で頭の中に精密な3D立体映像が描き出されて行く。

「何で私達(たち)の番だけそんなにやる気無さそうなの!!」「って、誰がビチラッシュよ！」「って言うか、なんでアンジェリカさん達ベッドで痙攣してるの！」

確かに水着を作るって言う雰囲気ではないんだけど、面倒だから早く終わらせたい。だって大体ビッチ達って、やたらに魔手さんの採寸に弱くって時間が掛かる。そして、毎回同じパターンで男子高校生的に大変な事になるのがビッチーズだ。

「手早く終わらせよう、って言うか触手早く終わらせよう？　うん、着用からの調整で補正まで一気に行くよ。何て言うか一気に行くと色々あれだと思うけど……ガンバ？　みたいな？」「ちょ、待っ、まぁ！　きゃぁ、ぁぁぁぁん！」「何っ？　なぁ、うぅうん、はぁ、あっ」「えっ？って、ふぁぁん、そ、そこっ……うっ！」「きゃう、っあっぁ、ぁあぁぁああっ……」「くぅ、うぅん。うくっ、ぁぁぁあっ！」

一番音声が危険なのは毎回ビッチ達だったりする。喧しいのもウザいけど無言の喘ぎこそが怖い。呻く様な荒い息づかいと妙に可愛らしいビッチらしからぬ嬌声が入り交じり、魔手さんからは絶え間ない身悶えと震えが伝わってきて会話が無いのが逆にキツイ！

「いやいや、毎回なんかキャラと違って困るんだけど、もっとビッチらしくビッチビッチと騒いでてくれた方がやり易いんだよ？」「ビ、ビッチじゃ、あぁ、んっ、はぁ、っ無いってイっ……てるでしょぉ！」「「っはぁ……き、きゃらって、ああっ、あっ♥」」

お返事する余裕もない様だ。そして、下手に喋らせると余計に危険だったようだった！

「何か問題が有ったら言ってね、って言うか言ってる余裕が無さそうだから盥で調整するからね。盥の中がローションなのは気にしないでね？　俺は凄く気になるんだけど、悪い真犯人の二人はお仕置きで反省中で痙攣中だから未だ復活してないんだけど、お仕置き第二弾も決定だから気にせずに浸かっちゃってね？」「はあ、はあ、はぁ……サ、サイズは、大丈夫、みたい」「……べ、別に、ロ、ロ、ローションくらい、へ、平気なんだから！」

　水着着用なので目を開くとビッチリーダーが息も絶え絶えに盥に入って行くんだけど、ビキニで四つん這いで這って行くのは何かあれだから止めようね？　うん、目を開けてもキツイのは変わらないらしい！

「くぅぅっ、っはぁ！……ぅわぁ、ぁぁぁあっ。ふぅゎぁぁあぁぁあぁっ！」

　ビッチリーダーはローションの中で身体は俯せのまま、ぬるぬるのお尻だけが高く持ち上がって震えている。まあ、そこを調整してるんだけど持ち上げなくっても良いんだよ？うん、何か目のやり場に困るし……色々と？

「「っはあ、ぁあ、ッうぅ、うぅぅんっ」」

　そしてビッチAさんはローションの中で仰向けの身体を弓なりに高く持ち上げて震えて……まあ、そこを調整してるんだけどブリッジはしなくって良いんだよ？　うん、何か目視作業はし易いけど凄く困るんだよ、色々と？

「いや、ビッチBさん？　どう考えても水着のフィッティングでハッピーベイビーで痙攣っておかしいよね？　流行ってるの！」

　みんな太腿のお肉が気になるお年頃なのだろうか？　でも、そのポーズは確かに調整しやすいけど不味いんだよ、特に向きが不味いんだよ？

「うん、そしてビッチCさんも確かに踊りっ娘さんがヨガ講座まで始めたらしいけど、何をどう仰(の)け反(ぞ)ると稲穂のポーズ(パリブリッタジャーヌシルシアーサナ)になっちゃったの！　それはビキニでお勧めはされてないと思うんだよ？」「「あぁっ、ぁあぁっ、ぁぁあ！　ひぃぃっ、ぁうっ！」」

やっと終わりだから、もう何でも良いやと思っていたら甘かったようだ。ビッチDさんはまさかの鴉のポーズ(バカーサナ)って、それもう流石に絶対にわざとやってない！

「普通どうやってもそうならないと思うんだけど、何か痙攣しながらも絶妙なバランスで寧(むし)ろそのポーズで気絶って難易度高過ぎだと思うんだけど……凄く運びにくそうだ！」

どうやらヨガ講座は盛況らしい。でも、おかしなポーズで気絶されると、男子高校生的に運ぶのが大変なんだよ？　これで確か残っているのは水泳部コンビの二人だけだと思うけど、もう無理。男子高校生の限界だ！

下着よりは水着の方が安全だろうと思っていたら、水着用の特殊な編み込み生地の伸縮の微調整が多くて、魔手さんの出番が必然的に増え、そうなると魔手さんも増えてわらわらと触手るからビッチさん達もお忙しそうに反応して動き回っちゃって余計に魔手さんが触れて撫(な)でちゃって縺(もつ)れ食い込んで……被害が大きくなるんだよ。うん、大変そうだ？

「「な、何か前より触手が細分化されて増えちゃってない？」」「「こんなのじっとしてろって無理だから！」」

より精密に微細な測定を可能とした、大量の『魔糸』による測定が不味かったのだろうか？　でも、この技術によりミリ単位以下まで稼働部位に伸縮部位を合わせた生地補正が可能となる究極の補正作業(フィッティング)だったのに不満だったらしい？

ちなみに、さっきは甲冑委員長さん達には『魔糸』に付与系の『感度上昇』や『淫技』や『性王』も纏って試してみたら、大変に御気に入られていたみたいだったのに何が良くなかったのだろう？　うん、刺激が少ない様に肌に触れるか触れないかのギリギリの接触のみの採寸で調整だったのに駄目らしい？

取り敢えずローションを洗い落として部屋まで運ぼう。ギリギリの接触な魔糸さん問題は後でお仕置きコンビで試してみよう。うん、あのローション投入が男子高校生的に不味かったから絶対にRe：お説教だ！

試してみました。一晩中お仕置きな阿鼻叫喚で、倒れては復活して『魔糸』さんに悶え廻ってお戯れにお愉しみだった。その間に内職で迷宮王「マウィオング　Lv100」のドロップの『断罪の牙槍　ALL30％アップ　物理魔法防御弱体（大）　貫通　+ATT』をミスリル化する。誰にでも使えそうな出物だし売却先は委員長に相談しよう。そうこうしているとまた復活して『魔糸』さんと戯れて激しく跳ね回り、またお休み？　そして雑貨屋さんの何時もの「至急」の内職と「大至急」のお弁当を作ってると、またまた復活した二人のお仕置きと言う名の『魔糸』さん実験で実体験して頂き悶絶しながらお休みになられて、また装備品の見直しをする。

「さあ、夜も更けたし寝よう！　眠る前には寝なければならないけど頑張ろう！」

……うん、頑張った！　後に経験者さんから「魔糸のさわさわが！　さわさわが駄目！余計死んじゃう!!」とか「神経が狂う、です！　気が狂います！　ずっと、死にそうなまま、死にます？」との体験談な説教を頂いた……魔糸もヤバいらしい？

戦いで命を守る戦支度はむちむちと大変そうでぷるんぷるんだった。

89日目　朝　宿屋　白い変人

朝からお説教かと思いきや仕返しだった！　両腕は甲冑委員長さんの両脚に絡み取られて押さえ付けられ、両脚は踊りっ娘さんの両脚に絡み付かれて動かせない。そう、絡み付かれて御奉仕と言う名の仕返しに七転八倒の七転び八起きが七縦七擒なチキンレースの7周目に入った様だ！　うん、これは色んな意味で男子高校生には脱出不可能な朝の関節技で、この任務は男子高校生には不可能過ぎる積極性なんだよ!!

「夜なべして頑張ると朝仕返しされる終止符知らずの復讐で、『再生』ＬｖＭａＸでも追い付けないって……がはっ！」

卑劣なほど卑猥な被ダメージに男子高校生も陥落中。うん、敗因は分かっているんだよ、せ、せめてチアガールさんで無ければ……がふっ（パタン）【性王二度寝中？】

爽やかな朝だ。爽やかな目覚めの前に何かあった様な気もするが爽やかだからまあ良いや？　仕返しは後で考えよう。

「おはよう、みたいな？」「「「おはよう」」」「あと、別に『みたいな？』じゃなくて、普通におはようだからね」

朝食のサンドイッチとロースかつサンドと茸サラダに茸スープを並べて、手早くビュッフェ形式で朝食を済ませていく。食事の準備にバタバタしながらオタ莫迦の装備を更新していくけど、男の甲冑姿なんて見ても何も楽しくないが調整していく？　うん、内側に棘とか付けたら楽しくなるかも？

「「「付けんな！」」」「それ、なんてアイアンメイデン！」「まあ、こんなもん？　うん、中身が大して守る価値も無い甲冑だし、って言うか『状態異常耐性』付けても、中身が異常だから意味ないみたいな？　まあ、とりま試し斬りして死亡確認しようか？」「確認は安全確認して！」「し、死亡確認って殺す気しか無い!!」「って言うか『世界樹の杖』は止めて！　それ物理防御無効だから甲冑着てても死ぬ！」「うん、お前たちの犠牲は無駄にしない（キリッ）！」「「「裏切り者がいたー！」」」「だって忍びだか重ら甲冑着ないし？」

醜い争いだった。だが軽甲冑型忍び装束を笑顔で渡してやると逃げた……流石、忍びだ。でも『羅神眼』で見えてるから狙撃しよう。

「「「ギブ、ギブアップ、無理ギブ！」」」「ああ、もっと与えろと？」「「「その考えはなかった！」」」「試し斬んな！　あれは刀を試すんであって、斬られる方の甲冑は試さねえだろ!!」「いや、試験しとかないと不安じゃん？　うん、どのくらいで死ぬか試しに1回？」

命を守る最後の砦である甲冑が何処まで耐えてくれるのか知らなければ命は預けられな

い。ならば試しておくべきだろう。よし、殺ろう！

「1回殺られたら死んでるから次は無いです！」「それ、わかっても手遅れ!!」「殺っとこうかなって殺す気満々だった！」「試さないと不安って、試される方が不安って言うか即死ですよね！」「そうそう、3人試せば十分？」「「「裏切るなっちゅうに！」」」

目が合った瞬間に莫迦達は逃げた、危機察知能力だけは高い様だ。だからオタ達でと思ったが殺らせてくれないらしい？　残念だな？

「まあ、迷宮で実地試験で良いか……後ろから？」「「「迷宮より味方が不安過ぎる！」」」

朝から慌ただしく各々装備を身に着ける。戦いに赴く者達の命を守る勇ましい戦支度。

「あーん、脚甲が……これ右じゃん」「ちょ、レガースがズレちゃった」「やっ、引っ張らないで！　スパッツ脱げちゃう」「誰かそこの籠手取ってー」「きゃっ、誰今お尻撫でたの！」「あっ、ヤバい食い込んじゃう。場所ヤバい」「あれ～、ブラがきつくなったかな～？」「「へーソウデスカ」」「私の剣どこ行ったの、出ておいでー？」

むちむちスパッツさん達が戦支度。うん、何か色々大変そうだ。男子も大変そうだがほっとこう、って言うかそのくらいで困らないで欲しいものだよ。だって、作ってる方はこんなもんじゃ済まない、あれこそが男子高校生生殺し地獄なんだよ!!

今日は女子さん達は辺境軍と近衛軍の指導に就くらしい。メリ父さんから正式に依頼が来ていたけど、何故か俺は行かなくて良いらしい？

「何処に疑問の余地があるのよ！」「参考にならない以前に、意味が分からないって兵隊さんが混乱するでしょ!!」「あと、アンジェリカさんやスライムさんの指導を初日から受けたら挫けちゃうからね！」（ポヨポヨ！）

うん、メリメリさんが女子さん達をご指名らしい？　男子だけお休みにしても恨まれそうなので、男子組で下層攻略のお試し版。行けるとこまで行かして、危なくなったら更に行かせてみよう。それで駄目そうだったら、もっと行かせてみると言うのが今日の計画だ。まあ、いざとなれば俺達が後ろから攻撃して魔物と挟み撃ちで試してみよう。

「「「後衛からの呟きに殺意しかない！」」」

そのくらいしないと、こいつ等は単独パーティーでも死なない。ヤバい気がしたら逃げるし、嫌な予感だけで帰って来る。うん、被害皆無で甲冑の限界値が全く分からない。

「じゃあ、散開して下さい」「「「おう、行くぜ」」」「「「了解」」」

そして殺されない事が上手い。相手が嫌がる事が自然に出来る莫迦達と、勝てる時まで凌ぎ勝てる時に確実に勝つオタ達。

「小田、挟め！」「分かりました、右行きます」

そしてオタ達は殺し合いを経験して変わった。ただ守るのではなく、ただ倒すのではなく……ちゃんと殺しに行っている。結界を防御だけではなく罠に使って挟み、武器に使って引き千切る。こいつ等4人だけで結界2つと聖結界が1つ、さらに結界忍術と白い部屋で結界系スキルを取り捲くっている。だから守りは固かったけど、武器にまで使いだせば……それはチート。だって、見えない盾なんて危険極まりない武器なんだよ。

「先に腕か脚を」「潰すから動きを止めろ」「「「わかりました！」」」

81階層の魔物「アームズ・マンティス　Lv81」を莫迦達が追い込み、オタ達が結界で挟んで潰していく。そして一瞬の隙に蟷螂の首元へ細くて薄い結界の断頭台。

「残り、潰すぞ」「「「おう！」」」

そして6本の手を持ち、2本の鎌と槍と剣が付いた手を2本ずつ持った蟷螂「アームズ・マンティス」。意味ありげな名前で複数武器なのか複数の手なのか分からないけど、御不明なまま蟷螂さん達は狩られてる？

常に相手がされると困る動きを本能で行う莫迦達相手に、蟷螂はただ武器を振り回しながら壊される。槍で突けば槍先を摑んで引っ張られ、体勢を崩して踏み出した瞬間に……脚を切断され、倒れ込む蟷螂の首元に剣を差し込まれすくい上げる様に切断された蟷螂の首が落ちる。斬り掛かれば誘い出されて横撃を喰らい、待ち構えれば投げ槍で突かれて戦いに持ち込む前に潰される……うん。

「一体どれだけ言い聞かせればその投げ槍は『ハルバート』で、投げるのはその斬って回ってる『ブーメラン』だと理解できるんだよ！　もう絶対に知能は蟷螂の方が高いから頭取り替えようよ？　うん、落ちてたけど、莫迦より蟷螂さんの頭部の方が知的な感じがするんだよ？」「「「変えんな！　そして乗せようとすんな!!」」」

身体を揺らし捻りながら鎌を捌き、剣を流し槍を逸らす。甲冑を盾に使い、それでいて受けずに全て受け流す。動きを妨げない超軽装の甲冑で動きは更に無駄無く洗練され、攻撃を仕掛けている蟷螂の武器が滑らされ体勢を崩されてカウンターで斬り払われて行く。オタ達も結界を斜傾に構えて攻撃を流し蟷螂さんを潰して行く、結界で受け止めてから反撃するのではなく守ると同時に崩し攻撃に変えている。

実は俺の肩盾の使い方の最適なお手本になるのは莫迦達の甲冑で武器を逸らす技と、オタ達の傾斜を付けた結界で身を護る技。だが何かこいつ等から学ぶのって嫌だ！　だって莫迦が6本の手を斬り落とした蟷螂さんの首根っこを後ろから摑んで盾にしながら斬り込んで行く……こいつら絶対悪役だ！

確実に仕留められる武器を手にし、攻撃を往なせる甲冑を身に着けて戦い方に余裕がある。無理せず、自分達が有利になる様に持ち込み敵を嵌めていく。そう、狩猟民族と嵌め殺し特化の悪辣な攻撃で88階層も全く危なげなく攻略し89階……あっ、逃げた。

「「「遥くーん、ヘルプ！　あれ無理、ヤバそう」」」「「「遥、任せた！　じゃあ!!」」」

うん……逃げやがった！　凄い直感力だ。勝てる敵には徹底的に勝ち、ヤバそうだと逃げる。勝ち目が出るまで戦わないし、確実に殺せる時まで争わない。針鼠さんも敵が急に逃げて行って吃驚している様だが、「ヴェノム・ヘッジホッグ　Ｌｖ89」は状態異常効果満載の毒の棘を持つ針鼠さん。そして『耐性無効化』持ちさんだ。

純粋に数学的な確率で言えばＬｖ１００超えの『耐状態異常』装備で、Ｌｖ89の『耐性無効化』や『状態異常毒』が通る可能性は相当低い。だけど、あの細い針を乱射され、甲冑の中まで入り込めば低い確率でも数で『毒』を貰う可能性は否定できない。

そして『貫通』まで持っていれば絶対に結界で防げるとは言い難い。まあ、追い詰められれば戦うんだろうけど、逃げられるなら逃げ、押し付けられるなら押し付ける瞬間の判断力。そう、俺に押し付けやがった！　せっかく良い敵が出たから俺も後ろから針鼠さんを手伝って挟み撃ちだと思った瞬間に逃げやがった！　恐るべき危機回避能力、野生の勘と虐められっ子の勘は侮れなかった。

（プルプル♪）

まあ退屈してたスライムさんが喜んでるから良いか。予感だろうと、山勘でも霊感でも直感でもオタ予知でも莫迦占いでも電波受信してても危機が回避できたのなら才能だ。

「オタ莫迦なら5分以内に殲滅出来るよね、この程度なら？」（プルプル）「安全に10分も掛ければほぼノーダメージで勝てちゃうよ？　ただ、すっごく運が悪くて、頭並みに運まで悪過ぎて奇跡よりも極レア以下な有り得ないような可能性で……死ぬね、これって？」

（ウンウン、コクコク、プルプル）

有り得ない様な可能性でも、有り得るなら戦わない方が良い。戦うなら安全な対策を用意し出直すべきだ。何もかも間違ってる莫迦とオタだけどあれで正しい。

「来ます！」

全方位に一斉に射出される細く細かい針の雨。烟るように一面を覆い尽くす大量の針が避ける事も出来ず空間を埋め尽くす。針が微細で払い落とす事も出来ない。うん、出来ないから『消失』して針の雨を通り過ぎる。スライムさんは針ごと針鼠を食べている？　そして甲冑委員長さんは一閃で無尽の針を空間ごと薙ぎ払うし、踊りっ娘さんは踊るように大盾を回転させながら無限の針を弾き飛ばしていく。

　これが差。女子さん達だったら必死で盾で凌ぎ、被弾しながら突撃する。強さを求め逃げずに向かっていく。ほんの僅かな危険性から逃げはしないだろう。それは……運が悪ければ死ぬと言う事なのに。

　どれだけ低い可能性でも無限に繰り返せば実現する。一度目で実現する可能性だって皆無ではない。そして一度でも『即死』が実現すれば、それは確率と無関係に死ぬ。副委員長Bさんの『蘇生』が有れば間に合うかもしれないけど、その『蘇生』はたった1回しか使えない大量MP消費魔法だ。奇跡的確率を超えて二人即死を受けたら一人は助からない、だから0%ではない以上逃げるのが正しい。もうオタ莫迦達は人なんて簡単に死ぬと知っている、何せ自分達が殺して来たのだから。

「お疲れ様です。流石」「うん、あれが当たらないって有り得ないんだけど当たらないんですね！」「常識的に不可能な事は、非常識の専門家に任せるに限る？」「本来の意味のチートって絶対これですよね！」「うん、ステータスやスキルのチートじゃこれは無理！」

　何か逃げてたオタが偉そうに解説してやがる。焼きたいけど焼く前に逃げられたから余計にムカつく！

「「「遥、下もヤバそうだし帰って良いか？　次の迷宮の中層までは潰しとくからよ」」」

「お疲れー、って言うか逃げて押し付けられて俺がお疲れなんだけど、まあ戦わずに済むならやらない方が良いけど俺に押し付けんな？」「「「いや、完璧に無傷ですよね？」」」

やっぱ、『完全防御』くらいないと80階層から下は涅槃寂静くらいの確率でも、今の装備だと危険があるのか――……うん。

「80から下は行くなよ。行ったら晩飯抜き」「「「絶対行かねえ。晩飯は焼肉丼で！」」」

ヤバそうだから逃げる気満々だ。だから、こいつ等は単独で動いても大丈夫だろう。もし、こいつ等が死ぬとすれば逃げずに誰かを守る時で、それが嫌なら辺境で俺達と一緒にいるはずだ。それでも行きたいのなら、自ら選び取る権利がある。だって……そのお目当てはマッチョお姉さん達とケモミミっ娘達なんだよ！

うん、ちょっぴり俺も行きたいけど、辺境の迷宮を放っておくのはヤバい。数はいても女子さん達だけだと危険で、せめて甲冑委員長さんと踊りっ娘さんとスライムさんの最低二人は付いてないと確実に安全とは言えない。そして……あの闇がいる可能性があるから俺も辺境から動けない。ケモミミさんが……、モフモフが……。

ジトられている！　だが男子高校生たるもの、未だ見ぬ異世界のケモミミさんを刮目せねばモフモフを得ずと昔のエロい人も言っていたかどうかは知らないけどケモミミは見に行きたい！　マッチョお姉さん達も美人さんだったけど、あれは莫迦達と同類な気配が感じ取れた。うん、脳筋よりもケモミミさんだ。だって脳筋っ娘はレア度が低いんだよ？

もう女子体育会いるし？

異世界では土塊でも空気が読めるというのに、野生とかいじめられっ子の勘では空気は読めないらしい。

89日目　昼　迷宮　地下90階層

オタ莫迦(ばか)達は逃げ去り何時(いつ)もの4人で90階層に下りる。階層主は野生と虐められっ子の勘通りヤバかった。それは、状態異常ではなく物理トラップ。

泥人形「アドヒースィヴ・ゴーレム　Lv90」。ゴーレムの中でも弱い部類に入るマッド・ゴーレムの亜種だと思うけど、名前の通り接着剤(アドヒースィヴ)のゴーレムで触れれば接着され武器も奪われかねない。そして地面に接着剤が飛び散っていて、満足に足捌きも出来ないまま動けなくなれば……あの『剛力』で殺される。

「ああー、これはオタ莫迦達逃げて正解だよ、あの勘の良さは何なんだろうね？　あの直感力が日常生活で全く使用されず空気読めないのか不可思議なほどの察しの良さだよ？」

下層の特殊型や搦め手(からて)系は正攻法の戦闘だと万が一が有る。女子さん達も80階層まで、出来れば74階層で止めさせたい感じかな？　うん、単純にLvで階層数で測れない強弱の差が大きいけど……深いとあざといんだよ。

「足場を奪って、無限再生の持久力とパワーで押し潰すのか……うん、無防備過ぎ？」

泥濘(でいねい)の塊が振動音のような低い唸り声(うなりごえ)をあげ、猛毒の接着剤の土塊(つちくれ)を撒(ま)き散らし……逃げ回る。うん、泥巨人さんはスライムさんのお好みにあったようで食べる気満々だな？

（ポヨポヨ♪）

90階層の階層主ともなると空気が読めるらしい。なんと要塞のように待ち受けるアドヒースィヴ・ゴーレムさんは、自分を食べる気満々の恐怖の粘体生物から逃げ出した？ 触れれば接着されるし、遠距離でも『魔法吸収』、泥人形だから物理にも強いけど……捕食されるのは想定外だった様だ？

（ゴヴォゴヴォヴォヴォヴァアァ！）

地面に撒かれた接着泥を飛び越え、そのまま空を蹴りつけ空中を跳躍していく。空中で身を捻りながら泥弾を回避し、『空歩』で空を蹴りながら宙を駆けジグザグに舞踏を刻む。そして巨体から無造作に振るわれる太い泥の腕を掻い潜って躱し、弾幕の切れた頭上から——重力魔法を叩き付ける。

上から囮になって足止めすれば、甲冑委員長さんは斬撃を飛ばして泥の身体を斬り削り、踊りっ娘さんは魔法で地面に干渉してアドヒースィヴ・ゴーレムを足元から沈めて足止めする。この二人は前衛大好きだけど、片や魔法の極みの『魔神』持ちで、片や異教の聖女の称号を持つ巫女さんな大賢者さんだったりするんだよ？ 普段は全く遠距離戦をする気が無いんだけど、今回は接着剤で愛用の武器がベタベタになるのが嫌なんだそうだ？

足を斬り崩され地面を陥没されて、上からは高重力を掛けられて動きが止まる。そして斬り崩されて行く巨体は、スライムさんに捕まり食べられ始めている。しかしスライムさんが『接着』を吸収すると「ペタペタ～」とか言うんだろうか？
「お疲れーって言う程の疲労は感じないけど、朝のお目覚めの時の疲労感は悲痛な迄に疲弊した目覚めだったんだけど、どうして『絶倫』と『性豪』の上位スキルが朝から限界を超えて限界突破発動でも倒されちゃうんだろうね？って何故そこでドヤ顔なの！　ま、全く反省していないって言うか、その勝利の笑みなドヤ顔で、何気に両手を腰に当てたドヤ感なポーズだった！」（ポヨポヨ）
　お食事が終わったスライムさんに慰められながら91階層に向かう。この言い知れぬ敗北感、今晩は決して負けられない戦いの火蓋が切られる事が決定してしまった様だ。でも、火蓋って火縄銃の導火線部分なんだけど、あれって切っちゃって良いのかな？
　まあ、朝はあのチアリーダーさんに見惚れて隙を作ったのが敗因だった。作って着せたのは俺だった！　だが悔いはないし、再戦も御希望なんだよ！
「迷路だし出口集合で、一気に行っちゃおうか？」（ウンウン、コクコク、プルプル）
　現状、現時点に限れば調整出来ている。全開なんて全然できないけど、抑え込み制御を失わなければ自壊なしで戦える迄になった。だから手を付けなかった『魔術師のブレスレット　InT・MiN30％アップ　魔法攻撃防御力増大（大）魔術制御（大）　魔装』に『蛇使いの首飾り：【七つ入る】InT40％アップ　蛇複製（3匹・身体から魔力で複製）　毒作製　鱗硬化　＋DEF』と『異形の首飾り　変態　異形化　粘液（全耐性、全状態異常付与）＋DEF』、そして封印したまま忘れられていた『魔獣の腕輪　全能力上昇』に『反射の盾　反射』や『瞬転のマント　瞬転』も組み込んで実験だ。

1つずつ意識し、ゆっくりと『魔纏』に重ね合わせる。これだけ一気に装備すると『魔纏』した時の違いがはっきり感じられる……InTと制御系も上がり、『魔獣の腕輪』の全能力上昇がかなり効いているっぽい。うん、意識して調整しても尚制御は不安定。

「不安定って言う事は制御できてないだけで干渉は出来てる。うん、だと良いな？」

だから魔纏に集中していた意識を魔物へと向ける。

大顎と言うか口器とか咀嚼口器とか言う牙っぽい口。その左右の鋏状の大顎をガチガチと鳴らし、不気味な複眼でこっちを見る。うん、こっち見んな？

「まあ、複眼ならあっち見ててもこっち見えてるのだけど。全くあっち向きながらガン見するとかどっかの『羅神眼』のような奴だよ！」

赤黒いと言うかグロいと言うかキモい「ナイト・アント　Lv91」は、夜ではなく騎士な蟻さんみたいで2本の後ろ脚で立っている。しかし人間大の蟻さんはグロ耐性が無いとかなり危険な相手だ、甲殻か鎧か微妙なテカテカのグロ装甲に細く長い4本の手には剣と盾を持っているけど顔が蟻だからグロい！

「まあ、蟻は冷やすと動けなくなるとも聞くけど、実験しながら練習だから我慢だな？」

あと地味にアルコールやゴムが嫌いらしいけど、異世界では未だゴムが見つかっていないし、16才の男子高校生だからお酒も持っていない。

「うん、貴重な料理酒を蟻如きに使う気はないんだよ！　異世界に飲酒の年齢制限なんて無いらしいけど未成年さんなんだよ？」

　かなり素早い動きの蟻だが、時間遅延（スローモーション）の世界では止まっているのと同じ。つまり、よく見えて余計グロい。あまり接近戦はしたくないので『世界樹（ユグドラシル）の杖（つえ）』を伸ばして3メートルほどの棍（こん）にして中距離戦で試す。3匹の蟻の横手に回り込み、一気に踏み込んで伸び上がる様に抜重（ばつじゅう）して、半回転させた身体（からだ）ごと棍に遠心力を乗せて振り、跳ね上げる様に脇下へ打ち込んで2本の剣で受けさせる。そして捻（ひね）った身体を戻しながら回し、沈み込んで逆回転から膝元を払う足払い。

「おっ、防がれた？　さすがLv91」

　防がれたけど蟻さんの盾は下げさせた。正面に踏み込み、剣を持った2本の手を下から上へと斬り払う。更に回転させた棍でがら空きになった首を斬り落とす。

　そのまま加速しながら2匹目に踏み込み、舞踏での円舞（ターン）からの回転（スピン）に棍の回転を乗せて遠心力で薙ぎ、受けさせては捩（よ）じった身体を戻して逆回転で巻き込んで斬り払う。左右からの回転と旋回する様に回る舞踏（ステップ）の移動で、4本の手を広げさせてから急激に回転を縦に変えて斬り伏せる。

「うん、まあ男子高校生の太極バトントワリングって需要なさそうだな？」

　痛いだけで身体に問題（ダメージ）は無い。次の3匹目に真（ま）っ直（す）ぐ飛び込み、ただ斬る。棍を中央に持ち替え回転させ、遠心力を付け……棍の端に持ち手を移動（スライド）させ、回転速度を遠心力に変換して踏み込むと同時にただ縦に斬り裂く。息を吐きながら身体を動かしてみると、大きな自壊は無い様だ。制御できる範囲内なら『虚実』までの流れでも大して問題は無かった。

　均衡。おそらく『魔術師のブレスレット』のInTとMiNの30％アップ、そして効果
『魔装』が魔纏を補助してくれて、一気に装備を増やした割りに魔纏が制御出来ていた。

そして『蛇使いの首飾り』のInT40％アップに『魔獣の腕輪』の全能力上昇効果で身体能力自体の底上げがされているのかも？　うん、思いの外の上出来だった。

　後の『生命の宝珠：【錬成術、錬丹術及び房中術による身体錬成　要錬金術師、大賢者】』に必要だった大賢者は取ったけど、『身体錬成』が怪しい。勿論房中術も妖しさ満点だけど、『錬成』って人体改造で人を辞めちゃうヤバい奴な気がする。うん、身体能力の強化を通り越して、錬金改造人間か仙人に改造されちゃいそうだ。現状は戦えているし、宝珠は俺の人族さんの為に封印だな。

　そして『異形の首飾り　変態　異形化　粘液（全耐性、全状態異常付与）＋ＤＥＦ』は、あまり意味は無さそうだけど……なんだか凄まじく魔手さんと相性が良さそうな気がする。

そう、今晩も朝の復讐が待っているから練習しておこう！

「お待たせー、こっち17匹しかいなかったのに俺が最後なの？　ああ、蟻がキモイから速攻で壊滅して来たんだ？　まあ、下りようか」「装備……増やしたの、ですか？」

　バレてる。手持ちの装備に複合した分はバレなかったかも知れないけど、首飾りは不味かったかも？　でも、制御出来てたし問題はなくて、きっと『異形の首飾り』が問題を起こすのは夜からなんだよ？

「いや、ちょっとだけ余裕が有りそうだし、試用してみたら制御系とＩｎＴ装備の追加だから結構使えたんだよ？」「身体の限界　超えている、です」「また、身体、壊れます！」「無理しないで調整するし、『再生』ＭａＸで『治癒』と『回復』もあるから結構いけそう？　それ以前に自壊(こわれて)ないから大丈夫なんだよ、多分？　うん、ありがとう」

心配されてるのだろう。まあ、踊りっ娘さんには壊れる所を見られてるし？　だから二人の頭を撫(な)でてみる。甲冑委員長さんは頭を撫(こ)でられるのがお気に入りみたいだけど、踊りっ娘さんも嬉(うれ)しそうだ？

そして92階層。最大限の集中力で制御した『虚実』で「バインド・プラント　Ｌｖ92」を刈って行く。全く自壊せずに完璧に倒しきらなければあの二人は心配する。だから最初から最後まで時間遅延(スローモーション)全開で、『虚実』の連撃。ただ簡素(ミニマム)に動作し、簡略(シンプル)に斬り払う。それこそが難しく、集中して軋(きし)みを上げる身体を制御(コントロール)する。踏み込んだ瞬間には斬り終わり、斬り終わりと同時に次の「バインド・プラント」へ踏み出し斬り裂く。

自分の身体と効果(スキル)と魔法、そして装備スキルまで制御しながら『羅神眼』が捉える敵の動きをすべて把握する……高速移動と『転移』による瞬間移動も調整して制御しきる『智慧(ちえ)』の高速多重思考、その高速さで時間遅延(スローモーション)状態を維持しながら完全制御での『魔纏』も維持しての連続の『虚実』。

途中、何度も意識が飛びそうになるけど、このくらいは軽くやって見せないと安心はしてくれないだろう。１００匹以上いた「バインド・プラント　Ｌｖ92」を全て狩り尽くした。何も言わない所を見ると合格点で納得してくれたみたいだ。まあ、まだ心配はしているんだろうけど、後でお菓子を食べさせて頭を撫でておこう。

そして、次は93階層。ここも深いとなると、深化を真剣に調査した方が良いのだろう。上層程度と思われていた迷宮(ダンジョン)が中層化していれば冒険者だって危険だ。そして50階層に達していない迷宮は氾濫の恐れ無しとして後回しになっているはず。帰りにメリ父さん……の側近さんに言っておこう。

用があったから端っこでぼっちで悲し気なおっさんに話しかけたら懐かれた。

89日目　昼過ぎ　オムイ領城館　練兵場

強いのは知っていた。そして少年の仲間である以上、その戦術性の高さも充分に予測していた。何よりも迷宮を中層まで次々に踏破するその実力は思い知っていた。それでも驚愕(きょうがく)するほど多彩な戦術と、臨機応変に対応する練度。５００余りの辺境軍と近衛(このえ)の精鋭部隊が、たった20人の少女に崩されて壊滅していく……黒髪の美姫(びき)。これは、そんな生易しいものではない！

「中央は突破、左翼と挟み左後方から鶴翼(かくよく)へ！」「「「了解(ヤー)！」」」「右、引き付けながら下がって。分断するよ！」「「「了解(ヤー)！」」」

幾らかの噂を聞き及び深謀遠慮な軍師タイプかと推測していたが、当たってみれば神算鬼謀にして即断即決の軍略。魔物と戦い続けてきた熟練の辺境軍でさえ、瞬く間に追い込まれて崩されている。

「右翼は逆撃！　全体、挟みながら移動攻撃。左、叩き潰せ!!」「「「了解、左縦列展開！」」」「「「包囲！　殲滅開始！」」」

軍は戦闘訓練の手合わせ程度の心算が、剣を合わせることも叶わず蹂躙されて逃げ惑っている。もはや指揮不能なまでに分断され、陣形は見る影もなく崩されて乱れた隙を無防備なまま抉られ崩され削られて行く。

「左、撃破！」「中央、壊滅！」「そのまま巴陣で旋回！」「「「了解！」」」

21名の戦女神が駆け抜ける。いや少数だからとシャリセレス様とそのメイド、それにメリエールまで加わっているが、たった24人。最恐の少年と、僅か9名で商国の精鋭部隊と悪名高い傭兵団を壊滅させた少年達抜きでこの強さ。

侮ってもいなかったし、舐めるなど烏滸がましい。見縊る事など有り得ないまでに覚悟して尚、予想だにしていなかった強さ。想像していた最強の高みよりも更に高かった、想像を絶していた。我等はこの様な戦い方を誰も知らなかったのだから。

「終了――っ！」「「「お疲れー」」」

瞬く間に殲滅された辺境軍も近衛軍も、ただ茫然自失なままに魅入られている。何が起こったか俯瞰で見ていた者以外には理解が及ばないだろう。私とムリムールは指揮官としてでは無く領主として離れて訓練を見させてもらっているが、あの場で戦っていれば何が起こっているかも分からないまま倒されていたことだろう。

「お父様。御理解していただけましたか。学ぶなら委員長さんです。あれこそが軍が目指す頂きなのです。って言うか遥さんを目指すと軍が壊滅します。出来たら出来たで王国が壊滅します。遥さんと同じことができる人が沢山いたら世界は終わりです！　あれは理解自体が無理で、あれは目指しちゃ駄目なものです!!」「ああ、これが戦術と言う物か……少年から戦略戦術の書を貰っていたし、読んで学んではいたのだが……いざ、我が目で見ると途轍もないものだな」

理解は到底出来ないが、この目に焼き付け心に刻みつけた。ただ最強が集まったのではなく、最強が最適に連携し最大限以上の力を発揮すると言う指揮の壮絶さを。

「メロトーサム様、ご覧いただけましたか。あれが遥様達のいた国で永い永い戦いの歴史の中で研鑽され、磨き抜かれて来た戦です。我等の戦いなど児戯に等しい高度に論理的な戦い方です。実際もうその民族頭おかしいんじゃないのっていうくらいの鬼謀です」「ええ、拝見させて頂きましたよ。遠い遠い国らしいですが……遠くて良かったですな。あんなのが沢山いて、延々と戦い続けて技や戦術を極め切った戦闘民族の国家なんて近づきたくない物です。少年がいた国には魔物がいなかったとは聞いていましたが、あんなのがゴロゴロいる国なら魔物なんて滅び尽くして当然でしょう」

そう、あの少女達も、少年達も兵士ではなかったそうだ。あの数々の戦略に戦術は一般常識で、普通の民にも知られているらしい。それは一体どんな戦闘国家だ！　そんな民がいる国の軍隊を相手に戦ったら最後、大陸の全国家が集結しても刃向かう事すら出来ず蹴散らされるだろう。

遥君は「食べ物もマッサージチェアーだって全然再現出来てないんだよ？　だって、俺専門家でも何でもない男子高校生……学生なんだよ？　うん、こう言うの誰でも出来る国なんだよ？　多分？」と言っていたのを聞いて、驚愕しながらもそんな国へ行ってみたいものだと思っていたが……絶対に行くまい！

たとえ至上のマッサージチェアーが有るのだとしても、嫌だ。あの少年が普通でゴロゴロしてる国は危険とか言う問題ではない。迷宮王より兇悪な一般人が溢(あふ)れるほどいる国など絶対に近づいてはいけないのだ。冗談では無しに遠くて良かった。

「辺境伯様。今日1日で出来る事は限られていますので、こちらが練兵と行軍、集団行動の手引書になります。これが出来るようになって初めて戦術が意味を為(な)します。そして練度が上がれば、あのように陣形を組み替えながら戦えるようになります」「貴重な時間を割き、訓練に来ていただき申し訳ない。聞きしに勝る見事な指揮でしたよ。感服しました」

少年達がその指揮を一任する可憐(かれん)な少女。皆が「委員長」と呼んでいるが、それこそが最高司令官の呼称なのだろう。そして、この少女ですら軍事に全く関係の無い一般の学生だったという。一体その国は学生に何を教えているのだろう？

その国はとても平和で治安も良く発展していたそうだ。当然だろう、こんな一般人がいる国に誰が攻め入るものか。こんな一般人が普通にいる国なら悪さするのも命懸けで、嫌でも治安も良くなるだろう。そして誰もが高度な教育を受け、読み書きは当然で高度な算術や歴史に音楽まで教育されているという国が……発展しない訳が無い。領主としては是非学びに行きたいが、その国で生き延びられる気がしない。

「縦深陣。もっと速く！　隣との距離と角度、辺境8番隊、下がり過ぎです！」「「「はい！」」」「入って来たら距離を合わせる。突破されたら意味ないんですよ。引き込んで下さい！」「「「分かりました！」」」「そう、その距離です！」「「「はい！」」」

やって見せ、言って聞かせ、やらせてみては指導して叱り、出来れば褒める。何度も何度も繰り返し出来るまで続けていく。沢山を覚えるよりも1つを完全に出来る様になった方が良いのだそうだ。

目に見えて指導される軍の動きが良くなっていく。もし仮に私が突撃しても、あれは嵌められて突破するまでに壊滅的な被害を受けるだろう。俯瞰しているから分かるが、最前線で戦いながらあの陣を組まれたなら、押していると判断して引き込まれながら磨り潰されるのだろう……恐ろしい事を考えるものだ。

そして中長距離の十字砲火。一点に左右から集中されたあの攻撃は、先頭が重装甲の騎兵であっても耐え切れない。そして先頭が倒れれば突進の速度も落ちて突破力は削がれ、そのまま包囲された形で防戦に陥る。

「平和な国……か」

その国は戦いが好きすぎて殺す気満々過ぎる。殺し方を延々と考え抜き、試し抜かなければこんな恐ろしい事は考え付かない。そう、平和になるまであらゆる敵を皆殺しにしたのだろう。あの少年が沢山いるなら決して有り得ない話ではない。

「では次！　中央、遅らせながら突破させて下さい。ただし敵が反転できない様に最後尾を追撃部隊が追う事。反転されたら仲間が死にますよ！」「「「はい！」」」

無理に止めずに遅らせながら叩き、被害が大きそうなら減速させつつ、敢えて突破させて後方から追いかけて潰す。あれでは反転など出来ないまま逃げるしか無く、そして後背を晒したまま喰らいつかれれば無抵抗に叩かれながら逃げる事しか出来ない……あくどい。その国には絶対に近づかない事にしよう。その国の民は恐ろし過ぎる。

「一番大事なのは撤退！　自らを守るのは当然、味方も守る事」「守ってくれる味方を守らずに撤退は出来ません。必ずお互いに守り合いながら退く。逃げれば死にます、退きなさい！」「「「はい！」」」

勝てぬな、これは勝てん。兵力を揃え、強兵を集めても勝つ事が出来ない。どれだけ有利でも崩せない。決めきれないから勝ち目が無い。あの本に書いてあった謎の文章、「最弱の兵でも勝てるくらいの策で気楽に挑め」とはこれだ。普通はＬｖの低い兵をいくら揃えても、Ｌｖの壁で高Ｌｖの少数に負ける。だから意味不明な言葉だったが、Ｌｖ差も数の差も覆す戦い方が有ったのだ……嵌めて削り殺す、戦わせずに殺す戦法が。

「だからＬｖ10も無い少年が魔の森を駆逐し、古の大迷宮すらも踏破出来たのか」

いや、あれは別なのだろう。あれは根本的な所で何かが違う。メリエールの言う通り目指してはならない、真似しようとすら思えない何か。あれは習う等できないものだ。

「いい大人が少女に指揮されて嬉しそうに」「実感が有るのだろうな、今自分達は強くなっていると」

兵士達の士気が上がり続ける。僅かな人数の少女達に負けたと言うのに、その戦い方を己のものにして自信に満ち溢れている。強くなっている事を実感し、何一つ見逃すまいと目の輝きが違う。少年を呼んでいたら……全軍の目は死んでいただろう。うむ、あれは……身につけた自信も士気も打ち砕かれて磨り潰されていたに違いない。

あの少女達と肩を並べ戦えるまでに強くなったメリエールが、少年の訓練を見ただけで心を砕かれていた。シャリセレス王女も同じだったのだろう。なにせその日は1日中その目は虚空を眺めていらっしゃった。一体Ｌｖ24でどんな地獄のような訓練をすれば、Ｌｖ１００の伝説級の魔物と戦えると言うのか。どれ程辛く厳しい鍛練をその身に課しているか窺い知る事も出来ないが、それは見たものが絶句するほどの過酷な物だったのだろう。

少年——戯けたように笑いながら何事でも無い様に辺境を生まれ変わらせ、全ての災厄をその身に受けながら平和を勝ち取った少年。その遥君は、この少女達でも付いていけない過酷な戦いに身を晒し戦い続けている。この少女達ですら付いて行けないのならば、恩を返す為にはこの少女達と同じ高みに立たねば話にもならないのだ。

今も魔物の美姫を連れて迷宮の深層で戦っていると言う。我等が辿りつけない下層よりも、更に下の最下層で……強くなるしかない。兵だけでなく、軍だけでなく、辺境が強くなるしかない。個人どころか軍ですら辿り着けぬ地で戦う者の為に、辺境全てが受けとった大恩は辺境の全てが強くならねば永遠に返すことなど出来はすまい。

「オムイ様。演習は終わりましたが個別指導までやりましょうか？　体力的に軍の方々は厳しいと思いますが、３人組での戦い方を覚えておくと生存率が格段に上がります。そして3人で連携しながら戦う事で、より多くの仲間と連携出来るようになります。どうしましょう？」「手解きしてもらえるならば兵たちにとってもこれ程ありがたい事は無いが、君達は疲れていないのかね？　こちらはお願いしている身、無理はせんで欲しい」「お父様、私も指導を受けていますから兵の指導に当たります」

　連携、Ｌｖが低く技量の劣る兵など3人いた所で正面から飛び込んでも瞬殺できる。だが、その3人が連携していればこうまで手強いとは……連携し集団で動かれると、高速移動のスキルでも全く崩せない。

　弱兵ですら数で強兵と戦う事が出来て、普通の一般人がこの少女達や少年達レベルの国家。別にちゃんとした職業軍人が存在して、武器満載の軍隊もあるらしい。そしてあの少年、遥君が普通の一般人に含まれる国……その国に較べたら地獄ですら生温いな。

　目に見えて立ち居振る舞いが戦巧者になって行く兵士達。人よりも強い魔物と戦うのに、最適な戦闘方法。しかもＬｖ１００を超えた超越者の少女達が、この連携を極めて戦う恐ろしさ。先の内戦では我等辺境軍も王女率いる近衛師団も迷宮の氾濫に打ち勝ったが、この少女達はたった20名でそれを成し遂げたのだから。

黒髪の美姫と称されながら、その実態は戦女神の再来の如き強者達。彼女らの訓練に参加してからのメリエールやシャリセレス王女の上達ぶりは驚異的だった。だから兵の訓練をお願いしたのだが、これ程までのものとは……気のせいかも知れないが、隣でドレス姿で見学していたムリムールがいないと思ったら……甲冑を着こんで乱入している。

王国の象徴である姫騎士の称号を持つ者は歴代で僅か7人。その先代姫騎士と現姫騎士の二人が稽古を付けてもらうなど信じられぬ光景だ。何が信じられぬかと言えば、参加すれば戦いに気が行き学ぶ機会を失うからと離れて指導の見学だと戒めて私を参加させなかった張本人がやる気満々で参戦している……甲冑持って来てたんだ、自分だけ！

「あれ、メリ父さんハブられてるの？　なんか窓際って言うか訓練場際で仲間外れで可哀想だけど、おっさんだから仕方ない運命なんだよ？　あと、ついでに側近さんに『迷宮ヤバいって言うか深くなってるかも、みたいな？』って伝えといてくれる？」

何の気配も無く突然に現れた少年、そしてお供の二人とスライム1体。そして、どうでも良い世間話みたいに重大発表を告げていく。

「やあ、遥君。委員長さん達には無理を言って済まなかったね。そして迷宮の深化は大問題なんだけれど間違いないのかい？　それとわざわざ側近に伝えなくても、私が領主だからね？　側近が私に伝えに来るんだからね？　しかし……踏破した迷宮の最下層は階数どのくらいだったんだい？」「もともと中層越えの迷宮の深そうな所を優先で潜ってるけど、最近は浅くて90手前で普通にみんな90階層超え？　一番深かったのは99階層で、今日は95階層だったんだよ。ただ50階層未満の浅層迷宮が深化してて、知らずに侵入したら中層迷宮だったりするとヤバいんだよ？　魔物が一気に増えて強くなるから注意は出しといた方が良いかも？　調査方法としては大量のおっさんを試しに迷宮内に送り込んで、無事に戻ってきたら問題なしって言う事でおっさんは閉じ込めて、戻って来なかったら深化してヤバいって事で気を付けておっさんを放り込んで埋めるのがお勧めなんだよ？」

緊急に通知を出すべきだ、確かに側近に伝えねばならん。と言うかいつの間にか隣でメモを取り、即座に通達に行った……どうして遥君が来ると現れて、躊躇なく遥君の指示に従うのだろう？　私は何の指示も出してないし、何も聞かれもしなかったのだが？

「いや、その作戦はおっさん虐め過ぎだからね？　まあ兵士も冒険者もおっさんが多いけど、試すのも問題だし、試した挙句に閉じ込めないで欲しいんだが……迷宮は全てが深かったのかい？」「確かに迷宮だとおっさんの無限湧きの危険性があるかも！　帰って来てから潜ってるのが10近いけど、全部予想より深かった？　その割には魔物が強くない気もするけど、90階層から下はそこそこ？　その割にドロップはともかく宝箱が少なくてしょぼいんだよ！　全く、階層だけ増えて報酬が少ないって、よく考えたら不当労働だよ！　ちょっと迷宮王に文句言ってこようと思ったけど、もう殺害済みだった！」

90階層を超える迷宮を僅かな期間で攻略し、その迷宮王は殺害済み。つまり踏破して潰してくれている。冒険者ではないから踏破報酬も得られないままに、あの黒髪の戦女神達ですら挑む事を禁じられていると言う深層域を。

「「「ありがとうございました」」」

訓練も終わり、兵達は皆が疲労困憊(ひろうこんぱい)だが、その目には自信が見て取れる。たった1日の訓練だったが、強くなった事を全員が実感したのだろう。

そして明日は遥君の家に招かれた。既にメリエールやシャリセレス王女は招かれていたらしいが、家は魔の森の中に有るらしい……どうやったら魔の森の深部で生活できるのか聞きたい様な聞きたくない様な複雑な気分だが、恩人に招かれて断る訳が無い。

この地で辺境の守護職の家に生まれ、今迄(まで)にどれだけ魔の森に戦いに赴いたかは思い出せないが……まさか魔の森にお呼ばれして、遊びに行く日がこようとは考えた事すらなかった。うむ、人生とは分からない物だ。

当社比2・5倍はどこの当社さんが計測したのかが疑問点だろう。

89日目　夕方　オムイの街

遥(はるか)君たちは最下層の95階層まで行き、迷宮王も倒して迷宮を潰して来たそうだ。でも、聞きたい事はそこじゃない。

「遥君は……戦えたの？　最下層で、迷宮王と？」

誤魔化してたけど、あれは壊れて戦えなくなっていた。あれは弱体化なんかでは無く、その根本の何かが壊れていた。それは自分の力で自分の身体を壊す崩壊、弱いまま強くなり過ぎて弱さが強さに耐えられなくなった。最初からずっと無理してただけで、誰よりも弱いまま強く在ろうとしたから……壊れ過ぎた。

「身体は　壊れてなかった　でも、限界は超えたままです」「しかも……装備、増やして、ました。まだ、強くなる、心算です」

Ｌｖ24で迷宮の下層90階層を超えても戦えていた。限界を迎えたと思っていた遥君は戦えていた。そう思った矢先に聞いた言葉は……限界はとっくに超えたまま、なのにまだ強くなろうとしている。

そうだった、限界どころか最初から有り得なかった。異世界で初めて見た遥君はＬｖ５で、魔の森の魔物を炎の雨で皆殺しにして私達を助けてくれた。きっと、その光景が衝撃的過ぎて理解を越えてしまった。大迷宮でも救助に向かって逆に助けられた、あの無限の魔物を薙ぎ払う後ろ姿が目に焼き付いて……その強さに憧れてしまった。

強くなんかないのに。異世界に来てからずっと弱いままの身体で強かった。最初からずっと限界なんて超えていて、それを気取らせずに平気な顔をして危険な事は全て一人で背負い込み、強いみたいな顔をして平然として見せていた。

「何で、何で痛いとか、どうしてつらいとか言ってくれないのよ！」「私が、私達が使役されてるのは、その為なのに!!」「何で、何でなにも言ってくれないの！」

限界を超え壊れた身体で戦い続け、壊れて戦えなくなった。強さを失った、それで身体を壊さない新たな戦い方を身に付けようとしていると思っていた。少しずつ戦えるようにと……思ってたら前より強くなっていた。脆い身体のまま、また限界を超えたままで。

「身体が技に耐えられないのに装備や効果で底上げって、それ余計に負荷が掛かっちゃうんじゃ……」「身体は壊れてなかった。ちゃんと、戦えて……ました。制御に成功して、ました。でも……壊れなくても、痛い。辛いし苦しいはず、です」

身体が破壊されるほどの負荷を効果で補強する。それは切られてもすぐに再生するのと同じで、無事なだけで全然大丈夫じゃ無い。だって、痛いし辛いし苦しいんだから。なのに、それをずっとやって来て、遂に耐えられなくなって身体が破壊されたのに……更に補強してしまった。

「ギリギリの身体で、たった一人で……迷宮王ボコっちゃったんだ？」「あれは自分の体が壊れるより先に、魔物の常識を壊してますから」「「「ああ、身体とかＬｖとかの方向性で戦ってなかったね、そう言えば？」」」

身体に負担を掛けずに壊れない戦い方を学んでいたのに、また最強の力を手にして使いこなしている。それが自分の身体を壊すものだと知っても尚、戦う力を求めた。

「再発しちゃったか、治ってなかったのか？」「迷宮王に触発されちゃった～って感じかな～？」「ノリノリ　でした。あれ絶対ワザと、です」

そう、今のところ大丈夫。でも、限界を超えたままなら破綻はすぐだ。痛くて苦しくて辛い、ずっと一人で苦しんで来た……なのに遊んでたって、何でみんなが心配してるのに最下層で迷宮王さんとノリノリで盛り上がってるのよ！

今日最後の迷宮王さんは「シャドー・クロー　Lv100」。それは人型をした影の剣士で、闇ではないけど念の為と言い遥君が一人でノリノリで戦っていたらしい。

黒い大剣を持った漆黒の影、その身体から真っ黒な鴉(からす)を飛ばして分身。そう、それでノッちゃって肩盾(ファンネル)と影鴉(かげがらす)さん達の空中戦を展開しながらの、影の剣士と高速移動戦で斬り合いで盛り上がって無駄に宙を駆け回っていたらしいの。

「格好良いポーズ、連発してました」「はい、斬ればいいのに、いちいち、構えてました」

「「「あー、ノリノリだ！」」」

空を舞う影の剣士さんと、宙を駆ける厨二病(ちゅうにびょう)再発の黒衣の男子高校生さんは気が合ったのだろう。剣を打ち合っては「くっ！」とか「ちっ！」とか、「ぐはぁ！」とか言いながら戦っていたらしい。うん、神剣持ってるんだから剣ごと斬れるよね、一撃で！

「普通に消えて避けられるのに、宙返りとか、無駄にいっぱい回ってました」「「「ああー、楽しそうだね」」」

そう、一緒になって飛ばなくっても『次元斬』で斬れるよねって思いながらも、楽しそうだったから終わるまでずっとギャラリーしていたらしい。

「意味も無く、剣をガントレットで、『ぐはあぁ』とか言いながら、受け止めてました。

避けられるのに？」「「「重症だった！」」」「異能を打ち消す気満々だね！」

迷宮王さんと気も趣味も合ったのだろう。相性も良かったのかも知れない。だけど一人でＬｖ１００の迷宮王相手に遊んでいた。限界のまま強くなってる。そして痛くて苦しい割には……楽しそうだね？

いろいろ話を聞きながら宿に戻ると、遥君は街中から現れる孤児っ子ちゃん達に飛びつかれて抱き着かれ、動く子供の山になっている。

「重い、重すぎる！　この重量オーバーは子狸交じってるな！　重すぎるんだよ？」「レディーに重いって言うなー！　あと子狸じゃないよ!!（ガジッ！）」

交じっていたみたい。遥君が悲鳴を上げてるから子供の山の中で頭を齧られているんだろう。うん、小山の移動速度が上がってるし？

「ぎゅやあああっ、って、齧るな子狸！　それと違うんだよ、再発してないよっ！　あれは新装備の『瞬転』とか『魔装』とか試してて、決して『くっ、このままでは……こうなったら使うしかないのかぁ！』とか言ってみたけどあれは違うから？　あれは、こう空気読んだだけなんだよ、そうそう空中にそう言う気配が漂ってた？　みたいな？」

違わなかった様だ。しかも「こうなったら使うしかないのか～」って全部使って纏っちゃうから問題になってるんであって、まったく何一つ隠さず片っ端から使ってるよね？

そして今日は焼肉丼！　そこは戦場、それは戦いだった……そして、わんもあせっとだった！　うん、美味しいの！　お腹を丸くした孤児っ子ちゃん達を連れてお風呂に行き、ぴっかぴかにして風邪をひかないようしっかりとタオルで拭いて……いつの間にかタオルが新製品！　すっごい吸湿力、パイルっぽい生地だけど『吸湿』も付与したに違いない。だってタオルドライだけで髪の毛が乾いていく。注文しよう！

「みんなおやすみー」「「「おやすみなさーい」」」

お風呂に戻ってお風呂女子会に参加しよう、議題は新たなる能力『魔糸』。

「にょろにょろとぐにゅぐにゅにさわさわとざわざわが来ます！　頭が蕩けます！」「意味分からない　訳分からない　頭真っ白に狂います！」「「「あわわわわわ！」」」

ヤバいらしい。ローションで怒られ叱られてお仕置きで……一晩中いっぱい死んだんだそうだ。うん、迷宮皇さん達が一晩中殺されるって……それ、本当に弱いの？

「あれ採寸だけで無理、あれマジ無理！」「意識飛ぶから。何かあの触れるか触れないかがヤバいの！」「うん、あれ余計に敏感になって、もう全身の皮膚からヤバいのが来るからね！」「意識を保つので精一杯で何にも考えられない、あんなの無理よ！」「ゾクゾクとビクビクの電流が体中に走ってて、ずっと気が狂う寸前だったから!!」

普通の状態で、『淫技』とか『性王』とか『振動』とか『感度上昇』とか無くても乙女が死んじゃう破壊力。前から凄かったのに……それを越えて来た！

「今日……私達だ……死んじゃうんだ……狂っちゃうんだ……」「水着は欲しい！　どんなに凄くっても我慢するけど……我慢できるかな！」

今日が最後で被害者の感想に震える水泳部コンビの二人だけ。きっとこの二人の為にプールを作り、恥ずかしがって嫌がってた水着を作ってくれた。私達みたいに遊びではなく、本気で泳ぎたい二人の為に……だから今日は二人だけ。

「つまり触手さんも、二人占め？」「5人でも狂っちゃうのを二人で独占！」「「つまりつまり当社比2・5倍のにょろにょろさんが！」」「「きゃあああっ、言わないで！　なんかもう泣きそうだから言わないで!!」」

今迄は編み方や番手が異なる沢山の生地を組み合わせて調整していた、それが補正だった。ところが着衣したまま編み直されるらしい、シームレスの一体成形で布地と魔糸がさわさわと形を変えて包みしゅるしゅると締まって行くんだって！

「ホールガーメント製法で3Dに身体にフィット！」「新技術がヤバい！」

究極の服作りに達し、その微細な精密技術の刺激にフィットした中身の肉体が耐えられず達しちゃうらしい！　全身の肌を無限の細い糸が撫でて測り、身体中を擦りながら締め上げ弛めて蠢いて……イクんだって？

明日はピクニック、計画予定も最終調整だ。水泳部コンビは泣きそうな顔で、でもその究極の水着への期待にドキドキしながら遥君のお部屋に行った。うん、後で回収しに行ってあげよう。多分完成したころには歩けないと思うし？　うん、無理だったの。

最後の最期まで完璧だったのに嘴で突くのが鴉だった、惜しい。

89日目　夜　宿屋　白い変人

良い戦いだった、あれこそが正しい男子高校生たる戦いだったと言えるだろう。そう、最下層の迷宮王さん「シャドー・クロー　Lv100」さんは素晴らしい好敵手だった。黒き大剣を持った漆黒の影の剣士、その影の身体からは黒い鴉を生み出して飛ばして分身する魔物さん。うん、よく分かってる。

胸熱な影鴉と肩盾の空中戦の中を、宙を舞い跳ね跳びながら剣戟戦を展開するとか空気の読める魔物さんだった！　何より肩盾を操作する鴉達の空中戦と同時に、影の剣士との高速移動で空中を駆け巡る機動戦で斬り合うと言う、これほど噛み合い練習になる敵はいないだろう。空を駆けて宙を舞い、肩盾を制御して鴉とも戦いながら影の剣士と斬撃を放ち剣を打ち合った。また、この影男さん武器が太刀だったんだよ！　分かってる、空気読んでる、発症してる！　15才だったのだろうか……中学は行って無さそうだった？

肩盾制御と魔纏による身体制御を並行し意識しながら行う戦闘は、高難易度でありながらそれ以上に有意義だった。空間把握された領域の中を肩盾と舞いながら敵と対峙する感覚の中で、『魔纏』の制御を維持し剣尖を舞わせ身体をコントロールする集中状態。

「うん、何か感じが摑めたかも？」

今迄とは違う空間の鬩ぎ合い。あれは超高速の陣取り合戦だった。より良い位置に、より良い時期で、より有利な位置を求め的確に正確に詰めていく論理、今迄見えていなかったものが見える様になった不思議な感覚。結局どれ程の能力を持っても使いこなせてはいなかった。だけど空間の中で自分の身体と動作を俯瞰し、客観的に見る事が出来た……あと格好いいポーズも出来て有意義だったのだ！

「だって登場シーンから9体の影に分身して斬り掛かって来て、斬り払うと影鴉になって飛び散るって……うん、あれは分かってるよ。うん、患ってたのかも？」

そう、あまりに有意義だったから最後は「さらばだ……貴様のお陰で俺は更なる高みに到達できた（フッ）」とかやってたのにジトだった？　戦闘中も各種格好良いポーズを取り入れたのにジトだった？　ジトは良いものだが、俺の格好良さは評価されなかったようだ。やはり好感度が無いと格好良いポーズでも駄目なのだろうか！

「そう、惜しい敵だったんだよ。最後の最後で嘴で突いて来なかったら完璧で友情だって芽生えそうだったのに、あれで思わずカッとなってボコってしまったよ。だって鍔迫り合いで『私は貴様の命を奪う者だ、ここで我が糧になれ！』って決めてる時におでこ突かれたんだよ！　ボコるよ!!」

うん、痛かった。

「影鴉は影から鴉が出て来るけど実体はない目眩まし？　影分身もただの幻影……ああ、この影実体化で操作するんだ。あっ、影顰ってメイドっ娘のやってた影潜みの上位版？」

そう「シャドー・クロー」さんはドロップまで分かっていた、もう盟友と呼んでも差し支えないだろう。なにせドロップは『影の外套　SpE・DeX30%アップ　影鴉　影分身　影操作実体化　影魔法　影顰　気配遮断』とこう男子高校生の厨二な心をくすぐる素敵なマントさんだったのだ！

「このマントって格好良いけど使えない、操作が難解で制御も複雑でMP消費も酷いって……哀しい装備さんだった！」

マントに『影の外套』を複合だけしてミスリル化は見送った。とてもとても使いたいけど、これを戦闘で併用すると『智慧』さんの負担が急増しそうだ。メイドっ娘だって実戦では影魔法なんて殆ど使わない、つまり使い勝手が悪い。惜しい、惜しいが陰に潜む男子高校生は厨二な格好良さとは別に何だか犯罪臭もする！　そう、これは好感度的にも使用は難しいだろう。気配が部屋の前までやって来てコンコンとノックする。

「戻りました。お連れしました。目隠し、します？」「お風呂　上がりました。みんなタオル注文でした」「お帰りー、ギョギョ裸族っ娘も来たし始めようか？　あと何で自分で目隠しに対して疑念を抱いて疑問符付けちゃってるのかな！　寧ろ目隠しに疑念を持った目隠し係こそが疑問なんだけど、目を隠すかどうか疑惑どころか一縷の望みも存在自体が認められない目隠し係さんなんだけどお帰り&お入り？」「「おじゃましまーす。　ってギョギョ裸族っ娘って纏められちゃってる！」」

お風呂も済んだようだし盥を出し、目を閉じて空間を把握していく。識閾し室内で起こる全ての事象を認識し知覚して解析していく。まあ、服を脱いでるのが二人と目を抉じ開けようとしてるのが二人で、わざわざ把握しなくても瞼が痛くて良く分かるんだよ？

「先ずこのデザイン画でビキニを作って、一応限界まで強力な装着力で作製に挑むけど……あくまで遊び用だからね？　全力の本気で泳ぐ時は後でもう1枚競泳水着作るからそっちにしてね？　まあ、前のスク水改良しても良いんだけど、未だに女子校生に旧式スク水を作製して着させている男子高校生さんの好感度的意味合いでの立場が心配な今日この頃だけど、いるんならあっちも改良するんだよ？」「「お願いします！」」

　やるなら一気にだ。この二人だけは本気で精密作業をする必要があり、情け容赦ない執拗にして徹底的採寸が必要だ。調整と補正も限界を極める事になるだろう。既にプールで甲冑委員長さん達に競泳水着で泳いでもらい、生地と形状ごとの流水抵抗は確認した。つい途中からにょろにょろだったけど、情報はちゃんと採取してある。

　ちなみに近代泳法を知らなかったからしょうがないけど甲冑委員長さんも踊りっ娘さんも泳ぎが下手だった。下手なのに凄まじく速かった。身体能力の高さで、水の抵抗を力で掻き出すような泳ぎ方、そしてその水圧は凄まじくウォータージェット状態に達していたのだ！　ちなみにバタフライと平泳ぎの合体版な犬掻きだったんだよ？

「甲冑委員長さん達でもギリギリ脱げなかったけど脱がしちゃって計測不能限界を天元突破しちゃったけど……水流には耐えられるはずなんだよ？」

　ただ、この二人は水泳部。しかも裸族っ娘は五輪候補の水泳選手さんだ。更にギョギョっ娘はその指導者で、競技者(アスリート)の身体能力を持っていなかったから全国レベル止まりだったけど最高効率の泳法を身につけ裸族っ娘に指導していた。そしてそんな二人が異世界で身体能力(ステータス)を強化されている。実験後に50メートルプールは500メートルプールに作り替えたけど、それでも短過ぎるかも……それだけ速く、その分だけ水圧も掛かる。

だからやるなら一気にだ。綿密に身体(からだ)に密着(フィット)する様に精密に編み合わせ、どれ程激しく動いても隙間を最小限に抑える。その為には身体の精密採寸が不可欠で、一片の情け容赦なくあらゆる筋肉の動きと可動域を執拗に徹底的に採寸して肌の全てを精査する。そして着せ付けながら全身を動かし揺らして、押して撫でて調整と補正を延々と繰り広げる究極の調整(アジャスト)を行い、更に濡(ぬ)らしながら極限まで補正(フィッティング)していく。水の抵抗負荷も凄まじいものになるから表面処理も流体力学的に水切り値を求めながら、それでいて中に水流を侵入させない開口部の形状が求められるんだよ。

そう、究極の採寸と補正を求める事になる。嘗(かつ)て芽キャベツみたいな名前の人が「やるなら一気に禍根を残さずやれ、じわじわ何回もやるのはメッ！」と言っていたと伝え聞く。確かにじわじわやってみたらビッチ達もヤバかった！　だから禍根を残さずに一気に全力全開全魔手さんで挑む！

「「きゃあぁ！　あ、あぁ！　あんっ、あぁぁ……あっ。んはぁ、ああっ！　あぁ……っあぅ、あうぅぅあっ！　（ポテッ）」」

禍根は残らなかったが、意識も残らなかった様だ？　だけど潤んだ瞳は何処(どこ)か遠くを見詰めてる。きっと明日を、やっと泳げる事に思いを馳せているんだろう……白目だけど？　まあ、毎日毎日ずっと水の中に居た二人が、3箇月近く水から離されずっと泳げなかったんだから涙を零して……ベロは何で出てるんだろう？

「何だか気絶した女子高生の身体を触手で弄ってる男子高校生に見られそうな不本意な絵面を感じるけど、最終調整なんだよ？」「ひぃいぃいぃっ……んぁぁ♥」

やっと泳げる二人の為に全力の触手展開で、魔糸さんも操り再採寸と再調整を無限に繰り返し補正して仕上げていく。気絶しててもビクビク跳ねて大変だけど、親切丁寧に魔手さんで手足を押さえながら再々採寸と再々調整を繰り広げる……うん、気絶してるのに悶え廻って反り返り跳ね回るって不思議だ？

「まあ、だけど筋肉が激しく収縮してくれるから調整にはちょうど良いような、何かが致命的に不味い様な？　うん、何でだろう？」

波打つ盥の中でついに完全に動かなくなった。お顔も元に戻らない様だ？　ビキニもスポーツタイプではあるけどかなりの水圧水流にも耐え得る良い出来だ。競泳水着に至っては現在俺が知り得る全ての技術を注ぎ込み精査した至高の出来上がり。そう、スク水改だって競泳水着に劣らない逸品なんだよ？　なのに怒られてる？

「何をしてるの何を！」「何で気絶しながら痙攣して悶え跳ねてる女の子の手足を触手さんで押さえて更に刺激しちゃうの！」「しかも何でお口に茸咥えさせて、もう大丈夫みたいな顔してるのよ!!」「なんかもう二人で人に見せられなくって、お嫁に行けないお顔になってるでしょ!!」「「「しかもスク水って、何しちゃってるのー！」」」

　お迎えの委員長さんがオコだ？　出来得る限りで最も完璧に近い仕上がりなのに御不満で、手足って優しく押さえて置かないと盥の縁で打ったら危ないんだよ？　盥が？

「えっ？　確かに気絶して意識が無いのは生物学的な謎なんだけど、ついでにベロが出るのも生命の神秘なんだけど……委員長さんもこんな感じだったって言うか、もっと凄かったし、お顔も凄く凄い感じだったけど……茸咥えさせたら大丈夫だったよね？　うん、委員長さんの時は気絶しながらも不屈の精神力で『もっと、もっと』って呟いて倒れても倒れても意識を失って痙攣しながらも跳ね回って頑張ってたよ？　ガッツだぜ？　みたいな？」（ウンウン、コクコク、ポヨポヨ、プルンプルン）

　いや、副委員長Bさんどこで相槌のお返事してるの！　まあ同意らしい……ん、殺気！

「い、い、い、いやぁあああぁあっ！　きゃぁあぁあぁあっ！　なっ、なん、な、何事してるのー！　も、も、もうギルティ・オブ・ギルティーだから！って言うか見たの？　それ見てたの！　い、いっちゃ……、いやぁあああぁあっ！　きゃぁあああぁあっ！（ボゴッ、ドカッ、グシャッ、ベキッ、ガゴッ、バキッ、グシュッ、ブチッ！）」

　怒られたって言うかボコられた？　ボコボコだったが、モーニングスターの乱打だったのは言うまでもないだろう。でも、意識を取り戻したギョギョ裸族っ娘は顔を真っ赤にして涙目だったけど、物凄く喜んでいた。委員長さんは物凄く赤い顔で激オコだった？

過保護なビキニの保護者さんがクレーマーなJK大集合で孤児っ子達は大回転だった。

90日目　朝　魔の森

魔境——此処から先は魔物の世界。その境界線こそが魔の森。この森の中に踏み込むと言う事は、人間の世界の外に踏み出すと言う事。それは人の世界では無く、魔物の棲家に侵入して行く行為。この先は人の理から離れ、魔物が犇めく場所。

「って冒険者ギルドの新人講習で教えているらしいけど、住んでる人もいるんだから人聞きが悪いし、風評被害も甚だしい限りだよね？」（ポヨポヨ）

しかも、ちゃんと道まで有るんだよ？

「ここまで道を切り開いてくれた働き者のデモン・サイズさん達と、舗装までした働き者の良い男子高校生さんに海より深い感謝の意を示しても良いくらいなのに、昨日も内職に励む勤労水着製作者な働き者の良い男子高校生さんが謂れの無い暴行を受けてボコボコだったんだよ？　うん、あれはマジだった！」

魔の森の中に道が通り、周りの樹々とついでに魔物も伐採されている。魔の森の浸食エリアを刈り尽くした後も、デモン・サイズ達はピクニック用に道を切り開いてくれていた……まあ、報酬にお菓子を滅茶要求されたけど、鎌が太ったらどうなるんだろう？

馬車に揺られ……って揺れないんだけど森の中を進み、森の洞窟(我が家)を目指す。みんながデモン・サイズ達を褒めてお菓子をあげてる。舗装した男子高校生は褒められないらしい？

「遥(はるか)君、何で魔の森の中に木漏れ日溢(あふ)れる石畳の森林道が出来てるんだい？　私も吃驚(びっくり)だけど魔物も吃驚だろうね？」

メリ父さんとムリムリさんも御招(おまね)きした。って言うか昨日ついでだから呼んでみた？　辺境の孤児院の管理者はムリムリさんで、運営者はメリ父さん。だから孤児っ子達と仲良くなった方が良いし、一応辺境に勝手に家を作ってるから招いて既成事実を作っておこう。

「私達って、ここを街を目指して通ったんだよね」「うん、いつの間にか観光名所みたいになってるけどね？」「このルートだったね」「そうそう、森の中をみんなで踏破したんだよね……いつの間にか舗装されてるけど？」「魔物だらけの森を大脱出だったのに……気軽に日帰りなんだ！」「何気に魔の森に手を入れて、樹を間引いて芸が細かいよね！」

「「「うん、この爽やかな木漏れ日感って、絶対魔境とは違うよね！」」」

女子さん達も懐かしいのか、森を見回しておしゃべりしている。一応、馬車の警護で肩盾(ファンネル)6機に周辺警護させているし平和で長閑(のどか)な馬車の旅で孤児っ子達も楽しそうだ。

「子供の初めての自然体験学習が魔の森って……良いのかな？」「良くはないけど辺境って魔の森しかないし？」「特に王都組は都会っ子だからねー、嬉(うれ)しそうだよ？」「「「うん、轢(ひ)かれてるゴブさんの悲鳴が情操教育的に問題だけどね！」」」

何気にプール目当てでついて来た看板娘も尾行っ娘も、初めての魔の森観光を楽しんでいる。伐採されて整備された森に差し込む日差しが、苔と茸に覆われた樹々と優美に光と影の陰影を演出する樹齢のありそうな巨木も聳え立つ深い森。前人未到地域の永い歳月が静かに佇む樹々達を通り抜け石畳の上を進む。でも、俺のお家が前人未到地域に指定されてるのが今一納得できないんだよ？　うん、みんなで通ったよね？

「じゃあ、この先の森林公園で馬車を停めて小休憩と朝食にするからねー？」「「「は——い♪」」」「誰がいつの間に、魔の森の中に森林公園作っちゃったの！」「うん、それって魔物さんの憩いの場なの！」

　残念ながら魔物さん達は憩う間もなく、森の樹々と共に伐採され尽くしているから公園と言いながら公ではないらしい。世知辛いな？

「「「いただきまーす♪」」」（プルプル）

　大量に並べられた各種サンドイッチの海に挑む孤児っ子達と、腹ぺこ同級生たちの疾走。うん、今日はむちむちスパッツさんがいないから男子達も頑張っているようだ。

「って言うか、完全なフィッティングで水着作ってあるから、入らなくなっても知らないよ？　それ以前にビキニだからお腹は無防備でぽんぽこりん無制限？」「「「言わないで！泳いで消費する予定だから大丈夫なの！」」」

　消費する気は有るけど節制する気はないらしい。勝ち目の無い終わりなき戦いみたいだけど、スタイルが良くなっているから強ち間違いではないのかも？　異世界凄いな？

「いや、だから泳いで消費する前に水着が……伸びそうだな！」「「「言うなって言ってるでしょ！」」」

食事も終わり馬車は移動速度を上げて森の洞窟（我が家）を目指す。しかし近衛（このえ）師団も辺境に来てるのに、この「豪華版素敵系美人女騎士さん熱烈歓迎御持て成しＤＸローリングＳＰ号」には、未だ美人女騎士さんが来ないんだよ？　うん、女性の支度は長いと聞き及んではいたけど想像以上の長さだったよ！

「「「うわ――――……」」」

王女っ娘にメイドっ娘（こ）に、メリメリさんや妹エルフっ娘の異世界組はプール自体を初めて見たのだろう。なんか固まってる？

「うん、身体が固いと宜（よろ）しくなくて準備運動が必要なんだよ？」「「「何なのこの大規模アトラクション！」」」「想像してたのと桁が違う！」「いや、Ｌｖ１００超えた人間が遊べるプールって、このくらい必要なんだよ？　あと、孤児ッ子１００人とか浅いプールも大きくないと無理だし、ウォータースライダーだって場所とるんだよ？　うん、高低差がいるから高台作るついでに流れる滑り台が出来てそのまま流れるプールに？　みたいな？」

そう物事は序（つい）でにやった方が同じ労働力（コスト）で作業も捗（はかど）り、計画もノリと勢いで広がる。そして大体気付くとやっちゃった感は有るけど出来ちゃった？　そしてカラフルな防水布で浮き輪も大量生産して、防水布ボートにフロートベッドも出来ている。プールサイドにはデッキチェアーとテーブルも並び、木製だからバリ風に高級リゾート感も出してみた？　うん、ソファーなんてわざわざウォーターヒヤシンス風に編んだ力作だ！

そして孤児っ子達を引き連れた女子さん達がプールを廻り、ウォータースライダーを滑って流れるプールに流されて行く。莫迦達は延々と高台から飛び込み続けてるから、やっぱり高い所が好きらしい。きっと、あれと一緒にされるとか煙さんも迷惑千万だろう。

色取り取りのビキニさん達が走り回り、多種多様なバリエーションと千差万別なぽよんぽよんが跳ね回る。うん、俺頑張ったなー……百花繚乱の極彩色が咲き乱れ、その派手な色合いよりも眩しい肌色が目の前を行ったり来たりと揺れているけど、ポロリはないんだよ。うん、頑張った！

「次どうする」「「「ウォータースライダーしたい！」」」「「「賛成！」」」

水飛沫が上がり、太腿さんが弾ける様にわらわらとあられもなく露わに現れ、剝き出しの生肌からは水滴が弾けて濡れた姿態がはち切れんばかりに燥ぎ回る。

「浮島持って行こうよー！」「「「うん、ボートも持って行こう！」」」「「「わあ——い♪」」」

浅いプールで開催中の水泳部による孤児っ子水泳教室には王女っ娘とメイドっ娘にメリメリさんまで参加中……うん、教える方で無く参加している。うん、泳げないんなら完全調整型のビキニとかいらなかったじゃん！　甲冑委員長さんと踊りっ娘さんも参加してクロール習得を目指すみたいだ。

看板娘も尾行っ娘も教室に参加だが、この二人に魔手採寸は不味いだろうとセミオーダーのセパレート水着だったりする。採寸はしていないけど羅神眼でサイズを見切って作ったから、市販品とは比べ物にならない品だし、高Lvな女子達とは違い完全採寸設計

しなくても破れることは無いはずだ。

「うん、異世界組は水泳が苦手なのかと納得していたら、妹エルフっ娘は競技用プールをバタフライで颯爽と泳いでる！　森の民恐るべし！」（ポヨポヨ！）

オタ達はものの5分でデッキチェアーで休憩中……お前ら本当に高校生なの！　何でそんなに若さが無いの！　実はおっさんなの、なんか疲れてるけど。リアルおっさんなメリ父さんとムリムリさんはジャグジーで泡沫といちゃついてるから後で爆破しよう。

俺も泳ごうかと思ってプールに近づくとプールサイドには「触手禁止」の看板が立てられている？　触手さん差別の風潮なのだろうか？

「うん、『NOうにょうにょ！』とか『ローション投入禁止』とか誰が立てたんだろう？　いや、しないんだけどさー？」（プルプル）

プールにフロートベッドを浮かべてぷかぷかとスライムさんと浮かぶ。すると子供ならではの驚異の学習能力で泳ぎを瞬く間に覚えた孤児っ子達がクロールで群がって来る！

「こ、これは新技の孤児っ子魚雷か！　くっ、完全に包囲されている!!」（ポヨポヨ！）

焦るな、集中だ。水中では機動力は減衰され、数の暴力には抗えない。それは水が枷だからだ、だからこそ水に捕らわれずに水を捉える。水に干渉し魔力を浸透させ拡散してプールの水を『掌握』していき、あとは水魔法で流れを作るのみ！

「渦巻け、水の螺旋となり孤児っ子達を押し流せー！　新魔法スパイラル・ウェーブー！って水魔法で流してるだけだけど、孤児っ子達を丸洗いで洗濯だー！」「「「危ないでしょう！　泳ぎを覚えたばっかりの子に大波とか渦とか危ないの！」」」「「「わあ——い♪」」」

過保護なビキニの保護者さんに囲まれて、クレーマーなＪＫ大集合。だけど、この水流の中でもポロリは無いから水着は良い出来だった……でも近い！　当たってる！

「ちゃんと水底の触手さん達がいて溺れる心配とか無いし、羅神眼さんが３６０度ガン見してるからチェックは完璧で、智慧で常に一人ずつ状態も把握してるから安心安全な渦巻きプールで、水底では触手さん達が救助と準備ＯＫなセーフティーネット？　みたいな？」

「「「触手禁止って看板立ってたでしょう！　あと救助の前に溺れさせないの！」」」

駄目らしい。孤児っ子達は大喜びで、このビッグウェーブに乗っていると言うのにノリの悪い女子高生達がオコだった？　あと、近いし当たってるから囲まないでね？　うん、諸事情でプールから上がれない男子高校生さんがお困りなんだよ？

「いや、だからこそ救助活動で触手さんへの謂れの無い不名誉を洗い流して、名誉をにょろにょろ挽回作戦が水面下で展開中な渦巻きプールＩｎにょろにょろなんだよ？」「私達は、そのにょろにょろで盥で溺れたの！　救助されずに溺惑させられちゃったの‼」「うん、そのにょろにょろさんは人命救助じゃなくて、大量乙女殺しの犯人さんなの！」

マルチカラーにパターン転写技術で赤や青や黄色のビキニに花柄やドット柄のビキニも交じり、もにゅもにゅと押し寄せてはお説教中で近いのを越えて密着状態の濡れた生肌大量接触中な「ドキッ！　水着だらけの女子高生水中押し競饅頭Ｗｉｔｈお説教Ｆｅａｔ

流れる孤児っ子達」で大騒ぎだ。

「「「お兄ちゃん、もっとー！」」」「回れ回れ孤児っ子達よ！　渦巻く流転の流れを越え、荒ぶる波濤を乗り越えるが良い～！　みたいな～？」「「「わぁ～い、回ってる～♪」」」

うん、やっぱり喜んでいる？　俺は客観的見地からは喜ばしそうな女子高生密集中なんだけど、男子高校生には俯瞰的に感知している余裕がない。

「ちょ、太腿さんが当たってる！って言うかそこは駄目？　これもう『当ててんのよ』状態を超越して、『押し潰してんのよ』って言う一見上位進化に見えながら、実は攻撃的圧殺になってるよね？　むにゅいな？」「「「だから回すなって言ってるでしょう！　渦巻かないの!!」」」「ちょ、分かったから、止めるから止めようよ？　いや、違うって言うか同じって言うか水流を止めるからビキニ痴女地獄を止めようね？　見たいな、って言うかポロリしない様に俺が万全を尽くしちゃってたよ！」「「「痴女って言うな！」」」

十数本の触手さんだけなのに、プールは広いのに禁止された。触手差別主義者の弾圧が密着で弾力がヤバくて逆らえなかったのが悔やまれる。

そうして、お昼はＢＢＱ！　キャンプと言えばＢＢＱ！　海じゃなくってプールだけどＢＢＱ！　お肉と茸でＢＢＱ！　あっちにシシカバブも有るけどＢＢＱ！　おむすびも焼きおむすびでＢＢＱなのだー!!

「「「ＢＢＱ！　ＢＢＱ！　ＢＢＱ！　ＢＢＱ！」」」「「「いただきまーす♪」」」（ポヨポヨ！）

初めて見た時は浅黒く汚れていた肌は、お風呂に入れて綺麗に洗い落としたら吃驚するくらいに青白かった。今ではよく食べて健康的になって血色も良くなったけど肌は白いまま。辺境に連れて来たって毎日一生懸命に働こうとして遊ぼうとしない。仕事が終わっても宿のお手伝いをしていたりする。

　それは良い子ではないんだよ。良い事をしてる良い子では無く、くたくたになるまで遊んで心から笑ってる良い顔をしてるのが正しい良い子だ。ずっと王都の薄暗い貧民街で育って、辺境に来てまで街の中で働いてばかりなんて間違っているんだから死ぬほど遊ばせよう！　溺れたって、転んで怪我したって良いから遊ばせる！　もう、お腹いっぱいになっても、もっと遊ばせて疲れ果ててくたくたになって、帰りは笑顔でぶっ倒れるまで遊ばせる！　だから、しっかり食べさせよう。今日と言う日は未だたっぷり残っているんだから。

比率変化分を比重に求めて抵抗値を上げたらネトネトでヌルヌルなのはしょうがない。

90日目　昼　魔の森　洞窟

　ここが我が家。甲冑委員長さんのお部屋も踊りっ娘さんのお部屋もスライムさんのお部屋だってある、みんなの我が家。まあスライムさんのお部屋は謎の絡繰り猫ハウスみたいになってるけど、楽しそうだから良いのだろう？　うん、滑車の中をころころ転がって遊んでるんだよ？　まあ、可愛い方が良いから見た目だけはアールデコなドールハウス風に壁中に敷き詰めたけど……スライムな来客とか有るんだろうか？

そして黒いビキニの甲冑委員長さんと白いビキニの踊りっ娘さんに真っ裸なスライムさんと開放的だが、我が家に引き籠ってみた。ざっと片付けをして、晩ご飯の用意。料理も食器ごと仕込み済みだけど、100人を超える来客を迎えるようになるとはこの洞窟も出世したものだ。一体、ぼっちはどうなってるんだろう？

「くっ、目の前に素敵ビキニさんがうろうろぷりぷりとしてるのに襲ってる暇がない、大忙しなにーとさんなんだよ！って言うか全然ひきこもれてないからお掃除が大変なんだけど30分くらいなら……って違うんだよ！　ほら、お掃除の計画のお話なんだよ？　きっと？って言うかなんで箒とモップの柄に刀が仕込まれてるの！　ああ、前に俺が作った奴が置いてあったんだ……影分身&影鴉！」（ボコッ！　バキッ！）

所詮は迷宮王の技、迷宮皇さんには通じない様だ……うん、影ごとボコられたよ！　しかも分身に引っ掛からないんだから普通に逃げた方が速かったよ！

30分くらいならと思ったけど、やはり昨夜の『異形の首飾り　変態　異形化　粘液（全耐性、全状態異常付与）＋DEF』の実験が白熱して伯仲の大迫力の展開が不味かったのかも？　いや、もしかすると『毒手のグローブ』の各種毒異常状態付与で、感度上昇や催淫効果付きの触手さんを更に感度上昇と催淫効果の粘液で重ね掛けにしたのが……うん、あれ以上刺激を与えるとお部屋が破壊されそうな凄い身悶えで、補強に補強を重ね再設計から錬金で素材変化まで施してあるベッドが壊れた。うん、真っ二つに折れた！

だが、悔いはない。それはもう粘液なヌルヌルの触手さんが白い肌に巻き付き、琥珀色の肌を這い回り状態異常の限りを尽くして撫で回し、ぬるぬると縛り付けてビクビクとのたうち回る大騒ぎで、ちょっと破壊力が高過ぎたのか粘液でテラテラと濡れ光る裸体さん達が痙攣しながら気絶しちゃって……粘液を纏った男子高校生さんが取り残され気味で寂しがってたから乱入してみたら狂乱状態でベッドが折れた。うん、魔鉄で補強されてたのに破砕していた？　どうやら異世界ではベッドもミスリル化が必要なようだ？

「まあ、触手が生えたり、粘液が出てくる男子高校生って好感度さんに一抹の不安は感じるんだけど捨てがたい？　うん、でも『変態』さんと『異形化』さんが好感度さんと仲悪そうな気がするんだよ？」（ポヨポヨ）

　そうして朝が早かったからなのか、力尽き過ぎたのか今日は朝の仕返しも無かった。そして男子高校生的にビキニだらけの生肌率の高さと、高濃度の肌色成分でとっても大変なんだけど……駄目らしい？　夜まで長いな？

「よし、片付いたしもうひと泳ぎしようか？　今日はお休みなんだから手伝いなんかしないで遊んでて良いんだからね。ちゃんとみんなが遊ばないと孤児っ子達に示しがつかないんだよ？」（プルプル～♪）

　うむ、良いお返事だ。きっとプールでもみんな良いお返事でプルプルしてる事だろう。

そう、余りのぷるぷる感で朝から5分でオタ達は空気になって消えてしまっていた。

「あいつ等、ケモミミっ娘に会いに行っても空気化して意味無さそうだな？」

因みにスク水の幼児っ娘達用のプールからは隔離してあるし、対オタ迎撃システムも完璧配備だ！　その向こうでは莫迦達が未だ飛び込み続けてるけど、あいつ等なら頭を打ち付けてもあれ以上莫迦になる心配は無いから安心だ。安心だが既に安全ではなくなってい て、何処まで飛び込み続けるのかと土魔法でどんどん飛び込み台を高くしてるのにまだ諦めないらしい？　もう、飛び込んだ瞬間にプールの水抜いてやろうかな？

「遥君、もう準備済んだの」「人手がいるなら声を掛けてね」「浮き輪が大人気で子供達も大丈夫みたいだし、手が掛からないから応援行けるよ？」「もう済んだよ。疲労回復メニューのパスタと茸のアラカルトだから用意も出来てるんだけど一品料理なのに全部注文する女子高生との熾烈な争いが予想されるから、女子高生には決して屈しない大皿も用意してみた？　うん、お皿を強化するよりお皿を沢山作った方が早いんだよ？」

委員長さんが赤のビキニで話しかけて来た。さっきは黒のビキニだったが衣装はそのままで色を変えて楽しんでいる。うん、今ならこのプール入場料30分5万エレとかでも行列ができるだろう。俺なら買う！　回数券で買う！　年間パスポートの購入も吝かではないが、ここ俺ん家なんだけど誰から買えばいいんだろう？

スライムさんは副委員長Bさんとプールでぷかぷかと浮いている。何がぷかぷかと浮いているか詳しく実況中継したい所だけど、凄まじい数の索敵反応に囲まれていて、水中戦ではモーニングスターは脅威となる！　うん、前回甲冑委員長さんと踊りっ娘さんにボコられて経験済みだ!!　そして特設の500メートルプールでは水柱が立っている。

「やっぱりかー……うーん？」

ギョギョっ娘と裸族っ娘が泳いでる、嬉しそうに……だけど、もうあまりにも変わり果ててしまった。本来、水泳選手は飛沫を立てない。効率的に水を掻くから静かに少ない抵抗で入水し、しっかりと水を後ろに掻き出す……なのに水柱が立ち、水飛沫が飛び散っている。変わり果てた身体能力に対して水の抵抗が弱すぎる、だけど力や速度が上がっても手も脚も面積なんて変わってはいない。あれはモーターだけが急激に強くなったのに、スクリューがそのままで空回りしている状態なんだよ。

「おーい、何なら脚鰭でも作ろうか？　手に水掻きって言う人体改造プランも有るよ？」

「あっ、遥君。急に体が強くなったから泳法が出来なくって……でも、身体だけで泳ぎたいかな？」「うん、何か泳ぎにくいって言うか進まない？　水の抵抗が無くなっちゃって上手く摑めないし搔き出せない感じ？」

そう、Ｌｖ１００を超えた身体能力では水の抵抗が軽すぎた。人が空気の中で泳げない様に、軽くなり過ぎた水では抵抗が小さ過ぎて全力で泳げないんだよ。

「うん……方法は有るんだけどね？」「「本当！」」

そして——泳いでる。ちゃんと泳げている。ずっと学校のプールで毎日やっていた光景だ。水の中をひたすらに泳ぎ続ける二人。まるで水の中が居場所かの様にいつまでも泳ぐ姿、静かに速く水を切るように進む2つの水影。懐かしい光景だ。きっと二人も懐かしんでいるだろうと懐古的郷愁（ノスタルジー）してたら……怒られた？　子供が真似（まね）したらどうする

「何でローションプールを作って泳がせちゃってるの！の!!」

うん、水の粘度を上げて抵抗感を増やすしか、あの二人が昔の様に泳ぐ方法はない。だって、もう身体が変わり過ぎてしまったのだから……。

「だから比重（ネトネト）を重くで抵抗感（ヌルヌル）増はしょうがないんだよ？　うん、確かに水から上がって来る度にテラテラと滑（ぬめ）り輝く水着姿に色々と思う事は有るんだけど、きっと他意は無いんだよ？　俺も、まさかローションと旧式スクール水着のコンビネーションにこれ程の破壊力があるとは侮っていたんだよ……要保存記録映像（こころのノート）に記しておこう？」「「「どうして良い事すると結果がこんなに如何（いかが）わしいのよ!!」」」

みんな疲れて順番に御休憩中なのだろう。だからトロピカルなジュースを振る舞ってみる。各種果物が飾り付けられて極彩色だが中身は木の実のジュースだったりする。まあ見てくれが変わると味も変わって感じられるもので、ましてフルーツのトッピングで香り付けされればその味に人間は感じてしまうのだ。熱帯的（トロピカル）ではないが魔の森の木の実だって密林的だから良いだろう……うん、ジュースを飲んでるとお説教できないんだよ？

「はい、タオル。どう、初めてのプールは？」

色鮮やかにビキニの女子高生達が姿態も露（あら）わに寝そべり濡れた身体で休憩している。勿（もち）

論延々と休憩しながら空気だったオタ達はようやく泳ぎに行った。って言うか当分プールから出られないのだろう……あいつ等って2次元ではどんなに過激でも平気なのに、3次元に脆すぎるんだよ！

「凄く楽しいです！　泳ぐのも、また泳げるようになったのも楽しくて嬉しくって夢みたいです。毎日毎日ずっと続く夢みたいで、とっても幸せです」

妹エルフっ娘はかなり長く病に伏していたそうだから、本当に久しぶりなのだろう。俺も苦労し苦心してお口に茸を突っ込んだ甲斐があったと言うものだ。

「王女っ娘とメイドっ娘にメリメリさんは、泳げるようになって良かったね。うん、これで泳げなかったらビキニ作った意味が皆無で無意に帰す所だったんだよ。はい、タオルとジュース」「ありがとうございます」「だって、みんなが着てたら羨ましいんです」「王女様にこんな露出的衣装を着せるなんて不敬ですが、確かに泳ぐのには良いですね」

この3人は元々Lvが高かった。それが女子さん達と迷宮に行ったり一緒に行動して一気にLvが上がってしまった。だから、もう水着だけでなく私服も普通の物では厳しい。最低でもマルチカラーの魔石コーティング素材じゃないと服が保たないんだよ。

「孤児っ子……は、お昼寝？」「疲れたんだろうね～。こんなに全力で遊ぶの初めてだろうし～？」「こんなに笑えるようになったんだね……もう、寝顔も笑ってるんだもん」

超吸水仕様のタオルケットを掛けて回り、子守部隊にもタオルとジュースを渡していく。そして一体……莫迦達はいつまで飛び込んでるんだろう？　もう、あれ紐なしバンジーって言うくらいには高いのに、どうしてあの高さから飛び込んで死なないんだろう？　やっぱ水抜いとこうかな？

「甲冑委員長さんも踊りっ娘さんも、今日はお休みなんだからしっかりとみんなで遊ぶんだよ？　しっかり仲良く遊び回るのが休日の正しい作法だと伝えられてるかどうかは異世界だから知らないけど、前の世界では伝わってなかったけど今作った一法だけどきっと作法なんだよ？　うん、俺は御招きした側だから働いても良いけど、招かれたら遊ぶのが仕事で礼儀だからね」「「ありがとうございます」」

二人とも最近かなりスムーズな喋りになって来ている、短文か一言なら普通に喋れている。なのに敬語調だけが直らないのは、元々の言葉遣いが丁寧なのかな？　うん、誰も敬語なんて使っていないのに何処で覚えちゃうんだろう？

思い思いに休憩し、また泳ぎに行ってウォータースライダーからの流れるプールでワーワーキャーキャーと騒ぎ捲くって遊んでる。遊びたい盛りの子供達と、戦いになんて関わる事も無く遊んでる筈だった女子さん達が笑いながらはしゃいでいる。これが普通であるべきなのに、たった1日の御休みなんだよ。

「あと1時間で夕ご飯だよー、食べたら帰るからラストスパートで遊んでね？　まあ、温水プールにも出来るからいつでも来られるからね？」「「「「は――い♪」」」」

みんな楽しそうに過ごしている、だから苦心に苦行を重ね苦難に打ち勝ちビキニを作った甲斐は有ったのだろう。今は目のやり場に苦労して甘苦窮まる男子高校生さんなんだよ？　だってタオルとジュースを用意して座っていると次々に色取り取りのビキニさんがアップで現われ、「タオルちょうだーい」とむちむちで、「喉乾いたー」とぷるぷるし、「休憩♪」と目の前で身体を拭きながら目の前でふりふりと振られるお尻達。そう、次々に交代で集まって来るビキニさん達の連環の計に囲まれて360度生肌のパノラマビューのビキニなワールドが目の毒だった！　自分で作って目視して確認したのだから全部見た事のあるビキニなはずなのに、目のやり場に困る威圧感なビキニの壁に囲まれた男子高校生って……割と居た堪れないんだよ？　マジで？　うん、だから早めの夕ご飯！

「「「「いただきまーす！」」」」「懐かしいなー、この洞窟……って、また広くなってる！」「テント暮らしから行き成りリゾートホテルって感じだったよね……今は宿がラグジュアリーホテル化してるけど」「奥のお部屋も残ってるんだ、最初はこのリビングで寝てたんだよね」「「「って言うか皆さん魔の森でどんだけ優雅に暮らしていたんですか！」」」「え～、ここに来るまでは苦労したんだよ～？」「そうそう、小田君達いなかったら完全野宿だったし」「「「お世話になりましたー！」」」「いや、あれテントだけですから」「うん、この洞窟見た後のテント暮らしは辛かった……」「お部屋　作ってもらった　マイルーム」「「「いいなー！」」」「私も、お部屋……貰いました」「「「後で見せてー！」」」（ポムポム！）「「「ス、スライムさんまで個室持ち!!」」」「でも前はモダンアート寄りだったのにリゾート化してるね？」「うん、お部屋じゃなくってリビングって感じ？」「あっ、遥君も個室作ったな！」「「「見たーい!!」」」

三々五々にお宅拝見なのか、洞窟探索なのかみんなで探索に繰り出している。

「まあ、迷宮皇さん在住な洞窟だけど踏破はしないでね?」「「「迷宮皇さん3人に寄って集ってボコられる最強最悪の洞窟とか、攻略無理だから!!」」」「うん、迷宮より危険な洞窟って凄い防犯力だね!」

孤児っ子達にスライムさんのお部屋が大人気なんだけど、流石に幼児っ子までしか遊べない様だ。迷路屋敷のように壁に並べられた大量の穴空きの箱に板と棒が組み合わされた猫さんアトラクションのVerスライムさん仕様。しかもアールデコなお部屋で、小っちゃい子達が大騒ぎだ。うん、今度孤児院にもフィールドアスレチックを作ってやろう。

女子さん達はヨーロピアンでアールデコな天蓋ベッドに猫脚家具な甲冑委員長さんのお部屋と、オリエンタルでエジプシャンなファブリックとエジプシャンキャットな置物満載なお部屋に分かれてお茶会をしている。ムリムリさんは流石にリアルお母さん経験者だけあって、孤児っ子達に懐かれて甲斐甲斐しくお世話をしている……やはり懐き方が全然違う。JKにはお母さん役はまだ難しかったようで、安心しきった顔の子供達……と、役に立たないメリ父さん。うん、やっぱ側近さん招いた方が良かったのだろうか?

そして疲れ果てて御眠な孤児っ子達を馬車に乗せて街に戻る。女子さん達もみんな疲れてぐったりとしているけど、その顔は満足そうだ。

こういう本当の御休みが有ったって良いだろう。高校生だったんだからこっちが当たり前で魔物と戦うなんて言う日常こそが異常なんだから。

さて帰ろう……って、ここが家なんだけど、もう街も我が家みたいなものなんだから。まあ、宿代が日々大変なんだけど、ツケの支払いは何日まで待ってもらえるだろうか？

うん、キャンプで有り金使っちゃったんだよ？　ヤバイな？

異世界転移じゃなくて2次元転移を目指すべきだった様だ。

90日目　夕方　草原

野郎満載の馬車なんて乗りたくもないが乗ってたりする。野郎と言うかオタ莫迦号？

「で、決めたの？」「ああ、俺達は王都までだし、侯爵領も東で近いし行ったり戻ったり通ったりで指導？」「まあ、演習相手だし、あっちも浅いとはいえ迷宮ほったらかしらしいんだよな」「50階層までならギリ俺達でも潰せるからな」

莫迦(ばか)達なりに一生懸命に虚無とまで言われた脳を振り絞って考えたようだ、言い訳を。

「って言いながら美人マッチョお姉さん達狙いだろうが、お前等(ら)は！　女子に興味示さないからBL疑惑で貴腐人から汚超腐人(おちょうふじん)さん達にまで大人気で、腐死鳥(腐エニックス)まで現れそうな勢いだったのに……筋肉美女(アマゾネス)さんが好みだったとは？　まあ、あの系統は確かにいなかったな？」「好みってか、弱弱しいのが駄目なんだよ」「ああ、か細いのって壊れそうじゃんよ？」「戦えないとか危なそうだよな」「やっぱ横に並んで戦えるくらいじゃないとな」

言われてみればマッチョな女子スポーツ選手はいても、横に並んで殺し合いできる女子なんて居なかったんだろう……うん、居たら無法者(テロリスト)だよ！

「強いだけなら、今ならこっちの女子高生の方が強いよ？　美人度なら負けてないし、破壊力は圧倒的に勝ってるし？　うん、なんとお説教力は異世界無双なんだよ!!」「「あれ、お説教力上がり過ぎだろ！」」

長身マッチョじゃないと駄目なのだろうか？　そして殺し合いできるバトル系お姉さんが好きだけど、あの女子さん達は怖いらしい。うん、あとで密告(チク)っておこう。

「寧(むし)ろ小田達が長旅なんじゃねえのか」「まあ。船が有るか。行きは乗せてけよ」「オタ達は聞かなくても行くんだよ、ケモミミだし？　うん、ケモミミさんをモフりに行かないわけがない？って言うか獣人国に正式に招かれるらしいから莫迦達も持って行かないと？」「いや、正式な招待の時は黒髪の軍師さんも御指名だから！」「何か他人事(ひとごと)だけど、行商に行って味噌(みそ)を見つけて来ないと船沈めるとか脅迫してましたよね！」「正式な方は王女様とかと一緒で、先の話らしいですよ？」「そうそう、先(ま)ずは船で援助物資の輸送と貿易みたいです」「うん、どうせ喋れないだろうから『ケモミミは俺の嫁！』とか『肉球は譲れない！』とか船に書いとこう？」「「それ獣人さん敵に回すから止(や)めて！」」

先ずは救援のお礼の使者が来たそうだ、そこまでは御礼状を貰ったから知っている。そして国交が安定し次第、お互いに招待し合うのだそうだが……実行犯の黒髪の男子にもご指名が掛かっているらしい。そう、お芝居のせいで黒髪の軍師が上司と思われていて、オ夕莫迦の仲間だと思われているって何たる風評被害！

そして王国から獣人国への救助物資を運ぶ依頼も来ている。最近では川なのに節操がない海賊が出るから丈夫な船を持ったオタ達が適任だと判断されたのだろう。確かに安全だ、何せ海賊の張本人だから。

「ああ、海賊オタに、俺はなる？」「「「そんなアグレッシブなオタクいませんよ！」」」

まあ、黒髪の軍師の件が無くても御指名らしい。お米も醤油も獣人国からの輸入品で、ずっと人気が無く売れなかったようだ。資源や売り物に乏しい獣人国にとって、醤油や赤酒を大量に買い付けして料理を広めている俺は経済的に重要人物な扱いになっていた。そして獣人国に味噌や豆腐や鰹節とかあるなら買い物に行きたいけど辺境の迷宮が優先で動けない。

だから船持ちの上に恩人扱いになっているオタ達に買い付けに行かせる事にした……って言う建前を付けてやらないと、こいつ等は決断しない。そう、2次元のケモミミには襲い掛かりそうな勢いだったのに、3次元だと滅茶大人しくなってる？　うん、こいつ等は異世界より2次元転移を目指すべきだった様だ？

「遥君は……動けないか」「やっぱり迷宮が活性化してるのかな、これって？」「……って言うか遥。本当に大丈夫なんだな？」「いや、逆に聞くけど甲冑委員長さんとスライムさんのコンビに、踊りっ娘さんまで加わったあのトリオで大丈夫じゃなかったら、もう異世界駄目なんじゃないかな？　それ、世界の果てに逃げても無理くない？　それに、この武装使えないだろうが……他に誰も？　うん、これじゃないと殺せないんなら、俺がやって駄目ならもう無理？　みたいな？」「「「ああ、それもう無理だな！」」」

男子達で人体実験してみたが、『世界樹の杖』を持たせた瞬間にＭＰ枯渇で倒れた。全員が一瞬で戦闘不能で意識不明の昏睡だった。恐らく『掌握』か何かのスキルと、思考系の制御スキルが無いと扱えない。男子が全滅だった以上、危険だから女子さん達では試せない。甲冑委員長さんも踊りっ娘さんもスライムさんだって触れようとしない……だから、他に居ないんだよ。

「遥が来ないと食べ物の質が」「日用品だって辺境の外は粗悪品ばっかりだしな」「って言うかお米が……」「風呂だって普及してなかったぞ」「異世界に来た頃の野営に戻るって……」「異世界料理は遅れてる！」「普通に戻るには非常識に慣れ過ぎたんだ」「毎日あのぱさぱさのパンか」「辺境のレベルならまだしも、外はな……」

それからも真摯に意見交換をし、闊達と論議を躍らせ議論を尽くした。勿論の事だが男子高校生達の白熱の論議と言えば今日のビキニ問題だろう！

「あれ、際どくなかった！」「って言うか黒のハイレグって」「ああ、あれって脚長効果希望だったんだよ？」「いや、普通に長いですよね」「寧ろあのローライズな後ろからの破壊力が！」「「「あれはヤバい！　あれでプールから上がれなかった！」」」「ぺったんコンビもなんか大きくなってたような？」「あれにどれだけ苦労したか……３６０度全てのお肉を一点に寄せてみた？」「「「ハイテクだった！」」」「それより、あの網が……何で網！」「あれ、網の紐部分食い込んでなかったか！」「今迄大きいからでっかい水着しか無くて、普通の三角ビキニが着たいって言うからデザイン風に見せながらあの網紐で持ち上げ寄せて、はみ出さない様にするのが至難の業だったんだよ!!」「「「うん、あれは良い物だった!!」」」「やっぱ全員スタイルが更に良くなってるよな」「はい、目のやり場が皆無でした」「だって全員ビキニってヤバ過ぎですよ！」「身体も引き締まってダンスでボンキュッボンがパワーアップなんだよ？」「ヒップアップ効果で脚長感と持ち上がったお尻が……」

し、しまった！

「馬車が囲まれてる！　敵襲だ、敵の数26。くっ、迷宮皇二人が入ってる！　人類は滅亡する!!」「「「な……何だって——!!」」」

馬車の外に飛び出した時には既に遅かった。天空から降り注ぎ轟音を立て大地を割る鉄球の流星群、分かり易い説明だとモーニングスターによる集団お説教の鉄球制裁。俺の前で壁にした莫迦達は吹き飛び、俺の盾にしたオタ達は打ちのめされ、俺の囮に投げた莫迦には幾つもの鉄球が減り込み、俺が後ろに隠れたオタは地面に叩き潰され、回避不能な鉄球に莫迦を突き飛ばしてたら見る見る俺の盾が減って行く！

「いや、別に俺は疚しくないって言うか水着製作における苦労話を懇々と説いてただけで、『あの尻肉の食い込みが——』とか言ってたのは莫迦達で、『谷間に隙間すらない！』とか歓んでたのはオタ達だから俺は無関係の水着解説者さんで、作製に纏わる技術的試行錯誤な水着内における流肉性の形状変化に対する所見を求められただけな、製作時の観察経過を踏まえながら情報開示が硝子張りで『声がエロかった』とか聞かれた事への答弁に留まった主観的な見解に客観性を持たせるべくどんなポーズで痙攣してたかを状況描写してただけだから俺は悪くないんだよ？　質問への答弁を拒否ると百嬢委員会ならすぐ出席するし、証人感問とかだったら拒否権すらも断固断って出席も出立も辞さない男子高校生的な決意は有るんだから俺の無罪は揺るぎも無く立証されてるんだよ？　無罪だな？」「「有罪!!乙女の秘密漏洩罪で断罪します」」（お説教中です。しばらくボコです）

　怒られた。どうも飽経風霜な内職の千辛万苦な苦労話は、何故だか乙女の秘密事項だったらしい？　いや、俺乙女じゃないんだけど、何故か俺だけ女子の馬車に乗せられて正座でお説教だが狭いし近い。水着製作秘話を恥ずかしがってお説教の割に、乙女の恥じらいが感じられないくらいに近くて密集しているからお説教よりそっちが気になって話されるのは駄目で離れず至近距離なのは良いのだろうか？　そう、女心とは難しい物なのだろう。でも男子高校生心にも理解が欲しいな？

「「街だー」」「遥君、今日はありがとう。いやー、良いねプールって？　ムリムールの水着も素晴らしかった！　あれは良い物だ！」

　メリ父さんは水着に目覚めてしまったらしい。ワンピースにパレオなデザインだったんだけど、口を出して選んでたのはメリ父さんだったし？　うん、イチャついてたからメリメリさんが微妙な表情だったんだよ？

「遥様、孤児っ子ちゃん達の事はお任せ下さい。すっかり仲良くなりました。本当に良い子達ですね。あんな良い子達が貧しく飢えていたなんて、死にそうだったなんて……ちょっと生き残りの貴族とかいませんかしら。いたら首を落として並べて来ましょう！」

　ムリムリさんは孤児っ子達に懐かれて滅茶甘えられていた。やはり本物のお母さん経験者は違うのだろう。女子さん達だとどうしてもお姉ちゃん止まりで、あんな風には甘えられないみたいだ……1匹ほど同化してしまってるし？

　護衛についてた肩盾（ファンネル）も戻し、デモン・サイズ達にも報酬のお菓子を大盤振る舞いだ。デモン・サイズ達が伐採や護衛を頑張ってくれたから、みんな楽しめたんだし御褒美MVPなんだよ。

「うん、大鎌って泳げないだろうから参加できなくて可哀想だったし？　だって参加させると錆びそうだな？」（（（……♪）））

　疲れて寝てしまってる孤児っ子達をお部屋まで運び寝かしつける。俺達はたまにしか遊んでやれないから、今日はちゃんと楽しめただろうか？

　看板娘もふらふらで、尾行っ娘もお泊りらしい。初めて泳いで、あれだけ燥げば疲労困憊だろう。一応、半開きだったお口に茸を突っ込んだけど、何故か女子から怒られた？

「ちょ、この間は無言で一気に突っ込んで怒られたから、今回はちゃんとゆっくりと『ほらほらお口を大きく開けて茸さんを味わって呑み込んじゃうんだよ～』って声までかけたのに、学習能力の高い心優しい男子高校生の医療行為で怒られるのって理不尽だな？」

「「「うん、どうしてその学習能力はまともな知識を学べないのよ！」」」

散々泳いでジャグジーにも浸かってたのに、女子さん達はお風呂らしい。紫外線を浴びた肌を泡沫ボディーソープで磨きあげなければならないそうだ？

「辺境にいる間なら定期的にプールに行けるんだけど、プールから帰ったばかりなのに水着の注文が大量投稿で『お代官様、もっと水着をお願いしますだ』って何で時代劇農民口調なの！　しかも、お代官様じゃないし目安箱は将軍様で暴れん坊な成敗な人だから、俺に言ってどうするの？って言うかなんで投書する人が勝手に目安箱設置してるの！　まあ、型は分かっているから採寸無しの大量生産は可能だけど、結局試着と調整は必要で、嫌だって言っても頼むのに頼まれて作ると涙目でジトなんだよ？　まあ、俺はジトを寛大にして広大無辺な心で受け止めるんだけど、お説教は受け入れられない断固拒否の構えで挑んで負ける防戦一方な可哀想な内職労働者さんなんだよ。うん、デザイン画が上がって来てないから今度で良いや？」（ポヨポヨ）

スライムさんがお風呂上がりのぽよぽよで帰ってきた。きっと今迄女子さん達と裸の付き合いで触れ合っちゃってたのだろう……愛でておこう、撫で撫で？

（プルプル）

な、何だと！　ローション風呂が検討されてたの？　ちょ、すぐ作ろう、今作ろうって言うか出来た？　うん、錬金で配合するだけでお肌スベスベでヌルヌルネチョネチョなお風呂用ローションの完成だ。試作は十全に行われ、日々改良され続けているから配合も完璧で、このトロトロ感を出すまでの粒粒辛苦の積み重ねと刻苦勉励な研究に艱苦奮闘した日々がやっと報われたようだ。そう、ぬるぬるローションの素晴らしさが世界に認められた。うん、良いんだよ？　すっごく良いんだよ――！（体験者談？）

そう、女子会も終わり帰って来た2名が新作ぬるぬる盥風呂に沈んだのは言うまでもないだろう。凄いな、スキル『変態』！

死にゲーだが運ゲーに持ち込んで当たり判定回避な超加速とかチートじゃなくてバグだった？

91日目　朝　宿屋　白い変人

その秘められし新たな能力、その名は『変態』！　うん、通報しよう。そう思っていた『異形の首飾り　変態　異形化　粘液（全耐性、全状態異常付与）+DEF』の効果『変態』、これは触手だけでなく魔力で肉体を変質変形させるのだ。うん、凄かった！

勿論の事だが変形して変質した男子高校生さんが迷宮に侵入して、大活躍の大暴れで侵入と脱出を繰り広げるスリルとサスペンスに満ちた異世界冒険物語が展開された。そして状態異常の粘液さんも大活躍な冒険譚の数々で、ずっと出番の無かった『異形の首飾り』さんも溜飲を下げる思いだっただろう。迷宮で変身男子高校生の壮絶なる戦いについては語り尽くせぬ思いだが、語ると殺されそうな滅茶お怒りなお説教が展開中でボコられ中だ。

「死にます、死んじゃいます、逝き地獄で死んじゃいます！　気絶しながら、何度も何度も、死んじゃう、です!!」「気が狂ったまま壊れる　脳が蕩(とろ)けたまま狂います！　あれ凶悪凶暴で狂乱罪!!」

新たなる試みには不可避な事故は付き物で、真理の探究とは時に壮絶な結果を生み出すものなんだよ……分かり易く言うなら、ちょっと楽しくてやり過ぎた？

「いや、だって1日中26人のビキニに囲まれてセミビキニ二人もオマケも付いて、ずっと男子高校生完全充塡(フルチャージ)だったんだから頑張った？　みたいな？」

だが本来、異世界に召喚された男子高校生が異世界の迷宮を限界突破で一心不乱の快刀乱麻に突き進み、切磋琢磨(せっさたくま)に迷宮に挑むのは異世界冒険物語的にも正しい行いなのに怒られてる？　うん、途中からちょっとヤバいかなとは思わなくもなかったんだけど、素晴らしき冒険の数々に78回争(かいそう)まで突き進んでしまった頑張り屋さんな男子高校生さんの微笑(ほほえ)ましいエピソードだったんだけど……激オコだ？　怖いな？

「意識と記憶が混乱　狂気と歓喜で頭が痛い、です？　殺す気、ですか！」「あれは死ぬ、精神、狂い死にます！　不死者でも死に捲(ま)くり、です!!」「いや死にまくっても死なないから不死者(アンデッド)属性？って言うか身体的な安全性は『羅神眼』で見極めてるから大丈夫なんだよ？　うん、限界まで頑張るけど限界内だから安全で安心？　的な？」

そう、この世界にはＨＰがある。そして二人共再生持ちで、しかも高速再生レベルまで毎晩鍛えられている強力な不死属性(ノーライフキング)出身の迷宮皇さん達(たち)だからきっと大丈夫なんだよ？

「「大丈夫じゃありません、全然大丈夫どころか精神、狂い死に続けます！　ＨＰじゃない所で死んじゃうんです！　安心皆無です！」」

　変形も変質も触手操作で極め尽くしていたから、二人が一番お悦びでお気に入りの形状で頑張ったのに何が不味かったんだろう？　うん、難しい年頃なのかも……でも永遠の17才ってずっと難しいのだろうか？　難しいな？

「ちょ、血が滲むほどの修練と研鑽を重ねて積み上げてきた『淫技』を尽くして、深夜の迷宮冒険物語な王道展開なのにオコ？」

　ちなみに自分達は散々に嬲り殺しの蹂躙劇を繰り広げても『性技の極み』の御奉仕だと満足そうだったりするんだけど、この不公平感は何なんだろう？　性少年触手奉仕とか性王奉仕活動とかに名前を変えたら良いのだろうか？

　そして……今晩、孤児っ子達は孤児院に移る。学校もあるし友達も沢山いてムリムリさんやメイドさん達に教員さんもいて子供には快適な環境だ。孤児っ子達と離れる子狸さんは朝から涙目だったけど、一緒に孤児院に交じってても多分誰も気付かないんだよ？

「「「「いただきまーす」」」」

　みんなでご飯。だが俺達は迷宮に行き、孤児っ子達は働きに出る。それではいけないんだよ。沢山遊んでいっぱい学んでたっぷりと甘やかされてちょびっとお手伝いで良い。

だけど、俺達といると働いてしまう、俺達と同じくらい働かなきゃと頑張ってしまう。

そして遊ばせてあげられる時間が足りないし、構ってあげられる時間も僅かだから。
「これこれ子狸さん、ホットドッグをあげるから泣くでないんだよ？　うん、大きくなれば孤児院から出られるけど、大きくならない平面なままでも平面世界に転移すればぺったんこ問題もって、ちょ、待っ……（ガブッ）ぎゃわあああっ！」「子狸じゃないし、ぺったんこでも平面でもないの！　なだらかで慎ましい成長期で、あと泣いてないもん！」

　囓られた、ガジガジされて、痛かった？　読み人囓られた？　みたいな？

　そして朝から毎日恒例の雑貨屋と武器屋でお金を巻き上げ、有益な依頼を探しに冒険者ギルドに寄ってジトられる。いや、だってまだ変わってないじゃん！　掲示板の諸行無常が深情けで普遍化して恒久化してるんだよ？

　そして迷宮を一陣の風となって駆け抜ける。千の風になったら大変だ！　力を抜き、速さだけで撫でる様に斬り伏せ、線を引く様にまっすぐに薙ぐ。これがギリギリ手前、99％までの魔纏で完全制御状態を維持する。あと1％足すと……大暴走状態になる？　うん、どうも計算が合わない気がするけど99％だと身体に問題ない……ただ弱い。

　等差級数的では無く幾何級数的なのだろう。恐らく真の100％だと俺は消滅する、何せLv100超えの男子達でも一瞬で倒れる装備が満載だ。だから数値上死ぬギリギリを100％に仮設定してギリギリ手前で制御している……だから限界を目指すと自壊する。等級的にほんの僅かな力を加えただけでも幾何級数的には莫大な上昇となり、それが圧倒的な力になって自壊する原因になる。数字的な物は分からないが感覚的に言うとそうだろう。要するに痛いんだよ！

ツー・ウォークス、フォー・ステップ、クローズド・プロムナード、プログレッシブ・リンク、オープン・リバース・ターン・レディ・アウトサイド、クローズド・プロムナード、バック・コルテでツー・ウォークスからオープン・リバース・ターン・レディ・アウトサイドにロック・ターンがナチュラル・ツイスト・ターンってナチュラル・プロムナード・ターンはどうだっけ？　足で捌（さば）く、身体を舞わせる。相手の動きは予見出来るし、こっちの動きは追えていない。より有利で最適な進路（コース）を見切り、距離を測って瞬間（タイミング）を合わせ躍る。

長い戦斧（せんぷ）を振り回し、暴風で土煙を上げる「アックス・アーマー　Ｌｖ81」。高速に回転する大斧（おおおの）の威力こそ凄（すさ）まじいけど、回転する斧が通り過ぎた後はただの安全地帯。一周して戻ってくるまでの刹那に踏み込んで斬って即バックレる！　そう舞踏とは突っ込んでボコり、バックレる旋律（リズム）の緩急。ひょいっと入って、ちょっと殺してバックレる。

「何か良い感じ？　何だか天性の才能を感じるよ？」（ウンウン、コクコク、ポヨポヨ）

最後の一体、その大斧の回転に巻き込まれるように床を蹴り、躍り込みながら刀身を甲冑（かっちゅう）の肩口へと振り落とす。固い甲冑を斬り裂き、後ろへと駆け抜けて半回転しながら息を吐く。結論から言えば当たらなきゃ死なないし、叩（たた）けば死ぬ。今まで通りだ、強さも頑強さもＬｖも関係なく、ただ殺（や）った者勝ちの早い者勝ち。速度と技術で上回り、完全に完璧に回避する限り戦える。

絶対無比なチート能力なんて無い。だけど本来の意味である「ズル」や「騙す」なチートなら出来る。何せチートの本意は「不正を行なう者」なのだから。こんな不公正な世界で公正に戦う気なんてさらさら無い。だって最初から魔物自体がチートじゃん？

「こんな感じ？　だってダンスとか見て覚えただけで良く分からないし、甲冑委員長さんの剣技だってそのまま再現とか不可能だから組み合わせて混ぜて誤魔化したついでに騙してみた？　みたいな？」

そう、騙してみた。虚実自体がノーモーションの無拍子の斬撃、制止からの瞬間の動。それを舞踏の緩急で補い、剣技の拙さと力の無さを回転で誤魔化した詐騙。

「うん、今迄の経験から言って無理なら騙しながら持ってる物を組み合わせて混ぜ合わせたら誤魔化せるもので、その間に取り敢えず殺しとけば何とかなるんだよ？」「水平方向は、良かった。でも上下の動きと斜めの回転軸、必要になります」「力要りません。回転の速度と柔らかさ。　刃筋を立てる……意識して、下さい」（ポムポム）

そうか、朝から平面世界の子狸に囓られたせいで水平運動だけになっていた様だ。円の動きなら良いが球の動きが出来ていなかった。つまり平面の子狸には2つの球体は永遠に得られないと言う事だろう、だって16から成長期って限度があると思うんだよ？　そして万が一成長期の奇跡が残されていたとしてもＬｖ１００超えてるから「老化が凄く遅い＝成長期も凄く来ないんだよ理論」が成り立つのだ！

心配されているけど、視点を変えれば死にゲーを運ゲーに持ち込める戦い方。そしてＬ

uKがLvMaXで限界突破だから、紙防御のままの最弱キャラで縛りプレイだらけの世界でも運任せに最凶装備で速攻極振りで勝てる。

　受け流す、逆らわずに逸らして威力を受け止めずに流す。常に絶妙な角度で受け、力の方向に干渉して逸らす。完全回避が不完全でもズラせれば躱せる。

「何故かズラすのとかズルするのは得意みたいで、『伊達に遥君は生き様がブレるどころかズレてるね』と女子さん達にも褒められ……褒められてなかった！　ちょ、笑顔で言うから褒められたと思ってたのに、よく考えたらディスられてたよ！」（プルプル）

世界樹の杖でズラし、肩盾でズラし、ガントレットって言うかグローブでズラして回避できる場所を無理矢理作り出す。しかしLv81のPoW特化だと逸らし、ズラしても掠っただけでHPが削られて行く。

「ふっ、『再生』LvMaXを舐めないで欲しいものだよ！　うん、どれだけの再生を毎晩重ね続け無限に挑み続け、限界の向こう側まで突破して再生し続け挑み続け怒られてジトられてきてるんだよ！　うん、この程度の掠り傷では俺の毎夜頑張っている再生さんの速度には追い付けないんだよ!!」

　防御では削られる、それはLvの壁。だから当てて逸らす、攻撃に攻撃を重ねて相殺し減衰して……流す！

「うん、こんな物では迷宮皇二人を倒しきるなど生温い！　うん、倒しきらないと二人掛かりで世にも恐ろしい淫靡な逆襲劇が開催されて、絶賛ロングランされるんだよ？」

あれ？　ジトられてる。呟いてたんだろうか？　うん、怒られる前に終わらせよう。下層では、長くしなやかで強靭な蔦を振り回す「ウィップ・グラス　Ｌｖ82」。破壊力満点の鞭攻撃だが、委員長様のお叱りの鞭に較べれば縄跳びにも劣る！　うん、あれは本当に怖いんだよ！

斬り払い、刈り取り、受け流して高速の舞踏で削り落とす。斬撃を組み合わせて戦闘の舞を組み立て躍り込む。しなる分だけ軌道が読み切れずに回避が難しい。だから逸らせて斬り散らす。再生が無ければ危ういけど再生速度ＭａＸなら掠る程度どうと言う事は無い。

「何とか調整できた感じって言うか、むちむちには抗えない魅力な魅惑に溢れてるんだけど鞭で叩かれる趣味はないし目覚める予定も無いんだよ？」（プルプル？）

甲冑委員長さん達は俺の限界を見極めているんだろう。見縊ってもらっては困る、俺は誤魔化すのもズルするのも超得意なのだ！　限界くらい限り無く誤魔化せばそれは無限、そして無限に至った嘘は真実よりも強い……それが虚実、技ではなく概念なんだから。

それでも90階層では戦わせてくれないかも知れないって言うか、駆けて行ったから我慢できなかった様だ。心配してたのは俺の身体じゃなくって魔物さんだったらしい。だって下に行くほどスライムさんが食べたがって、魔物が出ないんだよ？

きっと女子さん達に言われてお目付け役をしてたんだろう……うん、たった2階層で我慢の限界だった様だ！　戦闘力は無敵なのに忍耐力は皆無なんだよ？

迷宮では馬上サーフィンな跳ね回る暴れ馬なロデオなサーカス感が結構楽しくて大人気だった。

91日目　昼　迷宮　地下88階層

　隠し部屋の宝箱の守護者。その階層で最も危険な相手であり、そして大体デカい。隠し部屋って隠してあるくらいだから狭いのにデカい？　狭苦しくて動けないからちょろいけど、こっちも回避する空間(スペース)が極端に少ないまま超近接状態で回避行動を強いられる。むにゅむにゅと近過ぎる女子高生さん達にも困ったものだけど、ごつごつと近い鋼鉄の巨蛇とか需要が無いんだよ！　うをおおっ、尻尾！

「うん、鋼鉄の鱗(うろこ)の蛇さん相手に逃げ場の無い近接戦とか無謀過ぎる。にょろにょろさんを巻き付けるのは決して嫌いではない、あれはとっても男子高校生的に良い物なんだけど巻き付かれる趣味は無い！って言うか蛇に絞め殺されるのが趣味だったら色々ヤバそうだ！　まあ、蛇だから冷やすんだよ？　鋼鉄でも爬虫類(はちゅうるい)だし？」

　そして88階層の隠し部屋にポツンと一人。甲冑委員長さん達は88階層を無双して下層へ駆けて行ったまま魔物を根こそぎ駆逐し、きっと今頃は89階層。だから隠し部屋しか出番がない。なのに蛇……冷えて冬眠しそうな寝ぼけ蛇「メタル・キングパイソン　Lv88」さんを解体して行く。そして、さっさと解体しないとマジ部屋が狭い！

「蛇の死体とイチャイチャ密着する趣味は無いけど、生きてても嫌なんだよ！」

勿論(もちろん)男子高校生的にはラミアな美少女や、メデューサなお姉さんやエキドナな美女さんでも、何ならマニアックに姦姦蛇螺(かんかんだら)な巫女(みこ)さんでも魅惑の肢体とならイチャイチャも吝(やぶさ)かでもないけど金属の蛇なんだよ！

そして巨大蛇さんの死体に埋もれた宝箱の中身は『守護(プロテクション)の髪飾り　緊急簡易結界（回数制限付き）』と左右に付ける2対の髪飾りだった。気休め程度の装備だから女子さん達に売っても良いけど、安全性の強化になるなら気休めだって量産化して配分すべきだろう。うん、オリジナルは2個あるから取り敢えず甲冑委員長さんと踊りっ娘(こ)さんに着けて上げよう。

「剣が舞う、魔物が散る。以上甲冑委員長さんでした？」（ウンウン）

あと鎖バージョンと粘体バージョンも有るが割愛しよう。きっと89階層の名もなき魔物さんだって頑張ったのだ、でも迷宮皇3人とか無理ゲーです。名前って言うか種族鑑定する間もなく魔石さんになられました？

「小部隊の編成で槍先(やりさき)を揃(そろ)え飛び込んで、甲冑委員長さん達(たち)を狙い戦術を駆使し波状攻撃を掛けた名もなき魔物さん達……君たちの名は忘れないよ？　知らないけど？　うん、何だったんだろう？」

まあ、投げ槍的な何か？　うん、投擲(とうてき)しちゃう以外御不明なままお亡くなりなんだよ？

「お疲れって、きっとさっぱり疲れてないだろうけど敵の槍が金属疲労？　まあ、槍魔物

さんも疲労する間もなく輪切りで、スライムさんも輪切りをいっぱい食べられた？」（ポヨポヨ♪）

うん、良かったよ。置いて行かれた甲斐が有ったって言うものだ。うん、使役者は置いて行かれて、ぼっちで魔物もいない迷宮をのんびりと歩いて来たんだよ？

そして『守護の髪飾り』を二人に着けて上げたら、デレられた。どうやらボコデレと言う新たなジャンルで、日常ボコられ極稀にデレる艱難辛苦に満ちたキャラで、そのボコの破壊力は迷宮皇って……無理ゲーかと思ったら死にゲーだった！

そう、イチャイチャと両側から腕を組まれて、左右から頭を肩に乗せられて歩いてる。見た目はリア充だけど甲冑装備だ。うん、固いんだよ？　あと、これって拘束状態で俺の抜け駆けが封じられてるんだよ！

「さて、90階層だから階層主戦だけど出番は有るかな？　うん、一応歩きながら階層主戦用のポーズも考えて来たんだけど、格好いいポーズすると一時停止で出遅れて、階層主さんがお亡くなりになりそうなとっても儚い階層主さんの絶滅の危機どころか既に殲滅決定な未確認魔物さんなんだよ!?　ＵＭＡ？」

馬だった！

「これオタ莫迦達の馬車にどうかな？　何かこの世の果てまで走って行って、馬車ごと火の海に変えそうな凛々しさがオタ莫迦向きな殺戮感あるお馬さんなんだけど、これオタ莫迦には良いけどお外に出したら駄目な奴かも？　なんか毒吐いてるし？　いや、毒なんて無効化（レジスト）できるから、毒吐（ディスっ）いてお説教が得意なJKさんより良いお馬さんかも？」

何か脚は8本あるし、毒の瘴気（しょうき）なんて纏（まと）ってクワァッて開いたお口には牙が並び、火まで吹いてるけどお馬さんだった。身体も棘棘（とげとげ）に装甲化されていて是非ともオタ莫迦達に嗾（けしか）けたいお馬さんだけど、お外にこんなのがいたら一般の方々にご迷惑だろう。うん、既にオタ莫迦が御迷惑なのだからこれ以上悪化させるのは慎もう。

スライムさんが正面でぽよぽよ立ちはだかる。可愛（かわい）い！　甲冑委員長さんは左に、踊りっ娘さんは右に回り込む。しまった。格好良いポーズの間に出遅れたようだ！　空を蹴り、宙を駆けてお馬さんの頭上に舞い上がり……踏む、うん乗ってみた？

馬上サーフィン的な感じだけど、背中に乗ったままお馬さんの頭を叩く。するとオコなのか、何か頭の痛い問題を抱えているのか嘶（いなな）き暴れ出して跳ね回るお馬さん！

「おおっ、何か暴れ馬なサーフィンでサーカスな感じで結構楽しい！」（プルプル？）

振り落とそうと暴れ回るお馬さんを絶妙なバランス感覚で乗りこなし、頭を叩く。

「うん、馬って乗られたらアウトだよね？　魔物に向いてなくない？」（ポヨポヨ）

楽しくサーフ・ロデオを愉（たの）しんでいると甲冑委員長さんと踊りっ娘さんとスライムさんが並んで待っている。交代を要求されている様だ！　みんなで順番に曲馬遊戯（ロデオドライヴ）を楽しみ、疲れ果てて動かなくなったお馬さんは……スライムさんに美味（おい）しく頂かれた？

「うん、せめてもう一周くらい頑張って欲しかったんだけど、暴れん坊なのにいまいち根性の無いお馬さんだったね？」（ウンウン、コクコク、ポヨポヨ）

そう、跳ね回りながら急停止なジャックナイフからの棹立ちのウィリーは中々の疾走感を楽しめたのに、たったの27周目で力尽きてた……うん、みんな並んで待ってたのに？

「ロデオドライブなライド感も堪能したし下へ行こうか？　しかし、流れるプールでビッグウェイブにボディボードくらいなら行けそうな気が……でも流石にサーフィンだとプール自体を新規作製な大工事で材料費が大変そうだな？」

　そして練習したいし、クレープで買収して91階層の魔物を譲ってもらう。昨日の護衛での操作は肩盾の制御の良い練習になり、連携に磨きが掛かり有効射程距離も僅かに伸びた。今は移動盾の練習中、宙を飛び交い攻撃を逸らし受け流す肩盾達。偶に火炎魔術弾も撃ち込んで敵を掻き乱しながら、防衛ラインを築き中距離戦に持ち込む。

「慣れて来ると便利だね、肩盾って？　うん、あんまり肩守ってるところは見かけないんだけど、戦い方に幅が出るんだよ？」（ハムハム♪ムシャムシャ♪パクパク♪）

　あれはお返事なのだろうか？　何か咀嚼音に聞こえたのは気のせいなのだろうか！

「いや、きっと使役者ガン無視でお菓子を食べてるなんて有り得べからざる事だし、お返事だったに違いない！　誰もこっちを見てもないけどきっとお返事なんだよ！」

　そう思おう、我思う故に我哀れ？　あれれ？　途中、隠し部屋で『爪撃のグローブ　SpE40%アップ　魔爪撃　+ATT』と。男子高校生心を擽るカリオストロ辺りのお城の地下にうじゃうじゃと居そうな爪が出るグローブなのだけど、どう考えても武器装備の邪魔になる……うん、売ろう。滅茶心惹かれるけど！

そんなこんなしながら早い者勝ちで迷宮を駆け巡る。やはり格好良いポーズは間が不利だ！　みんなが階段の前で待っている。つまりこの下の97階層が最下層。絶対に最下層前だけは俺を待つ事、これだけは約束させてある。最下層だけは闇の危険があるから、この約束を破ったらご飯とおやつ抜きだと厳しく言い聞かせている。

「お待たー、って言うか置いて行かれた使役者さんは魔物が絶滅した階層でポツンと寂しく気に格好良いポーズで佇んでいたんだけど、居た堪れないから労わってあげようよ？」

（ウンウン、コクコク、ポヨポヨ）

うむ、良いお返事だ。まあ、お返事だけなんだけどお返事があるだけ進歩とも言えるだろう。滑る様に一歩踏み込み、霞み消失しながら間合いを消し効果を纏った一刀を振り抜く……全能力を纏いきった世界樹の杖が空を切り裂き、何も無い空間に叩きつけられる虚実の斬撃。階層の空間自体が激震する……って、避けられた！

大振りの一撃が俺が移動した位置に狙い澄まして振り下ろされる——その未来を未来視して突如に行動を中止し、回転運動を急激に変化させて間合いの外へと逃げる。その位置にも鋭い2撃目が突き込まれる！

6枚の肩盾が宙に防壁を築き、刺突を受け流しながら弾き飛ばされて行く。追撃する構えの未来を視て、高速の舞踏で幻影を纏い幻覚を飛ばし影まで分身させ、ついでだから影鴉まで飛ばして避けるけど見切られている。速度とフェイントによる瞬間転移まで交えた掻き回しすら見切られ、先手を取られて追い詰められる！

「ま、まさか……きさま、見ているな！　をマジで使う日が来るとは！　あざっす？」

不可視の魔糸の斬撃を飛ばしても大剣で弾き散らされる。そう、何て卑怯な奴だ！

「こいつ『未来視』持ちだよ。何それズルいじゃん！　マジムカつくって言うか勝手に俺の未来見ないでくれるかな、ミライ肖像権の侵害とか未知のプライバシーの侵害とか色々と心外なんだよ？　視たいな？」

なんて不条理にして理不尽且つ不利益な奴だ。緩急も虚動も無関係に、未来を視て攻撃して来るなんて卑劣極まりない。まったく俺が『未来視』してなかったら危ない所だったよ、何て非道な迷宮王さんだ！

お互いに未来視で予測し合い打ち合えば、その重く鋭い回避不可能な斬撃を受け流すしか出来ない俺が打ち負ける。だってLv24とLv100だよ？　極普通の男子高校生な人族さんと、迷宮の王な魔物さんが未来視で速度すら無意味な勝負をするなら、残されたものは技術のみ。身体能力に絶望的な差がある以上、受け流しに僅かでも狂いが有れば腕ごと捥ぎ取られる！　まあ、引っ付くけど？　そして唯一の選択肢である受け流しすら『未来視』されて角度や間合いを変えられ、タイミングをズラして力加減まで変えて来る。それを『未来視』して微調整を繰り返しながら受け流して斬り返す。

視て理解し、反応する。視られるのはどうしようもない、幻影や煙幕も効いていないから慧眼か何かも持っている。そしてLv100の身体能力の反応速度は絶対的だ、抗い様がない。必要なのは……視えていても超反応も無意味な理解できない攻撃だ。

　把握し制御し精密に組み上げ緻密に重ね合わせていた『魔纏』を解く、そして一瞬で混沌のままで一気に『魔纏』する。制御を越える変化、化合し変わる狂乱。もう俺にも『智慧』ですら理解不能な訳の分からない意味不明な奇妙奇天烈な状態、視られても理解しようもない出鱈目で複雑怪奇に暴れ狂う魔力任せで杖を振るう。

（グッ、ガアアアアッ！）

　それでもぎりぎりで未来を視て、超反応と高速の反応で逃げる。だけど滅茶苦茶な方向から滅茶滅茶な軌道を描く斬撃を受け止めきれない、きっと訳が分からなくてオコなんだろうけど俺だって分からないんだから俺に言うのは八つ当たりと言うものだ！

　制御不能な乱撃を纏い、変化し流転に化合する変幻なスキルを纏う。技自体が破れ被れに八方破れな意味不明で制御不能な技なんだから理解しようって言うのが間違ってるんだよ？　受けても抜ける、躱しても転移して来る、そんな訳の分からない『乱撃』を頭で考えちゃ駄目なんだよ？　ちなみに感じても当たるし、何しても斬られるからね？

「甲冑委員長さんや踊りっ娘さんにスライムさんクラスの迷宮皇級以外に回避できたことが無いし、その踊りっ娘さんですらＬｖ１の時は迎撃と回避が間に合わずに食らってたのに……躱しちゃうから迷宮皇級かと思えば視えてるだけじゃん？」

　そう、たかだか下級職の迷宮王程度如きには荷が重かったのだろう。

（グガアアア――ッ！）

　怒ってる怒ってる。怒り狂ってるけど、こっちも『未来視』持ちだから逃げ回るだけなら当たらない、相手の動きの未来を見るなんて言う卑劣な奴にはふさわしい末路だ。

「そう、俺は見るのもガン見するのも大好きだけど、見られる方の高度な御趣味も見せる性癖も無いんだよー！　うん、マジないからね？　ちょっとロングコートには惹かれるんだけど、ロングコートを着てパオーンはしないんだよ？　うん、楽しいのかな？」

　流石に『未来視』持ちのＬｖ１００迷宮王だと、何かの間違いで万が一以下でも甲冑委員長さん達に攻撃が掠るくらいはするかもしれない。そして『極死』って言うスキルの名前が嫌な感じで、『即死』の上位じゃないかと思うんだよ。きっと恐らく全く影にすら掠りもしないし、『不死』属性だった3人には億兆が一以下の可能性で効かないと思うけど……敢えてリスクを冒す必要もない。だって確率論なら豪運さんに任せる。

「今までの経験から言って俺の場合『極死』の効果で死ぬより先に普通に当たっただけで死ぬから、『極死』に殺られる確率は0なんだよ？　うん、安全だな？」

　とても不満そうに迷宮王「デス・ガーディアン　Ｌｖ１００」さんが魔石になって行く。これで未来視の危険は去ったが味方がジト目だ？　さて早く帰ろう。今晩は孤児っ子達のお引越しでお別れ会なのだから、結構準備が大変なんだよ？

91日目　夕方　オムイの街

お祭りだ。まあ、縁日だけど辺境のお祭り。豊かになって病気だった人達も回復し、魔の森も伐採が進んで遠のき戦争だって退けて……やっと平和になった。

「転がり落ちる様に日に日に悪くなっていた状況が、まさか超高速で転がり上がって状態復帰を果たして、更なる加速で最良の状態すら飛び越え大躍進で暴走中って……」「「うん、だからお祭りだね」」

だからやっと祀れる、だから奉る。辺境を守り、家族を護り、災いと戦い非運に抗いながら命を失っていった幾多の英霊に、幸せになった家族と辺境を見せる為のお祭り。みんなが笑っている姿こそ望まれていたんだから、幸せに笑いその幸せを齎した英霊達に感謝を捧げる為のお祭り。

二礼二拍一礼。辺境に神なんていらない。この辺境は誰にも助けられず誰も手を差し伸べなかった。見捨てられた最果ての地。それどころか神の名で攻め込まれた地にそんな邪神は必要無いどころかただの悪だ。

辺境は辺境が守った。守る為に命を落とした多くの人達と、辺境で苦難の暮らしを送りながら子供達の幸せを願い生きてきた人達が。だから、その夢を諦めずに引き継ぎ、今を生きている辺境の人達の為のお祭りだ……うん、「大辺境祭」？　素晴らしいネーミングで、我ながら自分のセンスが恐ろしくなるくらいに深く良い名前だ。

うん、看板も作ったんだよ？　なのにジトられている、人数も多い分ジト力も凄い。きっとジト・スカウターを作っても爆発してしまうくらいの計測不能な強力なジトを浴びせられているのだろう！

「良いお話だったし、お父様も感激されていました……なのに『大辺境祭』って」「英霊への感謝がスーパーの残り物投げ売り感のある名前に……」「誰が遥君に名前決めさせちゃったの！　もう、みんなの渾名でこうなること分かってたよね？」「「「お祭りとしか聞いてなかったから……あれ絶対勝手に作ってるよ！」」」

だって、お祭りに名前なんて無くて良い。英霊はきっとそんなこと望んでやしない。笑って遊べば良い。幸せに暮らし、みんなで笑いながらその幸せを感謝する。たったそれだけを望まれていたんだから、だから名前とか適当で良い……うん、長いと忘れるし？

「だから今日は大辺境祭記念日？　みたいな？」

燥ぎ回る孤児っ子達と浴衣姿の美少女達。出店が並ぶ通りには提灯が灯され、人が賑わい誰もが笑っている。それだけで祭は成功だ、それを見せるだけで良い、たったそれだけの幸せを信じて命を懸けて皆が守り望んだものだから。うん、俺も浴衣が見られたから内職した甲斐は有ったのだ！

白く細いうなじ、微かに覗く鎖骨の線が見え隠れして悩ましい。色取り取りの浴衣姿の美少女達に道行く人たちが息を飲んでその艶やかさに見惚れている——よし、これで市販の浴衣セットも売れに売れるだろう！

カラコロとなれない下駄を鳴らしながら、甲冑委員長さんも踊りっ娘さんも楽しそうに歩いている。法被や甚平の孤児っ子達は駆け回っては叱られてるけど、楽しくて楽しくてしょうがないのだろう。ミニ浴衣の孤児っ子達もはしゃいで回っている。うん嬉しそうにくるくると回っている。

「あっ、あぁ、あれ、林檎飴！」「「「きゃああああっ！」」」「あっちで、射的やってるよ！」

「「「やるううぅぅぅ♪」」」

女子さん達もはしゃいでいる。きっと前の世界なら林檎飴なんてそんなに喜びもしなかっただろう。だけど失くしたと思っていた思い出だから、もう手に入らないと思っていたものが目の前に現れて……それで思わず飛びついて、俺が儲かる？　うん、縁日の出店の大半は俺の内職で賄われているんだよ？

でも射的って、毎日迷宮で魔法射撃に弓での斉射を繰り広げてるよね？　くっ、妹エルフっ娘が高速射的で商品を次々と落として荒稼ぎして行く。大損害だっ！　念入りに矢の軸を曲げて重心もずらしているのに百発百中で商品を落とされて大赤字だ。女子さん達も孤児っ子達も自分で撃たずに妹エルフっ娘に欲しい物を注文して荒稼ぎをしている……次回からは出禁にしよう！

それでも輪投げや玉入れはちゃんと苦戦している様だ。全てが歪んで重心もズレていて、

尚且つ的が錯覚作用で距離感が掴みにくく工夫されているんだよ。だがダーツがやられている！　難易度を高くするために揺れる的を使い、涙目のおっさんが必死で的を揺すってるのに超高速で飛来するダーツに悉く撃ち抜かれ商品を奪われ……大赤字だ！

「やあ、遥君。こんなに沢山の民が幸せそうに笑って楽しんでいるなんて初めて目にしたよ……先祖も皆感謝している事だろう、本当にありがとう」「遥様、メリエールのみならず私にまで浴衣と言うものをありがとうございます。着付けも教えて頂きましたから孤児っ娘ちゃん達にも着せて上げられますわ」

お祭りの主催者様だ。趣旨を話しただけで規制も無く許可を出し、利権も丸投げしてくれたありがたい主催者様だが、取り決めたのは今も領館で働いているであろう側近さんなのは言うまでもないんだよ？

そしてムリムリさんを見つけて集まって来て、抱き着いている孤児っ子達。どうやらムリムリさんには孤児っ子ランチャーは発動しないらしい？　差別なんだろうか？

明々と灯り、通りを照らす提灯の揺らめき。仄明りに照らされた先には旧孤児院だった教会がある。そこには今まで辺境で亡くなった人たちが祀られている。みんなが手を合わせ懐かしむ様に頭を下げ、思い出しながら見つめる……辺境の守護神様を。うん、お礼するならあっちだよ？　辺境を守り抜き幸せにしたものは辺境に有るんだから。

「遥君！　お金借りて良い？　遥君の積み立て以外の貯蓄が全滅で尽きちゃったの？」

「良いよ、利子も付けないからじゃんじゃん貸してあげて？」「本当、ありがとう」

だって、ここで散財させれば巡り巡ってお大尽様の収入になる。尚且つ貸した分の元本は帰って来るから、ここは投資一択だ！　だって女子さん達は実は辺境の稼ぎ頭で、ぼったくりの道に終点は無いんだから！

今晩から孤児院に移る孤児っ子達と沢山の思い出を作りたくって、財布の紐が緩み切っているんだろう。うん、きっと孤児院が教会になっている意味なんて気づきもしていないのだろう。毎日一緒にいた孤児っ子達と偶にしか会えなくなるとか思って、思い出を作ろうと遊び回っているんだよ……新孤児院って宿の裏だから、繋がってて毎日会えると知らないんだろう。うん、教えてないし？　さっき作ったんだよ？

結果、次々に借用書を持ってくる浴衣の女子高生達に囲まれて、揉み苦茶にされる。

「いや、浴衣って生地薄いんだから密着って不味いんだよ、男子高校生的に……って、着けてないだと！　け、け、素晴らしい、何たる振る舞いだ。下着を着けないとかよく分かってらっしゃる。でも余計に密着が不味いから!!」

何か感触がヤバい。って言うか俺も浴衣だから生地が薄くて、むにゅんとかぽよんとかの感触がダイレクトに伝達されて男子高校生がヤバい！

「って男子高校生にダイレクトむにゅむにゅしてるの誰――――っ！って言うかなんで俺の浴衣が開けていってるの、あと何で浴衣の中に手が入って来てるの！　それ逆だから、男子高校生だと需要が無いんだよって言うか何人痴女ってるの！　ちょ、帯解かないでくれるかな？　ここ、ただの街中の道端なんだよ？　痴女いな！」

大辺境祭だと思ったら痴女っ娘祭で、男子高校生のポロリも有るよって男子高校生のポロリは即刻逮捕の通報要らずな案件で駄目なんだけど……！

「何でそこダイレクトで『当ててんのよ』しちゃってるの！　そして何で男子高校生がさっきからずっとお尻撫でられてるの、何て言うか男女の立ち位置がおかしいよ！　普通逆なんだよ、ってそれはそれで普通だと不味い気もするんだけど何で縁日で押し競饅頭が始まってるの、しかも痴女付きで!!」

甘い香りと柔らかな圧迫感の海の中で沈没したけど、意識の無い間に何があったかは聞かない方が良いのだろう。聞くのが怖い！

疲れ果てて道端のベンチに座りお祭りを眺める。賑わう街の雑踏に笑い合う人達の騒めきと、呼び込みの喧騒。交じり合う声と笑顔、そしてバカ売れする浴衣と甚平！　お面も大人気だが、まさかコボのお面があんなに人気が出るとは思わなかったから増産してこっそり補充する。うん、可愛いひよこさんのお面も大人気なのだが、コボのお面の売り上げに負けてるのが不思議だ？　リアルに作り過ぎたのが受けたんだろうか？

孤児っ子も街の子供達も仲良く燥いで駆け回り、わいわいと買い食いに励んでる。うん、わんもあせっとが永遠に終わらない人達も買い食いに励んでいる？　教会ではみんなが手を合わせて追憶に耽りながら、街の騒々しさに呑まれていつしか顔からは笑みが零れる。

「ふうーっ。迷宮だってポンポン湧いてるし深化も深刻なんだけど、やっと来た平和で豊かな日々なんだからこのくらい笑ってて良いんだよ。あとはメリ父さんに丸投げしてれば良い……そしたら側近さん達が頑張ってくれるんだよ？」

うん、あとでポンポン菓子でも差し入れておこう。きっと、お祭りの差配で多分まだ働いてるし……闇よりも黒いな？

心残りは水風船の実用化だろう。お面を被り甚平や法被姿で綿菓子やフランクフルトを持って駆け回ってる孤児っ子達だが、その手に水風船は装備されていない。そう、ゴムが無い。まあ、柔らかく耐久性のある植物があるせいで、ゴムの需要も少なくて出回っていないだけかも？　うん、ゴムゴムの木を探さないと歪な文明になりそうだ？

「隣良いかな？」「ああ、委員長。セクハラしないんなら1メートルまでなら良いよ？」

「めっちゃ警戒されてる！　みんなちょっとお祭りで箍が外れちゃって、暴走しちゃっただけなんだから今日は許してあげてよ」

そう言いながら引っ付いて座る、俺の意見はガン無視されたようだ。そして、みんなを優しく庇っている様な発言だが、俺の気配探知ではセクハラ饅頭の時に思いっきり参加してたよね！

「って言うか全く止めていなかったし、滅茶近くの位置を維持し続けてたよね！」

うん、位置関係から言っても犯人疑惑が濃厚な重要参考人さんは、まるで無関係のような清楚な顔で微笑んでいる。

「みんなすっごく楽しそうだね。みんな絶対にこのお祭りを忘れないと思うよ、だってすっごく幸せそうだから」

白地に朝顔の浴衣の襟元からは白いうなじが肩元までのぞき、結い上げた黒髪から零れた乱れ髪が白い肌に張り付いている。完璧にスルーされた！

「なら忘れ去っちゃうくらいにもっと楽しい企画を立てないとね。うん、慣れられた行事(イベント)は衰退と同じで、新たなる集客を目指すには絶え間ない新企画が必要とされ、それがお大尽様へと続くぼったくり道の高速道路(ハイウェイ)構想で完成と言う文字は誤字脱字？　駄目だった！」「そんなに頑張らなくっても、もうみんな大丈夫だよ？　でも、ありがとう」

言うだけ言って夜店の方に消えて行く委員長。遂(つい)にセクハラ問題については一切の言及(コメント)をせずに逃亡してしまった！　まあ、みんな楽しそうだから良いか……良いのかな！

御引越しの引越し蕎麦が引越さない定住のひきこもりさんによって手打ちされてる件？

91日目　夜　オムイの街

祭りの終わり。楽しければ楽しいほど寂しさが募っちゃう静寂。さっきまでの喧騒が嘘(うそ)の様に消え去り、屋台を仕舞う人達(たち)だけが残る静かな大通り。

赤く灯る提灯だけが祭りの残滓(ざんし)となり夢幻の様に消え去ってゆく、そして祭りが終われば……孤児っ子ちゃん達のお引越し。孤児院にはちゃんと学校が有って、ずっと一緒にいてくれる保母さん達も居て、宿でお留守番や1日中働いちゃうよりずっと良い環境。だから、もう街に馴染んだ孤児っ子ちゃん達は孤児院の方が絶対に幸せになれる……離れても同じ街だからいつでも会えるんだから。

　みんな手を繋いでちょっとだけ涙ぐみながら宿に向かうと……宿の裏に新孤児院が出来ていた。うん、犯人は聞かなくっても分かってるの。

「いや、旧孤児院は慰霊碑や供養のモニュメントで使っちゃったし、孤児院の人数が一気に倍近くなるんだから手狭じゃん？　で新孤児院の建設を依頼されたから作ってみた？　うん、内職を頑張る勤勉な勤労男子高校生だから俺は悪くないんだよ？って言うか働くには早い幼児っ子達は宿でお手伝いだし近い方が良いじゃん、って言うかこっそり繋げて有るからある意味一つ屋根の下？　まあ、屋根は別だし別棟だけど隣接設備的ご近所さんだから引越し蕎麦も作って配ってるんだけど何で俺はずっと宿にいるのに引越し蕎麦を手打ちして配ってるのかが謎で、引越す孤児っ子達の分まで作ってるって言う意味不明な引越し蕎麦だけど食べる？　混ぜ物だけど蕎麦粉が手に入ったんだよ？　つまり有り体に言うと俺は悪くないんだよ？」「「「食べる！　でもちゃんと前もって言ってよ、みんなちょっぴり泣いちゃったじゃないの！」」」

　ズルズルと蕎麦を啜ってお説教が出来ない。犯人は「いや、教会風旧孤児院が教会になったんだから移転するに決まってるじゃん？」とか当たり前の様に言い放っているけど有罪で、「だって、近い方が便利じゃん？　子狸預ける時もって……ぎゃあああっ！って言うか蕎麦咥えたまんま頭と一緒に齧りながら啜らないでくれるかな？　俺の髪が蕎麦だらけでソバージュになったらパーマ禁止で職員室に呼び出されるんだけど、職員室は何処に在るんだろうね？　うん、呼び出すくらいなら職員室が転移して来いって言う話なんだよ、あの何とか高校？」と全く反省していないから頭を齧られているけど誰も止めないの？

「全く、どれだけ副委員長Cさんが寂しがってたと思ってるのよ！」「「本当だよ！　あと、蕎麦美味しいね!!」」

だから無理矢理裏に新孤児院を建てた……その為にはきっと前住んでいた人達にお願いして、その人達の新居も作ってずっとずっと準備してたはず。そして、ようやく目途が立ってプールとお祭りだった……辺境に帰って来てからずずっとずっと用意してくれていた。うん、でも黙ってたから齧ってよし！

（ガジガジ！）（プルプル！）「ちょ、子狸が魔物化してるんだよ!!　うん、蕎麦アレルギーかな？」

お蕎麦は十割蕎麦どころか繋ぎと増量に小麦粉を混ぜて作って、出汁も鰹節も昆布も無いって不満そうにしてるけど美味しかった。和食通の図書委員さんも「邪道でも美味しいは正義」と太鼓判を押していたくらいの絶品だった。副委員長Cさんは嬉しいのと泣いちゃったから恥ずかしいのと、オコなのと美味しいので泣きながら遥君の頭を齧ってる。うん、すっごく嬉しくって……いつもより多めに齧ってるね？

宿で軽食とデザートを食べて子供達は孤児院にお引越し、荷物は移動されてるから各自の毛布を握りしめて孤児院に行くだけだ。だって廊下で繋がってるの。

「「「お休みなさーい。　また明日」」」

ムリムール様に連れられ孤児院って言うか孤児棟に移動して行く子供達に手を振る。

「「「おやすみー。　また明日」」」

そう、明日も明後日(あさって)もずっとずっと毎日会える。強がっていたって子供達だって平気じゃなかったはず。それでも気丈に振る舞って、迷惑を掛けまいと子供なのに頑張っていた。そう、遥君がそんなの認める訳が無かったのに。もし悲しんじゃうなら遥君は孤児院に行かせないか孤児院に移り住むかしようとするはずだった。なのに何もしなかった、つまり大丈夫だった。って言うより無理矢理物理的にも地理的にも強制的に大丈夫にしちゃったの。

だからお説教だ！　黙ってたことのお説教もまだまだ残ってるし、昼間の分もお説教があるの。また、危ない事をしていたんだから！　瞬時にお説教包囲網を展開するけど、犯人は黒いマントを翻して霞(かす)む様に消え、無数の影が躍るように分身しながら包囲網を擦り抜けて行く。

「逃走路を封鎖！　幻覚に気をつけて気配探知(フォース)を信じて！」「「「了解！」」」

あのデザートのプリンさんに目が眩(くら)み包囲網を敷き損ねたのが悔やまれる。お代わりさえしなければ……せめて4個目で止めていれば。

「ちょ、これは暗黒面じゃなくて影魔法で、俺への不評被害で好感度さんが陰キャったらどうするの！」

黒いマント姿が幾つもの黒い影になり食堂を散らばる、前を塞ぎ捕まえると影は無数の黒い鴉になって飛び散り消え去って行く。お説教される自覚は有ったらしい、逃げる気満々だ。孤児院の事もだけど、また危険な魔物……しかもよりによって迷宮王Ｌｖ１００と一人で戦っていた。先読みの『未来視』を持ち、『極死』と言う致死スキルを持っている相手と一人で戦って来た。

身体が限界を超えて壊れ弱体化したのに……限界を誤魔化し不可能を騙して、無理矢理に元通りの如何様的な強さに戻した遥君が一人でやったらしい。しかも、いつも通り毎回毎回なんの反省も無い恒例で通常な意味不明な供述で反省を否認しているの！

「今迄一生懸命に頑張って殺ったら殺れたんだから、きっと俺って殺れば出来る子なんだよ？　殺らずに後悔するよりも殺って公開しろって言う奴？　みたいな？」「「「なんか頑張ってる真面目な良い子みたいに殺る気満々で騙らないの!!」」」

そそくさと逃げていく。突破されてしまった、また技が増えていた。つまりまた無茶をしていた。心配しても心配しても「怒られた」とか言って分かってない、どうも未だに怒られる原因は好感度だと信じている節まである。そう、全然反省しないの！

中途半端な包囲は分身と幻影で翻弄されてズタズタにされ、その間隙を縫う様に消え去って行った。逃亡を許してしまった……だってプリン追加だったし？

「頑張って殺っちゃったんだ」「殺れば出来る子って怖いよ！」「しかも、なんで殺った挙句に公開する気なの！」「寧ろ殺らないと後悔するってどんだけ殺りたいの！」

さも良い事言ったみたいな顔で言いきって逃げて行ったけど、よく聞けば悪逆な殺人鬼さんより質の悪い犯行声明だったの。

「以前より安定したまま強い、でした。堅実に戦えて……訳分からない攻撃で、倒してました？」「あれ、ズルい。迷宮王強かったです　ただ、相手が碌でも無かったです」

二人共本気で怒っていないからちゃんと強くなって見せたんだろう。安心には程遠くても大丈夫だって戦って見せたんだろう。正攻法で安定を見せて、奇策で迷宮王を倒して見せた。またズルだけど安心させた、戦えることを実証して見せた。

さっきだって21人の包囲を軽々と抜けて見せ、触れる事も出来ないまま影の様に消え去った。あまりに華麗だったのでアンジェリカさん達に何のスキルか聞き出したら『分身』や『幻影』に『影分身』と『影鴉』を合わせて目を奪い、本体はテーブルの下を這って逃げていたらしい……うん、手品だったんだ！

ただの視線誘導。でも、その技はもっと目立たない地味な人がやるべきだと思うんだけど、影の分身が沢山の鴉に分かれて飛び去る見た目のインパクトで21人の視線が外された。見失ってはいなかったのに意識を外された……瞬間に本体は影分身と入れ替わりテーブルの下に隠れ這って逃げた……うん、あんまり華麗じゃなかったんだね？

そして子供達がいないから、ちょっぴり寂しくゆっくりとお風呂女子会。もちろん議題は最恐の危機『変態』。うん、名前から危機感満載のスキルなんだけど、想像を絶する破壊力な兇悪兵器だったのか、使い手の想像力こそが兇悪だったのか狂喜乱舞に暴れ狂い蹂躙されちゃったのだそうだ。

みんな興味津々で大急ぎで服を脱いでお風呂場に駆け込み、泡沫にソープを全身に塗りたくりお肌を潤して艶やかに洗ってから我先に湯船に飛び込む。そして聞き入る、その恐怖の惨劇を。

「ちょ！　な、な、何それっ！　そ、そ、そんなのが中っ……（ボッシャーン）」「な、中で変形して瘤々が蠢いちゃうって……（ブクブクブク）」「しかも粘液が染み出して……外と内側から感度上昇を重ね掛け！（ドッポン）」「変態で変形で茸が中でぐねぐねで、疣々振動で中がぁ……（ゴポゴポゴポ）」

外からは肌に『毒手のグローブ』の各種毒状態異常付与で感度を上昇されて狂わされちゃって、そんな狂乱状態で新装備の『異形の首飾り　変態　異形化　粘液　（全耐性、全状態異常付与）＋DEF』の効果で中まで粘液で敏感にさせられちゃってる狂喜状態で『変態』で変形し変質した兇悪な茸が内部で暴れ回る。筆舌しがたい脅威の兇悪なコンビネーション、凄すぎて気絶すら出来ない程の刺激に苛まれて精神は発狂したまま延々と繰り返される狂乱の蹂躙劇。

「SOSです　援軍を求む。　正妻はやく！」「復活、再生する時間……ありません！　二人じゃ無理、です。せめてあと5人、出来れば10人いて互角？」「何で一斉に私を見るの――――っ！　む、む、む、無理だから、外と中から狂っちゃうって、ぜ、ぜ、ぜ、絶対に無理だから。だ、だ、だって、え、え、抉られちゃうって蕩けて溶けさせられちゃってるところを抉られるって、ムリムリムリ絶対に無理！って言うかなんでなんの迷いも無く私に振っちゃうのぉ～、無理に決まってるでしょ、疣々さんに抉られちゃって瘤々さんが侵入って来ちゃってな、な、中で振動回転って無理に決まってるでしょお――っ！　（ドッポーン！）」【治療中です。モグモグ】

恐るべき最凶にして最恐、それこそが最狂の淫技の支配者『性王』。異世界最強の迷宮皇ですら二人掛かりで為す術もなく狂わされ朽ち果てた狂気の絶頂を齎す災厄！　強過ぎる刺激に湯船で溺れてる娘を引き上げ新作の速乾タオルで身体を拭き髪を乾かして、みんなでお部屋に撤退する。

「でも～、再生持ちなら死んでも狂っても、再生～ってすれば、即戦力～？」「被害担当官で被害制御担当と言う手もありますね」「あとはみんなで『治癒』とか『回復』で復活させれば無限肉壁係？」「倒れる度にお口に茸補給の医療班を待機で永遠の倒されざる者！」「だから何で私だけ犠牲になる耐久編成が議題になっちゃってるの！」

身体中を嬲られ、肌と言う肌を微細に撫で回される狂い死にそうな悦楽の狂気の中で、内側からの浸食による触手攻撃に外だけでも限界を超える狂騒感が……中から更に凄まじい喜悦を撒き散らして身体の内部をグチャグチャに蹂躙し侵略して嬲り尽くす恐怖の新スキル！　それはもう……凄かったのだそうだ！

「身体中の神経が発狂して、頭の中が灼熱で、狂います。狂っても狂っても、もっと凄い、狂う……来ます」「何度も何度も何度も何度も何度も何度も　狂い死ぬと分からなくなる。でも永遠に終わらない！」

何よりも恐ろしいのは舌までが伸び変形し粘液を纏うと言う全身兵器ぶり。当然10本の指も変形して伸長するし振動もして……武器の数が違い過ぎる！　だからあと10人いて互角らしい、それでも優位にはならない兇悪さ！

「応援待ってます。正妻乱入、起死回生！」「早く倒さないとどんどん強くなります。もう既に……ヤバい、です!!」

そう言い残しアンジェリカさんとネフェルティリさんはタイトニットのボディコンな肩出しミニのワンピに身を包み、その魅惑のボディーラインに張り付く様な肉感的な曲線美を曝け出して、長い綺麗な脚にストッキングを纏わせて性王討伐に征った。多分、装備させさせなければ有利なはず、でも完全装備の性王はもう倒せないのかも知れない。

あれはきっと異世界最強。人海戦術ですら倒しきれる保証が無い、乙女的な死の使い。まあ、プールではビキニに恥ずかしがって目が泳ぎ捲くってたし、さっきは浴衣で揉みくちゃにされて目が深海まで泳いで潜水してたんだけど……性王さんだ。未だに女子に密着されると硬直してて、目の前に裸の女の子がいても目隠しが無くっても必死に目を瞑ってるけど性王さんで……そう、ヘタレで照れ屋でも攻撃力だけは最凶みたい！

覚り世代になって覚る前に異世界転移だったのになんか覚れそうだが透視が不味い。

91日目　深夜　宿屋　白い変人

不覚をとった。女子さん達を華麗な幻術で幻惑して翻弄し、颯爽と大脱出で危機感が無くなっていたのだろうか。そして昨晩の『変態』の効果で圧勝したせいで警戒心が緩んでいたのかも知れない。

だがしかし肩出しのボディコンミニワンピの超美人なお姉さん二人から左右に寄り添って座られ、密着でしな垂れかかられた撫で撫でされて抗えるような男子高校生が存在するだろうか？　いや、居ない！って言うか居たらそんな奴は男子高校生資格を剥奪の上に、永久追放される事だろう!!

「ちょ、近いっ！」「御奉仕、接待は超至近距離です♥」

ミニから伸びるストッキングに包まれた長い美脚が膝の上に乗り、白く柔らかな肌の深い谷間が密着しながら丸い塊が潰されて形を変える。密着状態で超接触な圧迫感が左右から交互に繰り広げられる状況では、如何な禁欲的男子高校生であろうとも是非は無い！って言うか禁欲的男子高校生など存在し得る筈が無いのだ！　うん、脱がされた。分かりやすく言うと油断してたら装備が全て奪われ、左右から完全に押さえ付けられた男子高校生には選択の余地すら残されていなかった！

「ふふふ、思考を奪えば思考速度　無意味です♥」「そう、嗜好を凝らしてみた、です♥」

「そこは趣向を凝らそうよ！」

　数千年の時を掛け磨き上げられてきた奇術師や手品師達の叡智、それは人の認知パターンを利用した脳自体を錯覚させる様々な仕掛が詰まっている。心理学と認知科学的に究極と言える必然的な本能への心理操作。そう超ミニに視線誘導をやり返された！　いや、見ちゃうじゃん？　で、見ちゃったら思考停止状態で魅入っちゃうじゃん？

　そう、気付いた時には全武装を解除された無力な男子高校生さんで、上から下から押さえ付けられて搦め取られて組んず解れつの縺れ合い絡み合う大変に複雑な状況に大事変な状態で……陥落した。不覚だ！　いつの間にか装備に溺れ装備に頼り装備を奪われるままに虚を突かれ、戦いの中で戦いを忘れていたのだ！

「って言うか普通の男子高校生の個人戦で迷宮皇級を二人相手って無理過ぎない？　せめて首飾り装備だけでも……（あむっ、くちゅくちゅぅ）……ぐはぁっ。って、せめてマントとか……（にゅるっ、ぴちゃぴちゃっ）……がはあぁ！」

　もはや話し合いは通じず、ここからは言葉ではなく戦いで語る修羅の道！

「いや、ちょ、それはヤバい……ぐうぅ。こうなれば、って、ぐあぁ！（ねちゅ、ちゅっぱぁ♥）ぐはぁ！　未だだ、やらせはせん。精神を集中し振動波でオーバードライブがっ、があぁ（ぐちゅっ、じゅっぽっ♥）ぐあっ……（じゅるっ……♥）」

　ぷるんとした柔らかな流線型の丸いお尻が揺れて、艶めかしくきゅっとくびれたウエストは細いのに引き締まりながらも豊かに揺れるむっちりとした桃源郷。体を動かす度にたゆんと揺れてぷよんと戻り、そこから流れるような曲線の長い脚の太腿さんが眼前にむっちりと並ぶ壮観な光景。

柔らかくも張りがある滑らかな丸い感触が掌から零れ、ぷるんと弾かれそうな張りと、吸い付くしっとりとしたきめ細かい艶やかな肌触り。それでいて指先が沈み込み埋まりそうな柔らかさ……そして両腕はむっちりと閉じ合わされた太腿の肉に挟み込まれて動かす事は適わない。だって、大変な事になってて冷静に対処できる余裕もないんだよ！　うん、最近なんとなく男子高校生の性的趣味がバレて来て、見惚れてあっけにとられるような服がチョイスされてくるから不覚を取り易い。そう、分かってても見ちゃうんだよ！　うん、今も見てるんだよ――！　（深夜にエコー中）

すやすやと満面の笑みの寝顔が2つ並んでいる。装備無しでも戦い様は有るし、技だって極め弱点だって見極めている。だけど身体能力による組み合いの寝技は抗い様が無く、一方的な蹂躙劇が展開だった。殲滅するまで蹂躙し尽くし、舐り舐められ再生能力まで尽き果ててから本当の戦いってズルいんだよ！　そして所謂死体蹴りな騎乗戦が交代制の騎馬戦って、迷宮でお馬さんを虐めた罰が当たったのかと真剣に考慮してみたけど、騎乗で蹂躙してた二人もお馬さんサーフィンで遊んでいたから共謀罪どころか連罪だよ！

むにゃむにゃと笑顔で眠る秀麗な寝顔。その芸術品のような麗しい唇の端から垂れている、白い物を拭いてあげて、ゆっくりと起き上がる。残念な事に男子高校生は完全に燃料切れ(エンプティー)で復讐(ふくしゅう)は叶(かな)わない、だから静かに内職だ。

同級生の甲冑(かっちゅう)を定期的に預かって『羅神眼』で精査する。戦い方や得意不得意で各自で金属の疲労位置が異なり、その位置が可動的に負荷が掛かっているか攻撃を受けやすい場所だ。被弾部位は装甲を厚く『錬金』で表面硬度を上げ、可動部位の負荷の方は可動域をむやみに増やすと強度や耐久性が犠牲になるから各々の特性を見ながら可動の角度や位置を微調整して最適化して行く。

実際に剣や攻撃を受け流す戦いを経験してみて、甲冑に対する理解度が格段に増した。真っすぐ受けずに受け流す流線型状と、刃筋を立てさせない曲線の有効性を実体験した事を反映(フィードバック)して装甲の形状(デザイン)に手を加える。そうやって手を入れて行くと余計に分かる。

「男子(あいつら)は全く無理してないな。当てた傷は有っても当てられた傷が無いんだよ？」

傷は有る、寧(むし)ろボコボコで特に莫迦(ばか)達の鎧(よろい)は最も傷が多い。だけど、この傷は切らせた傷だ。甲冑を盾にして受け止めずに流し、装甲が厚くダメージを受けない部位を使って切らせて当てている。オタ達のは傷自体がほぼないが、たまにあるのは……甲冑を身代わりにしてやがる！　それに比べると女子さん達のは掠(かす)り傷(きず)が多過ぎる。ギリギリまで深く斬り込み、ギリギリで回避した為(ため)に僅かに攻撃が鎧の表面を掠って出来る掠り傷。

それは安全マージンの削り過ぎ、ほんの僅かなミスが致命傷になり兼ねないギリギリまでの踏み込み。最小限の回避で頑張り過ぎている。まだ、焦ってるのかな？

「いや、俺ちゃんと生きてるんだから全然死んでないじゃん、１回も？」

何をそこまで焦って怯えてるんだろう。だって過去の実績から言っても俺の死亡率は0％だ、だって死んだこと無いし？

「うん、大体この世の生きてる人は死亡率は0％だったりするから、それってつまり死ぬまで大丈夫って言う事で、ある意味死ぬまでは『不死』？　みたいな？」

本当は甲冑委員長さんや踊りっ娘さんの鎧だけでもミスリル化したい。ただ、高Ｌｖ装備になる程ミスリルの必要量も増加して、あの二人の鎧に回すとミスリルの在庫が危険だ。それでも安全マージンはいくらでも欲しい、迷宮が深いとリスクが高まって行く。

「探しに行って掘ってみるしかないんだけど、それっぽいのすら見つからないから探知に掛かるまで片っ端から山の深い所まで掘って行くしか手立てが無いんだよなー？」

まあ、鉄がある場所は何箇所か見付けてるから、鉄の採掘用のトンネルを掘り進めば何処かでミスリルが探知に引っ掛かるかも知れない。でも、夜中に外出すると甲冑委員長さんや踊りっ娘さんやスライムさんにだって心配をかけるし、この3人は実は睡眠が必要ないからついて来てしまいそうだ。

うん、せっかく笑顔で眠れるようになったのだから起こしたくはない。きっとあの暗い迷宮の闇の底でたった一人で、ずっと悪夢に怯えて眠る事も出来ずに永劫の時を過ごしてたのだから……邪魔しちゃいけない。うん、まだ復讐も無理だし？

そして気になっているのが今日の迷宮王「デス・ガーディアン　Ｌｖ１００」のドロップだった『深淵の眼玉　未来視　慧眼　透視　覚　極死』っていう宝珠。

「うん、重複(ダブ)ってるよ。『未来視』と『慧眼』は『羅神眼』に入ってるんだよ？」

問題は『透視』。これは一生懸命に男子高校生が誘惑と戦い、好感度を守る戦いを繰り広げて目隠ししている意味が無くなってしまう！　いや、よくよく考えると目隠しの意味が存在している所を見た覚えがない、この世界で最も開眼を強いる者こそが目隠し係だった！　うん、誰だよあの二人選んだの！

「何となく『羅神眼』に複合出来ちゃいそうな気はしているけど、『覚(さとり)』って未来視よりも精神的なもので、妹エルフっ娘の感情探知の見えるタイプな感じかな？」

妖怪の覚(さとり)は人の心の中を見透(みとお)す怪異として民話が伝わっていた。鳥山石燕(とりやませきえん)の江戸時代の妖怪画集『今昔画図続百鬼』にも記述されてたけど、さとり世代への効果は記述されていなかった？　そして最後の『極死』がなんか目付きが悪くなりそうで嫌だな？

「そう言えば『デス・ガーディアン』もなんか目付き悪かったんだよ」

まあ、優しい目をした魔物も見た事無いんだけど？　売るには危険すぎて論外、だけど同級生も『未来視』や『慧眼』は思考補助系のスキルが無いと難しいだろう。目に余計なものが映るって存外に扱いにくい、あと『透視』があるから男子は除外だ！　うん、何故(なぜ)だか女子もヤバそうだ！

考えてもキリがないし一先(ひとま)ず封印。今迄(まで)、封印された物ってちょいちょい出て来てる気もするが封印ったら封印だ。俺の好感度に危険なものは封印するに限る。透視と覚(さとり)は不味(まず)い、女性のプライベートを侵害する気満々なスキル過ぎるんだよ！

さて、キリの良い所まで内職を終えたら、ゆっくりと寝よう。お祭りの準備で忙しかったし、内職も一段落ついたし朝までに回復しないと……もちろん完全装備で寝よう！

スクエア・ワンと言うと映画のタイトルっぽいがただの菱形陣形でただ突っ込んだだけだった。

92日目　朝　宿屋　白い変人

室内は完全に空間を空気ごと『掌握』し支配下に置いている。だから絶叫すら外には響かない……って言うか早朝から騒ぐと怒られるんだよ？

耳朶から細い項へ、そして優美な鎖骨から胸に。臍から鼠径部を辿り太腿へと異形の触手さんの大行進。勿論『変態』による粘液と禁断の『異形化』による3次元を超えた怪しい形状の、在りと汎ゆる異形を型どった有り得べからざる形状の触手さん達が艶めかしい肌を大行進で進み這い回る！

「「――――!…………♥」」

声にならない絶叫。弓なりに大きく身体を反らして震え痙攣し、わななく粘液に濡れた純白と琥珀の肉体。踊り狂うように乱れ悶え、美女の肌に絡みつく形容し難き異形の触手達が蠢き震えながら粘液を肌に塗りたくり這い廻る。

「うん、『異形化』凄いなー、吸盤は盲点だったよ！」

吸盤触手が綺麗なつま先から絡み付き、滑らかなふくらはぎをぬめぬめと這い廻り絡み付いて這い上る。柔らかな太腿を締め上げながら巻き付き、その付け根を這いずり撫で回して妖しい水音を立て延々と責め嬲る。

そしてお悦びのお顔で小刻みの痙攣を繰り返す艶めかしい身体は触手達に絡め捕られて、その先端の磯巾着のようなびらびらとした口に苛まれて吸い付かれ、柔らかな肉を蝕む襞と疣に覆われた触手が撫でる様に肌の上を蠢き這い廻り、感度上昇の粘液に濡れた身体はわななき続け身を捩って激しく腰を揺らしている……これは絶対怒られる。うん、想像していたよりヤバい物だった！

どうやら『異形化』は指定しないとランダム形成され、オートマティックに特殊効果を纏い蠢く異形の何かだった。その驚異は狂い悶える様に激しく触手さん達と仲良く絡み合い、身体をくねらせ肌と言う肌を嬲られ震える二人のお顔を見ただけで分かるだろう？うん、大きな瞳の目元には大粒の涙を湛えながら、見開いたまま薄桃色の濡れた唇から真っ赤な長い舌を垂らし……半開きのまま涎が溢れて流れ出している。うん、これは絶対怒られる奴だ！

短い時間に百を超える痙攣と絶叫を繰り返した二人は、ぐったりと身体を弛緩させてベッドに沈み激しい呼吸で横たわる。粘液に塗れて濡れた肌を綺麗に洗い拭き取って、唾液や涙も拭いてあげる。うん、ぐしょぐしょのシーツも取り替えて綺麗に清浄してみた？

未だ目の焦点は戻っていない、戻ると衝天の如きお説教が俺に降り注ぐ気しかしない……気のせいではない様だ、瞳に力が戻りジトに殺気が籠ってる。ま、まさかのボコ兼お説教兼仕返しだった！

「100回死にました！　101回仕返し、デス!!」「身を以て、償い、です。狂乱を晴らします、さあ、お逝きなさい！」「ちょ、マジで反省が（ちゅぱっ♥）があぁあっ！って、踊りっ娘さんまでって（くちゅくちゅっ♥）ぐはぁっ！　いや、あれは事故って（じゅりゅっ♥）ごあぁ……（ぴちゃっぴちゃっ♥）……（ぐぢゅぢゅっ♥）………」

【超迷宮皇級大説教が降臨中です。当分お待ち下さい……残り93説教？】

疲弊困憊と部屋を出て、虚脱状態と階段を下りる。か、下半身に力が入らない！

「いい天気だ。うん、太陽が黄色いのを越えて青味まで掛かって見えるよ！」

強い日差しが干乾びた俺に突き刺さる……滅茶怒られた！　粘液塗れの異形の触手事件の報復は、ある意味で粘液と粘体による恐ろしい仕返しだった！　うん、怖かった!!

「おはようって言うか遅いんだけどおはよう、みたいな？」

丁度、孤児院直通通路から孤児っ子達も大移動でやって来たようだ。

「「「おはよーございまーす！」」」「「「おはよう、みんなよく眠れた？」」」「「「うん♪」」」

孤児っ子達の登場に子狸が駆けて行き、突入して埋没して交じって分からなくなって行方不明の迷い子狸だ。正直、副委員長Cさんは幼い。それは平坦で水平に限りなく近い曲線と直線の狭間のように僅かな限り無く無に近いお胸の話……は置いておこう。孤児っ子達の群れの中から殺気を感じる！　これは、囓る気満々の殺気だ!!

まあ、平らなのは置いておいても幼い。その見た目の話ではなく精神的に幼い……と言うよりも脆い。異世界なんかに連れて来られて、一番泣いていたのは副委員長Cさんだろう。だからこそ家族を失った孤児っ子達と仲良くなり救い救われた。

だから言った、だって女子には言えないだろう。孤児っ子達が引越す前に「これこれそこの子狸よ、無理に戦わなくって良いんだよ？　もう、平和だし孤児院の職員になって一緒に居て良いんだよ？　そもそもが子狸が異世界を救わなきゃいけないとかおかしいんだよ？　うん、何処の異世界でも『魔王が現れて滅ぼされそうだから子狸を召喚しよう！』『ぽんぽこりーん、子狸参上！』ってなる方がおかしいよ！　だから孤児っ子達と一緒で良いんだよ？　委員長さん達には俺から言っとくから大丈夫的な感じ？　うん『子狸は山に帰りましたとさ？　めでたしめでたし？　みたいな？』って言っとくからみんな納得だから大丈夫そうな気が感じ……って、ぐがあああっ。それは感じじゃなくてガジガジって言うか囓りっ娘!!」と、真面目に言い聞かせた。うん、囓られたけど？

その返事は、「みんな、お父さんやお母さんが死んじゃったの、魔物に殺されて子供だけを必死に逃がしたんだって……他にも病気で薬も無くって助からなかったり、盗賊に村を襲われたりして、みんな孤児になっちゃったの……だから私は戦う。だって戦えるんだもん！　魔物も盗賊もやっつけて、茸もいっぱい採って来て……だって私は戦えるんだから……だから絶対に戦い続けるの、みんなを守るの！　もうお父さんやお母さんが殺されちゃうなんて駄目なの!!」そう言って涙をこぼしながら睨んで来た。だから、今日も戦うのだろう……うん、凶暴な子狸だな？

それが孤児っ子達の為でも、もうこれ以上孤児を増やさない為でも戦う理由があるなら何も言う事は無い。俺には戦う理由が無い。ただお金が無いから魔石と装備が欲しくて迷宮に行ってるだけで、魔物がちょっと気を利かして装備を差し出して魔石になってくれれば戦う理由なんて何処にも無い。なのに奴らは気も利かせずに野蛮にも襲い掛かって来るんだよ、戦いなんて望んでいないのに全く酷い奴らだ。

朝はハンバーガーの山、ご自由にお持ち下さい状態で積んでみた。未だ孤児院のご飯設備が整ってないから孤児っ子達と飢餓っ娘達が元気に群がって行く……勿論、むちむちスパッツさんのお尻がむにゅむにゅと振られて、莫迦達ですらバケツを持ったまま空気だ。オタ達は言わずもがな？

うん、殺伐とした殺戮の世界で、せめてもの心の潤いを求めに行こう。

「そう、これは絶対普遍にして永遠の物、世界が滅びてもこの掲示板だけは残る～とか伝説が在りそうなくらい全く依頼内容が変わってないんだけど、もしかしてこの掲示板からこの不変の依頼書を抜きさった者は勇者に選ばれるとか何とか伝説に語られちゃうくらいの聖なる依頼書だったら普通の依頼掲示板を別に置こうよ！　もう、掲示板係の仕事について語り尽くせぬって言うか語る前に何も仕事してないから語れる内容が無いよみたいな？」「冒険者ギルドに謎の伝説を流布して、尚且つその御心配を頂く前に冒険者でもないのに毎日毎日現れて掲示板の主とか伝説になりつつある冒険者でも何でもないコソコソと見に来たはずなのに掲示板の覇王とか掲示板の絶対者とか伝説になりそうな全くコソコソしていない人の御心配をしてあげて下さい！　掲示板係について語らなくて結構ですからどうやったら何回言えばコソコソとこっそりして頂けるのか是非その方法こそを語って欲しいのですが？」「「ぜぇーぜぇーぜぇー!!」」

朝のラジオ体操も4人で済ませて、朝の受付委員長のジトも済んだ。何故か一緒に来た委員長達も甲冑委員長さんも踊りっ娘さんもジトで見てるから、まるでジトの弾幕無限連射のような良い朝だ。さて、領館にでも行ってみよう。きっと来ている頃だ。一体どのようなお面を晒して辺境に教会の御方がおいでになられたのか是非とも拝みたいから行ってみよう。

本人に何の断りもなく1周回っている事に決定されているらしいが、何がどうして1周回ったかは何周目に判明するのだろうか？

92日目　昼　オムイの街

魑魅魍魎が跋扈する魔に汚れた現世の地獄。辺境は子供達と街行く人達の笑い声、そして豊かな品物が溢れるこの世の楽園でした。大陸の汚れが集う最果ての地は清潔で、綺麗な街と色取り取りの美しい服を着た街の人が溢れる豊かな幸せの街だったのです。

教会の上層部が浄化の名の下に攻め滅ぼそうとしていた地には、優しい人々が溢れ笑顔の子供達が駆け回る楽園でした。教会の衣を纏う私達に石を投げる者も無く、侮蔑の言葉を吐く者もいない……何があったかを知っているはずの街の人達が、「領主様の客人」として礼儀正しく持て成してくれました。堪え難いほどの自責の念と苦悩を胸に訪れた私達が居た堪れない程の持て成しを受けて、一行の者は皆が唇を噛み締めて懺悔する様に街を案内されたのです。

そうして辺境の地オムイの教会にも案内されました。荘厳でありながら簡素で綺麗な白い建物。美しくも清廉で、教国のゴテゴテしい華美で豪奢な教会とは似ても似つかない清らかな純白の建造物。そして優しい清らかな光に包まれた屋内には、神ではなく辺境の地で生き、辺境の人々を守り、そして命を落とされた方々の名が刻まれた石碑が置かれていました。皆が其処に花を手向けて心から礼拝して行く、何よりも尊い神聖な場所でした。

「教会の方々からすれば神ではなく死者を祀る教会は御不快かも知れません。ですが、これは魔物に囲まれて生きる辺境の民の為に必要なものだと、この建物を寄贈された方の造られた教会なのですよ。あの石碑のある部屋は『英霊の間』と言うそうです。家族や友人、愛するものを亡くした人達、そして誰にも知られずとも誰かの為に戦い守り死んでいった者達への供養と感謝を捧げるための教会なのです。ご容赦ください」

辺境伯メロトーサム・シム・オムイ。その名は大陸に知れ渡り軍神の異名を持つ辺境の王。賢王ディアルセズ・ディー・ディオレールの盟友にして、王国最強と言われる辺境軍を従える伝説の人物。ですが威厳に満ちながら、その物腰は柔らかく礼節を尊ぶ知的で穏やかな方でした。我等教会の者に丁寧な対応をされ、みなが恐縮し無言になる。

怒り狂い罵られるものと思い行脚してきた私達に、この扱いは……だって憎まれないはずがないのです、恨まれないはずなんてないのに。

「異を申すなど有り得ません。教会の上層部がして来た事、そして此度の事を思えば神を祀る等出来るはずもございません。そもそも神は名も姿も表すことを禁じられております、そして私達のような力無き少数派の者が頭を下げたところでお怒りが収まる等とは思い上がってはおりません。どうか我等教会の者に頭など下げないで下さい。私達が頭を下げに来たのです。頭など下げても意味無き所業、許しを乞う気も有りません。それでも、せめて神の御名においてお詫び申し上げに来たのです！」「我等が不徳で辺境に悲劇を齎した事、教会の者としてお詫び申し上げます」「「「申し訳ありません」」」

首を刎ねられる覚悟でやって来た辺境。そこでまさか客人の様に扱われるとは思わず、混乱したままお詫びすら出来ていなかった事にようやく気付き慌てて地に伏して謝罪を行なう。その為に来たのに……何もかもが思っていた事と違い過ぎました。

ですがこの場所ほど我等が謝罪するにふさわしく、私達が断罪されるべき場所は他にはないでしょう。辺境の悲劇とは教会の変質こそが原因。神に伝えられた教えに背き全ての悲劇の原因こそが今の教会……教国なのですから。

「頭をあげて下さい。貴女方が教会の中でも主流派とは違い、辺境に悪意も無く獣人も差別しない宗派だと聞き及んでいます。ならば、あなた方に恨み辛みなど有りませんよ。そして、これだけの治癒者を連れて来られたのを見れば、辺境の民に救いの手を伸ばそうとして頂いた事は充分に窺い知れます。辺境の領主として礼を尽くすのは当然の事、みなさん辺境の為にありがとう」

そう言って、何も出来なかった我等に頭を下げられる。

「辺境伯様の勿体ないお言葉、こちらこそ感謝を。ですが何故に街の皆さんまで我等教会の衣を纏う者に怒りをぶつける事も罵る事も無く……何が有ったか周知のはずですのに、誰からも罵りの1つも投げられないなど慮外の事に皆が驚いているのです」

教会は神の名の下に聖戦と称し、辺境の討伐だと軍を出した。誰でもそれが魔石の利権を狙ったものだと理解している。浄化と言う名の俗と欲に塗れた侵略だったと。なのに辺境の民は教会の衣を着た私達に憤る事も無く接してくださり、良くは思っていなくとも礼儀正しく接して貰えました。どうして……恨んで、憎んで、怒っている筈の此の地で、こんなにも礼を尽くされるのかが分からないのです。覚悟を決め、生きては帰れぬものと覚悟しこの地に来た皆が戸惑い困惑しているのです。

「あぁ……、一つは被害が無かった事です。信じられないでしょうが誰一人死ぬ事無く、何一つ失う事無く平和なままに解決されたので遺恨が無いのですよ。勿論、軍の侵攻や迷宮の氾濫に対する憤りは有りますが、貴女方が辺境に治療師を連れてきて下さった事に皆が感謝しているのですよ」「ですが……怪我人はおろか病人もいないので全くの役立たず、礼をされる様な事は何も出来ておりません！」

　そう、辺境では貴重な薬品が安価で提供され、街には怪我人も病人も居らずこの世の楽園のような有様でした。戦火の疵跡だけでも癒したいと命を捨て志願してくれた治癒師達は何も出来る事も無いまま、逆に高価そうな食事やお菓子を振る舞われて茫然自失で当惑しているのです。

「それでも、この辺境に手を差し伸べて下さった。辺境がどれだけ危険かを知りながら、辺境に来て下さった。それだけで皆が感謝しているのです。見捨てられた地、終焉の最果てに住む者にはその意味が分かっているのですよ」

　そう言って微笑みかけて下さった。悪逆の神の敵と決めつけられ、その首を要求されていた辺境伯様が。そして教会によって不浄の地と呼ばれた、その地に住まう人達はどの国の人達よりも優しく温かかった。

「それと、これは少し言い難い話なのですが。何と言うか……人とは怒っていても自分の隣に超絶にとんでもなく怒り狂っている人が居ると、毒を抜かれて冷静になってしまうものなのですよ。だから辺境の民は皆が『最も怒る資格が在る者が怒り狂って一周回って笑ってるのだから』と冷静になってしまっているんです。そして……同情して心配しているのですよ。いえ、多分分かってくれると皆信じているのですが……何と言うか、幸せをばら蒔く災害みたいなものでして、対処の仕方が未だ分からないと言うか、普通は話せば分かると言いますが話をすると余計分からなくなるので皆が何と言って良いか分からなくてですね。いえ、必ず何とか諫めて……説得と言うか、懇願と言うか？　ともかく辺境のお客人として私もお護りしますが、困難と言うか不可能と言うか絶望的ですがこの剣にかけてお護りしますのでご安心ください。まあ、この剣も頂き物なのですが……あ～、怒ってるかな～？　どうしよう」

そう、殴られ罵られる覚悟で街へ赴くと、何故だか心配され同情されている気がしていました。有り得ない事なので気のせいだと思っていましたが、本気で同情されて心配されていたようなのですが……威厳に満ち悠然としていらっしゃった辺境伯様が動揺されながら、我等が怒られる等当然の事なのに恐れ多くも護るとまで仰って下さいました。

ですが「最も怒る資格が在る者」とは辺境を総べられる辺境伯様の事のはずです。そして軍神の名を持ち無敗の剣士としても名高い辺境伯様に、困難で不可能で絶望的な相手がこの世に存在し得るものなのでしょうか。そして「一周回って笑ってる」って何なのでしょう？　ですが如何様な怒りも受け入れる所存で来たのです。もう人々の治療も必要が無いと分かった今、我等にできる事は謝罪と……その怒りと憤りを受け入れる事だけなのです。我等は護って頂く様なものではないのです。

「辺境に来られて驚かれたでしょう。危険で病に満ちた死に最も近い地と言われた辺境が、平和で豊かで幸せに満ち満ちていてさぞや驚かれた事でしょう。ええ、我等も驚いているのですよ。私等毎朝夢なのではないかと怯えていています。まあ、なんだか凄い領館になってしまったもので、目覚めた瞬間に思い知る様になりましたが……この間までは朝目覚めると直ぐに街を見渡していましたよ。そして毎朝この光景を見て涙したものです。住んでいても未だに信じられないのです。他所から来られた方はさぞや驚かれた事でしょう」

私達は今迄辺境について騙され偽られていたのかと疑っていましたが、辺境伯様の話された事柄から推測すると私達が聞き及んでいた魔物だらけの貧しく危険な地と言うのは正しく……今、私達が見ている辺境こそが異常。でも、この街だけでなく辺境全体に道路が整備され、町や村には立派な防護壁が設けられていました。

畑には作物が豊富に実り、行商が行き交う立派で整備された都市でした。これがついこの間まで貧しかったなんて有り得ません。綿密に都市設計を立てた上で長い年月を掛けて少しずつ整備して始めて実現するものです。でも……確かにどこもかしこも真新し過ぎる。まるである日突然一斉に建造されたかのように。

「この立派な辺境の都市が……ですが、此処へ来るまで魔物を一度も見かけませんでしたし、魔物の襲来の爪痕も見て取れませんでした。何よりこの街も周りの町や村も強固な防護壁に囲まれ、道路も正確に効率的に整備されて都市計画の素晴らしさを窺い知る事が出来ました。少なくとも貧しさとは程遠い印象を受けたのですが」「そうでしょうね、大国の首都ですらここまでの都市化なんて不可能でしょう。ここに来られてから何度『有り得ない、不可能だ』と思われましたか？」

数え切れない。そうだ有り得ない物ばかりで、不可能な事ばかり過ぎて圧倒されてしまい見過ごしていましたが……これはおかしい。あんなに平らな道を作れるはずが無いのですから、どんなに平坦な場所でも僅かながらでも起伏は有り道路とは絶対に平坦にはならないはずです。そして、この街の建物も高過ぎでした。あれ程までに高くすればその重みで崩れないなんてそれこそ有り得ないし、そもそも造る事は不可能なのです。皆が思い返して愕然として街を見遣っている、有り得ない建造不可能な街を。

「辺境に訪れた商人などは頭を掻き毟って騒ぎますよ。『有り得ない』こんなのは『不可能だ』とね。もう辺境の民は慣れてしまって諦めていますが……あれは天災だと、勝手に幸せをばら蒔く抗えないものだとね。ええ、私達が気付いた時にはもう手遅れだったんです。何もかもが生まれ変わっていたんですよ。災厄を撒き散らす天災なら幾度となく見て来ましたが、幸せをばら蒔いて行く天災は私達も初めて見たのですよ。あれこそが奇跡なのでしょう。この幸せな辺境ではなく、それを撒き散らして行く者こそが奇跡だったのですよ。だからみんな諦めました。諦めましたが生涯決して忘れないでしょう……その奇跡がどれ程に尊く、どれだけ幸福なのかを。だから辺境ではだれも神を祀らないのです。毎日奇跡が街を歩いて大騒ぎを起こして行くのですから」

何を仰っているかは分かるのですが、理解すら及ばずに返答すら口に出来ませんでした。そんな奇跡が有り得るのでしょうか、そんな事が出来るなら——その人こそが確かに奇跡。でもそれは天災と同じ、人には抗えない強大な何か。その何かが怒り狂って一周回って笑ってるのだそうです……そう、その人は笑っていました。

本人に何の断りもなく1周回っている事に決定されているらしいが、何がどうして1周回ったかは何周目に判明するのだろうか?

私はあの笑顔を一生忘れないでしょう。だって……その微笑みは何処までも優しく、
恐いほどに真っ黒な瞳だったから。

あとがき

お手に取って頂きありがとうございます。もしかしたらお読み頂きありがとうございます。そしてご購入いただけていたら本当にありがとうございます。
なんと8回目なのに、未だに自分の作者名を思い出せない五宗正司（ごじしょうじ）です。ペンネームなんて日常で全く使うことないんで毎回次の巻が出る頃には忘れてるんですが、お陰様でこうして8度目の作者名を書けました。

そんな訳であとがきです。そう、あとがきなんです——何と今巻は当初一冊分が30万文字を超えてしまい、「２９０，０００字オーバーで５０，０００字削りましょう」とか軽く無理難題を言ってきた編集さんから……「６頁余っちゃった（テヘペロ♪）」との一言で、またも8回連続でもはや毎巻おなじみのあとがきです。

この8巻は前巻でようやく王国の問題が片付き、辺境へということで迷宮の冒険に戻る日常から最後にちらっと伏線っぽく出てくる人に繋がっていくので……エンドラインが変えられないまま詰められるだけ詰めて、過去最大に削りに削ったら……なんと余りが過去最長に余って6頁でした（笑）

はい、もうそれって余裕で壮大なプロローグかエピローグまで書けただろうって言うくらいの豪華なあとがきスペースが生み出されました。
（これが校正とページレイアウトが済むまでわからないんで、わかった時には本文に手を付けられないジレンマが（泣））

ちなみに校正では、削り修正で余分を削りながら改行を詰めていき、それから更に書籍レイアウトで行毎で書き換えて、次行に飛び出し部分を減らしたりして行を減らしていき、それでも多い分を段落ごとカットして書き直し、一行一行を行単位でぎっちりと詰めたわけですが……6頁って三桁行も余裕あったんじゃんと（笑）

そんな訳で今巻も担当編集のY田さんと二人三脚というか、もう煮人残虐にしてやろうかという感じで8巻が完成しました。はい、謝辞を書こうとしてるのに殺意しか湧かないのは何故なんでしょうねw

そして今巻も素晴らしい画をありがとうございますと榎丸（えのまる）さく先生に。はい、当初予定よりも一ヶ月も遅れてしまったのは１８０％Y田さんのせいだと判明しました、御存分に蹴り倒してください（三秒以内なら凶器も重火器もＯＫです）！

そんな訳で本当は一ヶ月前に出る予定だったのが一ヶ月遅れてしまい、またまたびび先生のコミックと同時発売となりました。びび先生とコミック担当の編集へび様にも謝辞（ありがとうございます）を。はい、Y田さん以外には感謝いっぱいですらすらと謝辞が出てくるんです。

そんな訳であとがきと言う名のY田さん悪口ページが沢山頂けましたが、ラノベの都市伝説で「発売して一ヶ月過ぎても編集さんが何も言ってこなくなったら打ち切り」という法則があるそうです。ところが、このY田さんに至っては発売どころか8巻ができてもないのに、「10巻は来年のw」とか言い出す始末で……前巻の7巻で綺麗に終わったなと燃え尽きてぼ～っとしてたら、急に「8巻は？」とか言い出して吃驚しました（笑）

いや、だって「出るって言ったじゃん」って、まだ影も形もなかった一巻の頃から一貫して毎回毎回発売もしてないのに勝手に騒いでるだけで、全く何も情報が無いんですよ。そう、普通は「何とか（このくらい）売れたんで、次巻を～」とかいう真面目な話がありそうなんですが……聞いたこともないまま8巻となりました。ちなみに未だに続刊の継続ラインどころか実売数も知りません。はい、累計すら帯を見て知りました（笑）

こう言う事を書くと「冗談だろう」と思う人もいらっしゃるかもしれませんが、今このあとがきを書いていたら「ぼっち8／帯デザインご送付」と言うメールが届き、それを見て「わっ、累計が130万部!?」と（マジですw）

そしてお買い上げ頂いた皆様に、心からありがとうございますを。今巻はWEBの方でも大変に御要望の多かった副Bさんが遂に表紙に。いや、本当に多かったんですが理由はまあ……だよねと（笑）

はい、今巻は水着回となります（ドンドンパフパフ♪）

まあ、水着回の前に下着回があるお話も珍しい気もするので今更かよと言われそうですが、そこは榎丸先生の見開き画で御堪能頂ければ幸いですと他力本願で（汗）

前巻の7巻まで書けて燃え尽きていましたが、皆様のおかげでこうして8巻を出させて頂きました。本当に沢山の方々に御礼を書きたいところですが、なんか全部書けそうな頁数に逆にツッコミが忙しくて頁数を費やされてしまい——あれよあれよと6ページが。

そう、あとがきの頁数＝編集者さんへの憎しみという新たな公式が発見しましたが、多分あとがきを総計したら下手な登場人物より語られてるんではないかという編集Y田さんにも御礼を。

以前にも書いたと思いますが、本どころか初めて書いてみた話が沢山の方のお読み頂いて書籍化となり、右も左も分からないド素人のまま8冊も本を出して頂き……8冊目にして理解できたのは「この編集者さんおかしいよ！」だけなんですが（そこにだけは確信できました）、校正と修正が大変なこのお話をいつもありがとうございますと謝辞を。あと、それでもあとがき6ページはないだろうとネバーエンディングなディスをY田さんにw

だって、他所様のあとがきを読むと「編集者さんと相談し合い」とか「編集さんと話し合って」とかみんなイイ話なのに、Y田さんからの唯一の相談は「副Bの水着どうしましょう！」でしたからね（笑）

って言うか、ここまで書いて「5頁くらいかな」とか予測ができるくらい、今回も行詰めには苦労した訳ですが……一番改行が多くて、行にゆとりが有るのがあとがきって何なんだろうなと!?

はい、滅茶詰めたので大変読み辛いかと思いますが、犯人はYです（なんか編集部が異世界転移しそうな勢いで移転しまくってますが、奥付にちゃんと新編集部の住所は載っているはずです！）

そんな訳で前巻の7巻までが王国編、そして（未だY田さんが勝手に確定してるだけで、出るかどうかもまだ不明な）9巻からが新章となります。つまりこの巻は7・5巻、普通は書籍だと巻き巻きで進められて飛ばされちゃいそうな日常へと戻る話になります。

これは「ダラダラして嫌だ」と思われたらごめんなさい。ごくごく個人的に戦いばかりの主人公達の幸せな行間（日常）まで書いてあげたいというのがありまして……その割に原文には行間が全然ないよねという謎の一冊となってしまいました。

大体のお話は積み上げ式に右肩上がりに強くなっていく英雄譚だと思うのですが、強くなるって今までのものを壊しながら新しい強さを組み込んで調整していく作業だという思いがありまして……はい、ダラダラしていたら本当にすいません（汗）

まあ、それもあってエンドラインは最低ここまでというのが先に決定してしまい、そこまでを一冊に詰めるのが大変でした。ただ展開的には編集さんから大幅削り、もっと先までとかの指示もあるかなと心配していたんですが……編集さんからはＯＫを頂いたと言うか、聞かれたのは副Ｂさんの水着デザインだけでした。

よくよく思い出すと各巻の話し合いって「お風呂は？」とか「下着は！」とか、「半裸ワッショイ!!」とか「網ビキニ、キタコレ!?」だけでした!?

気が付くと過去最大の６ページすら無くなりそうな勢いなので、改めて本当に皆様ありがとうございますを。

そして、もし遥君達の日常をお楽しみ頂けましたら本当に幸せます。少なくとも……毎度毎度なあとがきの作者編集者の罵り合いよりは楽しんで頂ければ幸いです（汗）

五示正司

マンガでも貫く
俺のぼっち道。
ひとりぼっちの
異世界攻略
LONELY ATTACK ON THE DIFFERENT WORLD
漫画 びび 原作 五示正司
コミックス①～以下続刊 好評発売中!!
COMIC GARDO
コミックガルド
オーバーラップ発
WEBコミック誌
連載はこちら